ro
ro
ro

Juliet Conlin wurde in London geboren und wuchs sowohl in England als auch in Deutschland auf. Sie hat Psychologie und Kreatives Schreiben studiert und arbeitet heute als Autorin und Übersetzerin. Zusammen mit ihrem Mann und vier Kindern lebt sie in Berlin. «Das Licht des neuen Morgens» ist der erste Roman von ihr, der auf Deutsch erscheint.

JULIET CONLIN

DAS LICHT DES NEUEN MORGENS

ROMAN

Aus dem Englischen
von Barbara Ostrop

Rowohlt Taschenbuch Verlag

Die Originalausgabe erschien 2019
unter dem Titel «The Lives Before Us»
im Verlag Black & White Publishing, Edinburgh.

Deutsche Erstausgabe
Veröffentlicht im Rowohlt Taschenbuch Verlag,
Hamburg, August 2020

Redaktion Katharina Rottenbacher
Covergestaltung Hafen Werbeagentur, Hamburg
Coverabbildung Elisabeth Ansley/Trevillion Images;
Ildiko Neer/Trevillion Images;
History collection 2016/Alamy Stock Foto; istock
Satz aus der Hoefler Text
bei Dörlemann Satz, Lemförde
Druck und Bindung CPI books GmbH, Leck, Germany
ISBN 978-3-499-00203-8

Das Geschäft des Flüchtlings ist: hoffen.

BERTOLT BRECHT, 1943

APRIL 1939

ESTHER

Spät am Abend sitzt Esther Niermann im Gästezimmer ihrer Eltern auf dem Bett und versucht, ein Buch zu lesen. Im Hintergrund hört sie die Geräusche eines Streits der Nachbarn von oben. Ihre Tochter Anneliese schläft in ihrem Bettchen. Neben der Tür stehen zwei gepackte Lederkoffer, bereit für die Reise.

Zum hundertsten Mal legt Esther ihr Buch zur Seite und überprüft die Reisedokumente: Zugfahrkarte, Ausreisevisa, Reisepass, Tickets für das Schiff. Halb fürchtet und halb hofft sie, dass die Dokumente nicht vollständig sind; dass ihre Reise irgendwo zwischen hier und Genua, wo sie mit Anni an Bord des Schiffs gehen soll, aufgrund eines verschmierten Stempels oder eines fehlenden Formulars gestoppt wird, sodass sie nach Hause zurückkehren und zu ihren Eltern sagen kann: «Seht ihr, ich habe es versucht, aber sie haben mich nicht gehen lassen.» Hätte sie nicht die Verantwortung für Anneliese – für Annelieses Zukunft –, würde sie genau das tun.

Sie steht auf und tritt ans Fenster. Draußen geht eine junge Frau mit einem Kohleneimer über den Hof. Esther erkennt sie – Lotte Kühnel, die mit ihrer Familie zwei Stockwerke tiefer wohnt. Lotte blickt auf, hält Esthers Blick einen Moment lang fest und senkt dann den Kopf mit finsterer

Miene. Esther tritt zurück und versucht, sich zu beruhigen. Sie schließt die Augen, doch davon wird ihr nur schwindelig. Sie möchte, dass dieser Abend schnell vorbeigeht. Sie möchte, dass er niemals endet.

Es klopft leise an der Tür, und ihre Mutter Leah kommt herein, begleitet von den verbliebenen dunklen Gerüchen des Tscholent-Eintopfs, den sie zu Abend gegessen haben. Mit nicht koscherem Kaninchen gekocht – Rind- oder Schaffleisch ist auf dem Schwarzmarkt nur zu Wucherpreisen zu bekommen –, was ihre Eltern aber niemals zugeben würden. Leah nickt lächelnd und tritt zum Kinderbett. Sie betrachtet die schlafende Anneliese lange schweigend und sagt dann mit ein wenig brüchiger Stimme: *«Mayn kleyn malekh.»* Mein kleiner Engel.

Esthers Herz schlägt so unregelmäßig, dass sie befürchtet, ihr könnte schlecht werden. Sie setzt sich wieder aufs Bett und wartet darauf, dass ihr Pulsschlag sich beruhigt. «Ich lasse euch nachkommen, Mutti», sagt sie. «Dich und Papa. Sobald Anni und ich dort ankommen, werde ich ...»

Leah schüttelt den Kopf. «Papa und ich gehen nirgendwohin. Unser Zuhause ist hier in der Wittelsbacherstraße, sei es zum Guten oder zum Schlechten.»

Ihr Gesicht verrät, dass sie die Lässigkeit nur vorspielt. Sie scheint in den letzten Monaten um zehn Jahre gealtert zu sein. Ihr Haar, das schon seit vielen Jahren grau ist, ist alarmierend schütter geworden und lässt an manchen Stellen die rötliche Kopfhaut durchschimmern. Esther hebt die Hand zu ihrem eigenen Kopf und lässt sie dann wieder auf den Schoß sinken. «Sie werden ihn holen, Mutti. Früher oder später.» Ihre Stimme ist ein leises, verzweifeltes Knurren.

Leah winkt unwillig ab. «Nein. Er ist ein Kriegsheld. Er

hat für sein Land gekämpft, und sie werden ihn in Ruhe lassen. Wir müssen einfach nur einen kühlen Kopf bewahren und abwarten.»

«Es wird immer schlimmer. Das wisst ihr doch selbst. Sonst würdet ihr uns nicht wegschicken.»

Aus der Wohnung oben dringt ein Brüllen, gefolgt von einem Schrei. Beide schauen zur Decke.

«Bitte, lass uns nicht streiten», sagt Leah. Sie setzt sich neben Esther. «Hier.» Sie nimmt einen gefalteten Zettel aus ihrer Tasche und drückt ihn Esther in die Hand. «Er ist dort. In Shanghai.»

«Wer?» Esther will den Zettel entfalten, doch ihre Mutter legt die Hand auf ihre.

«Aaron. Ich habe mit seiner Tante Sara gesprochen; sie hat mir seine Adresse gegeben.» Sie blickt zu Esther auf. «Schau, ob du ihn dort finden kannst.»

Als Aarons Name fällt, kehrt Esthers Schwindel in einer neuen Woge zurück. Wie viel muss sie heute Abend noch ertragen? Sie beißt sich auf die Lippen. «Mutti, ich ...»

«Schhh, sag nichts. Es spielt jetzt keine Rolle mehr.» Leah tätschelt sanft Esthers Hand. «Es würde mich glücklich machen zu wissen, dass ihr nicht gänzlich allein dastehen werdet. Dort drüben.»

Esther schluckt. Sie zwingt sich zu einem Nicken.

«Und du schreibst uns, sobald du angekommen bist.»

«Natürlich, Mutti.»

Leah steht auf. «Jetzt lasse ich dich schlafen. Ihr müsst morgen zeitig los.» Sie beugt sich über das Bettchen und küsst Anneliese sanft auf die Stirn. Das Kind regt sich, wacht aber nicht auf. «Na, dann gute Nacht», sagt sie leise und verlässt das Zimmer.

Esther starrt auf den gefalteten Zettel in ihrer Hand, die Augen nass von Tränen. Oben schreit jemand etwas, und eine Tür wird zugeschlagen.

KITTY

Mit einer Nagelschere schneidet Kitty Blume eine schmale Öffnung in den Stoff. Behutsam holt sie einen kleinen Baumwollbausch heraus und legt ihn zur Seite. Die beiden dünnen Goldkettchen passen sehr gut in den entstandenen Hohlraum; mit der Perlenkette – sie gehört ihrer Mutter – ist es kniffeliger. Sie schiebt die Perlen mit den Fingerspitzen an der Innenseite der Binde entlang, bis sie mehr oder weniger gleichmäßig verteilt sind. Als sie die Baumwolle wieder in die Öffnung gesteckt und diese zugenäht hat, gibt sie ein paar Tropfen rote Tinte auf die Binde und befestigt sie am Bindengürtel. Es wird unbequem sein, aber sie will kein Risiko eingehen. Sie legt den Bindengürtel auf die Kleider, die sie morgen auf der Reise anziehen wird, und schlüpft ins Bett.

In der Wohnung ist es geradezu unheimlich still. Resi, die junge Frau, mit der sie die schmuddeligen Zimmer am Naschmarkt teilt, ist bei der Arbeit und kommt nicht vor Tagesanbruch zurück. Bis dahin will Kitty längst aus Wien weg sein. Sie schaltet ihre Nachttischlampe aus, und der Raum versinkt im Dunkel. Die schweren, von Motten zerfressenen Samtvorhänge, die sie aus zweiter Hand gekauft hat, sollen dazu dienen, das Tageslicht abzuhalten und Geräusche von der Straße unten zu dämpfen. Jetzt aber, bei

Nacht, hängen sie wie riesige Fledermausflügel herunter und verleihen dem Raum mit seiner niedrigen Decke eine Atmosphäre wie bei einer Beerdigung. Obgleich sie sie im Dunkeln kaum erkennen kann, wendet sie sich ab und dreht sich mit dem Gesicht zur Wand. Wenn sie es schafft, sofort einzuschlafen, bekommt sie fünf Stunden Schlaf. Ihr Zug fährt morgen früh um Viertel nach sechs vom Wiener Südbahnhof los und wird nach aufreibenden zwölf Stunden Fahrt in Genua eintreffen. Sie schließt die Augen, aber trotz ihrer Müdigkeit ist es, als wären ihre Augenlider auf eine Stahlfeder montiert. Es kostet sie mehr Mühe, sie geschlossen zu halten, als sie aufgleiten zu lassen.

Als sie so in dem Zimmer liegt, dessen Stille nur vom leichten Knacken der Heizungsrohre durchbrochen wird, fällt die Aufregung der letzten Tage von ihr ab und weicht – ganz plötzlich – einer durchdringenden Angst. Sie ist nie weiter als bis Salzburg gekommen, jetzt aber wird sie sich auf eine Reise um die halbe Welt begeben. Ihr Atem beschleunigt sich, und sie empfindet leichte Übelkeit. Sie wird niemals zurückkehren. Sie nimmt die Hände nach oben und legt sie unters Gesicht. Ihre Fingernägel sind frisch lackiert, und der scharfe Geruch des Nagellacks haftet noch an ihnen. Sie versucht, sich zusammenzureißen. Hier gibt es nichts, wovon ihr der Abschied schwerfallen würde, sagt sie sich energisch.

Sie denkt an das Telegramm von Vitali, in dem er sie informierte, dass er eine Überfahrt auf der *Conte Biancamano* sichern konnte. Es geschieht, es geschieht wirklich! Sie hat damit gerechnet, mindestens noch einen weiteren Monat warten zu müssen. Aber da stand es schwarz auf weiß. Und noch dazu eine Kabine der Ersten Klasse! Sie lächelt im Dunkeln, und ihr Herz verändert seinen Rhythmus und schlägt jetzt schnell, leicht und aufgeregt. Aber sie muss schlafen!

Sie dreht sich im Bett um, und eine Haarnadel verrutscht und sticht sie in die Kopfhaut. Sie zieht sie heraus und wirft sie quer durch den Raum. Es hilft nichts. Ihre Augen weigern sich einfach, geschlossen zu bleiben. Sie steht auf und öffnet die Vorhänge einen Spalt. Mondlicht fällt auf die Nagelschere, die auf dem Nachttisch liegt. Sie greift nach ihr und spielt kurz mit dem Gedanken, in Resis Zimmer zu gehen und ihre Kleider zu zerschneiden. Die Vorstellung, wie Resi schauen würde, wenn sie bei der Rückkehr ihre Kleidung aus Seide, Federn und Pelz in Fetzen vorfände, ist ungemein verführerisch ... Aber nein, auf dieses Niveau wird Kitty sich nicht herablassen.

Sie klappt den Koffer auf und wirft die Schere hinein. Inzwischen ist sie vollständig wach. Sie zieht sich schnell und lautlos an und geht nach draußen.

Die Straßen sind menschenleer, aber sie schreitet rasch aus. Vom Naschmarkt zum Haus ihrer Eltern in der Czerningasse sind es zu Fuß nur dreißig Minuten, aber sie kann sich nicht mehr erinnern, wann sie zuletzt dort war. Vor sechs Jahren oder vor sieben?

Vor der Nummer 18 bleibt sie stehen. Aus dem Kamin schlängelt sich eine Rauchspirale nach oben, verblüffend weiß vor dem schwarzen Nachthimmel. In einem kleinen Fenster im ersten Stock sieht sie das gelb flackernde Licht einer Jahrzeit-Kerze. Heute Morgen hat Kitty mit dem Gedanken gespielt, dem Grab ihrer Schwester Elli im jüdischen Teil des Zentralfriedhofs einen Besuch abzustatten. Ein düsterer und sentimentaler Akt, der ihr gar nicht ähnlich sähe, doch es wäre eine Art endgültiger Abschied gewesen. Aber sie wusste, dass ihr Vater dort sein würde, mit seinen Teffilin und seinem Tallit, dem Herunterleiern der Psalmen und dem *E-l malei rachamim*, und das war mehr, als sie ertragen konnte.

Weiter vorn auf der Straße erklingen Stimmen. Ein Paar, ein Mann und eine Frau, tritt ins Licht der Straßenlaterne und verschwindet gleich darauf um eine Ecke. Kitty geht auf die andere Straßenseite. Es würde reichen, dass ein Polizist bei ihr stehen bleibt, nach ihren Papieren fragt und feststellt, dass sie gegen die Ausgangssperre verstößt, dann wären all ihre Pläne zunichte.

Im Dunkeln stolpert sie über einen losen Pflasterstein, kann sich aber fangen, bevor sie fällt. Sie richtet sich auf und empfindet einen wilden, kindischen Drang, den Stein aufzuheben und ihn durchs Fenster im Erdgeschoss von Nummer 18 zu werfen. Ein Geräusch – ein Scharren und Rappeln –, das aus einiger Entfernung von der Straße zu ihr dringt, lässt sie erstarren. Sie zieht sich in einen Türeingang zurück und steht ganz still da. Das Geräusch hört auf. Wahrscheinlich Ratten oder ein verirrter Fuchs. Sie wirft einen letzten Blick auf das Haus gegenüber. Ein Stein, den sie durchs Fenster schleuderte, wäre eine Kleinigkeit im Vergleich zu dem, was die beiden hier in Österreich erwartet. Mit einem Gefühl, das Mitleid so nahe kommt, wie sie es nur je für ihre Eltern empfunden hat, dreht Kitty sich um und geht nach Hause.

Sie wird niemals zurückkehren. Niemals.

ESTHER

Die Sonne steht an einem blassblauen Himmel und schickt einen Lichtstrahl durch das Bullauge in die Kabine. Die Schiffsmaschinen dröhnen, und obgleich der Teppich unter Esthers Füßen weich und dick ist, wandert die Vibration von den Sohlen über die Beine und die Hüften bis in die Magengrube hinauf, wo sie sich niederlässt. Hoffentlich ist das kein Vorzeichen von Seekrankheit.

«Dann sollten wir wohl besser einmal auspacken.» Es ist ebenso sehr ein Selbstgespräch wie ein Gespräch mit Anneliese, etwas, was sie seit einem Jahr immer öfter tut. «Dann können die Falten sich aushängen.» Seit ihr Mann Carl gestorben ist.

«Hängen», sagt Anneliese.

«Ja, Herzchen.»

Sie macht sich manchmal Sorgen, dass sie die Wende verpassen könnte, die bestimmt bald kommt. Dann wird die Zweijährige alles verstehen, was sie sagt, und nicht nur einzelne Wörter nachplappern, die ihr vom Klang her gefallen – als hinterließen sie einen angenehmen Geschmack auf ihrer Zunge.

Esther klappt den ersten der beiden Koffer auf. Aus dem Inneren steigt der Geruch von feuchtem Leder auf. An der Grenze zu Italien am Brenner sind die beiden Koffer zusammen mit denen von Esthers jüdischen Mitreisenden aus dem Zug geholt worden. Sie wurden von deutschen Zollbeamten kontrolliert – alle wertvollen Gegenstände konfisziert – und dann stundenlang auf dem Bahnsteig im Regen stehen gelassen. Als einer der Passagiere ausstieg, um sich zu beschweren, schlug ihm ein SS-Mann seinen Pistolengriff gegen die Schläfe. Der Mann kehrte benommen und blutend in den Zug zurück. Danach gab es keine Beschwerden mehr.

Anneliese hustet. Esther legt ihr die Hand auf die Stirn, ein Reflex. Anneliese hatte vor einer Woche eine Erkältung, nichts Ernsthaftes, aber man kann nicht vorsichtig genug sein. Die Stirn der Kleinen ist ein wenig warm, aber vielleicht sind Esthers Hände auch einfach nur kalt. Sie wirft einen raschen Blick auf Annis Zunge – sie ist rosa und feucht – und küsst das Kind auf die Wange. Es hatte einen Frosch im Hals. Mehr nicht.

Sie wendet sich wieder dem Koffer zu und geht die Kleider durch, die ihre Mutter für Anni und sie eingepackt hat – Unterwäsche, Nachthemden, Blusen, ihr bestes Kleid, jetzt hoffnungslos zerknittert. Wer weiß, wie das Wetter dort sein wird? Wer weiß, wie überhaupt irgendetwas dort sein wird?

Es klopft an der Tür. Esther steht auf, doch bevor sie die Kabine durchquert hat, wird die Tür geöffnet. Ein Steward in einer weißen, mit Goldtressen besetzten Uniform – ein blendend heller Kontrast zum mediterranen Braun seiner Haut – schiebt die Tür auf und winkt eine junge Frau herein.

«Sieht so aus, als würden wir die Kabine teilen», sagt die Frau. Sie hat einen breiten, etwas nasalen Akzent. Vermutlich eine Wienerin. Die Frau lächelt Esther an und mustert dann die Kabine: Die beiden großen Betten, die Wandtäfelung aus Mahagoni, die schmale Tür, hinter der ein kleines Badezimmer liegt, die Art-déco-Lampen auf den schmalen Nachttischen und die Schale mit frischem Obst, die auf einem von ihnen steht. Esthers Blick folgt dem der Frau, und zum ersten Mal fällt ihr auf, wie luxuriös hier alles eingerichtet ist.

«Sehr schön», murmelt die Frau. Sie ist vielleicht fünfundzwanzig und blondiert. Ihre Lippen sind geschminkt und die Augenbrauen in dem breiten blassen Gesicht perfekt geformt. Sie nickt dem Steward zu, der einen Koffer in der einen Hand trägt und eine große Hutschachtel in der anderen. Dann wendet sie sich an Esther. «Sie waren als Erste da – haben Sie sich das Bett am Fenster geschnappt?» Sie lacht.

Esther runzelt die Stirn. Hier ist ein Fehler passiert. «Es tut mir leid», sagt sie. «Es hat ein Missverständnis gegeben. Dies hier ist meine – unsere – Kabine.»

Die Frau macht große Augen, sieht den Steward an, zuckt mit den Schultern und wendet sich wieder Esther zu. «Das hier ist Kabine 201?»

«Ja, aber ...»

«Signorina?» Der Steward hat sich an die Frau gewandt. *«La valigia?»* Er deutet auf den Koffer in seiner Hand, der schwer aussieht.

«Sì, sì», antwortet sie. «Stellen Sie ihn einfach hin. Wir kommen schon zurecht.»

«Tut mir leid», wiederholt Esther, diesmal energischer. «Dies ist meine Kabine.»

Der Steward setzt Koffer und Hutschachtel einfach beim Bett neben der Tür ab – mit offensichtlicher Erleichterung.

«Due», sagt Esther zu ihm und deutet auf sich selbst und dann auf Anneliese, die auf einen Stuhl geklettert ist, um aus

dem Bullauge zu schauen. *«No tre.* Eine Kabine für zwei. Für meine Tochter und mich.»

Der Mann antwortet mit einem Schwall Italienisch.

«Ich verstehe nicht», sagt Esther und merkt, dass sie der Frau einen hilfesuchenden Blick zuwirft. Aber diese schaut einfach nur mit leicht hochgezogenen Augenbrauen auf den Steward, als fände sie das alles sehr amüsant.

«Dies ist eine Kabine für zwei», versucht Esther es erneut. Der Mann breitet die Hände aus und zuckt mit den Schultern. Liegt es daran, dass sie ihm vorhin kein Trinkgeld gegeben hat? Sie hat versucht, ihm zu erklären, dass sie kaum Geld dabeihabe und das Ablegen des Schiffs abwarten müsse, bevor sie sich vom Purser das Bordgeld auszahlen lassen könne – ihre Eltern haben es vor Wochen an die Schifffahrtslinie überwiesen, damit Esther vor ihrer Ankunft am anderen Ende der Welt auf dem Boot ein wenig Komfort genießen kann.

Dann ergreift die andere Frau das Wort. «Kitty Blume», sagt sie und streckt Esther die behandschuhte Hand hin. «Es tut mir leid, falls es zu einem Durcheinander gekommen ist, aber ...»

Esther lässt sie nicht ausreden. Sie dreht sich um, hebt Anneliese vom Stuhl und setzt sie sich auf die Hüfte. «Ich werde mit einem der Schiffsoffiziere sprechen. Das hier ist ein Fehler. Ich teile mir keine Kabine.»

Als sie zur Kabine zurückkehrt, ist sie noch immer so wütend, dass sie einen Moment lang vor der Tür stehen bleiben muss.

«Mama? Mama?»

Anneliese zieht an ihrer Hand.

«Nicht jetzt, Anni!», fährt sie sie an. Eintausend Reichsmark haben Esthers Eltern für die Überfahrt auf der *Conte Biancamano* gezahlt, ihre gesamten Ersparnisse und mehr. Das Silber, der Schmuck ihrer Eltern und das Eiserne Kreuz ihres Vaters. Der Orden, den er sich im Ersten Weltkrieg verdient hat, hat bisher seinen Abtransport nach Dachau oder in ein anderes Lager verhindert, wohin so viele jüdische Männer geschickt wurden. Das alles für zwei Fahrscheine, einen für sie und einen für Anneliese. Und eine Überfahrt in der Ersten Klasse, die als einzige noch verfügbar war.

Esther öffnet die Kabinentür. Der süßliche Duft eines schweren Parfüms hängt in der Luft. Die Frau – der Eindringling, wie Esther unwillkürlich denkt – hat Hut und Handschuhe abgelegt und steht mit dem Rücken zu Esther vor dem Bullauge. Ein dunkelgrüner Mantel mit Fuchspelzkragen liegt auf einem der Betten. Sie dreht sich um, als Esther und Anneliese eintreten, und öffnet den Mund zum Sprechen.

Doch Esther kommt ihr zuvor und sagt scharf: «Meine Tochter macht zwischen ein und zwei Uhr einen Mittagsschlaf. Das ist ...», sie blickt auf ihre Uhr, «in ungefähr einer Stunde.» Sie sagt es, obgleich sie weiß, dass Anneliese heute für ein Nickerchen viel zu aufgedreht ist. «Um sieben Uhr abends geht sie ins Bett. Ich halte es für das Beste, ein paar Regeln festzulegen, falls wir diese Kabine teilen sollten.»

Falls wir sie teilen sollten ... Ihr bleibt gar keine andere Wahl – der Zweite Offizier hat ihr das sehr deutlich gemacht, als sie sich beschwerte. Die Kabine sei groß genug für zwei Erwachsene, sagte er. Die andere Passagierin habe für ein Erste-Klasse-Ticket bezahlt, und das werde sie auch bekommen. Falls das ihr, Signora Niermann, nicht passe, nun, das Schiff habe den Hafen noch nicht verlassen. Sie könne gern von Bord gehen und ihr Glück bei einer anderen Schifffahrtslinie versuchen. Außerdem sei Signorina Blume ebenfalls Jüdin – *un'ebrea* – und weiter gebe es nichts zu diskutieren. Esther hätte ihn am liebsten angeschrien, doch sie wusste, dass es sinnlos wäre. Sie ist nicht in der Position, es auf einen Streit ankommen zu lassen.

Jetzt steht sie dieser Frau gegenüber und muss sich beherrschen, um nicht vor Enttäuschung zu weinen.

«Ich verstehe», sagt die Frau und hält den Blick ruhig und stetig auf Esther gerichtet. Dann sieht sie Anneliese an, die sich halb hinter den Beinen ihrer Mutter versteckt, und schaut erneut auf Esther. «Das ist alles sehr unglücklich», fügt sie hinzu. «Es tut mir leid. Ich wollte Ihnen keine Ungelegenheiten bereiten. Aber anscheinend ist das Schiff überbucht.»

«Kitty», sagt Anneliese plötzlich. «Kitty.»

Die Frau geht vor ihr in die Hocke und lächelt sie an. «Ja. Ich heiße Kitty. Du hast ein gutes Gedächtnis.»

Anneliese streckt ihre Puppe vor. «Kitty.»

«So heißt ihre Puppe», erklärt Esther, und Kitty lacht.

«Dein Püppchen hat einen sehr schönen Namen. Und wie heißt du?»

Doch statt zu antworten, durchquert Anneliese die Kabine und klettert auf das Bett neben dem Fenster. «Ki-tty, Ki-tty», singt sie leise.

In diesem Moment nimmt das Dröhnen und Hämmern der Maschinen eine andere, eindringlichere Qualität an, und von Deck dringen Rufe und Gelächter herein.

«Es klingt so, als hätten wir abgelegt», sagt die Frau.

Esther wirft einen raschen Blick auf Anneliese. Jetzt ist es zu spät, um noch irgendetwas zu unternehmen. Sie werden sich die Kabine in den nächsten fünf oder sechs Wochen teilen, und das ist eine lange Zeit für das Zusammensein mit einer Fremden, selbst falls man sich gut versteht. Sie tritt einen Schritt vor und streckt die Hand aus. «Niermann. Esther Niermann. Und das ist meine Tochter Anneliese.»

Die Frau schüttelt ihr die Hand. «Bitte lass uns du sagen. Und nenn mich Kitty. Noch einmal, die Ungelegenheiten tun mir leid, aber ...»

Sie wird vom Tuten der Schiffssirenen unterbrochen, und erneut ertönt Geschrei und Jubel; die Passagiere rufen den Zurückbleibenden einen letzten Abschiedsgruß zu.

«Gehst du nicht raus zu den anderen?», fragt Kitty Esther.

Esther setzt sich aufs Bett und streichelt die weichen blonden Locken ihrer Tochter. «Nein», antwortet sie. «Wir haben uns bereits verabschiedet.»

Kitty zuckt mit den Schultern und tritt zum runden Fenster, um aufs Meer hinauszuschauen. «Shanghai», sagt sie, und ihre Stimme klingt eingeschüchtert. «Wer hätte das gedacht.»

Bis vor vier Monaten hätte Shanghai – je nach Blickwinkel das ‹Paris des Ostens› oder die ‹Hure des Orients› – Esthers wegen auch auf dem Mond liegen können. Oder es hätte ein fiktiver Ort sein können, als Filmset zum Leben erweckt, mit einer sinnlichen Marlene Dietrich, die türkische Zigaretten raucht und zwielichtige Bars und Opiumhöhlen besucht. Aber scheinbar über Nacht war diese entlegene Stadt in aller Munde. Das heißt, im Mund der Juden. Es gab Gerüchte – zunächst ein ungläubiges Raunen, dann ein dringlicher Schrei –, Shanghai sei eine Freizone, in der jeder, ob reich oder arm, alt oder jung, Jude oder Nichtjude, von Bord eines Schiffs gehen und die Stadt ohne Visum oder Reisepass betreten könne. Esther bekam mit, wie Leute verzweifelt ihre kompletten Ersparnisse auflösten und Besitztümer, das Familiensilber oder Kunstwerke verkauften, um ein Ticket für eine Überfahrt zur anderen Seite der Welt zu ergattern.

Und jetzt reist sie selbst mit einem solchen Schiff und dreht stundenlang Runden auf den oberen Decks der *Conte Biancamano*, die Hand fest um die von Anneliese gelegt. Für Passagiere der Ersten Klasse gibt es viele Freizeitangebote – Shuffleboard, ein offenes Schwimmbecken, Champagner-Bars und Tanzkurse –, aber Esther ist gar nicht auf den Gedanken gekommen, einen Badeanzug einzupacken, und Tanzen und Champagner kommen natürlich nicht in Frage. An Bord muss es mehrere tausend Passagiere geben, denkt sie, als sie einen Blick über die Reling hinweg auf die Rettungsboote wirft. Wie viele von ihnen würden dort hineinpassen, wenn das Schiff unterginge?

Jeden Morgen sieht sie zu, wie einer der Stewards an einer Tafel vor dem Speisesaal eine rote Nadel in eine Seekarte sticht, um die Position des Schiffs kenntlich zu machen. Auf der Karte ist das Mittelmeer nur ein schmaler, ausgefranster Streifen Blau, winzig im Vergleich zu der Weite der Ozeane, die vor ihnen liegen. Sie zeichnet die Strecke mit dem Finger nach: durch den Sueskanal, das Rote Meer und den Golf von Aden ins Arabische Meer und dann vorbei an Bombay, Colombo und Singapur nordwärts durch das Südchinesische Meer, dann noch Hongkong, und schließlich landet sie mit einem Klacken ihres Fingernagels auf Shanghai. Plötzlich weiß sie, dass das hier real ist. Diese unbekannte Stadt wird ihr Zuhause werden. Sie unterdrückt die aufsteigende Panik.

Ihr wird bewusst, dass eine Gruppe von Kindern hinter ihr sich um die Seekarte drängt. Sie nimmt Anneliese auf den Arm und tritt zur Seite. Anni streckt die Hand aus, um die Zöpfe eines der Kinder zu berühren, eines etwa achtjährigen Mädchens mit sandfarbenem Haar. Das Mädchen dreht sich um, lächelt sie an und kitzelt sie unter dem Kinn. Esther überlegt sich, sie zu fragen, ob sie ein bisschen mit Anni spielen will. Es kann nicht gut für Anneliese sein, den ganzen Tag nur mit ihrer Mutter zu verbringen. Doch gerade als sie den Mund aufmacht, schießt eine Frau nach vorn und schnappt das Mädchen am Handgelenk.

«Fass sie nicht an!», zischt sie. «Wie oft muss ich dir noch sagen, dass du dich von den Juden fernhalten sollst?»

Das Mädchen zieht die Mundwinkel nach unten und sieht Esther und Anneliese böse an, als hätten sie sie an der Nase herumgeführt und deswegen werde sie jetzt gescholten. Esther wird wider Willen rot. Sie drückt Anni fester an ihre Brust und eilt davon, stolpernd, weil das Schiff krängt. Sie geht über das Promenadendeck und setzt Anneliese ab, als ihre Arme schmerzen. Auf einer langen Holzbank, die durch Schatten vor der Mittelmeersonne geschützt ist, lässt sie sich nieder. Ein paar Meter links von ihr sitzt eine Gruppe von Passagieren eng beieinander und unterhält sich leise.

«Es gibt nur Schmutz und Krankheit», sagt einer von ihnen. «Die Menschen schlafen und sterben auf der Straße.»

Esther schaut zu den Leuten hinüber. Der Mann, der gerade spricht, hat ein schmales graues Gesicht und sehr kurzes weißes Haar. Er hält eine Kappe zwischen den Händen, die er beim Sprechen dreht. «Glaubt ihr wirklich, dass sie uns entkommen lassen würden, wenn sie nicht wüssten, dass Shanghai einfach nur eine weitere Kammer der Hölle ist?»

«Da habe ich etwas anderes gehört», sagt eine gut gekleidete Frau, die neben ihm sitzt. «Der Neffe meiner Nachbarin ist schon mehrere Monate dort. Er hat geschrieben, es gebe ein Komitee von Juden, die den Flüchtlingen mit Unterkunft und Nahrung helfen. Und die ihnen helfen, Arbeit zu finden.»

«Ein Komitee? Pah!» Der Mann setzt seine Kappe auf und steht auf.

Esther sieht dem Davongehenden nach. Sie erkennt die anderen Juden auf den ersten Blick. Nicht weil sie alle dunkelhäutig und hakennasig wären, wie die Karikaturen in den Zeitungen einen glauben machen wollen. Nein, es ist die unverkennbare Ausstrahlung von Angst und Unsicherheit, die sie wie einen schweren Mantel der Schande mit sich herumtragen, und diese Ausstrahlung unterscheidet sie von den wohlhabenden deutschen Passagieren: von den Leuten, die einen langen Urlaub in einer exotischen Region geplant haben, oder von den jungen Paaren in den Flitterwochen oder den Geschäftsleuten und ihren schicken Frauen, die auf dem Weg zu gewinnbringenden Chancen in Asien sind. Nur die Frau, mit der Esther die Kabine teilen muss, Fräulein Blume – sie ist irgendwie anders. Wenn der Zweite Offizier Esther nicht mitgeteilt hätte, dass diese Frau ebenfalls Jüdin sei, hätte sie es nicht geglaubt.

Esther denkt an die langen Wochen, die auf dem Schiff vor ihnen liegen, und wünscht sich, Anneliese hätte andere Kinder zur Gesellschaft. Als sie sich mit Carl verlobte, wollte er viele Kinder haben – mindestens vier –, aber nach Annelieses Geburt versank Esther lange in einer düsteren, depressiven Stimmung. Und gerade als Carl begann, sie sanft wegen eines zweiten Kindes zu bearbeiten, hatte er den Unfall.

Sie hat ihn geheiratet, weil er um ihre Hand angehalten hat; so einfach war das. Er war ihr direkter Vorgesetzter bei der Arbeit und zwölf Jahre älter, ein peinlich korrekter Mann mit einer gutherzigen Seite, die er streng verbarg, damit man ihn nicht für weich hielt. Die anderen Mädchen bei der Arbeit machten sich hinter seinem Rücken über ihn lustig. Sie spotteten darüber, dass er selbst den kürzesten Strich mit einem Lineal zog oder dass er die Gewohnheit hatte, die Briefklammern auf seinem Schreibtisch der Größe nach zu sortieren. Anfangs hielt auch Esther ihn für einen eigenartigen und ganz entschieden unattraktiven Mann. Aber dann ging Aaron weg und ließ sie verletzt und wütend in dem Gefühl zurück, von ihm betrogen worden zu sein. Als Carl begann, sie – äußerst behutsam – zu umwerben, leistete sie keinen Widerstand und überraschte sich dann selbst damit, dass sie ja sagte, als er sie fragte, ob sie ihn heiraten werde. Sie redete sich ein, selbst wenn sie Carl nicht liebe, werde diese Liebe sicherlich mit der Zeit entstehen. Die Gefühle, die sie für Aaron gehegt hätte, seien nicht mehr als eine jugendliche Schwärmerei gewesen und wären früher oder später wie eine nur für kurze Zeit aufflammende Wunderkerze erloschen. Inzwischen weiß sie, dass sie eine selbstsüchtige Närrin war, ebenso von der Aussicht auf Bequemlichkeit geblendet wie von dem Feuer, das Aaron in ihr entzündet hat.

Sie lehnt sich zurück, schließt die Augen und versucht, Carls Gesicht vor ihrem inneren Auge heraufzubeschwören, doch sie kann nur einzelne Gesichtszüge vor sich sehen – seine Augenbrauen, eine gebogene Linie links von seinem Mund, wenn er lächelte, ein kleines Muttermal dicht bei seiner Schläfe. Kurz kann sie sich darauf konzentrieren, dann verblassen sie ebenso schnell wieder und verschmelzen mit einem ganz anderen Gesicht, einem Gesicht, das sie unbedingt vergessen wollte. Sie schluckt und schlägt die Augen wieder auf. Jetzt sind es Anni und sie, nur sie beide.

Sie schaut sich auf dem Deck um. Anneliese ist nirgends zu sehen. Sie springt auf, verbietet sich, sich einen kleinen Körper vorzustellen, der vom Deck ins Meer stürzt, und entdeckt ein Paar mittleren Alters, das in zwanzig Meter Entfernung an der Reling steht, Anneliese zwischen sich. Alle drei schauen aufs Meer hinaus.

«Anni!», ruft Esther. «Anneliese! Komm sofort her.»

Beim Klang ihres Namens wirft Anneliese den Kopf herum, rennt dann auf ihre Mutter zu und schlingt ihr die Arme um die Beine.

«Du darfst nicht einfach so weglaufen», sagt Esther. «Dir könnte etwas zustoßen.»

«Ist das Ihre Tochter?», fragt die Frau, die Anneliese gefolgt ist. Sie hat eine stämmige, rundliche Figur und trägt eine Wolljacke und einen Wollrock aus Kammgarn, deren Faltenwurf auf teure Schneiderarbeit schließen lassen. Ihre Nase ist rot vom Sonnenbrand.

Esther nickt. «Ja, Anneliese. Ich konnte sie nicht finden und habe mir Sorgen gemacht.»

«Tut mir leid, sie ist allein herumgewandert», sagt die Frau. «Und da hielt ich es für das Beste, ein Auge auf sie zu haben, bis wir ihre Eltern finden würden.» Sie zwinkert Anneliese zu und sieht Esther lächelnd an. «Ich glaube, Sie haben da eine kleine Abenteurerin.»

«Baum», meldet sich Anneliese zu Wort.

Die Frau wirkt entzückt. Strahlend nimmt sie Annelieses Hand in ihre. «Genau, Rosenbaum, so heiße ich. Wie klug du bist, dass du dir das gemerkt hast!» Zu Esther sagt sie:

«Lieselotte Rosenbaum. Freut mich, Sie kennenzulernen.» Sie reicht ihr eine mollige Hand.

«Esther Niermann.» Sie schütteln sich die Hände.

Die Frau wirft einen Blick auf den Mann, der an der Reling steht. «Und das ist mein Mann Fritz.»

Der Mann nickt grüßend, lächelt aber nicht.

«Danke, dass Sie auf Anneliese aufgepasst haben», sagt Esther. «Hier auf dem Schiff wird sie allmählich rastlos.»

Frau Rosenbaum nickt. «Ich verstehe. Nun, es war schön, Sie kennenzulernen.»

Sie wirft Anneliese ein letztes Lächeln zu und begibt sich an die Seite ihres Mannes. Ein Windstoß weht übers Deck, drückt die linke Seite von Frau Rosenbaums Silhouette flach und zerzaust ihr das Haar.

Als Esther den Davongehenden nachschaut, wird ihr ein wenig elend zumute. Ihre Eltern sollten hier auf dem Schiff sein, zusammen mit Anni und ihr selbst. Die beiden sollten nicht in ihrer Wohnung sitzen und hoffen, dass die nächste Nachrichtensendung im Radio nicht wieder eine Kürzung der Rationen für Juden ankündigt; sie sollten nicht beten müssen, dass das Klopfen an der Tür von der letzten verbliebenen jüdischen Nachbarin Frau Schüler kommt, die eine Tasse Mehl leihen möchte, und nicht von einem Haufen uniformierter Verbrecher. Aber wie könnte sie, Esther, erwarten, dass ihre Eltern, die inzwischen über siebzig sind, alles hinter sich zurücklassen? Vielleicht hätte sie bei ihnen bleiben sollen; vielleicht hatte ihre Mutter ja recht, und es ging wirklich nur darum, einen kühlen Kopf zu bewahren und abzuwarten. Aber worauf sollte man warten?

KITTY

Die Temperatur steigt mit jeder Meile, die sie südwärts reisen; als sie bei Port Said eintreffen, ist der kühle österreichische Frühling vergessen. Es ist ein vierstündiger Halt vorgesehen, bevor das Schiff die Durchfahrt durch den schmalen Sueskanal in Angriff nimmt. In dieser Zeit dürfen sie von Bord gehen. Die acht Tage, seit sie in Genua in See gestochen sind, sind rasch vergangen; trotzdem freut Kitty sich darauf, das Schiff für ein paar Stunden zu verlassen und wieder festen Boden unter den Füßen zu spüren. Sie beschließt, zu diesem Anlass ihr bestes Kleid anzuziehen – denn wer weiß, wen sie treffen könnte? Es ist aus smaragdgrünem Viskose-Crêpe mit Puffärmeln und einem wadenlangen Rock, der sich von der Taille abwärts allmählich weitet. Der einzige Hut, den sie eingepackt hat – ein brauner Filzhut – passt nicht zum Kleid und ist in dem heißen Klima auch völlig ungeeignet. Stattdessen entscheidet sie sich für ein Kopftuch als Sonnenschutz.

Oben an Deck stößt sie im blendend hellen Sonnenschein auf eine Gruppe von Passagieren, die sich um einen der Schiffsoffiziere versammelt haben. Anscheinend streiten ein paar von ihnen mit ihm, ihre Stimmen sind angespannt und scharf, die anderen dagegen stehen schweigend mit gebeugten Köpfen da, als lauschten sie dem Urteil eines Richters.

Was immer da diskutiert wird, es ist kein freundschaftliches Gespräch. Kitty nähert sich einem Paar, das am Rand der Gruppe steht.

«Entschuldigung», sagt sie.

Die Frau wendet sich ihr zu. Ihre Nase ist gerötet, und die Haut schält sich. «Ja?»

«Was ist los?»

«Sie lassen die Juden nicht vom Schiff», erklärt die Frau. Ihre Kleidung sieht viel zu warm aus, um angenehm zu sein; tatsächlich sind ihre Stirn und ihre Oberlippe mit Schweißperlen bedeckt.

Auf der Landungsbrücke stehen ein Dutzend Passagiere, die bereits von Bord gegangen sind. Sie reichen ihre Papiere den wartenden britischen Beamten.

«Na ja, wir können das Schiff verlassen», sagt der Mann mit leiser Stimme, «aber die dort» – er deutet auf die britischen Beamten – «lassen uns nicht ins Land. Wir hätten ebenso gut in Deutschland bleiben können.» Er sagt es mit zitternder Stimme und hält dabei seinen geöffneten Reisepass hoch, über dessen Seite ein großes rotes J gestempelt ist.

Kitty legt die Hand fester um den Griff ihrer Handtasche. Ihr Reisepass trägt natürlich den gleichen Stempel. Als der «Anschluss» kam, hat sie sich nicht als Jüdin registrieren lassen. Sie hatte gar nicht daran gedacht – sie hatte sich schon vor Jahren von ihrer Religion losgesagt. Aber die Behörden fanden es trotzdem heraus. «Sind Sie sicher?», fragt sie.

Der Mann wirft ihr einen aufgebrachten Blick zu. «Natürlich bin ich mir sicher. Und so viel, wie der hier mir nützt ...», er hebt seinen Reisepass hoch, «... kann ich ihn auch wegschmeißen.»

Doch bevor er ihn über Bord schleudern kann, packt seine

Frau ihn am Arm. «Sei nicht dumm, Fritz», sagt sie. «Damit löst du kein einziges Problem.»

Er lässt den Arm schwer herabfallen und verzieht das Gesicht. Einen beunruhigenden Moment lang denkt Kitty, er werde in Tränen ausbrechen. Doch stattdessen beugt er sich über die Reling und spuckt in Richtung der Beamten weit unten. Als er sich wieder aufrichtet, hat er einen Speichelfaden am Kinn. Seine Frau wirft ihm einen nervösen Blick zu und reicht ihm ein Taschentuch.

«Es nützt nichts, sich aufzuregen», sagt sie leise.

«Sich aufzuregen?», fragt er mit ausdrucksloser Stimme und wischt sich das Kinn ab. «Ich rege mich nicht auf, Lieselotte. Ich rege mich nicht auf.» Er dreht sich um und geht langsam weg. Die Frau schüttelt leicht den Kopf und lächelt Kitty verlegen zu. Dann folgt sie ihrem Mann.

In diesem Moment räuspert sich jemand hinter Kitty, und als sie sich umdreht, steht sie einem Steward gegenüber. Wortlos legt er ihr die Hand um den Ellbogen und lenkt sie zum Strom von Bord gehender Menschen.

«Signorina», sagt er mit breitem Lächeln. «Wunderschönes Wetter heute für einen Ausflug an Land. Sie gehen und schauen den Markt an, nein?»

Kitty entzieht ihm ihren Arm. «Ich, äh ...»

Plötzlich streicht eine Brise übers Deck und bringt den Geruch von Salz und verfaultem Fisch mit.

«Eigentlich finde ich es heute ein bisschen zu warm», sagt sie und zupft ihr Kopftuch zurecht, unter dem der Wind eine Haarsträhne hervorgezogen hat. «Ich möchte schließlich keinen Hitzschlag bekommen.»

Sie macht sich von ihm frei und eilt davon, bevor er noch etwas sagen kann. Ihre Kehle ist wie zugeschnürt. Sie spürt die Hitze der niederbrennenden Sonne und sieht sich nach Schatten um. Sobald sie sich auf einen hölzernen Deckstuhl gesetzt hat, kommt auch schon ein Kellner und fragt, ob sie gern etwas trinken oder eine Kleinigkeit essen möchte. Sie bestellt eine Limonade und weist ihn nach einem Moment des Zögerns an, einen großen Schuss Gin hineinzugeben. Sie schirmt die Augen mit den Händen gegen die grelle Sonne ab. Trotzdem spürt sie das Brennen von Tränen.

Sie hat ihren normalen Rhythmus verloren, sagt sie sich. Das ist alles. In Wien stand sie normalerweise am Nachmittag auf, verbrachte ein paar Stunden mit Resi, kaufte Milch und Brot und trank reichlich Kaffee oder vielleicht noch ein oder zwei Schnäpse, bevor sie sich für die Arbeit im *Nachtfalter* fertig machte. Sie kamen selten vor sechs Uhr morgens ins Bett, wenn sie kichernd, plaudernd und lachend aus dem Nachtclub zurückkehrten. In ihrer Erinnerung ist natürlich alles rosarot gefärbt und fröhlich. Es war ein einziges Vergnügen – nächtelang tanzen, trinken und noch anderes. Die Erschöpfung und der Abscheu ließen sich leicht mit ein paar starken Cocktails betäuben oder mit einem langen, genüsslichen Zug an einer mit Drogen versetzten Zigarette.

Hier an Bord ist so etwas nicht nötig. Die Cocktails sind köstlich, und obgleich sie sich unter den hochmütigen Damen im Ballsaal, die jede Nacht ein anderes Designerkleid tragen, ein wenig befangen fühlt (sie selbst behilft sich damit, abwechselnd ihre beiden guten Abendkleider anzuziehen), wird sie diesen Luxus nach Kräften auskosten. In Shanghai wird es natürlich so oder noch besser weitergehen, aber sie weiß, dass man klug daran tut, die Feste zu feiern, wie sie fallen.

«Frau Blume?» Eine Frauenstimme links von ihr. «Kitty?»

Sie blickt auf. Es ist die Frau aus ihrer Kabine, Esther irgendwas. Sie trägt einen weichen Strohhut, dessen Krempe sie mit einem Chiffonschal nach unten gebunden hat, was ihre Wangenknochen betont.

«Ist alles in Ordnung? Du siehst ein bisschen unwohl aus.»

Kitty nickt leicht. «Die Hitze», sagt sie. «Ich habe mich noch nicht recht daran gewöhnt.»

«Darf ich?» Esther deutet mit einem Nicken auf den Deckstuhl neben dem von Kitty. «Anni spielt dort drüben, und ich muss sie im Auge behalten.» Sie zeigt auf das kleine Mädchen, das ein paar Meter entfernt herumhopst.

«Gern, setz dich doch», antwortet Kitty.

Esther lässt sich nieder und versucht vergeblich, sich mit der Hand Kühlung zuzufächeln. «Es ist *wirklich* heiß», sagt sie mit einem Lächeln.

Kittys Kleid klebt an ihren Oberschenkeln. Sie zupft am Stoff, um etwas kühlere Luft an die Haut zu lassen. «Aber vermutlich nichts im Vergleich zu dem, was uns noch erwartet.»

«Nein, vermutlich nicht.»

Esther lehnt sich zurück, die Augen gegen die Sonne geschlossen. Kitty merkt, dass sie sie einzuschätzen versucht und sich überlegt, wer diese Frau gewesen sein mag, bevor sie das Schiff bestieg. Sie ist hübsch, hat weiche, mädchenhafte Züge und eine gute Figur, auch wenn sie ihre schmale Taille besser betonen könnte als mit diesem lose fallenden Sommerkleid. Sie trägt einen Ehering, den sie fast zwanghaft am Finger dreht, und doch reisen sie und ihre Tochter offensichtlich allein. Kitty wirft einen Blick auf ihren eigenen, ringlosen Finger, und ein Zucken von Erregung durchläuft sie.

Dann stößt Esther einen leisen Laut aus. «Hör mal hin!», sagt sie und steht plötzlich reglos da.

Kitty lauscht, aber abgesehen vom gelegentlichen Gelächter einiger Kinder und ein oder zwei kreischenden Möwen, die am Himmel kreisen, hört sie nicht viel. «Was denn?»

«Die Maschinen», sagt Esther. «Sie haben sie abgestellt. Ach, was für eine Erleichterung!»

In der Tat, jetzt, da Esther es anspricht, merkt auch Kitty, dass das stete Dröhnen und Vibrieren der Schiffsmotoren verstummt ist.

Sie sitzen eine Weile schweigend da.

Dann fragt Esther: «Hast du irgendeine Vorstellung von dem, was uns erwartet? Ich meine, man hört immer wieder von einem Komitee und so, aber keiner scheint etwas Genaues zu wissen.»

«Ehrlich gesagt habe ich keine Ahnung», antwortet Kitty. Sie leert ihr Limonadenglas und genießt die einsetzende Wirkung des Gins.

«Aber was wirst du tun, wenn wir ankommen?», fragt Esther.

«Ach!» Kitty stößt ein helles Lachen aus. «Mein Verlobter lebt dort. Vitali. Ich bin kein ...», sie winkt so lässig ab, wie sie nur kann, «... Flüchtling oder so.»

Esthers Körper neben ihr spannt sich an.

«Tut mir leid. So hatte ich es nicht gemeint.» Sie wirft Esther ein entschuldigendes Lächeln zu. «Ich habe einfach nur Glück, das ist alles. Vitali und ich haben uns vor ein paar Monaten in Wien kennengelernt, und es war, wie man so sagt, Liebe auf den ersten Blick. Er ist Geschäftsmann. Wie sich herausstellte, arbeitet er für eine Tabakfirma in Shanghai. Er hat die entscheidende Frage gestellt, ich habe ja gesagt, und voilà» – sie breitet die Hände aus –, «hier bin ich.» Sie lässt die Hände wieder in den Schoß sinken. Ihr Blick wandert zu dem steten Strom an Bord gehender Passagiere.

«Wird er dich vom Schiff abholen?», fragt Esther.

«Das hoffe ich doch sehr, verdammt noch mal», antwortet Kitty, nimmt die Sonnenbrille aus ihrer Handtasche und setzt sie auf. «Ich will bestimmt nicht in Shanghai herumlaufen und ihn suchen.»

Die Schiffsmaschinen erwachen dröhnend zu neuem Leben, als hätte die Erwähnung des Wortes «Shanghai» sie an die vor ihnen liegende Aufgabe erinnert.

«Und was ist mit dir?», fragt sie Esther.

«Mit mir?»

«Kennst du dort jemanden?»

Esther schüttelt den Kopf. «Nein. Niemanden.» Kitty meint, bei dieser Antwort einen Moment des Stockens zu bemerken, doch sie ist sich nicht sicher.

Esther steht schwankend auf, sie wirkt ein wenig schwindelig von der Hitze. «Ich gehe besser und hole Anni aus der Sonne», sagt sie.

ESTHER

Ich frage mich, was sie mit den ganzen Resten machen», sagt Kitty, legt Messer und Gabel auf den Teller und tupft sich die Winkel ihres lippenstiftroten Mundes mit einer Leinenserviette ab.

Sie sitzen im Speisesaal der Ersten Klasse, der so gut wie leer ist, weil die Mehrheit der Passagiere an Seekrankheit leidet. Auf einem Podium am hinteren Ende des Saals spielt ein einsames Streichquartett ein Stück – Schubert? Oder Strauss? Weil das Schiff so stark schwankt, klingt es ein wenig misstönend.

Abgesehen von Kitty und natürlich Anneliese, die auf Esthers Schoß sitzt, sind nur eine Handvoll verstreute Passagiere im Saal. Eine ältere Dame, die sich normalerweise in Gesellschaft ihrer Schwester befindet, sitzt allein an ihrem Tisch und schaut ziemlich schwermütig drein. Die beiden Rosenbaums sitzen ein kleines Stück entfernt, und Anneliese hat ihren Tisch bereits mehrmals besucht. In der Nähe des Buffets hat ein elegant gekleidetes Paar mit seinen drei stillen Kindern Platz genommen, von denen keines Annelieses Energie zu haben scheint. Alle wirken schwerfällig und furchtbar gelangweilt.

Die vom Meer heranwehenden Windböen machen einen entspannten Spaziergang auf dem Promenadendeck unmöglich, doch selbst wenn das Wetter schön wäre: Der Gestank des Erbrochenen, der von den tiefer gelegenen Decks heraufdringt, ist überwältigend. Im Gegensatz zu den Erste-Klasse-Decks, die mehrmals täglich gewischt und geputzt werden, werden die Teile der *Conte Biancamano*, die den Passagieren der Zweiten und Dritten Klasse vorbehalten sind, nur selten gereinigt.

«Vielleicht bringen sie die Reste auf die unteren Decks», sagt Esther und versucht, Anni mit ein wenig geschmortem Kalbfleisch zu füttern. «Ich meine, sie können ja wohl kaum das ganze Essen über Bord kippen, oder?»

Sie blickt auf Kittys Teller, auf dem eine leergegessene korallenrote Hummerschale liegt. Die Auswahl an Gerichten übersteigt alles, was Esther sich hätte vorstellen können, aber sie hat den Glasierten Schinken und den Hummer Thermidor gemieden, obgleich sie köstlich aussehen. Sie hat ihren Eltern versprochen, möglichst nach den Geboten ihres Glaubens zu leben, und daran will sie sich halten. Sie denkt täglich an die beiden, und es ist noch keine Nacht vergangen, in der sie nicht mit der erschütternden Angst, sie vielleicht niemals wiederzusehen, aus einem eigenartigen und schrecklichen Traum erwacht ist.

Kitty isst anscheinend alles mit großem Behagen: Schweinefleisch oder Schalentiere – wie sie jetzt den Fruchtpudding vertilgt! Sie hat einen Verlobten in Shanghai, sagt sie, aber hat sie niemanden zurückgelassen? Obgleich sie dieselbe Kabine teilen, kreuzen sich ihre Pfade an den meisten Tagen kaum. Kitty schläft normalerweise bis mittags und steht auf, wenn Esther Anneliese für ihren Mittagsschlaf hinlegt. Dann verlässt sie die Kabine und kehrt spätnachts, lange nachdem Esther und Anni zu Bett gegangen sind, leise zurück. Jetzt, bei ihrem ersten gemeinsamen Mittagessen, ist das Gespräch angenehm, aber, so empfindet Esther es, oberflächlich. Sie haben über das Wetter gesprochen, über das Vorankommen des Schiffs im Arabischen Meer, erneut über das Wetter und jetzt über das Essen. Kitty ist nett – es könnte weit schlimmere Kabinengefährtinnen geben –, aber wenn man so wenig miteinander gemein hat, worüber soll man dann eigentlich reden?

Esther will gerade gehen und Anni für ihren Mittagsschlaf hinlegen, als ein Mann in den Vierzigern, der einen cremefarbenen Leinenanzug trägt, quer durch den Speisesaal zu ihnen kommt. Er ist tief gebräunt, und sein Haar ist scharf gescheitelt und mit Pomade befestigt. Er sieht gut aus, und erst auf den zweiten Blick entdeckt Esther den Hakenkreuz-Anstecker an seinem Revers. Sie verkrampft sich und legt Anni den Arm fester um die Taille.

«Heil Hitler», sagt der Mann und hebt die rechte Hand zur schlaffen Andeutung eines Hitlergrußes. Er lächelt, und dabei tritt ein rasiermesserschmaler Schmiss auf seiner linken Wange hervor.

«Heit-ler», echot Anneliese. Esther würde das am liebsten unterbinden, will aber nicht unnötig die Aufmerksamkeit auf sich lenken. Doch der Blick des Mannes gleitet über sie hinweg. Seine Augen sind auf Kitty geheftet.

«Fräulein Blume», sagt er geschmeidig. «Erweisen Sie uns heute Nacht im Ballsaal erneut die Ehre Ihrer Anwesenheit?»

Kitty beugt sich vor, stützt die Ellbogen auf den Tisch, zieht lang an ihrer Zigarette und bläst den Rauch dann in Richtung Decke.

«Das werden Sie ja sehen», antwortet sie und zieht eine Augenbraue hoch.

Der Mann bleibt noch ein wenig stehen und denkt offensichtlich über eine Antwort nach. Dann aber lächelt er einfach nur, verbeugt sich leicht und wendet sich zum Gehen.

«Günter von Schönhausen», sagt Kitty leise, als er außer Hörweite ist. «Der designierte Kulturattaché für Shanghai.» Sie schnalzt mit der Zunge. «Ein schrecklicher Tänzer.»

Esther sieht ihm nach, wie er den Speisesaal raschen Schrittes verlässt, und wendet sich dann Kitty zu. «Er weiß nicht Bescheid, oder?»

Kitty drückt ihre Zigarette aus. «Worüber?»

«Dass du Jüdin bist.»

Kitty stößt den Atem aus. «Na ja, nein. Es ist nichts, was ich an die große Glocke hänge.» Sie zuckt mit den Schultern, nimmt die an der Rückenlehne ihres Stuhls hängende Handtasche und stellt sie sich auf den Schoß. «Das hier ist gestern Abend aus seiner Jackentasche gefallen.» Sie greift in die Handtasche und zieht ein schmales Zigarettenetui hervor. Ein Lächeln spielt um ihre Lippen. «Sterlingsilber. Ich habe nach dem Stempel geschaut.»

Esther schnappt leise nach Luft und blickt von dem Zigarettenetui zu Kitty. «Hast du – hast du es gestohlen?»

«Mein Motto: Wenn du sie nicht schlagen kannst, nimm sie aus», sagt Kitty und sieht Esther direkt in die Augen.

Esther blinzelt. Redet Kitty über Nazis oder über Männer im Allgemeinen? Unmöglich zu sagen. Esther spürt ihre eigene Naivität; Kitty ist anders als alle Frauen, die sie bisher kennengelernt hat.

Kitty schiebt das Zigarettenetui über den Tisch. «Nimm es», sagt sie.

«Nein, das kann ich unmöglich ...»

«Nimm es», wiederholt Kitty. «Ich brauche es nicht, und ...»

Anneliese streckt blitzschnell die Hand aus, schnappt sich das Etui und beginnt, damit zu spielen.

«Nein, Anni, gib das her!»

Esther entreißt es ihr, und natürlich beginnt jetzt das Kinn des Mädchens zu zittern. Wie aus dem Nichts taucht ein Kellner auf und fragt, ob die *bambina* vielleicht ein Stück Kuchen möchte? Esther, deren Herz inzwischen rasend schnell hämmert, schiebt das Etui in ihre Jackentasche, damit keiner es sieht. Sie streichelt Annis Wange.

«Ja, geh doch zum Desserttisch und schau, ob du etwas magst.»

Das muss sie Anneliese nicht zweimal sagen. Die Kleine springt von Esthers Schoß und rennt zum langen Tisch auf der anderen Seite des Speisesaals, der sich unter dem Gewicht von Kuchen und Teilchen, Petit Fours und weiterem Gebäck biegt.

Esthers Aufmerksamkeit wandert erneut zu den beiden Rosenbaums, die sich zu streiten scheinen. Frau Rosenbaum sagt anscheinend etwas Herausforderndes, denn die Miene ihres Mannes verdüstert sich, und er packt sie am Arm. Doch sie schüttelt seine Hand ab und nimmt ihre Handtasche von der Stuhllehne. Esther schaut schnell weg, weil sie nicht als Zeugin der peinlichen Situation ertappt werden möchte. Doch gleich darauf tritt Frau Rosenbaum an ihren Tisch. Sie steht eine ganze Weile mit einem zögernden Lächeln vor den beiden jungen Frauen, und das Dröhnen aus dem Maschinenraum klingt lauter als je zuvor.

Esther lächelt sie ermutigend an, doch als die Frau weiter schweigt, sagt sie: «Das ist meine ... meine Freundin Fräulein Blume.» Sie wendet sich Kitty zu. «Kitty, das ist Frau Rosenbaum. Sie hat sich mit Anni angefreundet.»

Frau Rosenbaums Blick zuckt kurz zu Kitty hinüber, kehrt aber sofort zu Esther zurück. «Eigentlich, Frau Niermann ...», beginnt sie. Sie wirft einen kurzen Blick nach hinten zu ihrem Mann, und als sie sich wieder Esther zuwendet, ist ihr Gesicht gerötet. «Ich möchte nicht ...» Sie hält inne und wühlt in ihrer Handtasche. «Ich möchte Ihnen nicht lästig fallen», fährt sie fort und nimmt etwas aus der Tasche. «Aber ich habe mich gefragt, ob Sie vielleicht das hier gebrauchen könnten.» Sie hält ihr mit leicht bebender Hand eine Männeruhr hin. «Sie ist vergoldet. Hat ein erstklassiges Uhrwerk. Mein Mann besitzt sie schon viele Jahre. Sie hat ihn nie im Stich gelassen.»

Esther runzelt die Stirn. «Ich weiß nicht, ob ich ...»

«Es ist eine Schweizer Uhr», fährt Frau Rosenbaum mit einem eindringlichen Blick auf sie fort. «Ich dachte, vielleicht ...» Sie schluckt und senkt den Blick erneut auf die Uhr. «Zehn Dollar, denke ich. Es wäre ein gutes ... ein gutes Geschäft.»

«Oh», sagt Esther, die jetzt allmählich versteht. «Frau Rosenbaum, es tut mir leid, aber ich ...»

Die Frau schüttelt rasch den Kopf. «Nein, verzeihen Sie. Ich wollte Sie beide nicht stören. Bitte.» Sie steckt die Uhr in ihre Handtasche zurück, ihre Wangen sind jetzt so rot wie ihre Nase. «Ich wünsche Ihnen noch einen guten Appetit.»

Sie dreht sich um und eilt davon, vorbei an ihrem Mann, der noch immer auf seinem Stuhl sitzt, mit hängenden Schultern und gesenktem Kopf. Gleich darauf steht er auf und folgt ihr schwerfällig.

«Tja, das war peinlich», sagt Kitty nach einem langen Schweigen. «Die arme Frau.»

KITTY

Der Boden hebt und senkt sich. Das Schiff kommt ihr wie etwas Lebendiges vor; ja, wie eine Art wildes Tier, in dessen Bauch sie auf ewig gefangen ist. Glaubt man den Nadeln, die in der Seekarte stecken, befinden sie sich irgendwo zwischen Colombo und Singapur, aber sie fühlt sich, als wäre sie in den Tiefen der Hölle. Seekrankheit ist schlimmer als der schlimmste Kater, den sie je erlebt hat. Schlimmer als die fürchterlichen Kopfschmerzen und die würgende Übelkeit nach einer Nacht im *Nachtfalter*, wenn die einzige Möglichkeit, den Abend zu überstehen, darin bestand, sich bis zur Besinnungslosigkeit zu betrinken.

Sie ist zu erschöpft, um sich aufzusetzen, und als sich ihr erneut der Magen umdreht, wendet sie einfach den Kopf zur Seite und übergibt sich in den Kübel, der neben ihrem Bett steht. Sie trifft ihr Ziel, mehr oder weniger. Der Anblick, die Geräusche und – am schlimmsten – der Geruch sind so eklig, dass sie gleich wieder würgen muss. Sie hat einen widerlichen Geschmack im Mund, als verfaulte etwas in ihrem Hals. Die Bettwäsche ist feucht von Schweiß, und sie zittert.

Sie hat seit zwei Tagen nichts gegessen und kann nicht mehr als einen Schluck Wasser im Magen behalten, obgleich sie so dehydriert ist, dass sie von innen nach außen austrocknet. Ihre Haut fühlt sich bereits so an, als wäre sie aus Papier, und Gott weiß, wie viele Falten sie am Ende der Überfahrt haben wird. Sie ist vollkommen erschöpft. Wenn nur das Erbrechen aufhören würde, damit sie eine Stunde – oder auch nur eine halbe Stunde! – schlafen könnte.

Ein Kater hält nur ein paar Stunden an; einen Tag, wenn man Pech hat, und selbst dann gibt es Möglichkeiten, ihn sanft abzumildern. Ein oder zwei Gläschen Schnaps oder ein Glas perlender Wein. Aber das – *das hier* – hört niemals auf. Sie lässt sich auf die Matratze zurücksinken, rollt sich auf der Seite zusammen und dreht sich dann erneut um, um eine Position zu finden, die die Übelkeit erträglicher macht. Es ist hoffnungslos. Das gnadenlose Dröhnen der Maschinen und das Auf und Ab des Schiffs durchdringen den ganzen Körper. So schlecht wie jetzt hat sie sich zum letzten Mal vor zwölf Jahren gefühlt, im November 1927, als ihre Schwester Elli und sie krank waren. Auch das ist ihr damals wie eine Ewigkeit vorgekommen, obgleich sie sich nach sechs langen Tagen mit Fieber, peinigendem Kopfweh und schmerzenden Gelenken erholte.

Sie wären überhaupt nicht krank geworden, wäre ihr Vater nicht gewesen. Salomon Blumenthal war Rabbi an der Beth-Hachneseth-Synagoge, ein kleinlicher, boshafter Mann, der seine Töchter hasste, weil sie keine Söhne waren, und seine Frau, weil es ihr nicht gelungen war, einen männlichen Nachkommen zu gebären. Es war wohl unvermeidlich, dass seine Angst und seine Abscheu vor Kittys Frauwerdung ihm früher oder später ins Bewusstsein dringen mussten. Und tatsächlich kam der Tag, an dem er sah, wie der Vorbeter Ari Fleischmann auf dem Weg aus der Synagoge Kittys Hintern streichelte. Das machte dieser Mann immer, und tatsächlich gefiel Kitty das Gefühl der Macht, das seine Aufmerksamkeit ihr verschaffte. Aber ihr Vater wurde komplett *meshugge.* Obgleich sie erst dreizehn war und Fleischmann dreimal so alt wie sie, verheiratet und Vater von sechs Kindern, war Kitty in den Augen ihres Vaters eine *nafka*, eine schmutzige Hure. Er packte sie vor Wut brüllend und prügelte sie auf dem ganzen Weg von der Synagoge bis nach Hause. Als die neunjährige Elli ihr zu Hilfe eilte und am *Gartel* ihres Vaters zerrte, bis er in den Schmutz fiel, sperrte er sie beide auf den Balkon aus, wo sie aneinandergekauert und bis zur Erschöpfung schluchzend eine bitterkalte Nacht verbrachten. Bei Tagesanbruch, als ihre Haut sich von Rosig über Weiß zu einem geisterhaften Blau verfärbt hatte, holte ihre Mutter sie wortlos herein. Kurz darauf begann das Fieber. Ein Arzt wurde gerufen, diagnostizierte Grippe und berechnete teure Besuche. Aber Ellis Zustand verschlechterte sich zusehends. Sie erholte sich nicht mehr und starb, eine Woche nachdem Kitty ihre übliche strahlende Gesundheit wiedererlangt hatte.

Das Schiff macht einen plötzlichen Satz nach vorn, kracht gleich darauf nach unten und lässt den Kübel durch die Kabine rollen. Kitty sieht unglücklich zu, wie er seinen Inhalt auf den Teppich entleert. Jemand wird es aufwischen – dreimal täglich kommt ein Zimmermädchen –, aber bis dahin wird sie den Gestank erdulden müssen.

Sie wälzt sich unter ihrer feuchten Bettdecke hin und her und kämpft gegen eine neue Woge von Übelkeit an. Sie schließt die Augen. Für einen Neuanfang und ein neues Leben ist dieses Elend sicherlich den Preis wert.

Sie hört nicht, wie die Tür aufgeht, aber da ist Esther und setzt sich zu ihr aufs Bett.

«Wie geht es dir?»

«Als wäre ich heruntergeschluckt und wieder ausgespuckt worden», antwortet Kitty schwach.

Anneliese sieht sie mit aufgerissenen Augen an, die Miene eine Mischung aus Erstaunen und Entsetzen.

«O nein, ich hatte ... ich hatte das nicht wörtlich gemeint. Ich ...» Ihr Magen krampft sich zusammen, und sie würgt über dem Teppich, wonach ihr ein ekliger Schleim in einem Faden von den zitternden Lippen hängt. Sie hat praktisch nichts mehr im Magen. «Mein Gott, wann hört das endlich auf?»

«Der Arzt sagte, es sei wahrscheinlich *mal di mare»,* berichtet Esther und reicht ihr eine Serviette. «Bist du dir sicher, dass ich ihn nicht holen soll?»

Kitty wischt sich den Mund ab. Ihre Zunge ist wund und geschwollen. «Nein, ich möchte nicht, dass jemand mich so sieht.»

«Er rät dir, dich auszuruhen und viel zu trinken. Ich glaube, er hat auch etwas über eine Injektion gesagt, falls es zu schlimm wird, aber», Esther zuckt entschuldigend mit den Schultern, «er ist immer wieder ins Italienische gewechselt, und ich konnte das meiste nicht verstehen. Tut mir leid.»

Kitty schüttelt den Kopf. «Dann also trinken.»

Esther steht auf und packt ein Legespiel aus Holz aus, das sie wohl aus dem Spielezimmer mitgebracht hat. «Damit Anni etwas zu tun hat», sagt sie.

«Ihr müsst nicht bei mir bleiben», sagt Kitty, obgleich sie Esthers Fürsorge und Aufmerksamkeit mehr genießt, als sie zugeben würde. Wie lange ist es her, seit jemand zum letzten Mal nach ihr geschaut hat, wenn es ihr nicht gutging, ihr die Stirn abgewischt, ihr etwas zu trinken gebracht und ihr Kopfkissen aufgeschüttelt hat?

Esther legt ihr ein feuchtes Handtuch auf die Stirn. «Sie haben die unteren Decks durchsucht», sagt sie leise.

«Was?» Kitty schluckt und zuckt zusammen. Ihre Kehle ist wund.

«Von Schönhausen lässt die Kabinen der unteren Decks durchsuchen. Nach seinem Zigarettenetui.» Sie weicht Kittys Blick aus.

«Sollen sie doch», knurrt Kitty.

«Aber denkst du nicht ...»

«Sie werden es dort nicht finden, oder? Und hier in der Ersten Klasse werden sie bestimmt nicht suchen.»

Esther blickt auf ihre Hände hinunter und beginnt, den Ring an ihrem Finger zu drehen. «Ich weiß, aber diese Menschen, was sie durchgemacht haben, ich ...»

Kitty packt Esther am Handgelenk und zieht sich zu einer halb sitzenden Position hoch. «Was schlägst du denn vor?» Ihre Stimme ist ein hässliches Krächzen. «Willst du zu ihm gehen und ihm das Etui zurückgeben? Ihm sagen, dass es ihm wohl aus der Tasche gefallen sein muss?»

Esther zuckt vor dem Geruch von Kittys Atem zurück. «Ich weiß nicht, ich ...»

Der Versuch, aufrecht zu sitzen, hat Kitty erschöpft. Sie lässt sich aufs Kopfkissen zurückfallen. «Es tut mir leid. Ich habe da etwas Dummes angestellt. Und vor allem tut mir leid, dass ich dich in die Sache hineingezogen habe.» Sie meint es ernst. Sie handelt immer zu impulsiv, geht dumme Risiken ein und schnappt nach Fetzen des Lebens, bevor das Leben sie selbst schnappen und in seine Tiefe ziehen kann. Aber es war unfair, Esther in die Sache zu verwickeln.

Esther schüttelt ganz leicht den Kopf, aber bevor Kitty ihre Entschuldigung wiederholen und versprechen kann, dass sie eine Möglichkeit suchen wird, dem Mann sein verdammtes Etui unbeobachtet zurückzugeben, zieht sich ihr Magen zusammen, und sie beginnt erneut krampfhaft zu würgen.

Als sie in die Andamansee gelangen und das Wasser endlich ruhiger wird, ist Kitty ein Wrack. Sie wagt nichts zu essen, obgleich sie schon seit Jahren nicht mehr so hungrig war, und sie ist so ausgelaugt und energielos, dass ihre Beine einknicken, wenn sie zum Duschen aufsteht.

Es ist die letzte Woche auf dem Schiff, und abgesehen von einem kurzen Spaziergang an Deck, um etwas Kraft zurückzugewinnen, bleibt Kitty in der Kabine. Sie hofft, dass der Skandal um das abhandengekommene Zigarettenetui sich gelegt hat, hält es aber für das Klügste, den Speisesaal zu meiden. Außerdem kann sie Essen und Getränke in die Kabine bestellen, und warum sollte sie die Vorzüge der Ersten Klasse nicht nutzen, solange es möglich ist?

Es ist ein wunderschöner Tag – durch das Bullauge leuchtet der Himmel strahlend blau herein, und die Wellen liebkosen die Flanken des Schiffs mit spielerischem Plätschern. Kitty sitzt im Bett und löffelt eine Ochsenschwanzsuppe. Auf dem anderen Bett versucht Esther, eine widerwillige Anneliese zu ihrem Mittagsschlaf zu überreden. Aus dem Radio ertönt leise ein sanftes Konzert.

Das Klopfen an der Kabinentür schreckt sie alle auf.

«Signorina! Signora!»

Anneliese setzt sich auf, offensichtlich entzückt, dass ihr Mittagsschlaf nun ausfällt. Kitty und Esther wechseln einen Blick. Wieder klopft es an der Tür.

«Hast du etwas bestellt?», fragt Kitty.

«Nein.» Esther schüttelt den Kopf und steht auf, doch in diesem Moment geht das Klopfen in ein Hämmern über.

«Aufmachen! Sofort!» Auf Deutsch.

«Scheiße.» Das Wort entschlüpft Kittys Lippen. «Es ist von Schönhausen.» Sie setzt sich aufrecht hin, und die Ochsenschwanzsuppe schwappt über den Rand der Schale auf die Bettdecke. «Was machst du?», fügt sie atemlos hinzu, als Esther die Kabine durchquert. «Lass ihn nicht rein!»

Esther macht stirnrunzelnd den Mund auf, doch weiteres Gebrüll schneidet ihr das Wort ab.

«Tür auf! Sofort!» Er klingt wütend. Von den Faustschlägen erzittert die Tür im Rahmen. «Ich weiß, dass du dadrin bist, du Judenschlampe!»

Einen Moment lang herrscht Stille, gefolgt vom Gemurmel männlicher Stimmen auf der anderen Seite der Tür. Dann: «Sagen Sie mir nicht, dass ich mich beruhigen soll! Sie ist eine verdammte Diebin!»

Kittys Herz hämmert heftig in der Brust, und ein Rest Übelkeit steigt in ihr auf. «Wo ist es?», flüstert sie Esther zu. Aber Esther steht wie erstarrt in der Mitte des Raums, zitternd und mit bleichem Gesicht.

«Wo ist das Zigarettenetui?», wiederholt Kitty, und zum Glück reißt Esther sich aus ihrer Erstarrung, eilt zu ihrem Koffer, wühlt eine scheinbare Ewigkeit darin herum und findet schließlich das gestohlene Objekt.

Einen Moment lang steht sie da und blickt auf das Etui hinunter, als frage sie sich, wie es in ihre Hände gekommen sei. Das Hämmern und Brüllen beginnt von neuem.

«Aus dem Fenster – schnell!», drängt Kitty.

Esther klettert auf einen Stuhl und öffnet den Verschluss des Bullauges, während Anneliese, die die Aufregung offensichtlich genießt, begeistert in die Hände klatscht. Kitty schlägt das Herz bis zum Hals, als sie verfolgt, wie Esther den Kopf und einen Arm durch die schmale Öffnung quetscht und das Etui so weit wegwirft, wie sie kann. Sie ist gerade zurückgeklettert und hat das Bullauge zugeschlagen, als sie einen Schlüssel im Schloss hören.

«Es ist in einem der Rettungsboote gelandet», flüstert Esther, und als die Tür aufgerissen wird, beginnen sie hilflos wie Schulmädchen zu kichern.

ESTHER

Während des letzten Abends an Bord der *Conte Biancamano* stehen die Maschinen still. Das Schiff liegt im Mündungsgebiet des Jangtse vor Anker und wartet auf die Flut, um in den Hafen einzulaufen. Esther hat über eine Stunde gebraucht, um Anni zum Einschlafen zu bewegen, und sie ist erschöpft und nervös. Sie versucht, die Ankunft morgen zu verdrängen, aber es gibt schrecklich wenig, was sie davon ablenkt. Sie sucht ein letztes Mal den Raum ab, um sicherzugehen, dass sie alles eingepackt hat, was ihnen gehört.

Die Tür geht auf, und Kitty kommt herein, in den Händen einen Teller mit Gebäck und eine beschlagene Sektflasche.

«Hier», sagt sie leise. «Ich dachte mir, dass du vielleicht Hunger hast. Ich habe meinen Charme beim Küchenpersonal spielen lassen.»

Esther lächelt dankbar. Nach der Durchsuchung ihrer Kabine – bei der zu von Schönhausens Missvergnügen nichts Belastendes gefunden wurde – hat der Erste Offizier sie höflich, aber energisch aufgefordert, sich künftig von den gemeinschaftlich genutzten Erste-Klasse-Bereichen des Schiffs fernzuhalten. Esthers Erleichterung, dass der Zwischenfall sich nicht zu etwas Ernsthafterem entwickelt hat, ist mit einem merkwürdigen verbliebenen Hochgefühl gekoppelt. Etwas Vergleichbares hat sie noch nie erlebt – der Schauer der Gefahr, der Moment des beinahe Ertapptwerdens – und es tut ihr ein wenig leid, dass es außer Kitty niemanden gibt, mit dem sie darüber reden könnte. Aus der Art, wie Kitty den Zwischenfall später abtut, schließt sie, dass solche Aufregungen ihr nicht fremd sind.

Kitty setzt sich und deutet mit einer Kopfbewegung auf Anneliese. «Dann schläft sie also endlich?»

«Ja, endlich», antwortet Esther und blickt zu Anni hinunter. Schlafend sieht das Mädchen noch immer aus wie ein Baby. Die Arme hat sie zu beiden Seiten des Gesichts hochgeworfen, als wollte sie sich ergeben, ihre Gesichtszüge sind entspannt und die weichen Lippen leicht geöffnet. Esther holt eine Zusatzdecke aus der Schublade und legt sie auf den Teppich am Fußende ihres Bettes.

«Was machst du da?», flüstert Kitty.

Esther schüttelt ein Kopfkissen auf und legt es auf die Decke. «Sie hat so lange gebraucht, um zur Ruhe zu kommen, dass ich lieber das Risiko vermeide, sie aufzuwecken. Ich schlafe heute Nacht hier unten.»

Kitty stellt die Sektflasche auf ihren Nachttisch. «Sei nicht albern», sagt sie. «Du kannst doch nicht auf dem Boden schlafen.»

«Das geht schon. Der Teppich ist sehr weich.»

Kitty legt den Kopf schief. «Glaubst du wirklich, dass ich dich auf dem Boden schlafen lasse?» Ihre Wangen sind gerötet, vielleicht noch von ihrem Verpflegungsausflug zur Küche. «Hier, das Bett ist groß genug für uns beide.» Sie deckt die Matratze auf und zieht die Schuhe aus. «Komm schon, das wird nett.»

Esther wirft einen Blick auf ihr improvisiertes Lager auf dem Boden.

«Ich bin früher immer zu meiner Schwester ins Bett geschlüpft», fährt Kitty fort, knöpft ihr Kleid auf und lässt es auf den Boden gleiten. Darunter trägt sie ein elfenbeinfarbenes Satinhemdchen, glänzend, aber abgetragen, mit ausgefranstem Saum und mehreren dunklen Flecken. «Gewitter, Ungeheuer unter dem Bett, was auch immer. Dann sind wir die ganze Nacht wach geblieben und haben miteinander geredet.»

«Also ...», beginnt Esther.

«Ich bestehe darauf. Sonst musst du mein Bett nehmen, und ich schlafe auf dem Boden. Dann werde ich schrecklich schlecht schlafen und morgen früh unausstehlich sein.»

«Wenn du dir sicher bist, dass es dir nichts ausmacht.»

Statt einer Antwort klopft Kitty auf die andere Seite des Bettes und lächelt. Esther zieht ihre Hausschuhe aus und klettert hinein. Aus dieser Nähe riecht sie Kittys Parfüm und einen mehligen Hauch ihres Gesichtspuders.

«Das ist doch nett, oder?», fragt Kitty und reckt sich nach dem Nachttisch, um die beiden Gläser von dort zu nehmen. Dabei bemerkt Esther zwei blasse Narben, nicht mehr als haarbreit, die sich über ihren Rücken ziehen. «Hier, nimm das.» Kitty schenkt Sekt ein, und sie stoßen miteinander an.

Kitty rutscht in eine bequemere Position, lehnt sich mit dem Rücken ans Kopfende und zieht die Beine an, sodass die Decke über den Knien eine Art Zelt bildet. Man hört eine Big Band, die auf dem Schiff spielt – die Abschiedsfeier im Ballsaal, nimmt Esther an –, aufklingendes Gelächter und Gesprächsfetzen. Auf der anderen Seite der Kabine steht Kittys großer Lederkoffer. Ein Strahl Mondlicht beleuchtet das goldene Monogramm, K. B., das in die Seiten eingeprägt ist.

«Du hast einen wunderschönen Namen», sagt Esther.

«Danke», sagt Kitty. Dann runzelt sie die Stirn. «Aber dir ist bewusst, dass es ein Künstlername ist?»

«Wirklich? Bist du Schauspielerin? Sollte ich von dir gehört haben?»

«Wohl kaum. Und ja, ich schauspielere, wenn man mich lässt. Meistens singe ich aber. Und ich tanze. Revues, Kabarett, so etwas.»

«Und wie lautet dein eigentlicher Name?»

Kitty verzieht das Gesicht. «Käthe Blumenthal.»

Esther lacht. «Das ist doch gar nicht schlecht!»

«Aber in Hollywood komme ich mit so einem Namen bestimmt nicht weit.»

«Du willst nach Hollywood? Aber was ist mit deinem Verlobten?»

«Ach.» Kitty wischt ein paar Krümel von ihrer Decke. «Sagen wir mal, Hollywood ist mein Notfallplan.»

Esther reißt die Augen auf. Hollywood! Eine wahrhaftige Schauspielerin! Diese Frau kommt wirklich aus einer anderen Welt.

«Wo ist eigentlich dein Verlobungsring?» Die Worte sprudeln einfach aus ihrem Mund, und Esther hat Angst, dass Kitty sie für furchtbar neugierig halten wird.

Doch die Frage scheint Kitty nicht weiter zu stören. «Ach, der erwartet mich in Shanghai», sagt sie achselzuckend. «Vitali meinte, es sei zu riskant für mich, Wertgegenstände aus dem Land zu bringen.» Sie hält inne. «Was nicht heißt, dass ich keine mitgenommen hätte. Die Perlen meiner Mutter und ein paar goldene Halsketten.»

«Wirklich?» Esther denkt an die unglückseligen Szenen am Brenner zurück, wo Leute entsetzt und ungläubig aufschrien, als die deutschen Zollbeamten ihre Koffer durchsuchten, das Futter herausrissen und Schmuck, Uhren und sogar vergoldete Menoras herausholten. «Hast du sie versteckt?»

Kitty wirft ihr ein durchtriebenes Lächeln zu. «Ich habe sie in eine Monatsbinde eingenäht. Nur für den Fall, dass ich durchsucht werde, was dann aber gar nicht geschehen ist. Jedenfalls war das die unbequemste Zugfahrt, die ich jemals gemacht habe, das kann ich dir sagen.»

Beide lachen. Esther trinkt ihren Sekt und genießt es, wie er ihr zu Kopf steigt und ihr ein Gefühl von Leichtigkeit verschafft. Sie ist jetzt schläfrig, aber ganz heiter und wagt zu hoffen, dass sie heute Nacht traumlos schlafen wird.

Kitty leert ihr Glas und steht auf, um zur Toilette zu gehen. Als sie zurückkehrt, hat sie ihr Make-up abgewaschen, und das Haar fällt ihr weich und offen auf die Schultern.

«Jetzt ist frei», sagt sie, und nun geht Esther ins Badezimmer und nimmt sich die Zeit, Handcreme in ihre Nagelhäutchen einzumassieren und sie sanft zurückzuschieben, um die hellen Halbmonde freizulegen. Dann kehrt sie zu Kitty ins Bett zurück, und beide lachen ein wenig befangen, als sie sich eine bequeme Schlafposition suchen. Kitty schaltet die Nachttischlampe aus. Der Mond über dem Südchinesischen Meer ist so voll, wie es nur geht, und wirft ein silbriges Licht in die Kabine. Annelieses kleine Gestalt liegt reglos auf dem anderen Bett.

«Wo ist deine Schwester jetzt?», flüstert Esther.

Kitty antwortet nicht sofort. Als sie schließlich spricht, ist ihre Stimme belegt. «Sie ist gestorben, als ich dreizehn war. An Lungenentzündung.»

Esther schluckt. «Das tut mir leid.» Sie lauscht eine Weile auf Kittys Atemzüge. «Mein Mann ist letztes Jahr gestorben.»

Sie liegen eine Zeitlang da, ohne etwas zu sagen. Esther spürt Kittys warmen, weichen Körper neben sich. Eine solche körperliche Nähe hat sie schon lange mit niemandem mehr erlebt – von Anneliese natürlich abgesehen –, und sie ruft einen Schmerz in ihrem Inneren hervor.

«Kitty?», fragt sie leise.

«Ja?»

«Lass uns Freundinnen bleiben. Einverstanden?»

Kitty legt die Hand auf Esthers und drückt sie sanft. «Ja. Lass es uns so halten.»

«Ich habe solche Angst, Kitty.»

«Ich auch.»

«Du hast keine Angst. Du bist furchtlos.»

Kitty erwidert zunächst nichts, doch dann hebt sie den Kopf vom Kopfkissen und wendet sich Esther zu, das Gesicht nur Zentimeter von ihrem entfernt.

«Das ist das netteste Kompliment, das mir jemals jemand gemacht hat», sagt sie. Der Minzgeruch ihres Zahnpasta-Atems ist mit dem fruchtigen Duft von Sekt vermischt, und gleich darauf berühren ihre Lippen Esthers Mund. Aus irgendeinem Grund ist Esther kein bisschen überrascht. Sie hält den Kuss fest; er ist trocken, weich und – wie Esther fühlt – einladend. Doch bevor sie auch nur mit dem Gedanken spielen kann, der Verlockung nachzugeben, zieht Kitty sich zurück. Sie wendet sich ziemlich plötzlich ab, und aus der darauffolgenden Stille schließt Esther, dass Kitty eingeschlafen ist.

Viel später kriecht die Morgendämmerung in die Kabine, lässt die nächtlichen Schatten weicher werden und färbt das Licht graublau. Esther wacht aus einem leichten Schlaf auf, als Anneliese ein leises Gemurmel von sich gibt und sich auf die Seite dreht. Sie schlüpft aus Kittys Bett und lässt sich neben Anneliese unter die Decke gleiten.

Sie wacht in einem blassen, dunstigen Licht auf – und in einer leeren Kabine.

«Anni?»

Sie taumelt aus dem Bett, plötzlich der Vibration der Maschinen gewahr – nach ihrem Verstummen wirken sie lauter denn je zuvor –, als die Tür aufgeht.

«Sie ist wach, endlich!» Es ist Kitty. Sie hält Annelieses Hand. Beide haben gerötete Wangen, als kämen sie von draußen.

«Wo wart ihr? Ist alles in Ordnung?»

Anneliese nickt eifrig. «Shanghai», sagt sie strahlend.

«Das habe ich ihr beigebracht», berichtet Kitty und fügt hinzu: «Du hast so friedlich geschlafen, dass wir dich nicht wecken wollten. Aber wir waren beide total gespannt darauf, rauszugehen und uns umzuschauen. Komm.» Sie nimmt Esthers Kleid und Unterrock von der Rückenlehne eines Stuhls und reicht sie ihr. «Wir sind beinahe da!»

Esther zieht sich schnell an, während Kitty die letzten Sachen in ihren Koffer stopft.

Auf den oberen Decks drängen sich die Passagiere. Esther nimmt Anneliese auf den Arm und folgt Kitty, die sich durch die Menge zur Reling vordrängt, ohne den Protest derer zu beachten, die hinten anstehen und ebenfalls ungeduldig darauf warten, einen ersten Blick auf ihr Ziel zu werfen.

«Ich hätte dich warnen sollen, es stinkt!», sagt Kitty und zieht die Nase kraus. Und tatsächlich wird Esther Sekunden später von einem Gestank überfallen, der ihr den Atem verschlägt. Fisch, Benzin, Abwasser und ein süßlicher Fäulnisgeruch, den sie nicht identifizieren kann.

«Und es ist so verdammt heiß!», fügt Kitty hinzu.

«Ich habe gehört, dass es sogar noch heißer wird», sagt Esther, die sich bemüht, durch den Mund zu atmen. Aber Kitty hört nicht zu. Sie steht auf den Zehenspitzen und reckt den Hals nach der Menschenmenge, die sich auf der Landungsbrücke versammelt hat. Dahinter wimmeln eine Unmenge Menschen zwischen Fässern, Containern, Koffern und riesigen, mit Stroh umwickelten Packen auf dem Kai herum. Es ist wie ein von Leben pulsierender Ameisenhaufen – darin individuelle Gestalten zu erkennen, ist unmöglich.

Kitty stößt plötzlich einen Schrei aus und deutet aufs Land. «Da! Da ist er! Da ist Vitali!» Sie springt auf und ab, wedelt wie wild mit ihrem Schal und strahlt von einem Ohr zum anderen.

Esther mustert die Menge, aber sie kann unmöglich sehen, wohin genau Kitty zeigt. Das Schiff steht jetzt fast vollständig still, und plötzlich setzen die Leute um sie herum sich in Bewegung. Zunächst wird Esther von hinten geschubst und quetscht Annelieses Bein gegen die Reling, dann scheint die Menge in einer einzigen Bewegung nach rechts zu schwenken. Anneliese beginnt zu weinen, ist aber im allgemeinen Geschrei kaum zu hören. Esther schiebt sich rückwärts, um aus dem Gedränge herauszukommen. Sie packt Anneliese fester und zieht sich in den hinteren Bereich des Decks zurück. Aber wo ist Kitty?

Sie fordert Anneliese auf, sich nicht vom Fleck zu rühren, schiebt sich ins Gedränge zurück und ruft Kitty beim Namen, doch ihre Stimme ist im Lärm kaum zu hören. Es gibt eine plötzliche Bewegung nach links, als eine Frau in der drückenden Hitze zusammenbricht. Mehrere Leute eilen zu ihr, und Esther, die auf keinen Fall von Anneliese weggerissen werden möchte, stößt sich mehrmals Schienbeine und Knie an den schweren Koffern, die die Leute nicht loslassen wollen. Endlich kehrt sie zu Anneliese zurück, die sich eingeschüchtert auf eine Bank gesetzt und die Knie an die Brust gezogen hat. Esther gibt ihre Suche nach Kitty auf; sie wird gewiss auf der Landungsbrücke warten, und sei es nur, um sich richtig zu verabschieden.

MAI BIS
SEPTEMBER
1939

KITTY

Von dort, wo sie steht, sieht die Wohnung ... nun, nicht gerade klein aus, aber doch nicht so, wie sie es erwartet hat. Sie hat mit etwas Eindrucksvollerem gerechnet. Vielleicht mit einem Balkon, aber jedenfalls mit einer geräumigen Eingangshalle statt des winzigen dunklen Vorzimmers, durch das Vitali sie hereingeführt hat. Sie tritt einen Schritt vor und mustert den türkischen Teppichläufer unter ihren Füßen. Der Läufer sieht immerhin teuer aus. Und die Möbel sind elegant: ein schmales graublaues Sofa, ein niedriger Couchtisch aus Walnussholz, eine Anrichte aus Glas und Kirschholz und eine Bar mit Marmortheke, in der hinteren Ecke des Raums. An der Wand hinter der Theke hängt die Kopie eines Gemäldes, ein abstraktes Bild, das ihr unbestimmt bekannt vorkommt, auch wenn sie sich nicht an den Namen des Künstlers erinnern kann. Der Raum spricht von Stil und gutem Geschmack. Vielleicht hat die Wohnung noch einen weiteren Flügel, den sie bisher nicht gesehen hat; ja, vielleicht hat Vitali sie zum Scherz durch den Dienstboteneingang hereingebracht. Ein schlechter Scherz natürlich, wenn man bedenkt, wie erschöpft sie nach ihrer Reise ist, aber sie ist bereit, ihm zu vergeben.

«Was meinst du, Chérie?», fragt Vitali. Er legt ihr den Arm

um die Taille und drückt ihr einen warmen, feuchten Kuss auf den Hals.

«Die Wohnung ist hübsch», antwortet sie, zieht sich leicht von ihm zurück und führt die behandschuhte Hand zum Hals. «Das kitzelt.» Er kommt ihr ein bisschen anders vor, als sie ihn in Erinnerung hat, auch wenn sie nicht recht den Finger darauflegen kann. Auf der Herfahrt vom Hafen hat er ununterbrochen geplaudert – fast nervös. Aber sie waren ja auch über zwei Monate getrennt, und vielleicht brauchen sie ein paar Tage, um die Vertrautheit zurückzugewinnen, die sie in Wien hatten.

«Komm, Chérie», sagt er mit belegter Stimme. «Ich habe dich so lang nicht in den Armen gehalten.»

Kitty zieht ihre Handschuhe aus, einen Finger nach dem anderen. «Willst du mir nicht erst die Wohnung zeigen?» Beim Sprechen fällt ihr auf, dass ihr Tonfall eher höflich als liebevoll ist.

«Oh. Sicher.» Er richtet sich auf und deutet auf eine Tür, die nach links führt. «Das ist das Schlafzimmer, und das ...», er deutet mit einer Kopfbewegung nach rechts, «... ist die Küche. Die große Führung bekommst du gleich. Aber erst ...», er umfasst erneut ihre Taille und zieht sie aufs Sofa hinunter, «... möchte ich mich vergewissern, dass du heil und gesund angekommen bist.»

Kitty, die zu müde ist, um Widerstand zu leisten, lässt sich auf seinen Schoß fallen, obgleich ihre klebrige Haut und ihre feuchten Achselhöhlen sie befangen machen. Aus dieser Position entdeckt sie zu ihrer Freude einen großen Ventilator, der an der Decke hängt.

«Mmh, du hast mir gefehlt», sagt Vitali und drückt das Gesicht zwischen ihre Brüste. «Es ist so lange her.»

Sein Kinn fühlt sich rau auf ihrer Haut an und schabt gegen den Seidenstoff ihrer Bluse, seine Bartstoppeln wachsen jetzt, am Nachmittag, bereits dicht und unnachgiebig. Dabei weiß sie, dass er sich jeden Morgen peinlich genau rasiert. Er riecht nach Schweiß und Zigarrenrauch, was sie allerdings nicht unangenehm findet; männlich, denkt sie, und dann verfängt sich ihr Atem leicht, als seine Hand unter ihren Rock wandert. Sie spürt, wie ihre Sorge schwindet. Was macht es schon, wenn es keinen weiteren Gebäudeflügel gibt! Diese Wohnung ist unermesslich viel besser als ihre Bleibe in Wien. Und die Übelkeit und schwindelerregenden Gerüche und Geräusche, die sie auf der Herfahrt vom Hafen erdulden musste, durchdringen die dicken Wände des Hauses nicht. Das Wichtigste aber ist, ruft sie sich triumphierend in Erinnerung, dass sie es geschafft hat! Sie ist zur anderen Seite der Welt gereist, um mit Vitali zusammen zu sein.

Ein unerwartetes Geräusch aus der Küche lässt sie zusammenfahren. «Was war das?», fragt sie, schiebt seine Hand weg und setzt sich eilig auf.

Vitali streicht sich stöhnend das Haar glatt. «Oh, ich hatte ihn ganz vergessen. Das ist Wing.» Er steht auf und ruft: «Wing, komm herein bitte. Die Mistress ist eingetroffen.»

Man hört ein scharrendes Geräusch, mit dem die Tür eines Schranks geschlossen wird. Dann betritt ein chinesischer Junge von höchstens vierzehn Jahren das Zimmer. Er hält den Kopf gesenkt, blickt aber alle paar Schritte auf, um nicht gegen Möbel zu stoßen.

«Das ist Wing», sagt Vitali.

Der Junge tritt zögernd vor und bleibt ein paar Meter vor Kitty stehen. Seine Haut ist glatt, seine Züge sind mädchenhaft, und er wirkt vollkommen verängstigt. Er macht eine kleine, nervöse Verbeugung. Seine Schüchternheit scheint Kittys eigene Unsicherheit zu spiegeln und zu vergrößern: Sie hat noch nie Dienstboten gehabt, geschweige denn solche aus einem fremden Land, und sie weiß nicht, ob sie ihn ansprechen oder ihm ihre Hand reichen soll.

«Schön, dich kennenzulernen», sagt sie schließlich mit einem angedeuteten Winken in seine Richtung.

Wing verbeugt sich erneut, ein starres Lächeln im Gesicht.

«Wing ist dein Number-One-Boy», sagt Vitali.

«Es gibt noch andere?»

«Was?»

«Wenn er der erste ist, legt das den Gedanken nahe, dass es noch mehr gibt, oder?»

«Oh.» Vitali macht ein verwirrtes Gesicht. Auf seiner Stirn erscheint eine tiefe Falte, die ihn, wie Kitty voll schlechtem Gewissen denkt, ein wenig wie einen Neandertaler aussehen lässt. «Nein. Es ist leider nur einer. So nennt man sie hier. Und», sein Gesicht hellt sich plötzlich auf, und er klatscht in die Hände, «ich habe ihm beigebracht, wie man Manhattans mixt.»

Er schickt den Jungen zur Theke und fordert ihn in einem eigenartigen, abgehackten Englisch, das ihn ein wenig einfältig wirken lässt, auf, zwei Drinks zu machen. Kittys Widerspruch, sie hätte lieber ein Glas eiskaltes Wasser, verhallt ungehört. Schließlich machen sie es sich mit dem Getränk in der Hand auf dem Sofa bequem, während Wing sich in die Küche zurückzieht.

Kitty schaut sich erneut im Zimmer um und versucht sich vorzustellen, wie sie mit Vitali am Fenster sitzen und frühstücken wird oder wie sie vielleicht abends Canasta spielen werden. Und sie werden Freunde bewirten – er hat doch bestimmt viele Freunde in der Stadt? Aber sie ist müde, ihr ist heiß, und die Vorstellungen nehmen keine rechte Gestalt an. Sie lehnt sich zurück und trinkt ihren Manhattan. Die Bitternoten sind ein bisschen zu ausgeprägt, aber er ist trotzdem gut. Dann stellt sie ihr Glas weg. Gestern Nacht auf dem Schiff hat sie beschlossen, weniger zu trinken, wenn sie hier ankommt – ein neuer Anfang. Ein sauberer Anfang.

«Ist dein Drink nicht gut?», fragt Vitali.

«Doch, er ist prima, ich ...» Von der Hitze kribbelt ihre Haut, und sie will Vitali gerade bitten, den Deckenventilator einzuschalten, als er ihr voll Begehren die Hand auf den Oberschenkel legt.

«Dir gefällt die Wohnung also?», fragt er.

«Ja, ich ... ich muss mich wohl erst daran gewöhnen. Ein paar Kleinigkeiten verändern, um mich selbst einzubringen.»

Vitali trinkt einen Schluck. «Gut», sagt er gleich darauf mit einem abgelenkten Lächeln.

«Würde es dir etwas ausmachen, den Ventilator einzuschalten?», fragt sie. «Mir ist furchtbar heiß.»

«Natürlich.» Er steht auf und schaut sich um, als wüsste er nicht, wo sich der Schalter befindet, doch dann entdeckt er ihn hinter einem der Vorhänge an der Wand. «So», sagt er befriedigt, als die Rotoren surrend zum Leben erwachen.

Sie sitzen eine Weile schweigend da, und Kitty spürt erneut eine Verlegenheit, die zwischen ihnen herrscht, ein unbestimmtes Gefühl von Unvertrautheit. Sie wünscht sich fast, er würde sie packen und diesem höflichen, unbehaglichen Schweigen ein Ende bereiten. Aber da nebenan in der Küche der chinesische Boy wartet, ist sie sich nicht sicher, ob sie das wirklich will. Lebt der Junge hier? Wird sie sich daran gewöhnen müssen, ihr Zuhause mit einem Fremden zu teilen?

«Kitty», reißt Vitali sie aus ihren Gedanken. «Da ist etwas ...»

Ein Luftzug vom Ventilator streicht über sie hinweg. Ihre Haut fühlt sich sofort feuchtkalt an, und sie schaudert zusammen. «Was denn?»

Er lässt den Kopf hängen.

«Vitali? Was ist los?»

Doch statt zu antworten, springt er auf und geht zum Fenster, als fiele ihm plötzlich ein, dass es draußen etwas zu sehen gibt. Kitty hockt auf der Sofakante und begreift mit einem Anflug von Panik, dass das, was er ihr zu sagen hat, was es auch sein mag, nichts Gutes ist. Einen schrecklichen Moment lang ist sie hin- und hergerissen. Sie muss wissen, was er gleich sagen wird, aber sie will es am liebsten niemals hören.

Er dreht sich um und sieht sie an. Einzelne Strähnen seines schwarzen Haars flattern leicht in der Ventilatorluft.

«Du bist eine sehr attraktive Frau, Kitty», sagt er.

Kitty schluckt und erwidert nichts.

«Ich ... Schau. Die Sache ist die.» Er tritt vor und nimmt die Schultern zurück, was sie an einen Boxer erinnert, der zum Schlag ausholt. «Dies hier wird deine Wohnung sein. Ich ... ich werde nicht mit dir hier leben.»

Sie spürt, dass ihr Mund offen stehen bleibt, und klappt ihn zu.

«Also ...», sagt er und stockt dann.

«Aber natürlich», antwortet sie und spürt ihr Herz bis in den Hals. Sie zwingt sich zu einem Lächeln. «Natürlich. Wir sind noch nicht verheiratet. Wir müssen bis nach der Hochzeit warten ...» Beim Anblick seines Gesichtsausdrucks verstummt sie. Es ist klar, dass er ihr noch nicht alles gesagt hat.

«Nein. Ich meine, ja. Wir sind nicht verheiratet. Und tatsächlich, die Sache ist die, Kitty», wiederholt er. «Ich bin bereits verheiratet.»

Der Anflug von Panik vertausendfacht sich von einem Moment zum anderen. «O Gott.» Mehr bringt sie nicht heraus.

«Ich weiß. Chérie, es tut mir leid.»

Ihre Wangen brennen. Vitali steht vor ihr und ringt die Hände. Sie spürt, dass er sie dazu bringen möchte, ihr Schweigen zu brechen, aber das wird sie nicht tun. Sie kann nicht.

Er streckt die Hand aus und streichelt ihr Gesicht. «Ich wusste nicht, wie ich es dir sagen sollte. Ich habe dich gesehen, ich habe mich in dich verliebt ...»

Seine Geste verwandelt ihre Panik augenblicklich in Wut. Sie schlägt seine Hand weg, und er zuckt zusammen. «Wage es nicht!», schreit sie ihn an. «Wage nicht, mir zu sagen, dass du mich liebst!»

Ihr Schreien muss Wing aufgeschreckt haben; gleich darauf erscheint sein lächelndes Gesicht in der Küchentür. «Monsieur?»

Doch Vitali verscheucht ihn mit einer Handbewegung, und der Junge zieht sich zurück. Vitali fährt bemüht leise fort. «Du musst mich verstehen, Kitty. Als ich ... in Wien, na ja, da hatte ich mich bereits von Anastasia getrennt. Zumindest im Herzen.» Er legt die geschlossene Faust auf die Brust.

Kitty spürt, dass sie zittert. «Anastasia. Das ist deine Frau.»

«Anastasia, ja. Sie ist keine gute Frau wie du. Sie ist ...

kalt und hart. Aber sie ist krank. Das habe ich nach meiner Rückkehr aus Europa erfahren. Ich dachte, ich könnte ihr sagen, dass es vorbei ist, dass ich jemanden kennengelernt habe ...» Er geht auf Augenhöhe mit ihr hinunter. «Dass ich die schönste Frau der Welt kennengelernt habe.»

Sie presst die Augenlider zusammen. «Sag das nicht, Vitali, bitte.»

«Aber was hätte ich denn tun sollen, hmm?», fragt er und richtet sich auf. Sein Tonfall ist jetzt schärfer. «Hätte ich dich in einem Telegramm auffordern sollen, nicht zu kommen? Ich dachte, ich hätte bis zu deiner Ankunft alles in Ordnung gebracht, aber ...»

«Du warst verheiratet, als du um meine Hand angehalten hast. Du hast mich in dem Glauben gewiegt, ich würde als deine Braut hierherkommen!»

«Aber wenigstens bist du hier sicher, oder? Du hättest nicht in Wien bleiben können – das weißt du. Und hier ...» Er deutet auf den Raum. «Hier bist du sicher», wiederholt er. «Und so schlecht ist es doch gar nicht, oder?», endet er in einem bittenden Tonfall.

Einen langen Moment sagt keiner von ihnen etwas. Der Ventilator zerhackt weiter die Luft über ihren Köpfen, und sein Surren füllt die Stille. Kitty ist sich bewusst, dass Vitali sie anstarrt, und spürt, wie eine eigenartige Empfindung in ihrem Inneren aufsteigt. Normalerweise sind es solche Momente, in denen sie ihre Macht – das heißt ihre Macht über Männer – am deutlichsten wahrnimmt. Der Moment, in dem die Entscheidung bei ihr liegt, zu beschwichtigen oder herauszufordern, immer zu ihren eigenen Bedingungen. Das Gefühl wird ihr bewusst und bleibt kurz. Sie spielt mit dem halb abgebrochenen Fingernagel an ihrer linken Hand. Es ist der Nagel ihres Ringfingers, des Fingers, der jetzt eigentlich einen Verlobungsring tragen sollte. Der Nagel ist heute Vormittag in dem Gewühl auf dem Schiff abgebrochen, als sie vom Strudel Hunderter von Bord gehender Passagiere von Esther weggerissen wurde. Sie schaut auf ihre Schuhe hinunter. Sie sind staubig und abgestoßen. Alles ist mit einem Mal so klar. Vitalis Widerstreben in Wien, ihr einen Verlobungsring zu schenken. Sein Wunsch, vor ihr nach Shanghai zurückzukehren, um «alles zu arrangieren».

Das Verebben ihrer Macht ist eine körperliche Empfindung. Was ist sie für ein Dummkopf! Und doch hat er recht. Sie musste Wien mit den anderen verlassen oder zurückbleiben und einer ungewissen, gefährlichen Zukunft entgegensehen. Was bedeutet, dass sie sich jetzt nicht mehr von den anderen Flüchtlingen unterscheidet. Von Esther und ihrer kleinen Tochter. Sie ist vollkommen machtlos. Sie beugt sich vor, schwach und mit einem elenden Gefühl.

Sie räuspert sich und fragt: «Und wie geht es jetzt weiter?»

«Ich kümmere mich um dich, Chérie», sagt er beschwichtigend, und sein Tonfall ist der Beweis, dass er verstanden hat: Die Macht ist von ihr zu ihm übergegangen. «Komm, ich mache dir noch einen Drink.»

«Nein.» Sie schaut sich blinzelnd im Zimmer um. Sie wird nicht weinen. Nicht solange er anwesend ist. «Ich muss ... ich muss nachdenken. Bitte lass mich ... lass mich zum Nachdenken allein.»

Vitali zögert einen Moment, nickt dann aber entschlossen. «Ja, du musst nachdenken. Natürlich. Ich schaue morgen bei dir vorbei.»

Als er zur Tür geht, bemerkt sie seinen starken, geraden Rücken und die attraktiven Beinmuskeln unter dem Stoff seiner maßgeschneiderten Hose. Sie findet ihn unbestreitbar anziehend, und einen Moment lang verachtet sie sich dafür. Er bleibt unmittelbar vor der Bar stehen und zieht ein paar Geldscheine aus seiner Jackentasche.

«Hier», sagt er und legt sie auf die Theke, ohne sich nach ihr umzudrehen. «Für ... du weißt schon, alles, was du vielleicht brauchst.» Damit geht er und macht die Tür energisch hinter sich zu.

ESTHER

Wer das Glück hatte, auf der Ladefläche des Lastwagens einen Sitz zu ergattern, wird nur nach vorn gegen den Nachbarn gedrückt, wenn der Fahrer auf die Bremse steigt, aber die, die stehen, sind weniger begünstigt. Da es keine Haltegriffe gibt, werden sie vorwärtsgeschleudert und fallen auf die Knie oder klammern sich an Armen, Schultern oder Haaren anderer Passagiere fest – alles, um nur nicht vom Lastwagen zu stürzen. Der Fahrer, ein schmuddeliger, sonnenverbrannter junger Mann, hat Esther einen Platz ganz vorn auf der Ladefläche zugewiesen, direkt hinter der Fahrerkabine. Obwohl er die Gelegenheit genutzt hat, Esther ziemlich unangemessen den Arm um die Taille zu legen, als er ihr und Anneliese beim Einsteigen half, ist sie dankbar, dass sie sitzen kann.

Nach zehn Minuten Fahrt übergibt sich ein kleiner Junge auf den Boden des Lastwagens und verfehlt dabei Anneliese, die mit aufgerissenen Augen und zusammengepressten Lippen auf Esthers Schoß sitzt, nur knapp. Sie fahren an einem Fluss vorbei, und trotz des Gestanks des Erbrochenen, das um ihre Füße schwappt, erkennt Esther die Quelle des süßlichen Fäulnisgeruchs, den sie vom Schiff aus wahrgenommen hat: Exkremente, menschliche oder andere, schwimmen auf dem schlammfarbenen Wasser. Sie presst die Hand vors Gesicht und hält sich die Nase zu. Auf dem Fluss drängen sich kleine, schmale Boote, «Sampans», wie sie jemanden sagen hört, die anscheinend das Zuhause ganzer Familien sind. Männer balancieren wackelig am Rand der Boote und urinieren ganz ungeniert in den Fluss, während andere – überwiegend Frauen – das stinkende Wasser mit Eimern hochziehen, um ihre Kleider darin zu waschen.

Unmittelbar bevor der Lastwagen scharf nach links auf die Brücke über den Fluss einbiegt, erblickt Esther einen Sampan mit drei kleinen chinesischen Kindern, die mit einem Seil um die Handgelenke an einem Haken festgebunden sind, der an der Seite des Bootes befestigt ist. Erwachsene sind nirgends zu sehen.

«Wahrscheinlich damit sie nicht herunterfallen und ertrinken», sagt die Frau, die neben Esther sitzt, und der Fahrer des Lastwagens, der durch die Trennwand zwischen der Fahrerkabine und der Ladefläche zu sehen ist, fügt hinzu: «Tiere.»

Esther drückt Anneliese fester an die Brust. Der Lastwagen fährt auf eine Brücke – die Garden Bridge, wie sie später erfährt, das Verbindungsglied zwischen dem reichsten und dem ärmsten Teil Shanghais, nämlich dem britisch verwalteten International Settlement und dem von den Japanern besetzten Stadtbezirk Hongkew. Auf der Brücke wird der Lastwagen von zwei bewaffneten Soldaten in dunkelgrünen Uniformen angehalten. Für Esther, die erst noch lernen muss, zwischen den vielen verschiedenen Nationalitäten in der Stadt zu unterscheiden, sehen sie aus wie etwas größere Chinesen.

«Japse», zischt der Fahrer über die Schulter nach hinten. «Vor denen müsst ihr euch hüten. Gemeine Drecksäcke.»

Gerade als eine ältere Dame ihn auffordert, in Anwesenheit der kleinen Kinder keine Schimpfwörter zu verwenden, tritt einer der Soldaten vor, zerrt einen unglückseligen Chinesen vom Bürgersteig und zwingt ihn niederzuknien. Der Mann hat einen mit einem Dutzend segeltuchumhüllter Packen schwer beladenen Karren geschoben, der jetzt unbeaufsichtigt zum Rand der Brücke weiterrollt. Er macht, noch immer auf den Knien, einen Satz nach vorn, um den Karrengriff zu packen zu bekommen. Die japanischen Soldaten schreien ihn mit harten, abgehackten Silben an, in denen selbst Esther Beschimpfungen erkennt. Der Soldat tritt einen Schritt vor und schlitzt eines der Bündel auf. Der Chinese stößt ein lautes Gejammer aus, als Tausende Reiskörner auf die Straße rinnen. Diesem Aufschrei begegnet einer der Soldaten mit einem plötzlichen Hieb seines Gewehrs auf den Kopf des Chinesen.

Esther schnappt nach Luft, und mehrere andere Passagiere auf dem Lastwagen stoßen leise Schreie aus.

«Ruhe dahinten!», zischt der Fahrer. «Und haltet den Blick gesenkt. Nicht reden.»

Wie alle anderen starrt Esther gehorsam zu Boden. Sie dreht Annelieses Kopf weg und drückt ihn an ihre Brust, aber sie kann nicht verhindern, dass ihre Tochter die Schmerzensschreie des Chinesen hört, der noch immer von den Soldaten verprügelt wird. Nach einer scheinbaren Ewigkeit verstummen die Schreie, und der Lastwagen fährt langsam weiter. Wider Willen dreht Esther sich unwillkürlich um, als sie zum Ende der Brücke gelangt sind. Der Chinese ist an den Straßenrand geschleift worden und liegt zerschlagen und blutend in der Hitze. Esther sieht, dass er sich bewegt, was zeigt, dass er immerhin noch lebt.

Sie merkt, dass sie zittert. Was ist das für eine Hölle, in die sie geraten sind? Wie dumm von ihr zu glauben, sie könnte entkommen und müsste nicht mehr an einem Ort leben, an dem hilflose Menschen auf der Straße von uniformierten Schlägern verprügelt werden. Sie schluckt ihre Tränen herunter.

Anneliese rutscht auf ihrem Schoß herum. «Mama. Durst.»

«Wir haben alle Durst, verdammt noch mal», sagt ein Mann, der vor Esther steht.

Sie beachtet ihn nicht und beugt sich zum Fahrerfenster vor. «Ist es noch weit?», fragt sie. «Meine Tochter hat Durst.»

«Kein Problem», antwortet er. «Wir sind so gut wie da.»

Und tatsächlich, gleich darauf hält der Lastwagen, und der Fahrer schaltet den Motor aus. Als Esther endlich hinunterklettert, Anni noch immer auf dem Arm, ist sie mit einer feinen Staubschicht bedeckt. Sie schmeckt den Staub sogar auf der Zunge. Sie sind vor einem großen Gebäude angelangt; als sie aufblickt, zählt sie fünf Stockwerke. Der Gestank des gegenüber fließenden Flusses ist überwältigend und verwandelt die ohnehin schon heiße Luft in etwas Zähes und Bösartiges.

«Willkommen im Embankment House», sagt der Fahrer und führt die Gruppe schwitzender, staubiger, verunsicherter Passagiere durch die Eingangstür des Gebäudes in einen großen Raum im Erdgeschoss. Man bietet ihnen Trinkwasser an, das alle dankbar annehmen. Esther muss Anneliese zuerst beim Trinken helfen und ihr mit einer Hand den Becher an den Mund setzen, während sie mit der anderen das Kinn des Mädchens umfängt, um die Tropfen aufzufangen. Dann leert sie ihren eigenen Becher mit ein paar großen Schlucken. Dabei fällt ihr ein ungewohnter Geschmack auf, und sie hofft, dass das Wasser nicht aus einer Quelle in der Nähe des stinkenden Flusses stammt.

Zum ersten Mal, seit sie die *Conte Biancamano* verlassen hat, wenden Esthers Gedanken sich Kitty zu, und sie empfindet einen plötzlich aufsteigenden Groll. Kitty hat sich noch nicht einmal von ihnen verabschiedet. Wo sie jetzt wohl sein mag? Wahrscheinlich schlürft sie gerade einen Cocktail in der großartigen Wohnung ihres Verlobten und verschwendet keinen Gedanken daran, was aus ihr, Esther, und Anni geworden ist.

Der Rest des Nachmittags vergeht wie in einem Nebel, Esther verbringt ihn überwiegend mit Anstehen in der einen oder anderen Schlange. Ausfüllen der Anmelde- und Registrierungsformulare des Jüdischen Hilfskomitees; Gedränge in der überfüllten Telegraphenstation, wo sie ihren Eltern zwei kurze Zeilen schickt; ein Kratzer in die Haut bei der Pockenimpfung; eine Schale wässriger Reispudding mit Zimtpulver, das nach Staub schmeckt, und dazu eine Tasse gesüßter Tee. Gegen siebzehn Uhr steht Esther in einer weiteren Schlange an, obwohl sie keine Ahnung hat, wofür. Sie ist zu benommen, um ihre Umgebung noch zu verarbeiten, und obgleich ihr der Kopf von Fragen schwirrt, hätte sie Mühe, eine einzige davon klar zu formulieren. Ihr ist heiß, und sie ist erschöpft, durstig – immer durstig – und desorientiert. Ihr Arm ist verkrampft, weil sie die ganze Zeit Anneliese getragen hat. Schließlich kann sie sie nicht mehr halten. Sie löst eine sehr schläfrige Anneliese von sich ab, empfindet einen Moment lang eine köstliche Kühle an den Stellen ihres Körpers, an die sie ihre Tochter gedrückt hat, und legt sie auf den Boden.

Sofort reckt Anneliese die Arme hoch und beginnt zu quengeln, weil sie wieder auf den Arm will.

«Ich kann dich nicht die ganze Zeit tragen», sagt Esther. «Du wirst mir zu schwer.»

Wenig überraschend lässt Anneliese sich von dieser Logik nicht überzeugen. Ihr Gejammer wird schriller, bis mehrere Leute in der Schlange sich nach ihr umsehen.

«Herrgott noch mal, du bist kein Baby mehr!», fährt Esther sie an, ohne das darauffolgende missbilligende Zungenschnalzen und Gemurmel zu beachten. Aber gleich darauf bedauert sie ihren scharfen Tonfall und hockt sich zu ihrer Tochter.

«Jetzt dauert es nicht mehr lang, Herzchen», sagt sie leise. «Dann suchen wir uns einen Platz zum Ausruhen.»

Anneliese nickt, dadurch besänftigt. Esther küsst sie auf die Stirn und richtet sich auf. In diesem Moment rückt die Schlange vor, und Esther steht vor einem Schreibtisch, hinter dem ein großer, stämmiger Mann mit runden Brillengläsern sitzt. Sie reicht ihm ihre Papiere, und er notiert ihre Daten.

«Was haben Sie für Qualifikationen?» Er blickt beim Sprechen nicht auf.

«Entschuldigung?», fragt Esther.

«Ihre Qualifikationen», wiederholt er. «Wir tun unser Bestes, Ihnen eine Ihren Qualifikationen entsprechende Arbeit zu verschaffen, aber es gibt keine Garantie. Wenn Sie arbeiten wollen, steht nur eine begrenzte Zahl von Optionen offen.»

Esther hat seit beinahe drei Jahren nicht mehr gearbeitet, da sie nach ihrer Hochzeit gekündigt hat. Damals hatte sie gerade ihre Lehre als Bürogehilfin bei der Victoria-Versicherung abgeschlossen, in der sie Tippen und Dokumentenablage, Kurzschrift, Buchhaltung und – nützlicher als alles andere, wie sie bald feststellen wird – Grundlagen des Englischen gelernt hat.

«Nun?» Der Mann legt seinen Stift auf den Schreibtisch und blickt zu ihr auf. «Irgendwelche Qualifikationen? Haben Sie Fähigkeiten? Ich nehme an, Sie sind keine Analphabetin.» Er seufzt. «Können Sie zum Beispiel kochen oder nähen?»

Esther wird rot. «Ja», murmelt sie. «Ich meine, ich kann natürlich lesen und schreiben. Und ich kann kochen und auch ein bisschen nähen. Außerdem habe ich eine Ausbildung als Bürogehilfin.»

Das Gesicht des Mannes hellt sich auf. «Ah», sagt er lächelnd. «Jetzt sagen Sie mir nicht, dass Sie Englisch sprechen.»

Esther erwidert sein Lächeln. «Doch. Nun – ein wenig.»

«Wunderbar. Wunderbar.» Er geht einen Stapel Papiere durch, die vor ihm liegen, und nimmt ein Blatt heraus. «Hier.» Er schiebt es ihr zu. «Mr Yang's Books. Dort sucht man nach einer Verkaufsgehilfin.»

«Eine chinesische Buchhandlung?»

«Ja, die Kundschaft ist international, daher braucht man dort jemanden, der etwas Englisch spricht.» Er lächelt erneut. «Ich hatte nicht erwartet, dass wir die Stelle so rasch besetzen können. Arbeitsbeginn ist nächsten Montag. Der Lohn beträgt dreihundert Dollar im Monat.» Er blickt zu ihr auf. «Es sind natürlich Shanghai-Dollar.»

Esther nickt, obgleich sie keine Ahnung hat, was das in Reichsmark oder in amerikanischen Dollar oder in jeder anderen Währung ausmacht, von der sie je gehört hat.

Der Mann scheint ihre Gedanken zu lesen. «Das ist ein

gutes Gehalt», sagt er mit ein wenig mehr Wärme in der Stimme. «Für eine Suite im Cathay Hotel reicht es natürlich nicht, aber es sollte die Miete für eine eigene Wohnung decken. So müssen Sie nicht in einem Lager leben. Es sei denn, Sie haben schon eine Unterkunft?»

Esther denkt an Aarons Adresse auf dem zerknitterten Zettel in ihrer Handtasche. Und sie denkt an Kitty. Sie schüttelt den Kopf. «Nein. Ich würde gern eine eigene Wohnung finden.»

«Gut. Dann wäre das geklärt.» Der Mann deutet auf das vor ihm liegende Papier. «Hier sind die Einzelheiten. Füllen Sie bitte dieses Formular hier aus und geben Sie es der Sekretärin, Fräulein Levin. Sie wird Ihnen sagen, an wen Sie sich Montag wenden sollen.»

Esther nimmt das Formular entgegen. In der Schlange hinter ihr regt sich ungeduldiges Gemurmel. «Aber was ist mit meiner Tochter?», fragt sie.

«Hmm?»

«Meine Tochter. Sie ist erst zwei. Kann ich sie mitnehmen? Zur Arbeit? Ich bin Witwe, verstehen Sie?»

Der Mann runzelt die Stirn und stößt einen ungeduldigen Seufzer aus. «Sie müssen jemanden finden, der nach ihr schaut. Eine Freundin oder Nachbarin vielleicht, oder ...» Er kratzt sich am Kopf und macht ein enttäuschtes Gesicht. «Es gibt da einige Nonnen, christliche Nonnen, in einem Kloster in Hongkew. Ich habe gehört, dass sie Kinder in Verwahrung nehmen. Ich schreibe Ihnen die Adresse auf.»

«In Verwahrung?»

Er zuckt mit den Schultern, als wollte er darauf hinweisen, dass er mit der Sache nichts zu tun hat. «Das habe ich gehört.»

Sie wartet darauf, dass er ihr weitere Erläuterungen gibt, doch stattdessen schreibt er etwas auf.

«Also, ich weiß nicht recht ...» Sie legt Anneliese schützend die Hand auf den Kopf.

«Hier», sagt der Mann, und seiner Stimme ist zu entnehmen, dass die Sache damit für ihn erledigt ist. Er reicht ihr ein zweites Blatt Papier. «Die Adresse des Klosters. Ich halte Ihnen die Stelle bis Montagfrüh frei. Bis dahin muss ich wissen, ob Sie die Arbeit annehmen.» Damit nimmt er ein neues Formular von einem Stapel auf seinem Schreibtisch und ruft an Esther vorbei den nächsten Wartenden in der Schlange auf.

Später am Abend müssen sie sich in einen Bus quetschen, der zu einem der von der jüdischen Gemeinschaft Shanghais eingerichteten Flüchtlingsheimen fährt. Nach wenigen Minuten ist Anneliese auf Esthers Schoß eingeschlafen. Die Sonne ist beinahe untergegangen; nur einige dünne Lichtfäden schlängeln sich noch in den Himmel, aber die Hitze bleibt drückend. Sie fahren über eine breite Straße, bevor sie in ein Labyrinth schmalerer Gassen einbiegen. Der Bus rumpelt durch den Verkehr, vorbei an Häusern mit offenen Fronten, Frauen, die ihre Babys öffentlich stillen, und Bettlern, die auf dem Pflaster hocken; und auch vorbei an chinesischen Kulis, die mit dem Ruf «ay-ho, hah-ho» so schwere Lasten an Bambusstöcken durch die Straßen tragen, dass die Stöcke zu zerbrechen drohen.

Sie fahren an Hausskeletten vorbei, zerstörten Gebäuden, Ruinen eines Krieges, von dem die meisten Europäer noch nie gehört haben. Um sie herum vermischen sich tausend verschiedene Gerüche, manche unerwartet angenehm, andere aber – die meisten – so, dass es einem den Magen umdreht. Die fünfwöchige Fahrt auf der *Conte Biancamano* scheint schon eine Ewigkeit zurückzuliegen. Esther ist bereits von Hunderten von Mücken gestochen worden, und so schlägt sie trotz der Hitze ihre Jacke um Anneliese und wedelt während der Fahrt andauernd Moskitos von ihrem Gesicht weg. Auf dem Platz neben ihr sitzt ein alter Mann mit Kippa und rezitiert, die Augen geschlossen, sich hin- und herwiegend ein Gebet.

Als sie beim Heim ankommen, erhalten sie eine Bettdecke und Bettwäsche, eine Blechschale, einen Becher und einen Löffel. So effizient, wie die Versorgung der Neuankömmlinge abgewickelt wird, hat man offensichtlich Routine. Die Leute, die das Lager leiten, sind ruhig, freundlich und kompetent, aber es ist klar, dass sie selbst keinen besonderen Status besitzen: Sie alle sind Flüchtlinge. Die Neuankömmlinge bekommen den Waschraum und den Speisesaal gezeigt, dann teilt man sie einem der Schlafräume zu – Männer im ersten Stock, Frauen und Kinder im zweiten.

Esther hält Anni an der Hand, als sie mit einem Dutzend weiterer Frauen die Treppe hinaufsteigen, die Kleider schweißnass und klebrig auf der Haut. Wenn sie als kleines Kind einmal verängstigt oder aufgebracht war, hatte ihre Mutter ihr immer versichert, dass am nächsten Tag alles wieder besser aussehen würde. Hoffentlich stimmt das auch diesmal. Als sie den Schlafsaal betreten, stoßen manche Frauen ein leises Stöhnen aus, und eine bricht auf der Stelle in Tränen aus, doch die meisten trotten wortlos in den Raum, entweder weil sie von der Reise zu erschöpft und benommen sind oder weil sie sich einfach in ihr Schicksal gefügt haben. Nur einige der jüngeren Frauen und Mädchen scheinen noch etwas Energie zu haben, denn sie drängen sich durch und belegen die unteren Matratzen der Stockbetten, soweit sie noch verfügbar sind.

Anneliese lässt Esthers Hand los und flitzt quer durch den Schlafsaal zu einem Stockbett an der gegenüberliegenden Wand. Einige der Frauen, die vor ihnen eingetroffen sind, haben zwischen den Betten Wäscheleinen aufgespannt und sie mit Betttüchern oder Kleidung behängt, um sich ein wenig Privatsphäre zu verschaffen. Das Licht im Zimmer ist matt. Esther kämpft sich zwischen verschiedenen Stoffstücken durch und findet Anneliese auf dem Schoß einer Frau. Es ist Frau Rosenbaum.

«Baum», sagt Anneliese und strahlt Esther an.

Esther und Frau Rosenbaum wechseln überraschte Blicke. Frau Rosenbaum spricht als Erste. «Als ich Annelieses Stimme gehört habe, dachte ich, ich muss mich irren. Aber», lächelnd wiegt sie das Kind auf den Knien, «hier bist du.» Sie klopft neben sich aufs Bett, um Esther zum Sitzen einzuladen.

«Danke», sagt Esther und nimmt Platz. Sie ist absurd dankbar dafür, ein vertrautes Gesicht zu sehen, und sie muss sich zusammenreißen, um nicht auf der Stelle in Tränen auszubrechen. «Ich habe Sie nicht von Bord gehen sehen. Und auch nicht im Registrierungszentrum.»

Frau Rosenbaum nickt langsam. «Doch, wir waren da, Fritz und ich.» Sie streicht sich erschöpft mit der Hand übers Gesicht. «So viele Menschen. So viele Fragen. Wir sind zu alt für das alles.»

Esther schweigt. Sie denkt an ihre Eltern; vielleicht sind sie mit dem Übel, das sie kennen, wirklich besser dran. Anneliese kuschelt sich gähnend in Frau Rosenbaums Arm und legt den Kopf an ihre große, weiche Brust.

«Ich muss mich bei Ihnen entschuldigen», sagt Frau Rosenbaum zu Esther.

«Wofür denn?»

Frau Rosenbaum stößt einen tiefen Seufzer aus. Annelieses Kopf hebt und senkt sich mit der Bewegung ihrer Brust. «Weil ich Sie nach dem äußeren Anschein beurteilt habe.»

«Ich verstehe nicht ganz, was Sie meinen», sagt Esther.

«Ich habe Sie für eine von denen gehalten. Sie wissen schon, Sie und Ihre blonde Freundin. Sie sehen nicht sehr jüdisch aus.» Unerwartet legt sie den Kopf in den Nacken und stößt ein kurzes Lachen aus. «Also, wenn das keine lächerliche Bemerkung ist!» Sie streicht Anneliese eine feuchte Locke aus der Stirn. Das Mädchen ist tief und fest eingeschlafen. «Also, all das, was ich vielleicht über Sie gedacht habe, tut mir leid. Es ist nur ... Fritz und ich sind so schlecht behandelt worden ...» Sie presst die Lippen zusammen. «So abscheulich.»

«Ich ... ich weiß nicht, was ich sagen soll. Sie brauchen sich nicht zu entschuldigen.» Sie hat ein Pulsieren im Kopf und spürt den Staub, der auf ihrer schweißfeuchten Haut klebt. Sie sehnt sich nach einer kühlen Dusche.

Frau Rosenbaum schüttelt den Kopf. Sie zittert leicht. «Aber Selbstmitleid führt zu nichts, oder?» Sie dreht sich um und lässt Anneliese auf die Matratze gleiten. «Es führt zu gar nichts.» Dann steht sie mit entschlossener Miene auf. «Das Erste, was Sie tun müssen, ist, dieses Bett zu belegen.» Sie deutet auf das Stockbett, das dem ihren gegenübersteht. Eine dünne Frau mit blassem Gesicht steuert direkt darauf zu, aber Esther ist schneller. Sie wirft einen der Koffer auf die Matratze, bevor die Frau ankommt.

«Tut mir leid, das hier ist besetzt», sagt Esther. Die Frau

sieht so aus, als ob sie streiten wollte, dann zieht sie aber nur die Mundwinkel nach unten und geht weg.

Esther wendet sich wieder Frau Rosenbaum zu. «Danke.»

Aber Frau Rosenbaum ist noch nicht fertig. «Und wir sollten dieses Kinderbett holen.» Sie deutet auf ein Gitterbettchen, das auf der anderen Seite des Saals steht. «Sonst müssen Sie Ihr Bett mit der Kleinen teilen.»

Gemeinsam durchqueren sie den Saal und tragen das Kinderbett in ihre Ecke.

«Hier heißt es, jedermann kämpft für sich», sagt Frau Rosenbaum, die von der Anstrengung keucht.

«Oder jede Frau», fügt Esther lächelnd hinzu. Dieser Ort wird ihr in jedem Fall wie eine Hölle vorkommen, aber sie ist trotzdem froh, in Frau Rosenbaum eine Verbündete gefunden zu haben.

KITTY

Kitty kann nicht schlafen, obwohl sie schließlich fünf Manhattans getrunken hat, um ihre kreisenden Gedanken zur Ruhe zu bringen. Oder sie zumindest so weit zu verlangsamen, dass sie in den Schlaf findet. Vorhin hat der chinesische Junge ihr eifrig einen Drink nach dem anderen gemixt, aber schließlich – als das Zimmer um sie zu kreisen begann – hat sie ihn weggescheucht. Sie wollte nicht, dass ein Kind Zeuge ihrer Demütigung wurde.

Sie dreht sich auf die Seite, und das Bettlaken bleibt an ihrer feuchten Haut kleben. Die Luft kommt ihr jetzt sogar noch wärmer vor als am Tag. Als die versilberte Uhr auf der Frisierkommode dreimal schlägt, steht sie schließlich auf und geht zum Fenster. Die Straße unten liegt dunkel und still da. Nur hier und da sitzen ein paar einsame Straßenverkäufer vor Kohlebecken und rufen den wenigen Passanten etwas zu. Die Wohnung liegt in der French Concession, jenem Teil Shanghais, der unter französischer Verwaltung steht, wie Vitali ihr auf der Herfahrt vom Hafen ausführlich erklärt hat. Natürlich wusste er die ganze Zeit, was er ihr nach ihrer Ankunft würde sagen müssen, und wollte sein eigenes Unbehagen einfach nur mit vorgetäuschter Lässigkeit überspielen.

Sobald er weg war, geriet Kitty in Panik. Ihr erster Gedanke war, wieder abzureisen, zum Hafen zurückzukehren, bevor das Schiff sich auf die Rückfahrt machte, und sich so weit wie möglich von Shanghai wegzubegeben. Doch noch bevor sie ihren Koffer zur Tür tragen konnte, begriff sie, dass es zwecklos wäre. Der Stolz hat sie bisher daran gehindert, das Geld zu zählen, das Vitali ihr dagelassen hat, aber sie weiß, dass eine Rückkehr ausgeschlossen ist. Sie hat alles auf eine Karte gesetzt – auf Vitali, den Feigling –, und nun hat sie anscheinend verloren.

Sie presst die Wange gegen die kühle Fensterscheibe. Wenn sie den Hals reckt, kann sie bis zur Kreuzung schauen und sieht das rote, blaue oder gelbe Leuchten der Neonschilder an den Fassaden der Gebäude. Sie hört auch den Lärm der Autos und der Straßenbahnen und die Rufe der Rikscha-Zieher.

Sie gähnt und schaudert dann trotz der Schwüle.

Von der Straße dringt Gelächter herauf, und irgendwo in der Ferne hat ein Auto eine Fehlzündung. Vier chinesische Frauen in hautengen, bestickten Kleidern gehen Arm in Arm über das Pflaster zur fünfzig Meter entfernten Kreuzung und unterhalten sich dabei mit reizenden, singenden Stimmen. Kitty kann sich gut vorstellen, worüber sie reden. Trotz ihrer Exotik unterscheidet sich der Inhalt ihres Gesprächs wahrscheinlich kaum von den Unterhaltungen Kittys mit Resi, wenn sie im Morgengrauen durch die Stuwerstraße nach Hause gingen.

Resi und sie selbst haben sich im Schlechten getrennt. Eine andere Tänzerin im *Nachtfalter* hatte Kitty beschuldigt, Trinkgeld zu nehmen, das ihr eigentlich gar nicht zustand; es kam zu einem hässlichen Streit, man schloss Bündnisse, und Resi entschied sich letztlich für die Seite, die gegen

Kitty stand. Weil sie herausgefunden hatte, dass Kitty Jüdin war, da ist sie sich sicher. Am folgenden Abend kam Vitali in die Bar – der sprichwörtliche gutaussehende Fremde – und plötzlich schien alles gut. Jetzt aber ... Es schnürt ihr den Atem ab, als sie gegen einen weiteren Panikanfall ankämpft. Sie schließt die Augen, lehnt die Stirn gegen die Fensterscheibe und atmet mehrmals tief durch. Sie hat schon anderes überstanden. Sie hat in einem Alter, in dem die meisten Mädchen mit Zöpfen hinter Schultischen sitzen, Angst, Leiden und Demütigung erduldet. Sie ist furchtlos – war es nicht das, was Esther gesagt hat?

Und falls Vitali sie wirklich liebt, wird alles gut. Sie wird ihn zu nichts zwingen, sondern abwarten, bis seine Frau sich von ihrer Krankheit erholt hat (oder ihr erlegen ist, denkt sie rachsüchtig). Sie wird warten, bereitstehen und unwiderstehlich sein. Es ist nicht das, was sie sich vorgestellt hat, doch wenn dies ihre einzige Wahl ist, dann wird sie sie annehmen. Sie wischt sich die Tränen mit der Hand weg. Weinen bringt nichts. Das Leben ist hart, und etwas anderes zu glauben, ist naiv.

Mehrere Stunden später kapituliert sie vor dem Tagesanbruch und geht in die Küche, um sich etwas Wasser zu holen. Gerade als ihr auffällt, dass sie gar keinen Kater hat, stolpert sie im Dämmerlicht über Wings kleine, zusammengerollte Gestalt und stößt einen so deftigen Fluch aus, dass sie selbst überrascht ist. Er liegt auf einer Binsenmatte auf dem Küchenboden.

«Sorry, sorry», ruft er, springt auf und reibt sich die Hand, auf die sie versehentlich getreten ist. Er beginnt, die Matte zusammenzurollen, während er sich gleichzeitig verbeugt.

«Nein, *mir* tut es leid», sagt Kitty auf Englisch und beugt sich vor, um zu sehen, ob sie seine Hand ernsthaft verletzt hat. Einem Beobachter würde es so vorkommen, als verbeugten sie sich voreinander, während sie sich gleichzeitig entschuldigten. Diesen Gedanken empfindet Kitty als so komisch, dass sie laut auflacht. Sofort richtet Wing sich auf und sieht sie bestürzt an.

Jetzt hält er mich für verrückt, denkt sie, während sie verunsichert zum Kühlschrank geht, um sich etwas Wasser zu holen. Sie trinkt mit langsamen Schlucken und beobachtet dabei, wie der Junge seine Matte zusammenrollt und sie ordentlich unter einer Theke verstaut. Seine Bewegungen sind anmutig, ein präziser Hausarbeitstanz.

«Wie alt bist du?», fragt sie.

Wing runzelt die Stirn. «Bitte?»

«Wie alt?», wiederholt sie. «Du. Wie viele Jahre?»

«Ah.» Sein Gesicht hellt sich auf, und er zählt an den Fingern ab und murmelt dabei leise die englischen Zahlen. «Dreizehn», sagt er endlich.

Kitty setzt sich an den Küchentisch. «Meine Güte, du bist so jung», sagt sie. Nur ein Jahr jünger, als sie selbst es war, als ihr Vater sie verstieß.

«Bitte?»

«Ach, nichts.» Sie schüttelt den Kopf. «Dein Englisch ist gut.»

Er senkt lächelnd den Blick. Seine Augenwimpern sind so lang und weich wie Mottenflügel. «Ich gehen ein Jahr zu katholische Missionarsschule. Davor ich ...» Er schaut stirnrunzelnd nach links, als suchte er nach den englischen Wörtern. «Davor ich Boy von Monsieur.»

«Lebst du hier? In dieser Wohnung?»

Er wirft ihr einen kurzen Blick zu, als wäre er plötzlich verwirrt, doch dann nickt er und lächelt.

«Und deine Familie? Deine Eltern? Leben sie in Shanghai?»

Wing blickt zu Boden. «Kein Eltern. Meine *năinai*, ähm, Vatermutter.»

«Deine Großmutter?»

«Ja-ja. Und mein Bruder, Huà. Aber nicht gut.» Er schüttelt energisch den Kopf. «Er Kommunist.»

Kitty trinkt ihr Wasser aus. In Wien hat sie mehrere Kommunisten gekannt, die meisten von ihnen tapfere und kühne Männer – und Frauen –, auch wenn sie ständig wütend wirkten. Aber sie haben ja auch eine Menge, worüber sie wütend sein können. Und wer weiß, vielleicht wird ihr Zorn ja ausreichen, um die Richtung zu ändern, in die Europa sich zu bewegen scheint. Auch wenn sie es bezweifelt.

«Na ja, Wing», sagt sie und steht auf. «Ich gehe noch einmal eine Weile zu Bett. So früh am Morgen ist nicht viel mit mir anzufangen.»

Vermutlich hat er das meiste von dem, was sie gerade gesagt hat, nicht verstanden, denkt sie, während sie ins Schlafzimmer zurückkehrt und ihn in der Küche lässt, um zu fegen oder zu wischen oder Einkäufe zu machen oder das zu tun, womit immer Number-One-Boys die Stunden ihres Tages verbringen.

ESTHER

Das Kloster ist leicht zu finden – es liegt an der Kwenming Road, zu Fuß nur zehn Minuten vom Flüchtlingsheim entfernt –, aber der Himmel hat seine Schleusen geöffnet, und Esther und Anneliese geraten in einen sintflutartigen Regen, sodass sie bei ihrer Ankunft patschnass sind. Es ist ein kleines zweigeschossiges Gebäude, das neben den ausgebombten Überresten eines größeren Gebäudes steht, dessen Gerippe in den grauen Himmel aufragt. Ein schmiedeeiserner Zaun mit großen, dolchähnlichen Spitzen trennt den Hof des Klosters vom Bürgersteig.

Am Tor sitzen zwei entstellte Chinesen auf Strohmatten – der eine hat eine tiefe Hasenscharte, die die Mitte seines Gesichts zu einem einzigen, klaffenden Loch macht, der andere ist von eitrigen Geschwüren bedeckt. Sie beginnen zu betteln, sobald Esther und Anneliese sich nähern. Sie halten Blechbecher hoch, mit denen sie unausgesetzt rasseln. Esther zögert, vom Elend der beiden bewegt, aber ihre Taschen sind leer, und so geht sie eilig an ihnen vorbei, möglichst so, dass Anneliese sie nicht sieht, und zieht am Klingelseil neben dem Tor. Mehrere lange Minuten geschieht nichts, und so zieht sie erneut und hört im Inneren des Gebäudes das gedämpfte Läuten einer Glocke.

«Mama?», sagt Anneliese ängstlich, und als Esther sich

umdreht, sieht sie, dass beide Bettler sich ihr und dem Kind zugewandt haben und mit ausgestreckten Armen etwas rufen, das wie «nu-hai, nu-hai» klingt.

Erschreckt von den immer dringlicher werdenden Rufen und der Art, wie sie auf ihren Matten vorwärtsrutschen, drückt Esther den Griff des Tors herunter, und zu ihrer Überraschung geht es mit einem Quietschen auf. Rasch schiebt sie Anneliese in den Hof und macht das Tor hinter ihnen zu. Sie folgen einem kurzen Weg zu einer großen Holztür und finden unter einem Backsteinvordach Schutz vor dem Regen. Esther schaut sich nach einer Türglocke oder einem Klopfer um, doch da öffnet sich die Tür einen Spalt weit, und eine kleine Nonne mit rosiger Haut streckt ihren Kopf heraus. Sie lächelt Esther an.

«Hallo, ich ...», beginnt Esther und stockt dann, während sie versucht, im Geist einen sinnvollen Satz auf Englisch zusammenzubekommen. «Ich bin ...», sie stockt erneut. Sie ist ... was? Ein Flüchtling? Eine Deutsche? Eine Jüdin? Sie sucht jemanden, der ihre Tochter versorgt, während sie bei der Arbeit ist? Ja, das alles stimmt. «Mein Name ist Esther Niermann», bringt sie schließlich zustande. «Ich suche Kindergarten, für meine Tochter.»

Doch die Nonne lässt durch nichts erkennen, dass sie verstanden hat, und lächelt Esther einfach nur weiter mit einem Nicken an.

«Dies hier ist», Esther nimmt den Zettel aus ihrer Handtasche und betrachtet ihn, «das Kloster unserer Lieben Frau von Sheshan?»

Wieder Lächeln, wieder Nicken.

Esther blickt sich seufzend um. Aber abgesehen von den beiden Bettlern, die noch immer auf der anderen Seite des Zauns lamentieren, sieht sie niemanden, der ihr helfen könnte.

«Nun ...», sagt sie und will schon aufgeben und gehen, doch da öffnet sich die Tür weiter, und eine andere Frau, die mindestens zwei Köpfe größer ist als die alte Nonne, taucht auf.

«Ja?», sagt sie. «Kann ich Ihnen helfen?»

«Ich habe Ihre Adresse vom Hilfskomitee bekommen», beginnt Esther und ist ein wenig befangen, weil ihr nasses Haar an Schläfen und Wangen klebt. «Man sagte mir, Sie schauen nach Kindern? Man hat mir eine Arbeit angeboten, und ...» Sie hält inne, da sie nicht weiß, wie viel Informationen sie geben muss.

Die größere Nonne nickt und lächelt. «Sie kommen aus Deutschland?», fragt sie. Ihr Haar ist gänzlich von der Haube bedeckt, und ihre runden Wangen geben ihrem Gesicht etwas Fröhliches.

«Ja. Aus Berlin. Ich heiße Esther Niermann, und das ist meine Tochter Anneliese.»

Anneliese schaut zu der Nonne auf, ohne zu blinzeln.

«Ah, eine schüchterne Kleine», sagt die Nonne. «Nun, das macht nichts. Ich bin mir sicher, du plapperst genug, wenn du es möchtest.» Sie wendet sich wieder Esther zu. «Ich heiße Schwester Ruth, und wenn Sie wollen, können wir Deutsch sprechen. Ich komme ursprünglich aus der Schweiz, auch wenn das schon viele Jahre her ist.»

Esther ist so erleichtert, dass sie beinahe laut aufseufzt. «Ja, das wäre hilfreich», fährt sie auf Deutsch fort. «An meinem Englisch muss ich noch viel arbeiten.»

«Sie sind vor kurzem hier eingetroffen?»

«Ja, vor zwei Tagen. Auf dem Schiff von Genua.»

Schwester Ruth schüttelt den Kopf. «So viele von Ihren Leuten wurden gezwungen, von zu Hause zu fliehen. Es ist furchtbar.»

Ihr wohlwollender Tonfall nimmt Esther die Befangenheit. «Es ist schwer für meine Tochter. Das Haus, in dem wir derzeit wohnen, das Flüchtlingsheim, es ist ... es ist so, dass ich mich frage, ob wir nicht besser in Deutschland geblieben wären.»

Mit einem ernsten Nicken winkt die Nonne Esther herein. «Ich bin froh, dass Sie zu uns gekommen sind.»

Esther ergreift Annelieses Hand und tritt ein.

«Nun, kommen Sie mit», sagt Schwester Ruth fröhlich. «Ich zeige Ihnen das Haus.» Sie dreht sich um und geht vor ihnen her, vom leisen Klicken der Perlen ihres Rosenkranzes begleitet. Esther wirft Anni einen ermutigenden Blick zu und folgt der Nonne. Als sie tiefer ins Gebäude vordringen, wird der Korridor immer kälter und düsterer.

«Es ist ein bisschen trostlos hier, wenn das Wetter kälter wird», sagt Schwester Ruth über die Schulter, als könnte sie Esthers Gedanken lesen. «Aber um diese Jahreszeit sind wir dankbar für die Kühle.» Mit der rechten Hand schlägt sie ein Kreuz von der Stirn zum Bauch und von Schulter zu Schulter. Dann bleibt sie unvermittelt stehen.

«Und das hier ist der Kindersaal», sagt sie und öffnet eine große Holztür zu ihrer Linken.

Überrascht von der Stille – tatsächlich dem vollständigen Fehlen jeden Geräuschs, das auf Kinder hinweise könnte –, betritt Esther den Raum. Und tatsächlich, es sind keine Kinder da. Der Saal ist groß und hell, auch wenn die abblätternde Wandtapete und der abgenutzte Boden erkennen lassen, dass hier seit vielen Jahren nicht mehr renoviert wurde.

Darin stehen etwa zwanzig Stockbetten mit Stahlgestell, alle mit sauberen, gestärkten Bettlaken ordentlich gemacht. An der gegenüberliegenden Wand hängt ein riesiges Holzkreuz mit dem nackten, leidenden Jesus. Es ist ein verstörender Anblick, und einen Moment lang sehnt Esther sich nach den tröstlichen Gesängen und den wiegenden Bewegungen beim Beten, die sie in ihrer *shul* in der Fasanenstraße als Kind gelernt hat.

Sie wendet sich an Schwester Ruth. «Hier machen die Kinder ihren Mittagsschlaf?»

«Ja, nun, die jüngeren», antwortet Schwester Ruth mit leichtem Stirnrunzeln. «Dies ist der Schlafsaal. Wir nehmen es mit den Bettgehzeiten sehr genau. Aber die meisten von ihnen finden sich schnell hinein», setzt sie mit einem beruhigenden Lächeln hinzu. «Kinder sind so anpassungsfähig. Wir sorgen derzeit für dreiundzwanzig Jungen und ...»

Esther unterbricht sie. «Ich verstehe nicht recht. Sorgen für ...?»

«Ja. Dreiundzwanzig Jungen und achtzehn Mädchen leben hier mit uns.»

Esther packt Annis Hand fester. «Tut mir leid. Ich habe da wohl etwas falsch verstanden. Ich will nicht ... ich suche nicht ...»

Schwester Ruth zieht die Augenbrauen hoch. «Sie suchen nicht ...?»

«Meine Tochter soll nicht hier bleiben. Ich meine, natürlich schon, aber nur tagsüber, während ich bei der Arbeit bin.»

«Sie sagten doch selbst, dass das Flüchtlingsheim nicht für Kinder geeignet ist.»

Anneliese zieht an Esthers Hand. Sie starrt das Kruzifix

mit geweiteten Augen an, offensichtlich von dem Bild beunruhigt.

«Aber wir sind nicht einmal Christen!», erklärt Esther aufgebracht. Auch wenn sie dieselbe Sprache sprechen, gibt es tiefgreifende Unterschiede zwischen ihnen.

Die Nonne legt lächelnd den Kopf schief, sodass ihre Haube die linke Seite ihres Gesichts in Schatten taucht. «Die Juden werden ebenfalls eines Tages vor den Herrn treten», sagt sie und streckt die Hand aus, um Anneliese übers Haar zu streichen. Das Mädchen, das vielleicht die Bestürzung seiner Mutter spürt, tritt einen Schritt zurück und legt den Arm fest um Esthers Bein.

Schwester Ruth fährt in einem Tonfall fort, den sie sonst wohl Kindern vorbehält, die besonders schwer von Begriff sind. «Sie erhält eine Uniform, aber falls sie einen Wintermantel, dicke Strümpfe und solide Schuhe besitzt, wären wir Ihnen dankbar, wenn Sie sie mitbringen. Jetzt hat es zwar nicht den Anschein, aber es kann im Winter recht kalt werden. Sie dürfen sie natürlich besuchen, aber höchstens einmal pro Monat. Wir ermutigen keinen häufigen Kontakt. Das kann die Kleinen ... ganz unnötig aus der Fassung bringen.»

«Aber sie hat ihr Zuhause bei mir! Ich lasse sie nicht hier!», sagt Esther und wird dabei unwillkürlich lauter. Ihre schrill gewordene Stimme hallt von den hohen, kalten Wänden wider, und Anneliese beginnt, auf dem Boden herumzutrippeln, als müsste sie zur Toilette.

Die Nonne schüttelt missbilligend den Kopf. Ihre Fröhlichkeit von vorhin ist verschwunden. «Denken Sie darüber nach, was das Beste für das Kind ist. Nicht was das Beste für Sie ist. Wir können ihr alles geben, was sie braucht. Nicht zuletzt», sie richtet sich auf und hebt das Kinn, «das Seelenheil.»

«Nein», erklärt Esther fest. «Nein. Man hat mir gesagt ... Nun, egal. Es tut mir leid, dass ich Sie belästigt habe.» Damit nimmt sie Anneliese auf den Arm, dreht sich um und eilt durch den dunklen Korridor zurück, begleitet vom Hallen ihrer Absätze auf dem Steinboden. Sie quetscht sich an der kleinen Nonne vorbei, die lächelnd zu ihr aufschaut, und reißt endlich die Vordertür auf. Sie ist auf absurde Weise erleichtert, dass sie so leicht aufgeht.

Die beiden Bettler sind noch immer draußen; der mit den Schwären ist eingeschlafen, und der andere streckt ihr seinen Blechbecher hin, als sie vorbeigeht, diesmal allerdings ohne recht Überzeugung, als spürte er Esthers Verzweiflung.

An diesem Abend lässt Anneliese sich im Flüchtlingsheim widerspruchlos zu Bett bringen. Im Schlafsaal ist es inzwischen still, die Luft ist stickig und riecht nach Schweiß und Kampfer. Die meisten Frauen liegen in den Betten und schlafen; zwei sitzen wortlos nebeneinander und stricken. Ihre Nadeln klicken, als befänden sie sich in einem Gespräch. Eine junge Frau steht am schmutzigen Fenster, schaut in die Dunkelheit hinaus und weint lautlos.

Umso auffälliger ist Frau Rosenbaums Eintreten. Sie marschiert quer durch den Saal, ihre Schuhe klatschen auf dem Weg zu ihrem Bett auf den Boden.

«Ich habe gute Nachrichten», sagt sie und lässt sich Esther gegenüber mit einem lauten «Uff» aufs Bett fallen, als hätte sie gerade einen anstrengenden Sport getrieben.

Esther legt den Finger auf die Lippen und deutet mit einem Nicken auf Anneliese.

«Entschuldigung», sagt Frau Rosenbaum leiser. «Aber ich habe gute Nachrichten.» Lächelnd steckt sie die Hand in die Manteltasche und holt etwas heraus. Einen Schlüssel. Mit blitzenden Augen hält sie ihn hoch. «Fritz und ich verlassen dieses Heim morgen. Wir haben gerade einen Mietvertrag unterschrieben.» Sie bedeckt den Mund mit ihrer molligen Hand und reißt die Augen auf, als könnte sie es selbst kaum glauben.

Esther beugt sich vor und legt Frau Rosenbaum die Hand aufs Knie. «Ich freue mich riesig für Sie», sagt sie.

Frau Rosenbaum drückt Esthers Hand. «Danke. Ich weiß nicht, wie lange Fritz hier im Heim durchgehalten hätte.» Ihr Blick streift durch den Schlafsaal, und sie seufzt. «So zu leben. Schrecklich.»

Esther entzieht Frau Rosenbaum ihre Hand. Schrecklich. Das trifft es genau. Wie lange werden Anneliese und sie selbst das noch ertragen müssen? Den Dreck; das nächtliche Husten, Schnarchen und Schluchzen; die Ratten, die nachts über den Boden huschen und manchmal auch tagsüber; die Hunderte von Insektenstichen, die die Schläfer nachts wecken und die wie Feuer brennen. Heute Nachmittag hat sie Anni, die sich zappelnd wehrte, in Ermangelung einer Nagelschere die Fingernägel bis zum Nagelbett abgebissen, damit sie sich nicht im Schlaf die Stiche aufkratzen kann.

Doch es wird ihnen nichts anderes übrigbleiben, als hierzubleiben. Die Stelle in der Buchhaltung wird Esther nicht annehmen können. Bereits jetzt kann sie sich kaum noch daran erinnern, wie es sich anfühlt, unter frischgewaschener, sauberer Bettwäsche zu schlafen. Sie zupft an der Haut um ihre Fingernägel und zieht an einem Nietnagel; es tut weh, als er abreißt, und er hinterlässt einen roten Tropfen. Rasch leckt sie das Blut vom Finger. Vielleicht hatte die Nonne recht – vielleicht wäre Anni im Kloster besser aufgehoben. Aber sich von ihrer Tochter trennen, sie in fremde Hände geben? Undenkbar.

Frau Rosenbaum beginnt, sich auszuziehen. Sie öffnet den Verschluss ihres Rocks und lässt ihn auf den Boden gleiten. In der Hitze trägt sie keine Strümpfe, und ihre Beine sind von einem Spinnennetz bläulicher Adern überzogen. Als sie zu den Knöpfen ihrer Bluse gelangt, hält sie inne und sieht Esther an. «Sie sollten mitkommen», sagt sie.

«Wie bitte?»

Frau Rosenbaum hängt ihren Rock ans Bettgestell und steigt ins Bett. Ihre Stimme ist gedämpft. «Das Haus liegt in der Alcock Road. Sechs Zimmer, von denen wir jetzt eines bewohnen. Der Vermieter lebt mit seiner Familie im ersten Stock. Ich ... ich habe mir herausgenommen, Sie bei ihm zu erwähnen, und habe ihn gebeten, eines der Zimmer bis morgen zu reservieren. Es ist nichts Großartiges, aber tausendmal besser als das hier. Ich führe Sie selber hin, wenn Sie möchten. Es ist nicht weit.»

«Ich kann es mir nicht leisten», sagt Esther leise.

«Aber Sie haben doch bald eine Arbeitsstelle, oder etwa nicht? Die Miete ist nicht hoch, und ich leihe Ihnen gern das Schlüsselgeld, bis Sie Ihren ersten Lohn bekommen.» Errötend fügt sie hinzu: «Fritz und ich konnten einige ... einige Dinge verkaufen.»

Esther zupft an ihrem Unterhemd und erzählt Frau Rosenbaum von ihrer Begegnung mit Schwester Ruth.

Frau Rosenbaum schnalzt mit der Zunge. «Sie wollten Anni dabehalten? Christliche Nonnen? Das erscheint mir nicht richtig, ein Kind von seiner Mutter zu trennen.»

Draußen fällt der Regen erneut, erst lautlos und dann mit schweren Tropfen, die auf die Fensterbank trommeln. Esther gähnt. Noch nie im Leben hat sie sich erschöpfter gefühlt. Sie wirft einen letzten Blick auf Anneliese und schlüpft dann in ihr eigenes Bett.

Die Betten stehen weniger als einen halben Meter voneinander entfernt, und Esther spürt Frau Rosenbaums warmen Atem auf dem Gesicht und fängt den Geruch ihrer Hautsalbe auf, derselben Marke, die auch ihre Mutter verwendet. Wieder einmal überkommt sie der erstickende Gedanke, dass sie es niemals schaffen wird, ihre Eltern herzuholen. Es wäre ihr Tod.

Mit einem lauten, dumpfen Klacken versinkt der Saal in Dunkelheit. Licht aus. Esther dreht sich auf die Seite und versucht, das Sirren der Stechmücken zu überhören. Sie ist allein und fürchtet sich. Im Dunkeln lässt sie zu, dass ihr Selbstmitleid anschwillt, schluckt den Kloß in ihrer Kehle nicht herunter und gestattet ihren Gedanken – zum ersten Mal seit Wochen –, sich Aaron zuzuwenden. Er ist irgendwo dort draußen, vielleicht nur ein oder zwei Meilen entfernt, wer weiß? Soll sie ihn aufsuchen? Würde es …?

«Esther, Liebes?», fragt Frau Rosenbaum leise.

«Ja?»

Sie räuspert sich sanft. «Vielleicht sollte ich diese Frage nicht stellen, es geht mich ja nichts an, aber was ist mit Ihrem Mann, Annis Vater? Ich habe bemerkt, dass Sie einen Ehering tragen, aber ich sehe Sie und Anni immer nur allein.»

Esther hält ihre Antwort einen Moment zurück. «Er ist gestorben.»

Frau Rosenbaum stößt ein leises Murmeln aus, streckt die

Hand aus und legt sie Esther auf die Schulter. Ihre Finger fühlen sich warm, feucht und tröstlich an.

«Das tut mir schrecklich leid, Liebes. War er ... Haben die ...»

Esther schüttelt im Dunkeln den Kopf. «Nein. Sie haben ihn nicht abgeholt. Er ... er ist vor über einem Jahr gestorben. Es war ein Verkehrsunfall.»

Frau Rosenbaum drückt sanft Esthers Schulter und zieht dann die Hand zurück. Die Bettfedern quietschen, als sie sich auf den Rücken dreht.

«Anfangs haben wir nicht gemerkt, wie schwer seine Verletzungen waren», fährt Esther sehr leise fort. Es ist das erste Mal seit dem Unfall, dass sie jemandem von Carls Tod erzählt. Jetzt, so weit von alldem entfernt und im Dunkeln, macht es ihr weniger aus, darüber zu reden. «Er ist von einer Straßenbahn angefahren worden, hat aber darauf bestanden, nach Hause gebracht zu werden. Ich dachte, er hätte einfach nur schlimme Prellungen und vielleicht noch eine gebrochene Rippe, aber nachdem er sich hingelegt hat, ist er nie wieder aufgestanden. Er lag stundenlang so da, teils bei Bewusstsein und teils ohnmächtig. Er war sogar zu schwach, um zu reden. Ich habe es nicht geschafft, einen Arzt kommen zu lassen, weil ... Sie wissen ja, für Menschen wie uns gab es keine Hausarztbesuche mehr. Endlich kam ein Freund meines Vaters, ein pensionierter Chirurg – er muss über achtzig gewesen sein. Er sagte, Carl habe schwere innere Blutungen und hätte sofort ins Krankenhaus gebracht werden müssen. Aber da war es schon zu spät.»

Aus Frau Rosenbaums Bett dringt ein langsames, rhythmisches Schnarchen herüber. Sie ist eingeschlafen, als hätte Esther ihr wie einem Kind eine Gutenachtgeschichte erzählt.

«Und es war meine Schuld, dass er gestorben ist», flüstert Esther in den Raum über ihrem Kopf. Sie kann jetzt nicht mehr aufhören. «Der Unfall war meine Schuld.» Und als sie das sagt, weiß sie, dass allein schon die Scham sie daran hindern wird, Aaron aufzusuchen, mag er auch noch so nah sein.

KITTY

Sie wacht mit einem Hämmern im Kopf auf, und als sie langsam aus dem Bett aufsteht, verflucht sie den vierten Cocktail, den sie gestern Abend getrunken hat. Es ist immer einer zu viel, insbesondere wenn sie den Abend allein verbringen muss. Als sie ihren Morgenmantel anzieht, fällt es ihr plötzlich ein, und ihre Laune hebt sich schlagartig und wird leicht und übersprudelnd wie perlender Sekt. Heute Abend führt Vitali sie zum Tanzen aus! Sie gehen zu einer richtigen Tanzveranstaltung im Cathay Hotel, und es wird keiner dieser elenden Abende, die sie an der Theke einer Bar verbringen oder in den abgenutzten Kunstledersesseln eines dieser schmuddeligen Nachtclubs, die Vitali so zu lieben scheint. Dort muss sie dann zuhören, wie er und seine hässlichen Geschäftspartner, Männer mit Wurstfingern, über die von den Kommunisten angezettelten Streiks im Norden reden und, als wäre sie, Kitty, gar nicht da, laute, derbe Scherze über die chinesischen Hostessen machen, die einen Drink nach dem anderen bringen. Aber sie hat das alles zwei Monate lang klaglos ertragen, und endlich zahlt sich ihre Geduld aus. Heute Abend wird sie an Vitalis Arm das Cathay Hotel betreten, das beste Haus am Bund, der eleganten Uferpromenade.

Das probateste Gegenmittel gegen einen Kater ist ein

herzhaftes Frühstück, und so streicht sie sich das Haar glatt und ruft nach Wing. Keine Antwort. Er muss draußen unterwegs sein und einkaufen oder irgendeinen anderen Gang erledigen. Trotzdem ruft sie ihn sicherheitshalber noch einmal. Er kommt ihr ein wenig wie ein schüchterner Hausgeist vor, der auftaucht, wenn sie ihn nicht erwartet, nur um Gott weiß wohin zu verschwinden, sobald sie ihm den Rücken kehrt. Die Küche und der Spirituosenschrank sind immer gut bestückt, auch wenn sie keine Ahnung hat, woher er das Geld nimmt. Vielleicht gibt Vitali es ihm im Voraus, oder vielleicht kann der Junge anschreiben lassen.

Sie blinzelt ins Sonnenlicht, das durchs Fenster einfällt, und tappt in die Küche. Von Wing ist nichts zu sehen. Mit einem unbestimmten Gefühl der Erleichterung, allein in der Wohnung zu sein, macht sie den Kühlschrank und die Küchenschränke auf, findet aber nichts, was sie gern essen würde. Tatsächlich hat sie ein Gefühl von Übelkeit in der Magengrube. Sie muss jetzt bald etwas essen, um diese Empfindung zu besiegen, sonst ist ihr für den Rest des Tages schlecht. Und das kommt nicht in Frage, weil sie vor heute Abend noch einiges erledigen muss. Sie trinkt ein großes Glas Wasser und kehrt ins Schlafzimmer zurück, um sich anzuziehen.

Draußen ist die Juliluft stickig und dunstig. Und, kaum zu glauben, sogar noch heißer als am Vortag. Kitty spürt bereits, wie sich auf ihrer Haut ein Schweißfilm bildet. Die Schwüle kann doch gewiss nicht noch schlimmer werden, als sie es jetzt ist? Aber in dieser Stadt würde sie nicht darauf wetten.

Sie hat sich noch keine zwei Schritte vom Gebäude entfernt, als sie über einen Metalleimer stolpert. Sie schlägt mit der Fußspitze so kräftig dagegen, dass der Eimer ins

Schwanken gerät und umkippt. Der Besitzer des Eimers, ein junger Chinese mit einer großen Narbe über Schläfe und Wange, schreit sie wütend an, als das Gefäß in den Rinnstein rollt. Kitty unterdrückt nur mühsam ein Würgen, als eine schwarze Fliegenwolke aufschwirrt und einen Schafskopf zurücklässt, dessen steife violettrote Zunge aus dem Maul hängt. Die toten Augen sind trübe verhangen, und der Gestank ist überwältigend. Die Übelkeit in ihrer Magengrube droht nach oben zu steigen.

Sie bedeckt die Nase mit der Hand und winkt einen Rikscha-Kuli von der gegenüberliegenden Straßenseite heran. Er wendet sofort und schleppt sein Gefährt quer über die Straße auf sie zu. Beim Sprint durch die Lücken im Stau stößt er gegen Autos und Fahrräder. Kitty steigt ein, gibt dem Mann ihre Anweisungen, und er schlängelt sich die Straße entlang durch den Verkehr. Die Muskeln seines nackten Rückens wölben sich beim angestrengten Ziehen, und seine Haut glänzt vom Schweiß. Ihr Ziel liegt nicht weit entfernt, aber mit etwas Glück verschafft ihr der Fahrtwind ein wenig Kühlung. Obgleich ihr Kopf wie mit Watte gefüllt ist und der Anblick des Schafskopfs die Übelkeit in ihrem Magen neu hat aufblühen lassen, ist sie glänzender Stimmung.

Der Fahrtwind, auf den sie gehofft hat, ist bestenfalls ein schwaches Lüftchen, doch sie tupft sich die Stirn mit einem Taschentuch ab und versucht, den kribbelnden Schweiß in ihren Achselhöhlen nicht zu beachten. Sie will irgendwo an der Rue Lafayette frühstücken, was hoffentlich ihren Magen beruhigen wird. Dann wird sie losziehen und das schönste Kleid kaufen, das sie finden kann. Bei jedem Besuch lässt Vitali diskret einen sehr großzügigen Betrag auf der Anrichte zurück. So hat Kitty ihre Garderobe mit Kleidern bereichert, von denen sie früher nur geträumt hat: zweiteilige Kostüme mit dazu passenden Hüten und hauteng geschnittene Kleider aus Chiffon, Crêpe oder Seide. Sie kauft sie in den Boutiquen an der geschäftigen Rue Lafayette. In diesen Boutiquen duftet die Luft nach Parfüm, die Bänke sind mit dem weichsten Kalbsfell gepolstert – oder, gewagter, mit Leopardenfell –, und an diskret aufgestellten Ständern hängen die schönsten Kleider von Balenciaga, Schiaparelli, Vionnet und Mainbocher. Anders gesagt, diese Boutiquen würden auch an der Kärtner Straße in Wien nicht fehl am Platz wirken – nur dass Kitty sich dort nie mehr als einen Schaufensterbummel leisten konnte.

Anfangs rann ihr das Geld wie Wasser durch die Finger. Es war ein wenig berauschend, einfach nur auf ein Kleid oder einen Hut zeigen und ja sagen zu müssen, um die Besitzerin zu werden. Wenn sie jedoch später mit leerem Geldbeutel zu Hause ankam, wagte sie nicht, eine ihrer Neuerwerbungen zu tragen, weil sie befürchtete, sie zurückbringen zu müssen. Und obgleich Vitali sie niemals nach einer Quittung fragt – so vulgär ist er nicht – und ihr unweigerlich nach jedem Besuch ein Bündel Geldscheine zurücklässt, weiß sie in einem Teil ihrer selbst, dass es klüger ist, vorsichtig zu sein.

Es ist eher ein Instinkt, der ihr rät, das Geld sparsamer auszugeben. Sie hat begonnen, wenn auch mit einem etwas schlechten Gewissen, ihn um zusätzliches Geld zu bitten.

«Nächste Woche hat Wing Geburtstag», hat sie letzthin gelogen, und Vitali hat mit leichtem Stirnrunzeln einen Hundertdollarschein aus der Tasche gezogen.

«Du solltest ihn nicht verwöhnen», sagt er. «Das tut diesen Leuten überhaupt nicht gut.»

In der nächsten Woche behauptete sie, das Opfer eines

Taschendiebs geworden zu sein – eine plausible Lüge, denn in der Stadt gibt es genug von ihnen –, und er ersetzte ihr das Geld anstandslos. Sie erfand eine Rechnung, die in einem Restaurant aufgelaufen sei und die sie ganz vergessen habe – schließlich habe sie keinen Kopf für Zahlen –, und wenn sie nicht bis zum Ende der Woche bezahle, würde man sie nicht mehr bedienen und wo solle sie dann frühstücken? Inzwischen hat sie ein hübsches Sümmchen zusammengespart. Zusammen mit der Perlenkette, die sie damals, gerade vom Vater verstoßen, aus der Schmuckschatulle ihrer Mutter gestohlen hatte, hat sie das Geld zwischen ihre Monatsbinden gelegt – einer der wenigen Orte, an denen Wing wohl nicht herumschnüffeln dürfte.

Die Rikscha kommt so unvermittelt zum Stehen, dass Kitty ein Ruck durchläuft. Der Mann dreht sich zu ihr um, sagt etwas, was sie nicht versteht, und deutet auf den Verkehr vor ihnen. Vermutlich versucht er, ihr mitzuteilen, dass er sie nicht weiter bringen kann, dass der Stau einfach zu dicht ist, und so steigt sie aus dem Gefährt. Doch da lässt er die Griffe fallen, eilt zu ihr und redet in einem dringlichen Tonfall auf sie ein, der gleichzeitig verärgert und bittend klingt.

«Es tut mir leid, ich verstehe Sie nicht», sagt Kitty hilflos und weicht zurück, als er den Arm ausstreckt, um sie in die Rikscha zurückzugeleiten. Sie kramt in ihrer Handtasche und bringt zwei Geldscheine zum Vorschein, vermutlich weit mehr, als die Fahrt kostet. «Hier», sagt sie und hält ihm das Geld hin. Der Mann schnappt es sich mit einem kurzen, bellenden Lachen, packt die Griffe seiner Rikscha und taucht wieder in den Verkehr ein.

Kitty blickt sich um. Soweit sie weiß, befindet sie sich in der Rue Corneille. Sie war erst ein einziges Mal hier, aber sie ist sich sicher, dass es irgendwo in der Nähe ein Restaurant oder ein Café geben muss. Ein chinesischer Junge, nicht älter als fünf, nähert sich ihr und zerrt an ihrem Ärmel.

«Kein Mama, kein Papa, kein Whiskey Soda!», ruft er und streckt die geöffnete Hand vor ihr aus. Kitty schüttelt ihn ab. Sie wird von hinten angestoßen, als zwei alte Frauen sich an ihr vorbeidrängen. Sie tragen gackernde Hühner in Käfigen, die sie an beiden Enden einer Bambusstange aufgehängt haben. Kitty wendet sich nach rechts und geht los. Die Bürgersteige Shanghais sind nicht zum langsamen Bummeln geeignet. Als sie mehrere Minuten marschiert ist, hat sie einen trockenen Mund und fühlt sich von den Abgasen benommen. An der nächsten Kreuzung biegt sie von der Hauptstraße ab, um dem Lärm und dem Gestank zu entkommen. Die Nebenstraße ist ruhig und unerwartet grün; entlang des Bürgersteigs zieht sich eine Reihe von Ahornbäumen. Einen Moment lang befürchtet sie, sich in einem vollkommen unbekannten Teil der Stadt verirrt zu haben, doch dann erblickt sie etwas – ein handgemaltes Schild, das über einer Tür hängt: *Wiener Kaffeehaus.*

Sie schiebt die Tür auf und hört das Läuten der darüberhängenden Glocke. Der Klang ist wie ein Echo ihres kindlichen Entzückens über ihre Entdeckung: ein österreichisches Café ausgerechnet hier in China! Drinnen ist es nicht kühler als draußen, aber der Duft gerösteter Kaffeebohnen und dunkler Schokolade macht den Raum gemütlich – fast schon wohlig angenehm. Das Café ist klein, es gibt vielleicht acht Tische, von denen die meisten besetzt sind. Sie sind mit gestärkten Leinentischtüchern gedeckt; nur die Stühle, die aus Bambus gefertigt sind und ein wenig wacklig aussehen, wirken fehl am Platz. In einer Ecke sitzen drei japanische

Offiziere in steifen Uniformen und verschlingen riesige Portionen Apfelstrudel. Die anderen Gäste sind ausnahmslos Europäer.

Beinahe sofort nähert sich ein kleiner Kellner mit Schnauzbart und geleitet Kitty zu einem der leeren Tische. Entzückt vom breiten, vertrauten Dialekt des Kellners, bestellt sie Kaffee und ein Stück Kuchen und setzt sich hin, ganz aufgeregt vor Freude, dass das Schicksal sie an diesen Ort geführt hat. Sie muss Vitali davon erzählen – ja, sie wird ihn sogar herbringen, um richtigen Kuchen zu essen und richtigen Kaffee zu trinken. Jetzt dauert es bestimmt nicht mehr lang: Besuche auf der Rennbahn an Vitalis Arm, Speisen in erlesenen Restaurants und ein Leben in einem wunderschönen herrschaftlichen Haus mit einem Garten und Boys. Sie wird Wing natürlich als Number-One-Boy behalten, aber er wird nur die Nummer eins einer ganzen Schar von Dienern sein. Und eines Tages, vielleicht in ein oder zwei Jahren, wird sie eine *Amah* brauchen, eines dieser chinesischen Kindermädchen, die mit den Kindern ihrer weißen Dienstherren im Jessfield Park spazieren gehen. Heute Abend fängt das alles an, dessen ist sie sich sicher.

Man serviert ihr ein luxuriöses Stück Sachertorte, das in der schwülen Luft nur mit Mühe die Form behält. In Wien hat sie nie Sachertorte gegessen, da sie weiß, dass sie zur Molligkeit neigt, aber es ist so überwältigend tröstlich, hier, an diesem exotischen Ort, etwas so durch und durch Vertrautes zu genießen. Sie weiß, dass sie seit ihrer Ankunft bereits Gewicht angesetzt hat, aber ‹alles am richtigen Ort›, wie Vitali ihr versichert hat, als er ihre Brüste mit seinen großen Händen umfing. Sie steckt ein kleines Stück Kuchen in den Mund und nimmt sich vor, jeden Bissen zu genießen, doch bevor sie sich versieht, ist ihr Teller leer. Sie befeuchtet eine Fingerspitze, stippt die letzten Schokoladenkrümel auf und steckt sie in den Mund. Während sie noch überlegt, ob sie ein weiteres Stück bestellen soll, wird sie sich dreier Frauen bewusst, die am Tisch hinter ihr sitzen und sich unterhalten. Auf Deutsch. Erneut empfindet sie es als ungeheuer tröstlich, so weit weg von zu Hause ihre Muttersprache zu hören. Doch als sie nun lauscht, wird ihr klar, worüber die drei sprechen.

«Sie haben uns gezwungen, uns hinzuknien und den Bürgersteig mit einer Zahnbürste zu schrubben. Die Leute standen einfach nur da und starrten; einige von ihnen haben uns angespuckt.»

«Meine Nichte wurde aus dem Restaurant gezerrt, in dem sie arbeitete, und sie haben ihr das Haar bis auf die Kopfhaut kahl geschoren.»

«Er wog neunzig Kilo, als sie ihn holten. Als sie ihn aus dem Lager freiließen, hatte er nur noch die Hälfte des Gewichts. Und er schreit immer noch nachts im Schlaf, obwohl es sechs Monate her ist, dass wir diese Hölle verlassen haben.»

Es ist kein Gespräch. Die Frauen reden nebeneinanderher, dringlich und beinahe atemlos. Das Café kommt Kitty plötzlich dumpf und stickig vor. Sie spürt einen Stich der Verärgerung. Natürlich empfindet sie Mitgefühl bei diesen furchtbaren Geschichten. Aber etwas an der Art, wie sie erzählt werden, ist abstoßend, beinahe so, als versuchten die Frauen sich mit grauenhaften Berichten zu übertrumpfen. Es ist so ... *jüdisch*, denkt sie bitter, diese Leute prahlen geradezu mit ihrem Leid, wetteifern darum, wer das meiste Elend erlebt hat. Wie zum Beispiel bei der Beerdigung ihrer

Schwester Elli. Ihr Vater, der außer Zorn nie irgendwelche Gefühle zeigte, weinte und schluchzte während des ganzen Kaddish, als hätte seine verstorbene Tochter ihm tatsächlich etwas bedeutet. Und ihre Mutter, die kaum je ein freundliches Wort für eine ihrer Töchter übrig gehabt hatte, jammerte den Versammelten vor, wie schrecklich es sei, den Tod des eigenen Kindes zu erleben. Kitty – oder Käthe, wie sie damals noch hieß – rieb sich unterdessen die schmerzende Wange, weil ihr Vater sie dafür geohrfeigt hatte, das Trauertuch, das den Spiegel im Wohnzimmer verhängte, anzuheben, um sich im Glas zu betrachten.

Sie zündet sich eine Zigarette an, inhaliert und stößt eine Rauchwolke aus. Jetzt liegt ihr der Schokoladenkuchen schwer im Magen. Sie trinkt ihren Kaffee aus und gibt dem Kellner einen Wink, ihr die Rechnung zu bringen. Obwohl sie das gar nicht will, dreht sie sich um und betrachtet die Frauen. Zwei von ihnen sind über sechzig, die dritte Frau ist ein wenig jünger. Ihre Kleidung ist schäbig; die jüngere trägt ein dünnes Kleid aus bedrucktem Stoff, dessen Farben beinahe vollständig ausgebleicht sind. Unter ihren Achseln zeichnen sich große Schweißflecken ab. Die anderen beiden tragen dunklere Kleider, die staubig und am Kragen abgestoßen sind und überhaupt nicht zum warmen Wetter passen. Jetzt sitzen die Frauen schweigend da, vielleicht vom Erzählen ihrer Leidensgeschichten erschöpft, und jede von ihnen scheint in ihre privaten Erinnerungen versunken.

Zum ersten Mal seit Monaten denkt Kitty an Esther und schämt sich sofort. Esther ist irgendwo in dieser Stadt, vielleicht in einem dieser schrecklichen Flüchtlingsheime, und hat selbst eine Geschichte zu erzählen, aber Kitty fühlt sich jetzt zum ersten Mal seit ihrer Ankunft veranlasst, an sie zu denken. Und was ist mit diesem süßen kleinen Mädchen, Anni? Gerade eben hat Kitty darüber nachgedacht, wie es wäre, selbst Mutter zu sein.

Sie drückt ihre halbgerauchte Zigarette aus und bemerkt dann, dass die Frauen sie beim Starren ertappt haben und zu ihr hinschauen. Mit heißem Kopf wendet sie sich ab.

Sie steht auf, um den sich nähernden Kellner abzufangen. Als sie ihn auf halber Höhe zwischen der Theke und dem Tisch der japanischen Offiziere erreicht, sagt sie leise: «Ich möchte deren Rechnung ebenfalls begleichen.» Sie deutet mit einer Kopfbewegung auf den Tisch, an dem die drei Frauen sitzen.

Der Kellner zieht die Augenbrauen hoch und schaut über Kittys Schulter hinweg auf die Frauen. Er lächelt. «Das ist sehr großzügig von Ihnen.»

Kitty verwirft seine Worte mit einem leichten Kopfschütteln. *Es ist nicht mein Geld, und da, wo es herkam, gibt es noch viel mehr davon*, würde sie gern sagen, schweigt aber. Stattdessen wartet sie ab, bis er die Summe berechnet hat, und reicht ihm dann ein paar Geldscheine. Sie fügt ein großzügiges Trinkgeld hinzu.

«Und bitte», weist sie ihn an. «Sagen Sie es ihnen erst, wenn ich weg bin.» Sie geht durchs Café und stößt die Tür auf. Die Türglocke klingelt zum Abschied, als sie nach draußen tritt.

Das Gedränge auf der Hauptstraße lässt ihr bald keine Zeit mehr für andere Gedanken. Sie muss aufpassen, um nicht auf Straßenverkäufer zu treten, die an der Bordsteinkante kauern, oder über Kalligraphen zu stolpern, die mit ihren Tintenfässern und Schreibfedern an niedrigen Tischchen sitzen. Sie drängt sich an Gruppen parfümierter junger Frauen vorbei, die unglaublich enge Kleider mit Schlitzen bis zu den Oberschenkeln tragen, und muss sich davor hüten, von einem der vielen Fahrzeuge angefahren zu werden – Autos, Busse, Rikschas oder Fahrräder –, die der Bordsteinkante gefährlich nahe kommen. Auf der anderen Straßenseite erblickt sie einen älteren Herrn mit einem großen schwarzen Hut, der aus einer Rikscha steigt. Vier Quasten hängen unter seiner Jacke hervor. Sie bleibt stehen, überkommen von einer kurzen, unwillkommenen Erinnerung an ihren Vater. Der Mann muss ihren Blick gespürt haben, denn er hebt den Kopf und sieht sie direkt an. Sie blinzelt und schaut schnell weg. Mit etwas Mühe ruft sie sich die vor ihr liegende Aufgabe in Erinnerung und geht zielstrebig los, ihren inneren Stadtplan von Läden, Boutiquen und Schneidern wieder fest im Kopf.

Als sie zu Hause ankommt, ist es kurz nach 16 Uhr. Vitali holt sie um acht ab, sie hat also nur noch ein paar Stunden, um sich fertig zu machen. Ihr Magen schlägt Kapriolen. Sie fühlt sich wie ein Schulkind vor einer Prüfung – allerdings hat sie die Schule lange vor den Prüfungen verlassen, was weiß sie also schon davon? Sie ist bester Laune; ihr Einkaufsausflug war ein voller Erfolg. Schon in der dritten Boutique hatte sie Glück und fand das perfekte Kleid für den heutigen Abend. Es ist ein vorn hochgeschlossenes, rückenfreies Kleid aus blutrotem Chiffon mit Goldlamé-Streifen. Das Kleid eines Filmstars. Vitali wird begeistert sein, davon ist sie überzeugt! Sie konnte kaum abwarten, es nach Hause zu bringen, musste aber fast eine Stunde des Anpassens über sich ergehen lassen, während der Änderungsschneider die Taille enger machte und den Saum ausließ. Es ist bei weitem das teuerste Kleid, das sie je besessen hat; allein schon das

Gefühl des Stoffs zwischen ihren Fingern verschafft ihr ein kindliches Vergnügen.

In der Wohnung stößt sie auf Wing, der die Jalousien abstaubt, und sagt ihm, dass er gehen kann, weil sie ihn an diesem Abend nicht braucht. Sobald er weg ist, öffnet sie die Schachtel – in die eine goldene Rose geprägt ist –, schlägt das Seidenpapier vorsichtig auseinander, nimmt das Kleid heraus und hält es bewundernd hoch. Dann hängt sie es über die Rückenlehne des Sofas, ändert aber ihre Meinung, zieht sich rasch aus und streift es über den Kopf. Sie mustert ihr Spiegelbild in dem hohen Spiegel, der im Schlafzimmer hängt. Das Kleid ist schön, einfach wunderschön. Aber sie wird ihr Haar in Wellen legen und sich die Nägel passend zum Rot des Stoffs lackieren müssen. Und ihre Beine rasieren. Und sich die Augenbrauen zupfen. Es ist noch so viel zu tun! Sie schlüpft aus dem Kleid und hängt es an der Rückseite der Tür auf. So kann sie es betrachten und sich davon inspirieren lassen, während sie sich schön macht.

Die Zeit vergeht auf eine eigenartig verzerrte Weise, mal bleibt sie scheinbar stehen und rast dann wieder davon, nimmt Tempo auf oder verlangsamt sich zu einem schneckenhaften Kriechgang. Gerade ist es noch halb sechs und gleich darauf Viertel nach sechs. Als sie das nächste Mal auf die Uhr schaut – sie hat inzwischen ihr Haar in ordentliche, gehorsame Wellen gelegt, ihre Beine sind seidenglatt, und der Nagellack ist getrocknet –, ist es erst zwanzig vor sieben. Sie nimmt eine Zeitschrift zur Hand, blättert sie durch, überfliegt ein paar Artikel und schaut erneut nach der Zeit. Nur fünf Minuten sind vergangen. Sie geht zur Bar, schenkt sich einen Fingerbreit Whisky ein, kippt ihn herunter und schenkt sich noch einen ein. Sollte sie ihr Kleid jetzt schon anziehen? Sie will nicht das Risiko eingehen, es zu zerknittern, und obgleich der Deckenventilator sich seit ihrer Heimkehr dreht, ist ihre Haut feucht von Schweiß. Andererseits ... Schließlich gibt sie das Abwägen auf und zieht es an. Jetzt dauert es nur noch eine Stunde, dann holt Vitali sie ab. Sie schlendert quer durchs Zimmer zum Grammophon. Ein bisschen Musik wird ihr helfen, die Zeit angenehm herumzubringen. Und sie kann ihren Foxtrott üben! Sie ist wirklich ein bisschen eingerostet.

Gerade als sie die Nadel auf der Schallplatte absetzt und das dumpfe Knistern erwartet, das der Musik vorangeht, klingelt es an der Tür.

Er kommt zu früh! Sie eilt zur Tür und überlegt sich, wie sie ihn spielerisch dafür tadeln könnte, dass er vor der verabredeten Zeit gekommen ist – man darf eine Frau nicht antreiben! Sie freut sich schon auf seine Reaktion auf ihre Aufmachung. Sie öffnet die Tür, wobei sie fast den Saum ihres Kleides einklemmt, und sieht sich dem chinesischen Concierge gegenüber.

«Eine Botschaft von Monsieur Petrow», sagt er, verbeugt sich in seiner übergroßen Uniform und reicht ihr einen kleinen cremefarbenen Umschlag. «Er lässt ausrichten, dass er heute Abend verhindert ist.»

Kitty nimmt ihm den Umschlag aus der Hand. «Aber ...» Sie verstummt.

Der Concierge öffnet den Mund, doch Kitty schließt sehr leise die Tür, bevor er noch etwas sagen kann.

ESTHER

Die Tage verlaufen zu einem klebrigen Brei, die Tageszeit ist bedeutungslos und wird nur durch den Gong markiert, der zu den Mahlzeiten ruft. Manchmal scheint es, als könnte man die Tage nur daran unterscheiden, dass gelegentlich ein Unwetter heranzieht und die Schwüle vom Himmel wäscht. Dann ist die Erleichterung köstlich, hält aber nur schmerzlich kurz an. Ab und zu träumt Esther noch von einer Wohnung; nichts Grandioses, ein kleines Zimmer, das sie und Anni ihr Eigen nennen können. Doch ohne Kinderbetreuung sind die Aussichten auf eine Arbeit nach wie vor gering, und die Träume an ein Zuhause rücken immer weiter in die Ferne.

Stattdessen füllt Esther ihre Tage mit dem Versuch, die Zeit herumzubringen, und macht für eine kleine Bezahlung alles, worum man sie bittet: zur Läusebekämpfung mit Lysol getränkte Matratzen schrubben, bis die Haut an ihren Händen sich rötet, aufreißt und blutet; kleine Blutflecken und zerquetschte Insekten von den geweißelten Wänden putzen oder dicken gelben Staub vom Boden auffegen.

Es ist eine geistlose, erschöpfende Plackerei. Aber die Monotonie, der Mangel an Privatsphäre im Schlafsaal, ihre rissigen Hände, die erstickende Hitze – nichts bereitet ihr so viele Sorgen wie Anneliese. Das Mädchen ist weinerlich und ängstlich geworden und bricht rasch in Tränen aus, wenn sie einem der schlechtriechenden, unrasierten alten Männer in schlampiger Kleidung begegnet, die durch das Gebäude streifen, als wüssten sie nicht recht, wo sie sich befinden. Anneliese weigert sich, sich den anderen Kindern anzuschließen, die durch die Korridore rennen, wenn sie Fangen spielen. Stattdessen sitzt sie stundenlang auf dem staubigen Boden und schiebt einen zerschrammten Spielzeuglaster ohne Räder herum.

Nichts, was Esther tut, ermutigt sie, sich aus ihrer Stumpfheit zu reißen – kein zusätzliches hartgekochtes Ei beim Abendessen und auch nicht das Versprechen auf Süßigkeiten von einem Verkäufer an der Straßenecke, kein Kitzeln und kein Knuddeln. Letzten Freitag hörte Esther beim Sabbatgottesdienst in der Ohel-Moshe-Synagoge zwei Frauen hinter sich über das «arme, kleine, geistig behinderte Kind» flüstern. Im trüben Licht wandte Esther sich Anneliese zu, die während der monotonen Rezitation der *shaliach tzibbur* zusammengesackt und sabbernd in der Hitze saß. Zutiefst getroffen nahm sie sie auf den Arm und eilte mit ihr ins Flüchtlingsheim zurück. Sie musste sich zusammenreißen, um ihre Tochter nicht mit ein paar Ohrfeigen zu mehr Lebhaftigkeit zu zwingen.

Dann, Anfang September, wird die Monotonie durchbrochen. An einem grauen, stickigen Morgen nimmt Esther Anneliese mit, als sie in einem Wassergeschäft an der Ecke der Seward Road und der Kungpin Road abgekochtes Wasser holen geht. Das Wasser aus der Leitung ist nicht trinkbar, und obgleich während der Mahlzeiten sauberes Trinkwasser zur Verfügung steht, macht Esther sich ständig Sorgen, sie oder Anneliese könnten krank werden, wenn sie sich mit

Leitungswasser die Zähne putzen. Und abgekochtes Wasser ist relativ billig. Sie greift in ihren Kopfkissenbezug, um ein Bündel Bambusmarken herauszuholen – es gibt keine Münze, die klein genug wäre, um einen Kanister Wasser zu bezahlen, und so verkaufen die Wasserhändler kurze Bambusspäne mit den Initialen des Wasserladens, um sich eine Stammkundschaft zu sichern.

Auf dem Weg zum Wassergeschäft kommen sie an einem kleinen Platz vorbei, auf dem Flüchtlinge einen Straßenmarkt aufgebaut haben: Dutzende Menschen, die etwas zu verkaufen oder einzutauschen haben, stehen hinter improvisierten Ständen. Einige von ihnen preisen ihre Waren lauthals an, während andere aus Schüchternheit oder Verlegenheit stumm hinter ihren Tischen stehen und unglücklich zuschauen, wie Fremde in ihren persönlichen Habseligkeiten herumkramen.

Zu den Qualitätswaren, die angeboten werden, gehören bestickte Tischtücher, Silberbesteck, Meißner Porzellan, Hummelfiguren, Kerzen oder Rasierklingen. Jene Flüchtlinge, die nichts Besseres besitzen oder die das meiste Wertvolle bereits verkauft haben, bieten abgelaufene Medikamente, Bücher mit fehlenden Seiten und stumpfe Messer an. Wer um Himmels willen sollte so etwas kaufen – und wer glaubt eigentlich, dass man so etwas verkaufen könnte? Das Ausmaß der Verzweiflung erschreckt Esther. Am bemitleidenswertesten von allen ist ein Mann, der mit einer Decke vor sich auf dem Boden sitzt und Gegenstände ausgelegt hat, die nur Menschen mit unbegrenzter Vorstellungskraft als nützlich erscheinen können: alte Zündkerzen, eine zerbrochene Brille, ein Gebiss, rostige Schüsseln und sogar ein langer Zopf rötlichen Haars, mit einem Samtband zusammengebunden, das vielleicht einmal der Frau oder der Tochter des Mannes gehört hat.

Anneliese beugt sich vor, um den Zopf zu streicheln, doch Esther zieht sie zurück. Ihre Angst vor ansteckenden Krankheiten ist fast schon zwanghaft. Gerade als Anneliese die Mundwinkel nach unten zieht, um loszuschluchzen, schiebt sich eine Frau durch die Menge und hält dem Mädchen einen vor Zucker glänzenden Lutscher hin. Frau Rosenbaum.

«Der ist nur für Mädchen, die nicht weinen», sagt sie und gibt Anneliese den Lutscher.

«Baum!», zwitschert Anneliese. «Danke!» So lebhaft hat Esther sie schon seit Wochen nicht mehr gesehen.

Frau Rosenbaum streichelt die Wange des Kindes und wendet sich Esther zu. «Wie geht es Ihnen?»

Esther versucht, ihr Haar glatt zu streichen, das in der feuchten Schwüle immer wild absteht. «Ich ... Wir schaffen es irgendwie», sagt sie. «Und wie geht es Ihnen?»

«Ich kann nicht klagen.» Frau Rosenbaums Augen verdüstern sich kurz.

Esther hebt den Kanister hoch. «Wir wollten gerade Wasser kaufen gehen.» Als Frau Rosenbaum nicht antwortet, fügt sie hinzu: «Würden Sie uns gern begleiten? Das heißt, wenn Sie nicht beschäftigt sind?»

«Sehr gern», antwortet Frau Rosenbaum. «Sonst habe ich nicht viel zu tun. Und es wäre schön, jemanden zum Reden zu haben.»

Als sie ankommen, steht vor dem Wassergeschäft bereits eine Menschenschlange an. Schlangen waren früher ein Albtraum; Anneliese hielt es keine zwei Minuten aus, bevor sie begann, wild herumzuhopsen. Heute dagegen hält sie sich so gefügig wie ein Lämmchen an der Hand ihrer Mutter fest und umklammert mit der anderen Hand ihre Puppe Kitty. Esther ist dafür dankbar. Die Schlange rückt ein wenig vor. Anni tappt vorwärts wie eine Schlafwandlerin. Esther kann sich des Gedankens nicht erwehren, dass sie krank sein könnte – was könnte sonst diese Veränderung ihres Temperaments erklären? Vor zwei Wochen ist in einem der Schlafsäle Scharlach ausgebrochen, und die jüngeren Kinder wurden alle auf Symptome untersucht. Anneliese habe sich nicht angesteckt, teilte der Arzt ihr mit, sie sei ein gesundes, robustes Kind. Esther solle froh sein, eine solch ruhige, gehorsame Tochter zu haben, fügte er ungeduldig hinzu, als Esther darauf beharrte, dass Anneliese nicht mehr sie selbst sei.

Frau Rosenbaum stupst sie leicht am Arm an. Esther ist dran. Sie öffnet ihre Handtasche und reicht dem Verkäufer zwei Bambusmarken. Er hebt den Deckel des Kessels ein wenig an und schöpft mit einer großen Kelle Wasser heraus. Doch bevor Esther ihm ihren Kanister reichen kann, nimmt Frau Rosenbaum ihn ihr ab.

«Hat das Wasser richtig gekocht?», fragt sie den Verkäufer.

«Ja, ja.»

«Da ist nicht genug Dampf. Bitte heben Sie den Deckel ab. Zeigen Sie mir, dass es kocht.»

Er tut so, als würde er sie nicht verstehen, und will ihr den Kanister aus der Hand nehmen.

«Nein! Ich möchte es sehen!», sagt Frau Rosenbaum mit erhobener Stimme und hält den Kanister außer Reichweite.

Der Mann flucht und hebt widerstrebend den Deckel vom Kessel. Frau Rosenbaum hat richtig geraten: Das Wasser ist heiß, kocht aber nicht. Also warten sie noch einige Minuten, bis es heftig brodelt, und dann erst lässt Esther zu, dass der Mann ihren Kanister auffüllt.

«Danke», sagt sie zu Frau Rosenbaum, als sie sich zwischen den Anstehenden hindurch auf den Bürgersteig schieben.

«Man kann nicht vorsichtig genug sein. Meine Güte, Sie haben da aber eine müde Kleine!» Sie deutet mit einer Kopfbewegung auf Anneliese, die beim Gähnen den Mund weit aufgerissen hat.

Esther nickt. «Es ist Zeit für ihren Mittagsschlaf.»

Sie gehen schweigend zur Seward Road zurück. Am Eingang zum Flüchtlingsheim bedankt Esther sich für Frau Rosenbaums Gesellschaft und wünscht ihr alles Gute. Aber Frau Rosenbaum bleibt stehen und blickt zu dem schäbigen Gebäude aus rotem Backstein auf.

«Kommen Sie», sagt sie und ergreift Esther am Ellbogen. «Ich begleite Sie kurz hinein.»

Esther nimmt Anneliese auf den Arm und trägt sie in den Schlafsaal. Unterwegs kommen sie am Gemeinschaftsraum vorbei, der mit Bewohnern gefüllt ist, die Karten spielen oder sich laut über den neuesten Klatsch unterhalten. Im Gegensatz dazu ist es im Schlafsaal der Frauen wunderbar still, abgesehen vom allgegenwärtigen Rascheln und Huschen von Insekten auf dem Boden. Frau Rosenbaum setzt sich auf das Bett gegenüber von Esther – das Bett, in dem sie vor Monaten geschlafen hat –, und Esther hebt Anneliese in ihr Bettchen. Das Kind schläft beinahe sofort ein. Esther beugt sich über das Bettchen und lauscht, ob in Annis Atem ein Pfeifen zu hören ist, aber die Luft fließt regelmäßig und lautlos ein und aus. Dann stopft sie das Mückennetz an allen Seiten unter der Matratze fest und setzt sich auf ihr eigenes Bett. «Sie schläft in letzter Zeit sehr viel», sagt sie leise.

«Sie wächst.»

«Ja. Ja, ich hoffe, dass es das ist.» Sie wendet sich Frau

Rosenbaum zu. «Ich habe ganz vergessen zu fragen. Wie geht es Ihrem Mann?»

«Ach, er ... überlebt.» Frau Rosenbaum seufzt. «Es ist nicht einfach für Menschen unseres Alters, sich hier einzuleben. Wir sind wie zwei alte Eichen, wissen Sie? Man kann uns nicht einfach entwurzeln und dann davon ausgehen, dass wir in einem so ... andersartigen Boden gedeihen. Manchmal denke ich, ich werde noch verrückt, weil ich den ganzen Tag nichts anderes zu tun habe, als herumzusitzen und meiner schönen Wohnung und all den großartigen Dingen nachzutrauern, die ich zurücklassen musste. Ich hatte wunderschönes Geschirr der Königlichen Porzellan-Manufaktur, hatte ich Ihnen das erzählt? Und Fritz' Pfeifensammlung. Und all unsere ledergebundenen Bücher!» Sie blinzelt eine Schweißperle weg, die ihr in den Augenwinkel getropft ist. «Aber was hätten wir sonst tun sollen? Und es gibt Leute, die viel schlimmer dran sind als wir.» Sie holt ein Taschentuch hervor und wischt sich die Stirn.

Esther schaut zu Anneliese hinüber, die den Daumen in den Mund gesteckt hat – eine Gewohnheit, die Esther bisher nicht abstellen konnte.

Dann ertönt von unten das Schlagen eines Gongs.

«Essenszeit», sagt Esther und steht auf. «Leider fällt sie immer mit Annis Mittagsschlaf zusammen. Ich wecke sie nur ungern, aber sonst sind wir die letzten in der Schlange.»

«Also, es war schön, Sie wiederzusehen», sagt Frau Rosenbaum.

«Das fand ich auch.» Esther sieht sich mutlos im Schlafsaal um, und da entsteht in ihrem Kopf ein Gedanke. «Anni hat Sie auf dem Schiff sehr ins Herz geschlossen.»

«Das stimmt. Und umgekehrt Fritz und ich sie ebenso.»

Frau Rosenbaum steht auf und hinterlässt eine Kuhle in der klumpigen Matratze.

Esther greift durch das Netz hindurch und zieht Annis Daumen sanft zwischen den Lippen hervor. Das Kind regt sich und macht noch ein paar Momente kleine, saugende Bewegungen mit der Zunge. Doch bald versinkt es wieder in Schlaf.

Esther fährt fort: «Es ist nur ein Gedanke, und ich möchte mich Ihnen nicht aufdrängen, aber ...»

«Ja?»

«Vielleicht, ich meine, wenn es Ihnen nicht zu viel Mühe macht ... Vielleicht hätten Sie ja Lust, nach Anni zu schauen. Damit ich mir Arbeit suchen kann. Ich würde Sie natürlich bezahlen. Es ist nur ... ich kann sie unmöglich im Kloster lassen, und ich sehe keine andere Möglichkeit, von hier wegzukommen.» Ihre Stimme stockt. «Und ich weiß wirklich nicht, was ich sonst tun soll.»

Frau Rosenbaum blickt auf ihre Hände hinunter.

«Es tut mir leid», sagt Esther leise. «Ich habe Sie in Verlegenheit gebracht.»

Doch als Frau Rosenbaum aufblickt, lächelt sie. «Unsinn! Es wäre mir eine Freude. Ich dachte schon, Sie fragen nie! Wissen Sie, Fritz und ich waren nicht mit Kindern gesegnet. Und ich habe immer gedacht, ich wäre eine so nette Großmutter. Genau die richtige Mischung aus Nachgiebigkeit und Festigkeit. Es wäre ...»

Sie wird von einem dünnen Stimmchen unterbrochen. «Mama?»

Sie drehen sich um und sehen, dass Anneliese sich in ihrem Bettchen aufgesetzt hat. Ihr Haar ist zerzaust, das Gesicht rosig und warm vom Schlaf.

«Mama, ich bin wach», verkündet sie. «Ich habe Durst.»

Esther schlägt das Mückennetz zurück und nimmt das Kind auf den Arm. «Anni?», sagt sie. «Frau Rosenbaum und ich haben uns unterhalten, und wir denken, es wäre für euch beide schön, wenn ihr manchmal ein wenig Zeit miteinander verbringen würdet. Meinst du, das würde dir gefallen?»

Anneliese sieht sie mit weit geöffneten Augen an, und einen Augenblick lang denkt Esther, dass sie gleich in Tränen ausbricht. Doch stattdessen wendet sie sich Frau Rosenbaum zu und lächelt breit. «Baum», sagt sie.

Man hört schwere Schritte, die die Treppe zum Schlafsaal hinaufsteigen, und dann platzt ein junger Mann durch die Tür herein. Er wirkt auf düstere Weise erregt.

«Gerade haben Sie es gesendet», sagt er und stützt die Hände auf die Oberschenkel, um wieder zu Atem zu kommen. «Gerade eben im Radio.»

«Was?» Esther und Frau Rosenbaum sprechen gleichzeitig.

«Sie haben den Krieg erklärt. Die Briten und die Franzosen. Sie haben Hitler den Krieg erklärt.»

OKTOBER 1939
BIS
FEBRUAR 1940

周翼

Wings eigentlicher Name ist nicht Wing. Er heißt Yì. Zhōu Yì. Doch bei der Einstellung sagte Monsieur Petrow, Yì sei ein lächerlicher Name. Er, Monsieur Petrow, würde klingen wie ein verrückter Esel, sollte er ständig «Yì, Yì!» rufen müssen, wenn er wolle, dass der Junge etwas für ihn besorge, ihm ein Getränk oder eine Kleinigkeit zu essen bringe oder ihm, falls er ermüde, die schweißnassen Schläfen oder Füße massiere. Sein Arbeitgeber wählte einen anderen Namen – Wing –, dessen Klang ihm besser gefiel. Es könnte schlimmer sein. Es gibt viele chinesische Dienstboten, die Namen erhalten haben, deren Bedeutung Unglück bringt oder Dämonen anlockt. Daher macht es Wing nichts aus, nicht wirklich.

Wenn er nachts nicht bei Mamselle Kitty unter der Küchentheke schläft, liegt er auf einer Binsenmatte neben seiner Nǎinai, der Mutter seines Vaters. Sie lebt in einem nach Norden ausgerichteten Zimmer in einer schmalen, übelriechenden Nebengasse der Whashang Road nahe beim Fluss. Es würde auch nichts ändern, wenn das Zimmer nach Süden, Osten oder Westen ginge, denn es hat kein Fenster und ist niemals hell. Die Tür geht auf die Gasse hinaus. Sie lässt sich nicht richtig schließen; die Angeln sind verrostet, und der Rahmen ist verzogen. Das Gebäude wurde vor drei

Jahren von einer japanischen Bombe knapp verfehlt, zum Glück, aber seitdem zeigen sich besorgniserregende Risse. Yì hat den Traum, genug Geld zu sparen, um für seine Nǎinai und sich selbst ein Zimmer zu mieten, das nicht so nah am Fluss liegt. Hier trägt das leiseste Lüftchen Gerüche herein, die im Winter schrecklich und im Sommer unerträglich sind. Der Fluss ist eine Kloake, die Müllkippe der Stadt: Flaschen, Jutesäcke, Papierblumen in lebhaftem Rot und Violett und gelegentlich – verstörend viel häufiger, als man meinen sollte – eine aufgequollene Leiche. Das Einzige, was den krankmachenden Gestank in Schach hält, sind die ständig brennenden Räucherstäbchen auf dem Ahnenaltar, die sie für ein paar Jiǎo im nahegelegenen Xiàhǎi-Tempel kaufen.

Yì bemüht sich, zumindest einmal in der Woche nach Hause zu kommen, weil seine Nǎinai beinahe blind ist und sich nicht mehr selbst versorgen kann. Yì ist sich ihres Alters nicht sicher, aber sie kommt ihm hochbetagt vor. Ihre Haut hat die Farbe von Baumrinde und fühlt sich auch so an, und ihre Füße sind so unglaublich winzig, dass sie in dem düsteren, vollgestopften Raum, der ihr Zuhause ist, nicht mehr als ein beschwerliches Humpeln zustande bringt. Nǎinai ist bei ihm, seit er sich erinnern kann, und sorgt dafür, dass er weiß, wo er herkommt, und sich klar darüber ist, dass er niemals dorthin zurückkehren darf. Yì ist nicht in Shanghai zur Welt gekommen; Nǎinai zufolge wurde er auf einem ungepflasterten Weg zwischen Xuzhou und Huai'in geboren. Seine Eltern waren Bauern und flohen aus dem Norden, vor Armut und Hunger im Allgemeinen und vor der Brutalität der Warlords und der Kuomintang im Besonderen. Seine Mutter starb, als er drei war, und zwei Jahre darauf verschwand sein

Vater – Yìs älterem Bruder Huà zufolge wurde er von Chiang-Kai-sheks Gangstern entführt, weil er an einem Eisenbahnarbeiterstreik teilgenommen hatte. Năinai hält es dagegen für wahrscheinlicher, dass er eines Nachts weglief, um seinen Spielschulden zu entkommen.

Manchmal kommt Huà zu Besuch, wenn ihm das Essen oder das Geld ausgeht oder er ein Versteck braucht. *(Warum kommt er dann hierher?*, denkt Yì. *Es ist der erste Ort, an dem sie ihn suchen würden, und es bringt Năinai jedes Mal in Gefahr.)* Huà spottet dann über die Gebäude gegenüber, wo die Europäer unablässig halb zerstörte Häuser neu aufbauen, renovieren oder zusammenflicken und dabei auf wackligen Bambusgerüsten stehen, mit einer Zähigkeit, die sich aus sich selbst zu nähren scheint. Unausgesetztes Klopfen, Hämmern und Sägen. Bis die Gebäude, die vor kurzem noch Ruinen waren, wieder feste Bauwerke sind, in denen Menschen wohnen können. Seit Monaten treffen sie in einem steten Strom ein, diese hochgewachsenen, hakennasigen, sonderbar riechenden, rundäugigen Fremden – diese *lăowài.* In einem unausgesprochenen Krieg um Ressourcen, Wohnung, Essen und Arbeit und im Kampf gegen den Dreck, der sie alle zu verschlingen droht, kommen sie hierher in den ärmsten Teil der Stadt.

«Was wollen sie hier?», beschwert sich Huà und spuckt ein Stück Hähnchenknorpel auf den Boden. (Ganz selten kommt Huà nicht nach Hause, weil er Essen braucht, sondern bringt im Gegenteil welches mit: Pakete mit Reis, kleine rosa Schweinehaxen oder sogar ein lebendiges, gackerndes Huhn. Yì und Năinai sind zu klug, um ihn zu fragen, wo er die Sachen herhat.) «Man kann nicht von uns erwarten, dass wir das wenige, was wir besitzen, auch noch mit ihnen teilen. Sollen sie doch dort hinübergehen» – er weist mit der ausgestreckten Hand in Richtung Fluss –, «zu ihren reichen Freunden.»

«Sie haben dort keine Freunde, Huà», sagt Năinai, wedelt dem kleinen Herd Luft zu und lässt eine dicke Qualmwolke nach oben steigen. «Sie sind wie wir, die Ärmsten der Armen.»

Yìs Augen zucken zu seinem Bruder hinüber. Er schreckt davor zurück und ist gleichzeitig erpicht darauf, seine Reaktion zu sehen. Huàs Temperament ist unberechenbar. Yì bewundert die Leidenschaft seines Bruders, seine Hingabe an das, was er glaubt, seinen unbedingten Willen, eine gerechtere Welt zu schaffen. Aber gleichzeitig nimmt er ihm seinen Mangel an Achtung vor der Mutter ihres Vaters übel, und er ist wütend, weil Huà nicht nur bereit ist, für sich selbst Folter und Tod zu riskieren, sondern auch für seine Familie. Wann immer Yì die abgeschnittenen Häupter gefangener Kommunisten sieht, die rund um die Stadt auf Stangen aufgespießt zur Schau gestellt werden, krampft sich sein Magen zusammen, und er muss sich zwingen, zu den blutleeren Köpfen mit den leeren Augenhöhlen aufzublicken, immer voll Angst, er könnte das Gesicht seines Bruders entdecken. Seine Erleichterung, dass Huà nicht unter den Hingerichteten ist, weicht dann rasch dem Zorn. Zorn über seinen Stolz, seine Arroganz und seine fehlende Bereitschaft, sein Schicksal hinzunehmen: nämlich zu akzeptieren, dass er, wie Năinai sagt, einer der Ärmsten der Armen ist.

Huà räuspert sich geräuschvoll und spuckt auf den Boden. Dann streckt er seine Schale für eine weitere Portion der Hühnersuppe aus, die Năinai gekocht hat. «Das Huhn ist lecker, Năinai», sagt er und wirft der alten Frau ein schiefes Lächeln zu, womit er zeigt, dass er nicht in der Stimmung für einen Streit ist.

Năinai schnalzt mit der Zunge. «Es wäre leckerer, wenn du dafür gearbeitet hättest.»

Doch bevor Huà wütend auffahren oder im Zorn die Schale vom Herd stoßen oder einfach wortlos hinausgehen und für Monate verschwinden kann, springt Yì auf und eilt in die Ecke des Zimmers, wo er den Beutel mit seinen Sachen aufbewahrt.

«Ich habe etwas für dich, Năinai», sagt er strahlend. Er öffnet den Beutel und holt vorsichtig ein kleines, in Papier eingeschlagenes Päckchen heraus. Blinzelnd reicht er es ihr. Seine Augen tränen vom schwarzen Rauch. Der Ofen ist nützlich zum Kochen, gibt aber sehr wenig Wärme ab und macht das Atmen beinahe unmöglich. «Es ist ein Geschenk von Mamselle Kitty.»

Die alte Frau hält sich das Päckchen dicht vor die Augen. Sie begutachtet es, riecht daran und schlägt dann langsam das Papier auf.

«Es ist Kuchen», sagt Yì und merkt, dass ihm das Wasser im Mund zusammenläuft. «Mamselle Kitty hat ihn mir geschenkt.»

«Hat sie ihn selbst gebacken?», fragt Năinai.

«Nein. Sie kauft ihn in einem besonderen Laden. Sie mag ihn sehr. Los», fordert er sie mit einer Handbewegung auf. «Probiere ihn. Er ist sehr süß. Sehr lecker.»

Năinai bricht eine Ecke ab und steckt sie sich in den Mund, fährt sich mit der Zunge über die zahnlosen Kiefer. Dann lächelt sie. *«Hăo.* Sehr gut, sehr gut.» Sie beißt noch einmal ab. «Richte Mamselle Kitty meinen Dank aus. Das war sehr nett von ihr.» Yì weiß, sie ist stolz, dass er eine Stelle als Number-One-Boy eines *Taipan* hat.

Huà hat sich eine streichholzdünne Zigarette angesteckt. «Sie hält dich also als Sklaven, und du sollst ihr für einen kleinen Happen Essen dankbar sein.» Er zieht heftig an der Zigarette und inhaliert, womit er den Rauch, der vom Herd und den Räucherstäbchen aufsteigt, noch weiter verdichtet. Dann spuckt er erneut aus und schleudert eine Reihe deftiger Flüche heraus.

«Genug!», krächzt die alte Frau. Ihre Stimme ist überraschend laut.

Huà verstummt. Yì weiß, sein Bruder betrachtet Mamselle Kitty als eine reiche, verwöhnte, überflüssige *jì nǚ* – eine ausgehaltene Frau, die ein dekadentes Leben führt, während andere Menschen tagein, tagaus schuften müssen, um so gerade eben über die Runden zu kommen; andere Menschen wie ihre Nachbarn, die Wangs, die drei ihrer fünf Kinder verkauft haben, um die verbliebenen zwei ernähren zu können. Aber Huà hat Mamselle Kitty niemals kennengelernt. Er weiß nicht, wie schön und gütig sie ist.

Yì stellt sich gern vor – erinnern kann er sich ja nicht – seine eigene Mutter sei so großzügig und gütig wie Mamselle Kitty gewesen. Wenn er Mamselle Kittys Kleidung aus dem Weidenkorb im Badezimmer nimmt, um sie in einem Sack zu Chong's Wäscheservice in der Rue Corneille zu bringen, hält er sich tatsächlich manchmal die Sachen vors Gesicht und atmet den warmen Duft ihres Parfüms und ihres Körpergeruchs ein – Honig und Gewürze, Spuren von Zigarettenrauch und manchmal ein kräftiger Hauch von Moschusduft – und stellt sich vor, dies sei der Geruch seiner Mutter. Letzthin ist er allerdings mehrmals in den frühen Morgenstunden mit diesem Geruch in der Nase aufgewacht. An seiner Bettdecke klebte etwas Warmes, Feuchtes, was eine Scham und Verwirrung in ihm hervorrief, die den ganzen Tag über anhielt.

«Hier, iss auch etwas davon.» Năinai streckt ihm den verbliebenen Kuchen hin.

Yì schüttelt den Kopf. «Gib ihn Huà.»

Huà mustert seinen jüngeren Bruder, legt den Kopf in den Nacken und atmet einen dünnen Strom Rauch aus. Dann lacht er, ein leises, tiefes Lachen, in dem kein Rest seiner früheren Verachtung mitschwingt.

«Wenn wir die Macht übernehmen», sagt er und greift nach dem Kuchen, «sorgen wir dafür, dass jeder so viel hat, wie er braucht, einschließlich Kuchen.» Er stopft sich das Stückchen süßen Luxus in den Mund, noch immer lachend.

In den frühen Stunden des folgenden Morgens wird Yì von der Kälte geweckt, die durch den Spalt zwischen Tür und Rahmen hereinkriecht. Es ist erst Oktober, doch die Morgenluft ist bereits sehr frisch. Er steht leise auf, um Năinai nicht zu wecken, die neben ihm auf dem Rücken schläft und mit offenem Mund leise, rasselnde Atemzüge ausstößt. Er schüttelt die feuchte Kühle aus den Gliedern, uriniert in den Eimer, der in der Zimmerecke steht, und schlüpft dann in seine Schuhe. Im Kochtopf ist noch ein wenig Huhn mit Süßkartoffeln übrig geblieben, und so kratzt er ihn mit seinen Stäbchen aus und steckt sich schließlich die letzten Reste mit der Hand in den Mund. Er vergewissert sich mit einem Blick auf das Wandbord – weit oben montiert, zum Schutz vor den Mäusen –, dass ein Sack Reis für Năinai da ist. Es könnte mehrere Tage oder sogar eine Woche dauern, bis er erneut nach Hause kommen kann. Er verbeugt sich leicht in Richtung seiner schlafenden Nǎinai und trägt dann den Eimer zum Leeren hinaus. Draußen ist es dunkel, und als er das Rascheln der an der Hausmauer vorbeihuschenden Ratten hört, schaudert er.

Er zischt, um sie abzuschrecken, während er den Inhalt des Eimers in den Rinnstein leert. Dabei weiß er, dass er mehr Angst vor ihnen hat als sie vor ihm. Er mag die Dunkelheit nicht und trägt einen Talisman um den Hals – ein *hù-shēn-fú*-Amulett in Form einer Tigerklaue, das Huà ihm zum Mond-Neujahrsfest geschenkt hat. Es soll plötzliches Erschrecken abwehren und ihm den Mut des Tigers verleihen. Sicherheitshalber trägt Yì auch einen Bambusstab bei sich, wenn er nachts unterwegs ist. Er vertreibt damit böse Geister, indem er ihn laut gegen Wände oder auf den Boden schlägt. Der Stab könnte aber notfalls auch als improvisierte Waffe dienen, sollte er es mit Dieben oder Entführern zu tun bekommen.

Als er in Richtung Brücke losgeht, erscheint am östlichen Horizont der erste Lichtstreifen. Yì schlägt den kürzesten Weg entlang des Ufers ein. Auf dem Fluss plätschert das Wasser leise gegen die Seiten der Sampans. Dutzende Werft-Kulis liegen zusammengerollt unter Jutesäcken und warten darauf, dass Schiffe anlegen und ihr Arbeitstag beginnt. Ein paar Bars entlang des Ufers haben noch geöffnet, Musik und Licht strömen auf die Straße hinaus. Yì eilt an ihnen vorbei und versucht, seine von der Kälte steifen Beine durch rasches Gehen geschmeidig zu machen. In diesen Bars, das weiß er von Huà, verkaufen Frauen ihren Körper für Geld oder sogar nur für ein paar Gläser Whisky. Was es heißt, seinen «Körper zu verkaufen», ist ihm noch immer rätselhaft, aber der Gedanke an die Frauen, deren Satinkleider einen ungebührlich freizügigen Blick auf ihre Oberschenkel gestatten, ruft gleichermaßen Angst wie Erregung in ihm hervor.

Ein Mann ruft: «He, du, hübscher Junge!»

Yì wirft einen Blick in die Richtung, aus der der Ruf gekommen ist, geht aber nicht langsamer.

«He, hübscher Junge!», ruft die Stimme erneut. Es ist ein Zuhälter aus einer der Bars. «Möchtest du ein wenig Geld verdienen? Gutes Geld! Für einen hübschen Jungen wie dich. Fünf Yuan – nur zehn Minuten Arbeit!» Er lacht bellend.

Yì hält den Kopf gesenkt und beginnt zu traben, bis das Lachen des Zuhälters in der Ferne verhallt und er endlich die Garden Bridge sieht. Er geht nun langsamer, um wieder zu Atem zu kommen. Der japanische Wächter auf Yìs Seite der Brücke würdigt Yì nur eines flüchtigen Blickes, als dieser mit einer tiefen, unterwürfigen Verbeugung vorbeigeht. Das Überqueren der Brücke ist nicht immer so ereignislos, wie Yì aus Erfahrung weiß, nachdem er einmal nur mit einer blutigen Lippe und einem angeschlagenen Zahn davongekommen ist.

Für den letzten Teil seines Wegs springt er auf den Dritte-Klasse-Wagen der Straßenbahn, die die Amherst Avenue und die Szechuan Road hinauffährt, und von dort sind es nur noch wenige Minuten zu Fuß zu Mamselle Kittys Wohnung.

Er bleibt an der Ecke der Rue Voyron stehen, um süße Sesamkrustenbrötchen für Mamselle Kittys Frühstück zu besorgen. Essen und Getränke werden normalerweise von einem der schicken französischen Delikatessenläden an der Avenue Joffre direkt ins Haus geliefert, aber Mamselle hat Geschmack an diesen in Dampf gegarten, duftenden Brötchen gefunden, und so hat Monsieur Petrow Yì mitgeteilt, er habe bei der Bäckerei ein Kundenkonto eingerichtet, damit Mamselle ihr Gebäck haben könne, wann immer sie wolle. Das Konto beruht auf Vertrauen. («Sollte ich jemals entdecken, dass du mich betrogen hast, hänge ich dich an den Ohren auf», warnte Monsieur Yì und bog dabei das Handgelenk des Jungen so weit nach hinten um, dass dieser Angst bekam, es könnte brechen.) Yì achtet immer darauf, die Brötchen auszusuchen, die am dicksten mit Zucker bestreut sind. Er sieht gern zu, wie Mamselle in das Gebäck beißt und wie auf ihrem Nasenrücken beim Kauen ein paar Fältchen erscheinen, weil sie gleichzeitig lächelt. Und er hört sie gern lachen, wenn sie sich den Puderzucker von den Mundwinkeln leckt. Manchmal, aber nicht immer lässt sie Yì ein oder zwei Brötchen übrig.

Als er beim Mietshaus ankommt, ist die Sonne vollständig aufgegangen und verstrahlt ein glanzloses, sich nicht mehr wandelndes Licht, bietet aber wenig Wärme. Der Concierge, ein rundwangiger Shanghaier mit einem schwarzen, drahtigen Schnurrbart und einer zu großen Uniform lässt ihn in die Wohnung, wobei er Yì wie immer einen Klaps auf den Hinterkopf verpasst, um ihm seine Stellung zu zeigen.

Yì geht auf Zehenspitzen in die Küche, obgleich er weiß, dass Mamselle Kitty erst in einigen Stunden aufwacht. Dort schlüpft er in seine Uniform, ein langärmliges blaues Gewand mit einer schwarzen Kappe. In den nächsten Stunden ist er mit Hausarbeit beschäftigt: den Feuerrost säubern und das Feuer anzünden, Geschirr abspülen, Wasser kochen und es zum Trinken und für die Zubereitung der Speisen in den Kühlschrank stellen, die Böden fegen und wischen, unten im Hof die Teppiche klopfen (er lehnt die Wohnungstür an, damit er bei seiner Rückkehr nicht den Concierge belästigen muss – und keine weitere Kopfnuss kassiert) und Mamselle Kittys schmutzige Wäsche in einen Sack stopfen. Er hat gut zu tun, aber die Arbeit ist leicht im Vergleich zu seiner vorherigen Stellung in Monsieur und Madame Petrows Haushalt. Dort meldete er sich um fünf Uhr morgens zum Dienst, wurde vom Rest des Personals wie Dreck behandelt, bekam häufig Schläge oder wurde beleidigt und musste arbeiten, bis alle – Monsieur, Madame und das ganze Personal – im Bett lagen.

Nur mit Schaudern erinnert er sich an Madame Anastasia – eine magere, seelenlose Frau, ganz anders als ihr derber, lärmender Mann. Sie tat entweder so, als sei Yì unsichtbar (und trat ihm auf die Hand, wenn er die Bodenfliesen scheuerte), oder behandelte ihn wie einen lästigen Störenfried (sie scheuchte ihn aus dem Zimmer, wenn er gerade eine Aufgabe erledigte, sodass er Prügel vom Butler Lǎo bezog, weil er seine Pflichten vernachlässigt hatte). Als Monsieur Petrow ihn eines Tages fragte, ob er gern eine Stellung als Number-One-Boy in der Wohnung einer Dame in der Avenue Dubail annehmen würde, nickte Yì so heftig, dass er meinte, sein Kopf könnte abfallen. Und hier ist er nun also, Number-One-Boy in der kleinen, eleganten Wohnung einer Dame. Er hat genug Pflichten, um ihn von seinen Sorgen über die nachlassende Gesundheit seiner Nǎinai oder das seinem Bruder drohende Unheil abzulenken, aber nicht so viele, dass er bei der Arbeit nicht eine Melodie summen könnte.

Am frühen Abend kehrt er mit einer Kiste voll frischgewaschener Kleidung für Mamselle Kitty von der Wäscherei zurück und stählt sich für eine neue Begegnung mit dem Concierge. Es gelingt ihm jedoch, der Hand des Mannes beim Öffnen der Wohnungstür auszuweichen, und er schlüpft lachend in die Wohnung, denn er weiß, dass der Concierge es niemals wagen würde, ohne Einladung oder Befehl einzutreten. Der Hefeduft des Teigs, den er vorhin geknetet hat, weht aus der Küche in den Flur. Mamselle Kitty hat fürs Abendessen *xiǎolóngbāo* verlangt, saftige Klöße, deren Rezept er von seiner Nǎinai hat.

«Wing, bist du das?» Ihre Stimme erklingt aus dem Wohnzimmer.

Yì tritt ein, die Wäschekiste noch im Arm, und verbeugt sich leicht. Mamselle Kitty sitzt mit angezogenen Beinen auf dem Sofa und hat eine Zeitschrift auf dem Schoß liegen.

«Du hast meine Kleider gebracht», sagt sie. «Gut. Stell die Kiste einfach ins Schlafzimmer. Ich muss mich vor dem Dinner umziehen. Monsieur Petrow wird heute mit uns speisen.» Einen Moment lang wirkt sie nachdenklich und kaut auf ihrer Unterlippe herum. Dann hellt sich ihre Miene auf. «Was gibt es zum Abendessen?»

«Klöße, Mamselle», antwortet Yì und unterdrückt eine leichte Enttäuschung angesichts der Nachricht. Er genießt die Abende allein mit Mamselle Kitty. Normalerweise ruft sie ihn nach ihrem Dinner ins Wohnzimmer, damit er ihr einen Drink mixt, und erzählt ihm, was sie den Tag über erlebt oder getan hat. Sie hat ihm beigebracht, wie man das Grammophon bedient, und einmal versucht, ihn ein Kartenspiel zu lehren, aber die Regeln wollten nicht in seinem Kopf haften. Yì kommt es so vor, als verabscheute sie die Einsamkeit genauso wie er. Aber heute Abend wird Monsieur da sein, was bedeutet, dass Yì in die Küche verbannt bleibt.

«Klöße? Wunderbar.» Mamselle steht auf und greift nach

dem silbernen Zigarettenetui. «Wie sagt man nochmal ‹köstlich›? *Hau che?*» Sie lächelt.

«Ja. *Hǎo chī*», antwortet Yì, ein wenig verlegen, weil er ihre Aussprache verbessert, aber entzückt, dass sie das Wort behalten hat.

Mamselle Kitty zündet sich eine Zigarette an. «Nun, ich gehe jetzt besser und mache mich fertig», sagt sie und entschwindet ins Schlafzimmer.

In der Küche schlägt Yì die Luft aus dem Teig und rollt kleine, runde Fladen aus, die er mit einer Füllung aus Gemüse und gehacktem Schweinefleisch belegt. Es ist eine angenehme und belohnende Aufgabe: Yì mag das Gefühl des glatten, elastischen Teigs zwischen den Fingern. In der Hoffnung auf ein paar Reste, wenn Mamselle Kitty und Monsieur gegessen haben, bereitet er eine große Portion vor. Er genießt nur selten das Vergnügen eines gutgefüllten Magens.

Als er gerade einen Kloß oben zu einem ordentlichen Päckchen zusammendreht, das in Dampf gegart wird, hört er, wie die Wohnungstür aufgeht und wieder geschlossen wird. Er wischt sich die bemehlten Hände an einem Tuch sauber und geht in den Flur. Er setzt bereits zu einer Verbeugung an, doch Mamselle Kitty hat die Tür geöffnet und nimmt Monsieur Petrow seinen dicken Pelzmantel ab. Die beiden umarmen sich; Yì senkt den Kopf sogar noch tiefer, doch unter seinen langen Augenwimpern hervor sieht er, wie Monsieurs Hand Mamselle Kittys Hintern umfängt und ihn drückt. Mamselle stößt ein albernes Quieken aus und schlägt die vorwitzige Hand weg. Sie fummeln kurz miteinander herum, doch dann dreht Monsieur sich um und sieht Yì direkt an. Yì kann den Blick nicht schnell genug senken.

«Was glotzt du?», fragt Monsieur und fügt hinzu: «Wir

schnell essen. Schaffst du?» Mit den Fingern macht er eine Geste, als steckte er sich etwas in den Mund. Yì nickt errötend und kehrt in die Küche zurück. Er hört, wie Mamselle Kitty sagt: «Er spricht eigentlich recht gut Englisch, weißt du», aber Monsieurs Antwort kann er nicht verstehen.

Als er später ins Wohnzimmer geht, um den Tisch abzuräumen, sieht Yì zu seiner Enttäuschung, dass nur noch drei Klöße übrig sind. Aber besser als nichts. Er kehrt in die Küche zurück, um abzuwaschen und die Klöße zu essen, und dann wartet er darauf, dass Monsieur geht. Die beiden werden sich eine Weile ins Schlafzimmer zurückziehen, so halten sie es immer, aber irgendwann – vielleicht in einer Stunde, vielleicht in vier – wird Monsieur nach seinem Mantel rufen und gehen. Er bleibt nie die ganze Nacht – Yì ist sich sicher, dass Madame Anastasia das niemals zulassen würde. Er hat oft beobachtet, wie Mamselle Kitty am Fenster sitzt und sehnsüchtig hinausschaut, als wartete sie auf die Ankunft einer lieben Freundin. Wenn sie merkt, dass er sie beobachtet, wird ihr Gesicht weich, und sie lächelt, was sie so schön macht wie eine Pfirsichblüte. Yì überkommt dann ein Gefühl tiefer Dankbarkeit dafür, dass es ihm gelingt, sie zum Lächeln zu bringen, wo doch jeder sehen kann, dass sie eine dunkle, hohle Traurigkeit in sich trägt.

Er rollt seine Matte aus, muss aber warten, bis Monsieur aufgebrochen ist, bevor er sich hinlegen kann. Er setzt sich an den Küchentisch, legt den Kopf auf die Arme und schließt die Augen. Er träumt. Er träumt, dass Monsieur Mamselle Kitty eines Tages als zweite Frau nimmt – sie wird in das große, schöne Haus ziehen und Yì als ihren persönlichen Number-One-Boy mitnehmen (er wird ein eigenes Zimmer erhalten, wie der Butler es hat). Er wird Nǎinai mitnehmen, damit sie mit ihm an einem Ort wohnt, wo weder Huà noch die Polizei, noch die Nationalisten sie finden können.

Ein lautes Geräusch aus dem Nachbarzimmer reißt ihn aus dem Halbschlaf. Ein Schlag, dann wütendes Geschrei. Yì setzt sich verstört auf. Die Küche liegt nun beinahe vollständig im Dunkeln, nur der gelbliche Schein der Straßenlaterne draußen bietet ein wenig trübes Licht. Die beiden streiten, ihre Stimmen sind hart und wütend. Monsieurs raue Stimme erhebt sich, überschreit die ihre, dann ein reißendes Geräusch, erneut Mamselles Stimme, tränenerstickt, lautes Rumsen und Klirren und schließlich eine donnernd zugeschlagene Tür.

Yì wartet mehrere Minuten ab, bevor er es wagt, die Küche zu verlassen. Als er die Tür zum Wohnzimmer öffnet, stockt ihm der Atem. Der Raum ist ein einziges Chaos. Mehrere Schallplatten liegen zerbrochen auf dem Teppich; einer der Vorhänge wurde halb von der Vorhangstange heruntergerissen; eine bernsteinbraune Flüssigkeit bildet eine Pfütze auf dem Teppich, und das von einem Silberrahmen gefasste Foto Mamselle Kittys liegt in der Zimmerecke, das Glas zu einem Spinnennetz zerbrochen. Yì steht in der Tür, halb vom Türrahmen verborgen. Ist Monsieur Petrow gegangen? Er hält den Atem an und presst die Augenlider zusammen, um besser lauschen zu können. Gleich darauf geht er in den Flur. Monsieurs Mantel ist weg. Aus dem Schlafzimmer dringt ein Geräusch: Ein halb ersticktes, klägliches Schluchzen, dann eine leise Stimme – eine Folge von Worten, die er nicht versteht –, zuerst in einem leisen, unglücklichen Tonfall und dann in einem scheltenden. Er schleicht zur Tür.

«Mamselle?», sagt er leise. Er erhält keine Antwort. Die Tür ist nur angelehnt, und er späht durch den Spalt hinein.

Sie sitzt auf der Bettkante und spielt mit ihren Fingern. Sie verflicht sie und zieht sie auseinander, oder sie ballt die Hände zu Fäusten und reibt damit hart über ihre Oberschenkel.

«Mamselle Kitty?», sagt Yì und schiebt die Tür ein kleines Stück auf.

Sie hebt den Blick. Ihr blasses, breites Gesicht ist fleckig, die Augen sind verschwollen. Dicke schwarze Streifen laufen ihre Wangen hinunter. Einen Moment lang sieht sie erschreckt aus, doch dann wird ihre Miene hart.

«Hinaus!», schreit sie. Ihre Stimme bricht. Sie springt auf und fuchtelt wild mit den Armen. «Raus mit dir! Raus!»

Yì hat plötzlich Angst, dass sie ihn schlagen könnte. «Entschuldigung, Entschuldigung», sagt er und weicht zur Tür zurück. «Entschuldigung, Mamselle.»

Mamselle Kitty lässt sich aufs Bett fallen, und Yì hastet in die Küche zurück. Er wirft sich auf seine Matte und schlägt sich mehrmals ins Gesicht, um nicht zu weinen. Sein Herz schlägt schmerzhaft in der Brust, und so atmet er tief ein und aus. Viermal, fünfmal. Sein Puls wird langsamer. Dann schließt er die Augen und findet zum Glück in den Schlaf.

ESTHER

Es ist ein bisschen schäbig», sagt Frau Rosenbaum, als sie Esther an der Eingangstür des Hauses begrüßt. «Aber ich bin mir sicher, Sie haben es in null Komma nichts auf Vordermann gebracht.»

Keuchend steigt sie eine steile, schmale Stiege hinauf. Esther und Anneliese folgen ihr. Ihre Schritte fühlen sich sonderbar weich und gedämpft an, als wäre das Holz unter ihren Füßen halb verfault.

«Einfach nur ein bisschen schäbig», wiederholt Frau Rosenbaum, wenn auch diesmal weniger zuversichtlich. Als sie im zweiten Stock ankommen, zieht sie ihr Taschentuch heraus und wischt sich das Gesicht ab. «Sie sind gleich dort oben», sagt sie und deutet mit einer Kopfbewegung auf die Treppe. Sie steckt ihr Taschentuch in den Ärmel und fügt hinzu: «Wollen Sie Anni bei mir lassen, während Sie sich um Ihre Sachen kümmern? Dann haben wir beide Gelegenheit, uns richtig miteinander bekannt zu machen.» Sie streicht Anneliese durchs Haar. «Bestimmt habe ich irgendwo eine Süßigkeit versteckt.»

Anneliese reißt die Augen auf und nickt eifrig.

«In Ordnung», sagt Esther. Die Koffer machen ihr die Arme schwer. «Ich bin bald wieder unten.» Sie wendet sich der letzten Treppe zu.

Das Zimmer ist mehr als enttäuschend. Obgleich sie allein ist, stößt sie ein entsetztes Keuchen aus. Der Raum ist winzig, er misst vielleicht zehn Quadratmeter. Er hat einen schwarzen Holzboden und ist mit einem Bettgestell ohne Matratze, einer abgenutzten Kommode und drei Wandborden möbliert, die schief an der Wand hängen. In einer Ecke beim Fenster verbirgt sich ein fleckiger Blecheimer hinter einem schmutzigen Papierschirm mit Bambusrahmen. Die Wände sind nicht tapeziert. Ihre abgenutzte, gekalkte Oberfläche verströmt einen Geruch, der gleichzeitig scharf und modrig riecht.

Obgleich das Zimmer im obersten Stockwerk liegt, dringt der Straßenlärm von ganz unten herauf: die Rufe der Straßenhändler, die Schubkarren mit quietschenden, nicht geölten Achsen schieben; das Jammergeschrei der Bettler; nachbarschaftliche Gespräche auf Deutsch, Russisch, Polnisch und Chinesisch und von irgendwo in der Ferne das Geplärr eines Grammophons. Esther stellt den Koffer auf dem Boden ab. Ihre Beine sind schwer, aber es gibt keine Sitzgelegenheit. Der einzige positive Aspekt des Zimmers ist, dass es nicht ganz so dunkel ist wie der Rest des Hauses, da es direkt unter dem Dach liegt. Doch noch während sie das denkt, blickt sie auf und erkennt, dass ein Teil des Lichts durch eine Lücke im Dach hereinsickert – ein kleines Loch, das unzureichend geflickt wurde.

«Keine Sorge, wir reparieren besser.»

Erschreckt dreht Esther sich um und stellt fest, dass ihre Vermieterin hinter ihr steht. Mrs Kavalchuk ist eine ältere weißrussische Frau, deren rosige Kopfhaut unter dem zusammengebundenen weißen Haar hindurchschimmert. «Wir reparieren später», sagt sie, auf das Loch deutend. «Japanische Bombe.» Sie schnalzt mehrmals missbilligend mit der Zunge.

«Ja», antwortet Esther, die die Frau schon jetzt dafür verabscheut, dass sie fünfundzwanzig Dollar Miete für ein Zimmer berechnet, das kaum bewohnbar ist. «Das muss repariert werden, bevor es wieder regnet. Und ...», sie blickt sich im Zimmer um, von plötzlicher Erschöpfung überkommen. «Woher bekomme ich eine Matratze? Meine Tochter und ich können nicht auf dem Boden schlafen.»

«Matratze in Hof. Mein Mann bringt später hoch.»

«Danke.»

«Und der Honigtopf muss am Morgen unten sein, sonst wird nicht geleert.»

«Entschuldigung?»

Die Frau geht durch den Raum zum Bambusschirm und versetzt dem Blecheimer einen kräftigen Tritt. «Honigtopf», erklärt sie knapp.

«Oh», sagt Esther errötend.

Mrs Kavalchuk legt den Kopf ein wenig schief und zieht die Augen zusammen. «Miete zahlen jeden Montag. Nicht verspäten.» Damit dreht sie sich um und stapft die Treppe hinunter.

Aber es ist trotzdem besser als das Flüchtlingsheim, denkt Esther und streicht ihr Kleid mit klammen Händen glatt.

«Sie haben ein Mädchen geschickt!»

Der Mann führt Esther in ein Büro, in dem der Zigarettenqualm so dicht wabert, dass sie kaum an den vier Schreibtischen vorbei zur anderen Wand sehen kann. Der Raum ist das reinste Chaos; überall stehen Stapel von Kartons, gerahmte Bilder sind gegen die Wand gelehnt, Aschenbecher quellen von Kippen und Asche über und überall Papier, Papier, Papier. Das Geklapper der Schreibmaschinen ist so laut, dass Esther nur mit Mühe einen klaren Gedanken fassen kann. Drei schmuddelig aussehende Männer wenden sich ihr kurz zu, als Joseph Grünblatt, der sich ihr als Chefredakteur der *Shanghaier Jüdischen Nachrichten* vorgestellt hat, sie ins Büro führt.

«Das ist Esther Niermann», wendet er sich an die Männer. «Aus Berlin. Sie ist ...», er wendet sich Esther zu, «... vor ein paar Monaten hier angekommen?»

Esther nickt. Ihre Augen tränen vom Qualm. Sie holt den Zettel heraus, den Fräulein Levin ihr gegeben hat, noch immer ein wenig davon benommen, dass sie überhaupt hier ist. Das Komitee, an das sie sich zuerst gewandt hat, fest überzeugt, dass man ihr gleich eine Stelle vorschlagen würde, konnte – oder wollte – ihr nicht helfen.

«Jede Woche treffen Hunderte Flüchtlinge ein», erklärte ihr derselbe Mann, mit dem sie unmittelbar nach ihrer Ankunft gesprochen hatte. «Und im Gegensatz zu Ihnen sind viele von Ihnen Fachkräfte.»

«Aber ich habe eine Ausbildung. Ich habe Qualifikationen!»

«Die anderen haben mehr ... Erfahrung», erklärte ihr der Mann. «Es sind Männer, die Familien ernähren müssen.»

«Ich muss meine Tochter ernähren», beharrte Esther, aufgebracht von dieser Logik.

Der Mann schüttelte den Kopf. «Das ist nicht ganz dasselbe. Schauen Sie, es tut mir leid, aber vielleicht möchten Sie es in ein oder zwei Monaten noch einmal versuchen?»

Als sie zitternd vor Enttäuschung und Demütigung nach draußen ging, trat Fräulein Levin mit rotem Gesicht zu ihr und steckte ihr einen Zettel zu. «Sie gehen besser noch im Laufe der Woche hin», sagte sie leise. «Bevor man die Stelle jemand anderem gibt.» Sie lächelte heftig errötend. «Wir müssen zusammenhalten, oder?»

Esther blickte nach unten und sah eine Stellenanzeige für eine Schreibkraft, mit einer unlesbaren Unterschrift versehen und darunter der Stempelaufdruck: Stelle besetzt.

Jetzt zittert ihre Hand, als sie Joseph den Zettel reicht. Doch er wirft nur einen kurzen Blick auf das Blatt und schüttelt den Kopf.

«Ach herrje. Da hat es einen Fehler gegeben.» Er sieht Esther an und reibt sich die Wange. «Es tut mir leid, aber wir brauchen keine Schreibkraft.» Er deutet mit einer Handbewegung auf den Raum. «Das hier sind Reporter, und sie können alle tippen.»

Esther versucht zu schlucken, aber ihr Mund ist so trocken, dass sie kaum die Zunge bewegen kann. Am liebsten würde sie weinen. Natürlich braucht man hier keine Schreibkraft; was man wahrscheinlich braucht, ist eine Putzfrau. Und sie würde diese Arbeit annehmen – *jede* Arbeit –, wenn man sie ihr anbieten würde. Ihr bleibt wohl kaum eine andere Wahl. Sie hat den Mietvertrag unterschrieben und sich von Frau Rosenbaum hundert Dollar für das Schlüsselgeld geliehen.

Joseph neben ihr wird von einem plötzlichen Hustenanfall erfasst. Es ist ein harter, hässlicher Husten, der ein oder zwei Minuten anhält. Als es vorbei ist, spuckt Joseph in ein riesiges, schmuddeliges Taschentuch, das er aus der Hosentasche zieht. «Es tut mir leid», sagt er endlich. «Das Komitee, nun ... ich weiß, dass man dort im Moment ein bisschen überfordert ist, daher ... da ist etwas verwechselt worden. Wir brauchen einen Buchhalter, keine Schreibkraft.»

«Das kann ich machen», platzt Esther heraus, lauter als sie beabsichtigt hat.

Joseph runzelt die Stirn. «Na ja, ich weiß nicht ...»

Er wird von einem dunkelhaarigen Mann unterbrochen, der mit einem Blatt Papier in der Hand in den Raum stürmt. «Wir hatten das besprochen, Eli», schnauzt er einen der Reporter an und knallt ihm das Blatt auf den Schreibtisch. «Wir setzen keine persönlichen Anzeigen neben Nachrichten von britischen Verlusten an der Westfront.» Er schnaubt. «Das ist abstoßend. Und bevor du anfängst ...»

Er bricht plötzlich ab, als er Esther bemerkt. «Wer ist das?», fragt er und mustert sie mit einem scharfen Blick aus dunklen Augen.

«Das ist ...» Grünblatt blickt erneut auf den Zettel, den Esther ihm gegeben hat. «Esther Niermann. Frau Niermann, das hier ist Franz Hohlbein, unser stellvertretender Chefredakteur.»

Hohlbeins Lippen zucken ungeduldig. Sie sind sehr rot und feucht, fast als hätte er Lippenstift aufgelegt.

«Sie ist wegen der Stelle hier», fährt Grünblatt fort. «Das Komitee hat sie geschickt.»

Hohlbeins Blick schießt von Esther zurück zu Grünblatt. «Aber sie ist ... eine Frau.» Er sagt es so, als wäre ihr Geschlecht eine persönliche Beleidigung für ihn. «Das kann ja wohl nicht deren Ernst sein.»

Esther wirft einen Blick auf Grünblatt.

«Ich habe eine Lehre als Bürogehilfin gemacht, bei einer Versicherungsgesellschaft», sagt sie rasch, bevor Hohlbeins Einwände sich festsetzen können. «Es ist zwar inzwischen ein paar Jahre her, aber ich bin qualifiziert. Und ich habe eine rasche Auffassungsgabe.» Sie blickt sich im Raum um, um Hohlbeins verärgertem Blick auszuweichen, und nimmt erneut die Unordnung wahr. Hoffentlich überschätzt sie ihre Fähigkeiten nicht, aber sie konnte immer gut mit Zahlen umgehen – und außerdem, was bleibt ihr für eine Wahl?

«Hör nicht auf ihn, Joe», sagt der Eli genannte Mann plötzlich. «Gib ihr eine Chance, würde ich sagen. Sie kann es unmöglich schlechter machen als der letzte Mann.» Er lächelt Esther an und deutet dann mit einer Kopfbewegung auf einen Papierstapel, der sich am Rand eines der Schreibtische türmt. «Das sind die Rechnungen für unsere Anzeigenkunden. Und hier», er deutet auf einige Mappen, die in einer Ecke auf dem Boden liegen, «Spesenabrechnungen, Gehaltsabrechnungen – nicht dass wir viel gezahlt bekämen», er zwinkert ihr zu. «Aber wir brauchen unbedingt jemanden, der das alles berechnet.»

Esther schaut wieder zu Grünblatt und merkt, dass sie den Atem anhält.

«Na schön, schon gut», sagt Joseph. Seine Stimme ist rau, der Husten lauert noch. «Sehr schön. Sie können es ja einmal versuchen. Können wir uns auf eine Probezeit von, sagen wir einmal ... zwei Wochen einigen?»

Esther reißt sich zusammen, um nicht vor Erleichterung nervös aufzulachen. Sie will nicht unprofessionell wirken oder ihm Anlass geben, seine Meinung noch einmal zu ändern. «Ja, danke, zwei Wochen klingen gut.»

«Nun», sagt Joseph. «Dann fangen Sie mal mit der Arbeit an.»

Die Probezeit vergeht anstandslos, und zum ersten Mal seit Esthers Ankunft in Shanghai scheint ihr Leben eine fassbare, gestaltbare Form anzunehmen. Ihr Lohn reicht für die

Miete, und sie kann auch ihre Schulden bei Frau Rosenbaum begleichen. Es kommt ihr nicht richtig vor, dass sie sie nicht fürs Kinderhüten bezahlt, doch Frau Rosenbaum will nichts davon hören.

«Anneliese ist alles, was ich habe, um nicht vor Heimweh zu vergehen», sagt sie. «Falls überhaupt, stehe ich in Ihrer Schuld. Nein, behalten Sie nur Ihr Geld. Anni tut uns gut. Mir fällt kein anderer Grund ein, aus dem ich morgens aufstehen sollte.»

Esther lässt es auf sich beruhen, denn sie weiß, ohne Anneliese hätte auch sie selbst während der Zeit im Flüchtlingsheim nur mit Mühe einen Grund gefunden, morgens aus dem Bett zu kommen. Jetzt beginnt jeder Morgen mit dem Versprechen eines neuen Tages, an dem sie etwas Sinnvolles tun kann, und sie ist überrascht, wie rasch das Wissen aus ihrer Ausbildung nach all den Jahren wiederkommt. Nach ihrer Hochzeit mit Carl hatte sie kein einziges Mal mit dem Gedanken gespielt, wieder mit der Arbeit anzufangen, jedenfalls nicht nach Annelieses Geburt. Und doch ist es, als hätten die Fähigkeiten nur in ihrem Kopf geschlummert und geduldig auf den Moment gewartet, in dem sie zur methodischen Aufgabe des Addierens und Subtrahierens zurückkehren und Einnahmen und Ausgaben zu beiden Seiten einer geraden Linie auflisten konnte.

Esthers rasche Fortschritte werden von Grünblatt mit herzlichem Lob und von seinem Stellvertreter Franz Hohlbein mit einem gelegentlichen Kopfnicken gewürdigt. Die derbe Sprache und das Gepolter der Reporter sind gewöhnungsbedürftig, doch Esther begreift bald, dass sie wie Hunde sind, die bellen, aber nicht beißen. Im Gegensatz dazu sagt Hohlbein nur selten etwas. Bedeutet das Ausbleiben seines Gebells, dass man sich vor seinen Bissen fürchten muss? Esther ist sich nicht sicher. Doch das ist eine unbedeutende Sorge im Vergleich zu der düsteren Realität, mit der viele andere Flüchtlinge konfrontiert sind. An den meisten Abenden kehrt Esther erschöpft, aber zufrieden in die Alcock Road zurück, dankbar dafür, ihren Tag mit Anni und den Rosenbaums abschließen zu können.

Im Februar 1940, vier Monate nach dem Beginn ihrer Arbeit bei der Zeitung, stößt Esther am Feierabend bei ihrer Heimkehr auf zwei Jungen, die auf der Treppe vor dem Haus mit Murmeln spielen. Es sind die Söhne der Brauners, die im ersten Stock wohnen. Die beiden stehen auf, um Esther vorbeizulassen.

«Ist es nicht ein bisschen zu kalt, um draußen zu spielen?», fragt sie.

Der ältere der beiden, der neunjährige Manfred, trägt eine Hose, deren Beine eine gute Handbreit über den Knöcheln enden. Er blickt auf und blinzelt. «Wir spielen einfach nur Murmeln», antwortet er stumpf.

«Vielleicht solltet ihr jetzt reingehen», sagt Esther sanft und überlegt sich, dass sie den Jungs neue Hosen kaufen wird, wenn sie das nächste Mal auf dem Markt ist. «Ihr wollt euch doch nicht erkälten.»

Manfred blinzelt erneut. Sein Bruder Klaus schaut auf seine Schuhe hinunter und wischt sich mit dem Ärmel einen dicken Batzen Rotz von der Nase. Keiner der beiden rührt sich. Esther kann sich vorstellen, warum die beiden draußen sitzen, und tatsächlich, als sie das Haus betritt, hört sie Bruchstücke eines hässlichen, erbitterten Streits, die aus dem Zimmer der Brauners herausdringen. Als sie schnell vorbeigehen will, geht die Tür auf, und Frau Brauner streckt den Kopf heraus. Sie ist eine schmale Frau, einige Jahre älter als Esther, mit walnussbraunem Haar und feinen Gesichtszügen. Doch jetzt ist ihr Gesicht bleich und aufgequollen, und Esther riecht Alkohol in ihrem Atem. Sie lächelt Esther an. Es ist ein gezwungenes Lächeln und kostet sie offenbar einige Mühe.

«Könnten Sie ...» Ihre Stimme bricht. Sie räuspert sich und versucht es erneut. «Könnten Sie bitte den Jungs sagen, dass sie reinkommen sollen? Ihr Essen steht auf dem Tisch.»

Obgleich Esther müde ist, nickt sie und geht wieder nach unten. Die Wangen und Nasen der Jungen sind knallrot, und Manfred stochert mit einem Stock nach einem kleinen Bündel, das neben einer von Abfall überquellenden Mülltonne aus Beton liegt.

«Jungs, eure Mutter lässt ausrichten, dass jetzt Zeit fürs Abendessen ist», sagt Esther so herzlich wie möglich und wirft einen Blick durch die schmale Gasse zur Straße, wo zwischen drei oder vier Chinesen eine Rauferei ausgebrochen ist. Neben den Männern liegt eine umgeworfene Schubkarre, deren Inhalt, ein Haufen angefaulter Süßkartoffeln, auf den Bürgersteig gerollt ist. Von weiter vorn dringen das vertraute Johlen und Schreien aus einer der Kneipen und das Quietschen von Rikscha-Achsen heran, und in der Nähe hört man hinter den Mülltonnen das Rascheln der Ratten. Ob es nun Tag ist oder Nacht, Winter oder Sommer, die Straße scheint niemals zur Ruhe zu kommen.

Manfred stochert weiter in dem Bündel herum, das in eine Strohmatte eingewickelt ist.

«Manfred», sagt Esther und spricht jetzt schärfer. Im Gegensatz zu Anni scheinen diese Jungen eher auf Befehle als auf Bitten zu reagieren. Als sie vortritt, erhascht sie einen Blick auf das Bündel. Sie stößt unwillkürlich einen Schrei aus und muss fast würgen. Vor Kälte oder Abscheu zitternd, beugt sie sich vor, um das Bündel genauer in Augenschein zu nehmen. Sie hofft, dass sie sich irrt, aber da ist es – ein winziges Baby, die Haut blau angelaufen, ein Schopf schwarzen Haars und das Gesicht faltig. Esther muss es nicht berühren, um zu sehen, dass das Neugeborene, das beim Abfall liegt, der am nächsten Tag abgeholt werden soll, tot ist.

Mit einem elenden Gefühl im Magen schickt sie die Kinder nach oben und steigt die Treppe zum Zimmer der Rosenbaums hinauf. Anneliese springt auf, um sie zu begrüßen.

«Rosie hat mir Suppe gekocht, Mama!», sagt sie und schwenkt einen Löffel. Sie befindet sich erst seit wenigen Wochen in Frau Rosenbaums Obhut, doch aus dem stumpfen, ängstlichen Kind, das sie im Flüchtlingsheim war, ist rasch eine fröhliche, lebhafte Dreijährige geworden. Die geliehenen hundert Dollar hat Esther längst zurückgezahlt, doch für das Wunder, das Frau Rosenbaum an Anni bewirkt hat, wird sie für immer in ihrer Schuld stehen.

«Ja, das sehe ich, Herzchen», sagt Esther und wischt Annelieses Kinn mit einem Tuch ab, bevor sie sie auf den Arm nimmt und ihr einen Kuss gibt. Sie hält sie eine Weile so fest und lächelt dann Frau Rosenbaum an, die an einem kleinen, abgenutzten Tisch neben dem Fenster auf einem Holzstuhl sitzt. Ein schmales Messingbett steht neben einer Waschschüssel an der hinteren Wand. Eine Tagesdecke liegt auf dem Bett, gerahmte Fotos der Rosenbaums hängen an Nägeln an der gekalkten Wand und auf dem mit Macken und Kratzern übersäten Tisch liegt sogar ein Spitzendeckchen, doch trotz dieser Versuche Frau Rosenbaums, das Zimmer wohnlich zu machen, hat es seine jämmerliche Schäbigkeit nicht verloren.

Von unten tönt wütendes Geschrei herauf, gefolgt vom verzweifelten Geheul eines Kindes. Anneliese blickt scharf zu ihrer Mutter auf, doch die schüttelt nur leicht den Kopf und küsst sie auf die Stirn.

«Warst du heute auch lieb?», fragt sie.

«Oh, sie ist ein sehr liebes Kind», antwortet Frau Rosenbaum, erhebt sich vom Stuhl und wischt sich die Hände an der Schürze ab. Ihr Kleid, ein braunes Gewand aus Wolle, das schon bessere Tage gesehen hat, hängt lose an ihrem Körper. Frau Rosenbaum ist nicht mehr die stämmige, gutgepolsterte Frau, die Esther auf dem Schiff kennengelernt hat.

Esther entlässt Anneliese aus ihren Armen. «Iss jetzt deine Suppe schön auf, Anni.»

Anneliese setzt sich wieder an den Tisch. «Gulasch», sagt sie. «Ich mag Gulasch – es ist lecker.»

Frau Rosenbaum stößt ein leises Schnauben aus. «Gulasch ohne Fleisch. Nur Kartoffeln, Zwiebeln und Tomaten. Aber es ist gut, dass sie isst», fügt sie hinzu und zerzaust Anneliese das Haar. «Bitte, setzen Sie sich doch», sagt sie zu Esther. «Wenigstens brauchen wir uns keine Sorgen zu machen, dass es nicht koscher ist. Für Sie ist auch noch genug da, wenn Sie mögen.» Sie geht zum Herd, einem zusammengepfuschten Gerät, das aussieht wie ein umgestülpter Blumentopf und in dem kleine Briketts eine schwache Hitze erzeugen. Dort löffelt sie eine Schöpfkelle voll wässrigem Gulasch in eine Schale.

«Gibt es etwas Neues?», fragt sie, als sie die Schale vor Esther hinstellt. Natürlich liest sie Zeitung, aber sie versäumt nie, Esther danach zu fragen, was sie möglicherweise im Büro erfahren hat – vielleicht gibt es ein Informationsbröckchen aus Europa, das es nicht in die Zeitung geschafft hat.

Wie alle anderen Zeitungen werden die *Jüdischen Nachrichten* von den Japanern unter Druck gesetzt, nur über deutsche Siege zu berichten. Nach dem derzeitigen Stand der Lage gäbe es allerdings ohnehin nichts Hoffnungsvolleres zu vermelden: Die Wehrmacht dehnt sich weiterhin wie ein Krebsgeschwür nach Osten aus, und die letzten Berichte lassen vermuten, dass sie bald auch nach Norden vorrücken wird. Beinahe jeder Tag bringt dieselbe ernüchternde Wahrheit: dass die Deutschen ihren Gegnern nicht nur militärisch und strategisch überlegen sind, sondern sie auch an Fanatismus übertreffen. Esther pustet auf ihr Essen und schüttelt den Kopf.

«Na ja, es kann nicht für immer so weitergehen», sagt Frau Rosenbaum mit einem Seufzer und lässt dabei das Wichtigste unausgesprochen: Was wird geschehen, wenn ‹es› vorbei ist?

Esther antwortet nicht. Nicht zum ersten Mal erinnert Frau Rosenbaum sie an ihre Mutter. Sie konzentriert sich auf ihr Gulasch und versucht, den kalten Luftzug an ihren Füßen und das grässliche Bündel, das draußen liegt, zu vergessen.

Von unten dringt ein lautes, knirschendes Geräusch herauf, dann wird eine Tür zugeschlagen. Das Geschrei hat aufgehört. Frau Rosenbaum seufzt tief. «Hoffen wir, dass wir jetzt eine Weile Ruhe haben», sagt sie. «Und diese armen Jungen auch.»

«Als ich gekommen bin, haben sie draußen gespielt.»

Frau Rosenbaum schüttelt stirnrunzelnd den Kopf. «Es ist schwer für sie, natürlich, aber es ist schwer für uns alle. Fritz und ich haben uns nie so gestritten. Nie.» Sie streichelt ihren Ehering, als sollte er ihr Glück bringen. «Wir ...»

Sie wird vom Geräusch der sich öffnenden Tür unterbrochen. Herr Rosenbaum tritt wortlos ein, dreht sich um, um die Tür hinter sich zu schließen, und drückt sie mit der Schulter in den verzogenen Rahmen. Frau Rosenbaum stößt ein Stöhnen aus – kaum hörbar, aber es ist da. Dann sagt sie: «Wie war dein Tag, mein Guter?»

Ohne zu antworten, schlurft er zum Bett und lässt sich so heftig darauf niederplumpsen, dass die Bettfedern quietschen. Anneliese läuft zu ihm und setzt sich auf seinen Schoß. Er bringt ein erschöpftes Lächeln zustande.

«Dein Onkel Fritz hatte einmal eine sehr wichtige Arbeit», sagt er zu Anneliese. Er hat ihr diese Geschichte schon viele Male erzählt, aber sie wird ihrer niemals überdrüssig. «Ich war Apotheker. Weißt du, was das ist? Hmm? Ein Apotheker macht eine sehr wichtige Arbeit, sehr bedeutend. Er ist halb Heiler, halb Magier.» Bei diesen Worten hebt er die Hände, als vollführte er ein Zauberkunststück, und lässt die Finger um Annelieses Gesicht flattern. «Alle kannten mich, und ... oh, vergiss es, nicht das war so wichtig. Wichtig ist, dass ich glücklich war. Oh ...», er legt den Kopf zurück, sodass die lose Haut unter seinem Kinn sich strafft, «... oh, ich war glücklich, weil ich Menschen half.» Er lässt den Kopf wieder nach vorn sinken.

Zu ihrem Entsetzen sieht Esther peinlich berührt, dass ihm Tränen übers Gesicht laufen. Anneliese streckt die Hand aus, um seine Wange zu streicheln. «Warum weinst du, Onkel Fritz?»

Er beantwortet ihre Frage nicht. Stattdessen fragt er: «Und weißt du, was ich heute gemacht habe?»

«Nein», flüstert Anneliese. Sie hat die Augen weit geöffnet. Dieser Teil der Geschichte ist neu.

«Ich habe ein Kaufhaus ausgefegt. Ein riesiges Gebäude mit dem dreckigsten Boden, den du dir nur denken kannst. Habe es ausgefegt. Den ganzen Tag lang. Habe mit einem Bambusbesen gefegt und gefegt, bis mein Rücken mir so wehgetan hat, dass ich nicht mehr gerade stehen konnte.»

«Ach, Fritz, mein Herz», sagt Frau Rosenbaum und steht auf. «Lass die Kleine damit in Ruhe», fährt sie leise fort. «Sie versteht das nicht.»

«Ich bin nicht klein, ich bin drei», beschwert sich Anneliese und reckt drei Finger in die Luft, um ihre Worte zu unterstreichen.

Esther steht auf und scharrt dabei mit dem Stuhl über den Boden. «Anni, Herzchen, es wird Zeit, dass wir dich fürs Bett fertig machen.» Plötzlich erträgt sie die Szene hier nicht mehr, hält die intime Nähe dieser Jämmerlichkeit nicht mehr aus. «Komm, es wird Zeit, dass wir gehen.» Sie muss kräftig am Türgriff ziehen, bis die Tür nachgibt und aufgeht.

«Gute Nacht, schlaft gut», ruft Anneliese fröhlich und flitzt ins Treppenhaus.

Bevor sie die Tür schließt, dreht Esther sich um und sieht, dass Frau Rosenbaum vor ihrem Mann steht. Er hat ihr die Arme erschöpft um die Taille gelegt, und sein Kopf ruht an ihrem Bauch.

MAI 1940
BIS
DEZEMBER 1941

KITTY

Als die Prellungen so weit verheilt sind, dass sie sich mit Make-up verdecken lassen, sind Kittys Haaransätze bereits einen Zentimeter herausgewachsen. Ihr Brustkorb tut immer noch weh, wenn sie zu tief einatmet, aber nachdem sie beinahe zwei Wochen nur in der Wohnung war, braucht sie unbedingt ein wenig frische Luft. Sie legt beim Gesichtspuder letzte Hand an und steckt den schief aufgesetzten Hut fest, dankbar, dass diese Mode es ihr gestattet, die linke Seite ihres Gesichts zu verbergen.

Die Luft draußen ist nicht so frisch, wie sie es gehofft hat, ein säuerlich nach Qualm riechender Geruch scheint nie ganz zu weichen. Aber es ist Mai und einer der wenigen Tage des Jahres, an denen das Wetter nicht entweder drückend heiß oder jämmerlich kalt ist, und so beschließt sie, die Viertelstunde zum Friseur zu Fuß zu gehen, statt eine Rikscha zu nehmen. Sie knöpft ihren Mantel zu und marschiert flott die Avenue Joffre entlang, ohne den Lärm und das Gedränge um sie her zu beachten. Die Handtasche hält sie an die Brust gedrückt. Darin befinden sich ihr Reisepass und ein Zettel, auf den sie die Adresse des US-Konsulats gekritzelt hat. Sie geht an einem Bettler vorbei, über dessen mit Lumpen umwickelte Füße sie beinahe gestolpert wäre, und schreitet rascher aus. Ihre Beine ermüden, und sie ist ein wenig außer

Atem, aber egal – bald kann sie sich setzen und sich ein paar Stunden verwöhnen lassen.

Der Friseursalon ist bei den Europäern, die in der French Concession leben, beliebt, aber Kitty ist hier ein so regelmäßiger Gast, dass sie keinen Termin auszumachen braucht. Der Inhaber Marcel Chang begrüßt sie mit einem Kuss auf beide Wangen und führt sie zu einem Stuhl, der vor einem großen Spiegel steht. Er tritt hinter sie, hantiert kurz mit ihrem Haar und schnalzt dann wenig angetan mit der Zunge. «Hmm, die Ansätze.»

«Ich hatte keine Gelegenheit, sie ...»

«Ja, unbedingt etwas Farbe. Und eine Welle. Eine kalte Dauerwelle scheint mir genau das Richtige.»

Kitty nickt. «Ja, natürlich.»

Sie macht es sich im Friseursessel bequem und nimmt sich ein Exemplar der Zeitschrift *Lin Loon Lady's Magazine,* um darin zu blättern, während Marcel die Farbe anmischt. Dann reibt er die Farbe mit einer Bürste ein und schüttelt gelegentlich mit einem missbilligenden Zungenschnalzen den Kopf darüber, wie lang sie die Ansätze hat herauswachsen lassen. Kitty weiß, dass er es ebenso sehr genießt, sie zu schelten, wie er es später, wenn er fertig ist, genießen wird, sein eigenes Werk zu loben.

Marcel lässt die Farbe eine halbe Stunde einwirken, und in dieser Zeit raucht Kitty ein paar Zigaretten und trinkt eine Tasse sehr bitteren grünen Tee. Marcel kehrt zurück, um die Farbe auszuwaschen, und schneidet dann die Spitzen. Dabei summt er eine *shìdàiqǔ*-Melodie mit, die im Radio läuft, das in der Ecke steht. Ein chinesisches Mädchen mit einem beeindruckend langen Zopf, der ihr fast bis zu den Knien reicht, kommt und fegt die abgeschnittenen Haare mit einem Bambusbesen auf. Kitty kennt ihren Namen nicht, und die wenigen Male, die sie sie angesprochen hat, hat das Mädchen mit einem schmallippigen Lächeln und einem Kopfschütteln reagiert, um zu zeigen, dass sie keine gemeinsame Sprache teilen.

Marcel beginnt, Kittys Haar energisch auf Lockenwickler aufzudrehen, und grinst ihr Spiegelbild an, wenn sie zusammenzuckt, weil es ziept. «Ich mache Sie schön, Mademoiselle Kitty», sagt er.

«Das hoffe ich, Marcel», antwortet sie und verzieht dabei erneut das Gesicht.

«Ah, aber *il faut souffrir pour être belle, n'est-ce pas?*» Er grinst wieder, und Kitty denkt unwillkürlich, dass es ihm vielleicht Spaß macht. Aber er versucht nicht, es zu verbergen; anders als ihr Vater, wenn er sie bestrafte – zu *ihrem eigenen Besten*. Dann schlug, boxte und trat er sie, bis sie lernte, dass die Schläge umso heftiger fielen, je mehr sie sich wehrte.

Beim Blick in den Spiegel entdeckt sie den Schatten der Prellung auf ihrem linken Wangenknochen. Instinktiv führt sie die Hand dorthin, lässt sie aber sofort wieder sinken. Sie möchte Marcels Aufmerksamkeit nicht auf die Stelle lenken und kommt sich plötzlich dumm vor, weil sie sich keine plausible Ausrede für den Fall ausgedacht hat, dass er etwas bemerkt. Prellungen oder andere Verletzungen im Gesicht – das konnte in ihrer Zeit im *Nachtfalter* in Wien ein Mädchen den Job kosten. Sie alle wussten das; sie alle verstanden sich darauf, die Gewalt eines wütenden, betrunkenen oder einfach sadistischen Kunden vorherzusehen, und lernten schnell die Arme schützend hochzuheben und die Schläge mit Rippen, Rücken oder Beinen abzufangen. Aber natürlich ist Vitali kein Kunde für eine Nacht, und so hat Kitty ihm zu sehr vertraut; sie war nicht vorbereitet.

Es kam wie aus dem Nichts – sie kann sich nicht einmal erinnern, wann es so hitzig zwischen ihnen wurde. Sie weiß nur noch, dass sie im Moment des ersten Hiebs große Überraschung empfand, bevor der Schmerz in ihren Kopf schoss. Und bevor sie den Mund aufmachen konnte, um ihn zu fragen, warum er sie schlug, oder um ihm zu sagen, dass er aufhören solle, oder um ihn schreiend zu verfluchen, kam der nächste Schlag, der sie genau auf die Nase traf. Er raubte ihr den Atem und ließ sie eine Explosion leuchtender Punkte sehen. Sie fiel aufs Bett zurück, wo Vitali nur eine halbe Stunde zuvor ihr Ohrläppchen mit den Zähnen gezwickt und ihre Oberschenkel gestreichelt hatte, wo sie seine Erektion an ihrem Bauch und seinen heißen, schmuddeligen Atem in ihrem Ohr gespürt hatte, als er sie auf sich hob und das Gift ihrer Ängste und ihrer Eifersucht sich zu nichts auflöste. Danach, in der beruhigenden Wärme seiner Arme, bat sie ihn, über Nacht zu bleiben – eine einzige Nacht nach beinahe einem ganzen Jahr! –, und der vertraute Streit begann. Dann spürte sie, wie Blut von ihrer Nase rann und auf die weiße Bettwäsche tropfte, wo es Muster hinterließ, wie ein Kalligraph sie nicht schöner mit seiner Feder hätte zeichnen können. Weitere Schläge fielen, doch jetzt dachte sie daran, schützend die Arme hochzuheben und die Hiebe zu den Rippen zu lenken, wie sie es gelernt hatte. Schließlich war er außer Atem, und schwitzend spie er ihr entgegen: «Für wen zum Teufel hältst du dich eigentlich? Eine fette, schmutzige Jüdin, das ist es, was du bist! Du bist ein Nichts. Ein Nichts!» Danach schüttelte er seine Hände aus, zog seine Sachen an und warf ihr das Geld ins Gesicht, statt es wie sonst diskret auf die Theke zu legen.

Drei Tage später tauchte er verlegen in der Wohnungstür auf, halb hinter einem großen Lilienstrauß verborgen. Kitty ließ ihn ein, hörte sich seine lange und erbärmliche Entschuldigung geduldig an, ließ sich von ihm in die Arme nehmen und ins Schlafzimmer führen – und während seine großen, schweißfeuchten Hände ihren Körper streichelten, neckten und zwickten, dachte sie darüber nach, ob und wie sich ihr Notfallplan in die Tat umsetzen ließe.

Das Glöckchen über der Tür des Salons läutet, und das laute Tosen des Verkehrs draußen rauscht herein und verstummt wieder, während die Tür sich öffnet und schließt. Kitty wendet den Kopf ein kleines Stück. Zwei Damen, die eine in den mittleren Jahren und die andere etwas jünger, stehen in der Tür und warten darauf, dass sie bedient werden.

«Vite, vite!», zischt Marcel dem chinesischen Mädchen zu, das sofort den Besen beiseitelegt und den Damen Hüte und Handschuhe abnimmt. Sie sitzen nebeneinander vor großen Spiegeln. Marcel lässt Kittys Haar los und eilt zu ihnen, um sie überschwänglich zu begrüßen. Die Frauen erteilen ihre Anweisungen, und Marcel verspricht, sich um sie zu kümmern, sobald er mit dem Haar der anderen Kundin fertig ist. Die ältere Dame schaut mit einem steifen Lächeln zu Kitty hinüber und betrachtet dann wieder ihr eigenes Spiegelbild.

«Eine Überraschung ist es eigentlich nicht», sagt sie zu ihrer Freundin, womit sie offensichtlich ein bereits begonnenes Gespräch fortsetzt. «Aber schockierend ist es trotzdem.»

Die andere Dame macht ein zustimmendes Geräusch, während die junge Hilfskraft ihr ein Tuch über die Schultern breitet. «Man ist sehr dankbar, so weit von allem entfernt zu sein», sagt sie. «Es kommt mir wie gestern vor, dass wir den letzten Krieg überstanden haben. Hugh, weißt du, hat seinen Bruder bei Ypern verloren. Die arme, arme Mutter.» Sie schüttelt den Kopf.

«Nun, wir können nur hoffen, dass der neue Premierminister diesem Herrn Hitler schnell zeigt, wo es langgeht. Der Krieg zieht sich jetzt schon wie lange, acht Monate?, hin. Und es ist ja schön und gut, dass wir hier sind, aber wir sehen bereits die Auswirkungen.»

Die jüngere Dame zieht die Augenbrauen hoch. «Bei Henrys Geschäften, meinst du?»

Ihre Freundin schnaubt. «O nein, im Gegenteil. Aber all diese Juden, die in die Stadt strömen. Jede Woche landen hier einige hundert von ihnen, wie ich gehört habe. Ich frage mich, warum die Schifffahrtsgesellschaften sie überhaupt an Bord nehmen.»

«Aber man hört von schrecklichen Dingen, die in Deutschland vor sich gehen. Über das, was ihnen angetan wird.»

«Sicher, ich weiß. Es ist alles ziemlich schrecklich. Aber wir sind nicht für diese Leute verantwortlich. Alle zivilisierten Länder haben Quoten. Selbst die Yankees. Und diese Quoten sind nach allem, was ich höre, ausgeschöpft.»

Kitty schluckt. Eine Hitzewelle erfasst sie und verwandelt sich zu Eis, als Marcel die Dauerwellenlösung auf ihr aufgewickeltes Haar spritzt.

«Kopf nach vorn», befiehlt er. «Sie wollen das nicht in die Augen bekommen, nein, nein, nein.»

Kitty macht den Kopf gerade und hat nun keine andere Wahl, als ihr Spiegelbild anzuschauen. Die Frauen setzen ihr Gespräch fort und bemühen sich gar nicht erst, ihre Stimmen zu senken. Aber warum sollten sie auch?

Die Ältere spricht erneut, und Kitty kann sie gerade noch

am Rande ihres Gesichtsfeldes wahrnehmen. «Zweifellos, Felicity, zweifellos. Aber ...» Hier zieht sie die Augenbrauen hoch und wirft ihrer Freundin einen angestrengten, verschwörerischen Blick zu. «Die Wahrheit ist doch die – wie schlimm sie auch in Deutschland behandelt werden – sie sollten sich vielleicht fragen, warum es immer die Juden sind, die zu Objekten solcher Maßnahmen, Pogromen und so weiter, werden.» Sie winkt wegwerfend ab. «Ich meine, sie sollten einmal einen guten, scharfen Blick auf sich selbst werfen, weißt du.»

«Tja, vielleicht», antwortet ihre Freundin, und ihr Tonfall verrät, dass sie nicht ganz dieser Meinung ist.

Vom scharfen Geruch der Dauerwellenlösung tränen Kitty die Augen. Ihre Kopfhaut brennt, und es fühlt sich so an, als könnte sie sich die eigene Haut in glühenden Streifen abziehen.

Die jüngere Dame fährt fort: «Sie sind nicht *alle* schlecht, oder? Da sind zum Beispiel die Sassoons.»

Kitty erkennt den Namen. Sir Victor Sassoon ist einer der wohlhabendsten Männer Shanghais, ein *Taipan* und Besitzer zahlloser Immobilien. Vitali würde nur zu gern Geschäfte mit ihm machen. Aber dennoch ist und bleibt er ein Jude.

Die ältere Dame stößt ein leises Schnauben aus. «Sir Victor hat Stil, da gebe ich dir recht. Aber weißt du ...» Hier wendet sie sich im Sessel zur Seite und sieht ihre Freundin an. «Es war im Gespräch, sie im Club zuzulassen. Natürlich hat Henry – hatte ich dir erzählt, dass er dort jetzt im Vorstand sitzt? – dem gleich einen Riegel vorgeschoben.» Sie setzt sich zurück, betrachtet sich im Spiegel und zieht eine gewölbte Augenbraue mit dem Zeigefinger nach. «In Indien hatten wir diesen Unsinn zur Genüge. Aber wenn man daran denkt, dass Frankreich in die Knie gegangen ist, und jetzt mit diesem schrecklichen kleinen Vichy-Mann hier im *Municipal Council* – hast du davon gehört? Da fragt man sich wirklich ...» Sie seufzt. «Man fragt sich, ob man anderswo nicht besser dran wäre.»

«Überlegt Henry und du, nach England zurückzukehren?»

«Du meine Güte, nein! Aber wir ziehen Hongkong in Erwägung. Jetzt aber», fügt sie mit einem weiteren Schnauben hinzu und schaut sich im Salon um, «wohin ist denn dieser eigenartige kleine Mann verschwunden? Wir haben nicht den ganzen Tag Zeit. Und schalten Sie diesen grässlichen Lärm aus!», fügt sie an die Hilfskraft gewandt hinzu und deutet abschätzig auf das Radio.

ESTHER

Esther wird von jubelndem Geschrei draußen geweckt. Sie kommt aus einem seltsamen Traum zu sich, der ihr noch kurz im Bewusstsein ist, ihr aber entgleitet, bevor sie ihn fassen kann. Zitternd schlüpft sie aus dem Bett und hüllt sich in ihre Decke ein. Ihre Kehle ist rau und trocken, und sie spürt den Beginn dumpfer Kopfschmerzen. Sie geht zum Fenster, das von der Kälte beschlagen ist, und wischt die Scheibe frei. Dann stößt sie ein überraschtes «Oh!» aus.

Das neue Jahr hat mit Schnee begonnen. Das freudige Geschrei kommt von einer Gruppe von Kindern, die auf der Straße spielen; die Jungs der Brauners, die Goldstein-Zwillinge von nebenan, mehrere chinesische Kinder aus dem Haus gegenüber und mittendrin der kleine blonde Kopf von Anneliese. Die Kinder rennen herum, Atemwölkchen vor dem Mund, und rufen sich Worte in einer seltsamen Mischung aus Deutsch, Jiddisch und Chinesisch zu, die sich zu ihrer gemeinsamen Sprache entwickelt hat.

Esther klopft ans Glas, doch Anneliese blickt nicht auf. Sie öffnet das Fenster und zuckt zusammen, als die kalte, nach Schwefel riechende Luft ihr in die Lunge dringt. Dann ruft sie: «Anni! Anni!»

Anneliese blickt sich um und schaut dann nach oben. Sie strahlt Esther an. «Schnee, Mama! Das ist Schnee!»

«Gutes Neues Jahr, mein Herzchen!»

Irgendwo in der Nähe zündet jemand Neujahrskracher an. Die Kinder begrüßen das mit weiteren Freudenrufen, und dann legen Manfred und Klaus sich auf die dürftige Schneedecke und schlagen mit Armen und Beinen, als wären sie Flügel. Sofort lässt Anneliese sich auf den Boden fallen und tut es ihnen nach.

«Es ist eiskalt, Anni!», ruft Esther. «Es ist zu ...» Sie bricht ab. Wer weiß, wann Anneliese das nächste Mal Gelegenheit haben wird, einen Schneeengel zu machen? Ihre Brust schnürt sich zusammen. Engel – *malekh*. Das war der Kosename ihrer Mutter für Anni. Sie schiebt den Gedanken beiseite, zieht sich an und reibt sich energisch Arme und Beine, um warm zu werden. Das aufgeregte Rufen und Schreien der Kinder hält an. Weitere Neujahrskracher explodieren. Was für ein Lärm! Lächelnd zieht Esther ein zweites Paar Strümpfe an. Ein neues Jahr. Vielleicht ist der Schnee ein gutes Omen; vielleicht wird dies das Jahr, in dem sich alles zum Besseren wendet. Die Hoffnung stirbt zuletzt, sagt man nicht so? Sie entwirft im Kopf einen Brief an ihre Eltern: *Das neue Jahr wird hier dreimal gefeiert, könnt ihr euch das vorstellen? Rosh Hashanah, der 1. Januar und das Mond-Neujahrsfest, das unvorstellbar prachtvoll ist. Kostüme, Laternen, Feuerwerk und Umzüge – Anni liebt es!*

Es wird einer der zahllosen Briefe werden, die sie schon geschrieben hat, jeder von so viel Fröhlichkeit erfüllt, wie sie nur hinbekommt. Bisher hat sie keine einzige Antwort erhalten. Seit der Krieg in Europa tobt, ist ihre Hoffnung, dass ihre Eltern ihre Briefe empfangen, geschwunden – entweder weil die Post in dem ganzen Chaos verloren geht oder weil ... Nein, sie weigert sich, diesen Gedanken bis zu seinem furchtbaren Ende zu denken.

Sie reibt sich die Zehen, die trotz der zwei Paar Socken kalt sind, und steht auf. Und dann wird ihr, halb vom Geschrei der Kinder und dem Krachen des Feuerwerks übertönt, ein weiteres Geräusch bewusst, das eine ganz andere Qualität hat. Sie hört es erst nur unbestimmt, doch es wird lauter. Eine Art Heulen, tief und drängend. Mit einem schmerzhaften Ruck, als hätte ihr Herz sich an einem Stück Draht verhakt, erkennt sie, dass es Frau Rosenbaum ist.

Sie eilt in Strümpfen die Treppe hinunter und tritt, ohne anzuklopfen, ins Zimmer der Rosenbaums ein. Sie erbleicht vor Schreck. Frau Rosenbaum kniet neben dem Bett; ihr Kopf ist zurückgeworfen, und ihre Schultern zucken unkontrolliert, während sie ein gequältes Geheul ausstößt, das das Zimmer, das Haus, ja ganz Shanghai erfüllt. Auf dem Bett liegt Herr Rosenbaum. Er liegt auf der Seite, das Gesicht gelblich-grau und in einem Ausdruck des Schmerzes verzerrt. Seine Lippen sind tief violett, fast schwarz angelaufen, und sein Kinn ist von einer weißen, kalkigen Substanz überzogen. Sie wirkt wie Erbrochenes. Sein linker Arm hängt in einem eigenartigen Winkel vom Bett herab, aber sein Körper beginnt bereits, steif zu werden.

Die Beerdigung findet zwei Tage später statt. Esther nimmt sich einen halben Tag – unbezahlten – Urlaub, um hinzugehen. Bei den *Nachrichten* ist Franz Hohlbein als Chefredakteur für Joseph eingesprungen, der seit einer Woche mit Bronchitis das Bett hütet. Esther ist sich sicher, dass Joseph ihr anstandslos einen Tag freigegeben hätte, aber Hohlbein hält die Zügel fester in der Hand. Sie lässt Anneliese in Frau Brauners Obhut zurück; ungern, aber eine Beerdigung ist nicht der richtige Ort für ein Kind.

Der Friedhof liegt auf einem niedrigen Hügel am Stadtrand. Frau Rosenbaum geht hinter dem Sarg und stützt sich schwer auf Esthers Arm. Die Sargträger sind alle Flüchtlinge wie sie selbst, hagere junge Männer mit Kippa, die den Sarg ungeschickt halten und auf dem schneebedeckten Boden gelegentlich stolpern. Ein scharfer Wind trägt den dichten, beißenden Qualm einer in der Nähe gelegenen Baumwollfabrik heran.

Als die Prozession beim Grab eintrifft, kämpfen die chinesischen Totengräber, die vom Jüdischen Hilfskomitee bezahlt werden, noch immer mit dem gefrorenen Boden. Die Versammelten – Nachbarn, Bekannte, der junge Rabbi aus der Ohel-Moshe-Synagoge und ein erschöpft wirkender Vertreter des Komitees – sind gezwungen, in ihren fadenscheinigen Sachen zwanzig Minuten in der Kälte zu warten, bis das Loch tief genug ist. Dann wird der Sarg, auf dessen Seite säuberlich ein Davidstern gemalt ist, herabgelassen, mit Steinen beschwert, damit er in der Regenzeit nicht mit dem Grundwasser nach oben steigt, und mit Erde bedeckt.

Der Rabbi rezitiert Psalmen und spricht einige Worte über das «unendliche Leid unseres Volkes», bezieht sich aber mit keinem Wort auf die Ursache von Herrn Rosenbaums Tod. Doch Esther hat sie sofort erraten: Er hat sich selbst vergiftet. Als erfahrener Pharmazeut wusste er natürlich, wie er sich das Leben nehmen konnte.

Die beißende Kälte macht die Versammelten ungeduldig. Sie zappeln herum, stampfen verstohlen mit den Füßen und schauen auf die Uhr – so traurig der Anlass auch sein mag, er ist nichts Besonderes. Der Tod ist ihr ständiger Begleiter geworden.

Frau Rosenbaum starrt mit leerem Blick in die Ferne. «Ich

existiere nicht ohne ihn», sagt sie zu niemandem im Besonderen. «So wie er auch nicht ohne mich existieren würde.»

Esther nutzt die Mittagspause, um zum Postamt zu gehen. Die kalte Luft im Inneren lässt sie frösteln. Die vornehme Marmortäfelung strahlt eine Kühle aus, die im Sommer angenehm ist, doch jetzt, im Februar, hat die Halle dadurch etwas von einem Kühlraum.

Von der Decke der Haupthalle hängt ein riesiger elektrischer Kronleuchter, unter dem sich vor den geöffneten Schaltern Schlangen gebildet haben. Esther holt den Brief aus ihrer Manteltasche und stellt sich an der kürzesten Schlange an. Sie lächelt einem der Kunden vor ihr zu, einem Mann aus der Nachbarschaft, der kürzlich versucht hat, den ziemlich zerlöcherten Fuchspelz seiner Frau zu verkaufen. Plötzlich stößt jemand sie ziemlich grob in den Rücken. Sie dreht sich um; der Kunde hinter ihr sieht sie finster an und nickt. «Sie sind dran», sagt er auf Deutsch. «Ich habe nicht den ganzen Tag Zeit.»

Esther tritt vor und legt ihren Brief auf die Theke. «Ein Brief nach Deutschland», sagt sie zum Angestellten und schiebt den Umschlag durch den Schlitz an der Unterkante der Fensterscheibe. «Und würden Sie bitte nachschauen, ob ich vielleicht Post habe? Für Esther Niermann.»

Der Angestellte, ein hochgewachsener Chinese unbestimmten Alters mit einer großen schwarz gerahmten Brille nickt und wendet sich einem riesigen Regal aus Mahagoni zu, das vom Boden bis zur Decke reicht. Auf dem Regal stehen Hunderte kleiner Kästen, manche mit Briefen und Unterlagen vollgestopft, andere gähnend leer. Der Mann greift gezielt in einen der Kästen – offensichtlich ist er bestens mit dem Sortiersystem vertraut – und holt einen Umschlag heraus.

«Ja», sagt er und wendet sich Esther lächelnd zu. Ihr Herz setzt einen Schlag aus. Endlich. Nach all dieser Zeit ein Lebenszeichen! Aber dann rückt der Angestellte seine Brille zurecht und betrachtet den Umschlag in seiner Hand genauer. «Wie noch mal Ihr Name?»

«Niermann.» Ihre Stimme ist nur ein Quietschen. Sie räuspert sich. «Esther Niermann.»

«Ah.» Der Mann schaut blinzelnd auf den Umschlag. Es kommt Esther wie eine Ewigkeit vor, aber dann schüttelt er langsam den Kopf. «Ah, nein. Diese Brief für Niemann. Eva Niemann.» Er spricht sehr präzise und betont das *Nie.* Er schiebt die Brille erneut hoch. «Klingt gleich, ist aber nicht gleich.»

«Oh.» Ihr Herzschlag scheint so langsam zu werden, dass es ihr so vorkommt, als könnte er gänzlich aussetzen. Sie spürt den Blick des Angestellten auf sich, aber einen Moment lang kann sie sich nicht bewegen. Hinter ihr klopft der nächste Kunde ungeduldig mit den Fingernägeln auf die Theke.

«Dann habe ich nur den Brief», sagt sie endlich. «Nach Deutschland.» Sie zählt die Münzen für die Briefmarke ab und schiebt sie über die Theke.

Der Angestellte zuckt mit den Schultern, wenn auch nicht ohne Mitgefühl, und streicht sich dann die Münzen in die Hand. «Nächste Mal», sagt er mit energischem Nicken. «Sie kommen und kriegen Brief nächste Mal.»

«Ja», antwortet sie und kämpft darum, dass ihre Stimme nicht zittert. «Nächstes Mal.»

Nach der Mittagspause trifft sie mit zehn Minuten Verspätung bei der Arbeit ein, eilt in ihr winziges Büro und zieht rasch Hut und Mantel aus.

Gleich darauf klopft Franz Hohlbein an den Türrahmen. «Fräulein Niermann? Würden Sie bitte in mein Büro kommen?»

«Selbstverständlich.» Sie folgt ihm durch die Redaktion, wo die Männer rauchen, tippen und in den Hörer ihres Telefons sprechen, in sein Büro. Dort setzt er sich hinter seinen Schreibtisch.

«Es tut mir leid, dass ich zu spät gekommen bin», sagt sie ein wenig atemlos. «Ich musste im Postamt anstehen. Ich arbeite dafür heute Nachmittag länger.» Das sagt sie mit einem etwas schlechten Gewissen. Frau Rosenbaum beklagt sich seit kurzem über Kopfschmerzen und allgemeine Erschöpfung – schließlich hat sie ihren Mann verloren –, und mit Anneliese hat man auch an den besten Tagen alle Hände voll zu tun.

Doch Hohlbein reagiert nicht darauf. Er deutet auf den Stuhl ihm gegenüber. «Bitte, Fräulein Niermann, setzen Sie sich doch.»

«Frau», erwidert sie, streicht ihren Rock hinten glatt und setzt sich. Von dem scharfen Geruch von Hohlbeins Aftershave tränen ihr die Augen. «Ich bin Frau Niermann.»

«Oh.» Er runzelt die Stirn. «Ich wusste nicht, dass Sie verheiratet sind.»

Sie schüttelt leicht den Kopf. «Tatsächlich bin ich verwitwet.»

«Ah.» Hohlbein lächelt sie an. Es ist weniger ein Lächeln als ein verlängertes Zucken, ein kurzes Zurückziehen seiner feuchten Lippen über die Zähne. Als wäre er nicht ans Lächeln gewöhnt, denkt sie.

In den nächsten Minuten stellt er ihr Fragen zu ihrer Buchhaltung. Sein Verhalten erscheint ihr eigenartig; sie ist sich nicht sicher, ob er etwas an ihrer Arbeit zu bemängeln hat oder ob er sich tatsächlich für die komplexen Details ihres Buchhaltungssystems interessiert. Aber als ihm nach einer Weile die Fragen auszugehen scheinen, sagt er: «Gut, gut.» Er legt die Hände mit den Handflächen nach unten auf den Schreibtisch. «Sie sind ein Gewinn für die Zeitung.» Er sagt es so, als wäre es ursprünglich seine eigene Idee gewesen, sie einzustellen.

«Danke.» Sie wartet darauf, dass er ihr sagt, sie könne wieder an die Arbeit gehen.

Stattdessen bietet er ihr eine Zigarette an, die sie ablehnt, und nimmt dann selbst eine. Er hantiert mit dem Feuerzeug. «Frau Niermann.» Er lächelt – oder zuckt – erneut. Seine Augen sind scharf, dunkel und rund. «Ich weiß aus sicherer Quelle, dass das Café Atlantic den besten Apfelstrudel der Stadt serviert. Und ich dachte, vielleicht könnten wir beide hingehen und ein Stück essen. Und vielleicht auch ein oder zwei Gläser Bier trinken.»

Eine Hitzewelle schießt ihr ins Gesicht. «Herr Hohlbein, ich bin ... na ja, ich habe eine Tochter.»

«Sie könnten sie mitbringen.»

Esther rutscht auf ihrem Stuhl herum, dessen Metallbeine ein scharrendes Geräusch auf dem Boden erzeugen. «Ich ... ich glaube nicht ... ich meine, danke für die Einladung, aber ...» Jetzt möchte sie nur noch von seinen kleinen, schmalen Augen und feuchten Lippen wegkommen. Sie steht auf und sieht ihn dabei nicht an. «Ich glaube, ich ... ich sollte mich wirklich wieder an die Arbeit machen.»

Auf dem Weg nach draußen ist sie unsicher, ob sie seine

Bürotür schließen oder geöffnet lassen soll. Letztlich beschließt sie, sie leise zuzuziehen.

An diesem Nachmittag wird sie an der Haustür von Anneliese empfangen, die die Schürze ihres Kleids mit beiden Händen zusammengerafft hat.

«Schau mal, Mama», sagte sie stolz und schlägt vorsichtig die Schürze ein wenig auf. Es liegen Dutzende rote Papierblumen darin, mit denen die Straßen beim gerade erst zurückliegenden Mond-Neujahrsfest geschmückt waren. «Ich habe sie selbst gesammelt. Für Rosie.»

«Das ist sehr nett von dir, Herzchen», sagt Esther und versucht, nicht an die zahllosen Keime zu denken, mit denen die Blumen bedeckt sein könnten. «Wo ist Rosie?»

Anneliese schüttelt den Kopf. «Es geht ihr nicht gut, Mama. Wir haben mit Murmeln gespielt, aber dann hat sie gesagt, sie muss sich hinlegen. Ich wollte Krankenschwester spielen und sie untersuchen.» Sie runzelt die Stirn. «Aber sie hat gar nicht mitgespielt. Sie ist ständig eingeschlafen. Darum habe ich die hier für sie gesammelt», sie deutet mit einer Kopfbewegung auf die Blumen. «Damit sie sich wieder besser fühlt.»

Esther eilt nach oben, wirft einen einzigen Blick auf Frau Rosenbaum und hastet nach draußen, um einen Arzt zu rufen. Der trifft eine halbe Stunde später ein und diagnostiziert Malaria.

«Malaria?», fragt Esther. «Im Februar?»

Doch der Arzt wirft ihr nur einen ungeduldigen Blick zu. «Warum wurde ich nicht früher gerufen?», fragt er verärgert. «Sie ist kaum bei Bewusstsein, und ihr Zustand verschlechtert sich rasch. Wann haben die Symptome eingesetzt?»

«Ich ... ich weiß es nicht. Sie ist ...» Esther stockt. «Vor kurzem ist ihr Mann gestorben. Seitdem ist sie nicht mehr sie selbst.» Auch in ihren eigenen Ohren klingt es schwach und nachlässig.

«Nun», sagt der Arzt und packt kopfschüttelnd sein Stethoskop ein. «Setzen Sie sich zu ihr und umsorgen Sie sie. Ich fürchte, dass ich nicht viel für sie tun kann.»

«Aber Sie müssen doch irgendein Medikament haben. Chinin oder so.»

Er zieht seufzend seinen Mantel an. «Es tut mir sehr leid. Wenn ich die Wahl hätte, würde ich ihr etwas geben, glauben Sie mir. Aber ich muss mit dem wenigen, was ich habe, haushalten, und diese Patientin ...» Er bricht ab und blickt auf Frau Rosenbaum hinunter. Sein Gesicht ist hager und bleich. «Sie wird sich nicht erholen. Es tut mir leid», wiederholt er und geht.

Esther sitzt im beinahe Dunkeln bei Frau Rosenbaum, nur eine dicke Kerze spendet ein wenig Licht. Sie kühlt ihr die Stirn mit einem feuchten Lappen und träufelt ihr mit den Fingerspitzen sauberes Wasser in den Mund. Von dort, wo sie sitzt, spürt Esther die Hitze, die Frau Rosenbaums Körper ausstrahlt, doch als sie die Decke ein wenig zurückzieht, stöhnt Frau Rosenbaum und beginnt heftig zu zittern. Daher schlägt Esther die Decke wieder unter dem Kinn der Kranken ein. Aus dieser Nähe sieht sie, in welch erschreckendem Zustand sich Frau Rosenbaums Gebiss befindet. Abgesehen von drei golden verkronten Backenzähnen sind die meisten anderen hinteren Zähne braun und kariös. Sie alle haben gelegentlich unter Zahnschmerzen gelitten und Zahnärzten, die aufs Zähneziehen spezialisiert waren, ein Bombengeschäft beschert, doch Frau Rosenbaum muss ihr

Gebiss echte Schmerzen bereitet haben. Sie rührt sich, und Esther ergreift ihre Hand. Ihr Gesicht ist teigig bleich, und auf ihren Wangen prangen zwei rote Flecken, als wäre sie ungeschickt wie eine Puppe geschminkt worden.

Gegen Mitternacht bringt Frau Brauner Esther eine Tasse mit Brühe und bietet ihr an, sich eine Weile zu Frau Rosenbaum zu setzen, doch Esther lehnt ab.

«Es macht mir nichts aus, bei ihr zu sitzen. Ich möchte hier sein, falls sie aufwacht.»

Frau Brauner nickt. «Anni schläft bei den Jungs», sagt sie. «Ich habe mir gedacht, dass sie bestimmt nicht ganz allein schlafen möchte.»

«Danke», sagt Esther leise und wirft Frau Brauner ein erschöpftes Lächeln zu.

Die Frau sieht furchtbar aus. Ihre Augen sind in die dunklen violettroten Höhlen eingesunken, und ihre Wangen sind so schlaff wie die einer zwanzig Jahre älteren Person. Sie hat die Gewohnheit angenommen, ein Kopftuch zu tragen, um schüttere Stellen in ihrem Haar zu verbergen, und ihre Haut ist von roten, schuppigen Flecken überzogen. Ihr ganzes Elend ist nach außen hin sichtbar. Letzten Monat wurde ihr Mann wegen Trunkenheit und Störung der öffentlichen Ordnung festgenommen; der chinesische Richter verurteilte ihn zu zwei Tagen im Ward-Road-Gefängnis. Er wehrte sich schreiend und um sich tretend gegen die Einlieferung in die Haft, denn er wusste, dass sie in Wirklichkeit ein Todesurteil war. Er hatte recht: Er wurde von Typhus übertragenden Läusen gebissen, die die Zellen verseuchen, und starb zwei Wochen später. Jetzt verbringt Frau Brauner den größten Teil des Tages im Alkoholrausch, während ihre Söhne stundenlang durch die Straßen stromern. Der grässliche Gedanke an das tote Neugeborene, das Esther letzten Winter gefunden hat, kommt ihr in den Sinn. Über welche anderen Schrecken mögen die Jungen jetzt auf der Straße stolpern?

Als Frau Brauner gegangen ist, nimmt Esther das Tuch von Frau Rosenbaums Stirn und wäscht es in einer Schale mit kaltem Wasser aus. *Ein Haus voller Witwen*, denkt sie bitter. Sanft legt sie das Tuch auf den Kopf der Kranken zurück und steht dann auf, weil ihre Beine sich verkrampft haben. Frau Rosenbaum regt sich und hustet. Es ist ein dumpfes, rasselndes Geräusch.

«Schsch, ich bin da», sagt Esther sanft und ergreift ihre Hand.

Frau Rosenbaums Augenlider wollen sich einen Moment lang zitternd heben, und sie öffnet den Mund zum Sprechen, doch die Anstrengung ist zu groß, und ihr Gesicht erschlafft erneut. Esther beobachtet sie einen Moment lang genau, lehnt sich dann auf ihrem Stuhl zurück und schließt die Augen. Sie erinnert sich an das schwach erleuchtete Zimmer in Berlin, wo am Rand des Vorhangs ein schmaler Streifen schwarze Nacht sichtbar war, an den Geruch von kaltem Schweiß und säuerlichem Atem und an das Weinen des Babys Anneliese im Zimmer nebenan. Und an Carl, wie er heiß und fiebernd im Bett lag, die Augen verschleiert, aber eindringlich auf ihr Gesicht gerichtet. *Aaron*, flüsterte er, *Aaron*, während er darum kämpfte, mit seiner gequetschten und blutenden Lunge keuchend Atem zu holen.

Sie muss eingenickt sein, denn als sie die Augen aufschlägt, stellt sie fest, dass das graue Licht des Tagesanbruchs ins Zimmer kriecht. Es ist schneidend kalt, und ein scharfer Geruch von Schweiß und Urin hängt im Raum. Draußen hört sie die Geräusche des Fäkaliensammlers, der gekommen ist, um seine frühmorgendliche Arbeit zu erledigen. Zitternd richtet sie sich aus ihrer zusammengesunkenen Haltung auf, wobei sie einen Schmerz im Nacken bemerkt, und schaut zu Frau Rosenbaum. Deren Gesichtsfarbe ist noch immer blass, aber klar. Die dunkelroten Flecken sind von ihren Wangen verschwunden, und einen absurden Moment lang denkt Esther, sie müsse während der Nacht auf wundersame Weise genesen sein. Sie beugt sich vor, um den Lappen wegzunehmen, der noch immer auf Frau Rosenbaums Stirn liegt, und ihre Hand streift die wachsartige Haut der erkalteten Wange.

周翼

Im Juli ist Shanghai ein durstiges, keuchendes, träges Tier. Die ganze Stadt schnappt nach Luft. Yì steht an der Kreuzung der Chengdu Road und der Avenue Foch, wo die French Concession an das International Settlement grenzt, und wartet auf eine Lücke im Verkehr, um hinüberzugehen. Wie alle um ihn herum tropft er von Schweiß, doch es hat keinen Sinn, seine nasse Stirn mit den feuchten Händen abzuwischen, und so blinzelt er nur die Schweißperlen weg, die ihm in die Augen laufen. In einer Tasche, die von innen in sein Hemd eingenäht ist, stecken fünf Dollar. Mamselle Kitty hat sie ihm mit dem Auftrag gegeben, so viele «Wassermelonen zu kaufen, wie du tragen kannst, Wing». Letzthin wurden die Essensvorräte nur unregelmäßig in der Wohnung angeliefert – Nachschubprobleme im Norden, behauptet Monsieur Petrow, doch auf den Märkten hat Yì nichts dergleichen bemerkt. Jedenfalls sagt Mamselle, sie könne ihren Durst nicht immer nur mit Wasser, Wasser, Wasser löschen. Sie braucht Wassermelonen.

Ein Mann, in dem Yì einen Taschendieb erkennt, schlurft vorbei. Selbst die Kriminellen sind in dieser Hitze schlapp. Yìs Hand wandert zu seiner Brust, wo das Geld verborgen ist. Er denkt voll Demut, welches Vertrauen Mamselle ihm geschenkt hat – fünf Dollar sind mehr als der Lohn eines halben Jahres –, und will ihr seinen Respekt erweisen, indem er nicht nur die süßesten, reifsten, saftigsten Melonen zurückbringt, die sie je gegessen hat, sondern auch einen Talisman. Keine Tigerklaue, wie er selbst eine hat, denn die wäre viel zu männlich. Aber vielleicht eine weiße Tara, um für ein langes Leben und Gelassenheit zu bitten und sie vor den Gefahren und Problemen des Herzens zu beschützen.

Mamselle Kitty hat ihm natürlich nicht erlaubt, das Geld auf diese Weise auszugeben, aber er hat einen Plan: Hier, in diesem Teil der Stadt, können Wassermelonen bis zu zwei Jiăo das Stück kosten – ein absurder Preis, der für Leute bestimmt ist, die mehr Geld haben, als sie zählen können –, aber Yì wird zu einem der Märkte in der Altstadt gehen, wo er vier Melonen für denselben Preis erhält. Mit dem, was er auf diese Weise spart, kann er um einen Talisman feilschen, und es bleiben trotzdem noch mehrere Dollar, um sie Mamselle zurückzugeben. Wie er sich danach sehnt, sie zum Lächeln zu bringen! Er kann nicht anders, als stolz auf seinen Plan zu sein.

Obgleich es kein Entkommen vor der weißglühenden Hitze der Sonne gibt, marschiert er auf dem Bürgersteig hin und her, während er darauf wartet, dass er die Straße überqueren kann. Aber dann hat er Glück: Ein Rikscha-Kuli schneidet einer Straßenbahn den Weg ab und zwingt sie, mit quietschenden Bremsen zum Stehen zu kommen. Die Passagiere, die mit einem Ruck aus ihrer verschwitzten Benommenheit gerissen wurden, beginnen Flüche und Beschimpfungen aus dem Fenster zu rufen. Yì beobachtet, wie ein Sikh-Polizist – ein Riese mit rotem Turban und jadeschwarzem Bart – quer über die Straße marschiert und den Kuli von der Rikscha zerrt. Streng genommen befindet er sich nicht in seinem Bezirk, aber das hindert ihn nicht daran, den Mann, der halb so groß und schwer ist wie er selbst, auf die International-Settlement-Seite der Straße zu schleifen und mit seinem Schlagstock auf ihn einzuschlagen. Das Geschrei des Verprügelten ist kaum zu hören, so laut jubeln und applaudieren die Fahrgäste der Straßenbahn. Yì nutzt das entstandene Verkehrschaos, um über die Straße zu rennen.

Er braucht eine halbe Stunde, um in die Altstadt zu gelangen, und seine Fußsohlen brennen von dem langen Marsch über das heiße Pflaster. Er bleibt vor dem Tempel der Stadtgötter stehen, um sich Wasser aus dem kleinen Brunnen ins Gesicht zu klatschen. Das Wasser ist lauwarm und hinterlässt einen eigenartigen, unangenehmen Geruch auf der Haut, was eigentlich ganz gut ist, denn es hält ihn trotz seines Durstes davon ab, das Wasser zu trinken. Wenn er die Wassermelonen gekauft hat, kann er vielleicht für ein paar Fēn einen Becher Tee erstehen. Madame hätte bestimmt nichts dagegen, oder?

Die Altstadt ist ein Labyrinth von Gassen, die kaum breiter sind als eine Armspanne. Und doch nutzen die Bewohner den kleinsten Freiraum, um sich zum Essen, Karten- oder Mah-Jong-Spielen, Streiten, Feilschen oder Glücksspiel hinzusetzen. Yì eilt durch eine düstere Gasse; es ist, als hätte der relative Luxus, den er jetzt in Mamselle Kittys Wohnung genießt, ihm einen neuen Blick für das Elend gegeben. Zwischen den baufälligen, schwarz angelaufenen Gebäuden sind Wäscheleinen gespannt, an denen Kleidung aller Größen, Formen und Farben hängt, als bildete sie eine Überdachung. Die Gassen öffnen sich zu kleinen Plätzen, die als Treffpunkte und Marktplätze dienen und gelegentlich auch als Bühne für öffentliche Hinrichtungen. Yì erinnert sich schaudernd daran, wie sein Bruder Huà ihm einmal eine öffentliche Hinrichtung durch Erwürgen schilderte und bei seiner detaillierten Darstellung ganz offensichtlich die Angst seines jüngeren Bruders genoss: die blutlüsternen Zuschauer, der Ernst des Scharfrichters, das plötzliche Verstummen des Publikums, als der Scharfrichter das Würgeeisen hochhob, das Entsetzen in den aufgerissenen Augen des Verurteilten, der dunkle Fleck in seinem Schritt, weil er sich in die Hose pinkelte, dann das Knirschen der Luftröhre, als das Würgeeisen sich um seinen Hals verengte, bis sein Gesicht anschwoll und die Augen aus dem Kopf traten – und das begeisterte Johlen der Menge, als die Leiche nach vorn in den Staub kippte. Noch Wochen später konnte Yì nur mit Mühe einschlafen, ohne dass diese Folge von Bildern sich in seinen Kopf schlich.

Er schiebt die Hand unter sein Hemd und streicht damit über sein Amulett, dann geht er rasch in Richtung des Obstmarkts weiter, trotz der drückenden Hitze von einem leichten Schauder des Entsetzens überlaufen, als er am Schauplatz einer jüngst erfolgten Hinrichtung vorbeikommt – diesmal wurde der Verurteilte geköpft, nicht stranguliert, wie man an den im staubigen Boden festgebackenen Blutflecken erkennt.

Selbst der Concierge hat Mitleid mit Yì und erspart ihm die Kopfnuss, als er endlich wieder in der Wohnung eintrifft. Während des langen Rückmarschs scheint sich das Gewicht der Melonen, die er in einem Sack auf dem Rücken trägt, verdreifacht zu haben, und als er ankommt, ist er rot im Gesicht und schweißüberströmt. Seine Zunge ist geschwollen, und er kann kaum schlucken. Sein Mund ist so trocken wie

Reispapier. Mit Sicherheit ist kein einziger Tropfen Feuchtigkeit in seinem Körper verblieben.

Die Wohnung ist wunderbar kühl, als er eintritt, und mit leichten Schritten geht er in die Küche, um die Melonen in den Kühlschrank zu legen. Er weiß, dass Mamselle Kitty sie kalt lieber mag. Den Talisman, einen kleinen Porzellananhänger mit einem Bild der Weißen Tara, um den er hart gefeilscht hat, der ihn aber am Ende einen ganzen Dollar gekostet hat, legt er in die zusammengerollte Schlafmatte. Er wird den richtigen Moment abwarten, um ihn Mamselle zu schenken.

Und da ruft sie auch schon aus dem Wohnzimmer. «Wing, bist du das?»

Er eilt zu ihr und verbeugt sich. «Ja-ja, Mamselle.»

Sie liegt auf dem Sofa, eine Zigarette in der einen Hand und ein Cocktailglas in der anderen. Über ihr surrt der Deckenventilator und quirlt die stickige, von Rauch erfüllte Luft über ihrem Kopf, erzeugt aber weiter unten einen angenehmen Luftzug.

«Wieso hat das so lange gedauert? Ich zerschmelze fast vor Hitze. Hast du die Wassermelonen bekommen?»

Yì fühlt einen Schwall von Verärgerung. Ist das ihr Dank für seine Mühen?

«Ja, Mamselle. Wassermelone in ...» Er hat es viele Male versucht, kann aber das Wort für den Schrank, der Essen kühl und frisch hält, immer noch nicht aussprechen. «In Küche.»

«Oh, gut.» Sie schnippt die Asche von ihrer Zigarette und sieht ihn mit hochgezogenen Augenbrauen an. «Nun? Was stehst du herum? Geh und hole eine.»

Yì wahrt sein Lächeln, beißt sich aber auf die Unterlippe, und als er in die Küche zurückkehrt, fällt das Lächeln aus seinem Gesicht. Er nimmt ein großes Hackmesser und beginnt, eine der Melonen in Stücke zu hauen, ohne darauf zu achten, dass Brocken von Fruchtfleisch und Kerne durch den Raum fliegen. Den Boden putzt er ja selbst. Er schichtet die Stücke achtlos auf einen Teller und trägt ihn zu Mamselle.

«Mamselle», sagt er mit einer steifen Verbeugung und hält ihr den Teller hin.

Sie nimmt ihn entgegen. «Eine Gabel …?», beginnt sie, fügt dann aber hinzu: «Ach, zum Teufel, was soll's!» Damit nimmt sie ein dunkelrotes Melonenstück mit den Fingern und steckt es in den Mund. Beim Essen läuft ihr der Saft übers Kinn. *«Hǎo chī»,* sagt sie lächelnd. «Sehr, sehr *hǎo chī*. Danke, Wing, genau das habe ich gebraucht. Hier, du musst sie probieren. Sie ist köstlich!»

Gemeinsam verschlingen sie die ganze Wassermelone und stopfen sich damit voll, als hätten sie seit Wochen nichts mehr gegessen. Und als er sich den klebrigen roten Saft von den Fingern leckt und ihren lächelnden Blick auf sich spürt, weiß Yì, dass er niemals eine reizendere Frau kennenlernen wird als Mamselle Kitty.

Monsieur Petrow trifft kurz nach sechs Uhr ein, um Mamselle Kitty zum Essen auszuführen. Yì wusste nicht, dass er heute Abend kommen würde, und hofft, dass Mamselle ihn für die Nacht nach Hause gehen lässt. Er hat seine Nǎinai seit über einer Woche nicht mehr besucht und weiß, dass sie furchtbar unter der Hitze leidet. Aber Mamselle beachtet ihn nicht, als er sie und Monsieur zur Wohnungstür geleitet, und es ist nicht an ihm, sie zu fragen, ob er gehen darf. Er schließt die Tür und atmet die Parfümwolke ein, die sie zurückgelassen hat.

Wie immer gibt es viele kleine Aufgaben, um die er sich kümmern muss: Zeitschriften vom Boden aufheben, Grammophonplatten ins Regal zurückstellen, Wasser abkochen und tote Spinnen aus den Spalten in Wänden und Boden fegen. Er erledigt die Arbeiten rasch und hält nur kurz inne, um ein paar würzige Hähnchenflügel zu knabbern, die von Mamselles Mittagessen übrig geblieben sind. Er steht gerade im Wohnzimmer auf einem Bambusstuhl und wischt den Staub von den Flügeln des Deckenventilators, als er hört, wie die Wohnungstür aufgeht. Sie kommen früher zurück als erwartet. Er steigt leise herunter und stellt den Stuhl wieder an den Tisch. Dann tritt er hinter die Bar, da er annimmt, dass sie gleich von ihm einen Drink gemixt haben wollen. Doch als sie hereinkommen, streiten sie sich und bemerken ihn nicht. Er macht sich ein wenig kleiner und steht reglos da.

«Es war demütigend», sagt Mamselle Kitty. Ihr Gesicht ist rot und glänzend. «Hast du gesehen, wie er mich angeschaut hat? Hmm? Hast du es gesehen?»

Monsieur nimmt eine Zigarette aus einem kleinen Silberetui. «Was erwartest du, Kitty? Der Mann hat dir ein Kompliment gemacht. Wofür hältst du dich, für die Königin persönlich?» Er spricht ein wenig lallend.

«Nein.» Sie schüttelt heftig den Kopf. «Nein. Ich halte mich nicht für eine Königin. Aber ich bin auch keine *Hure*!»

Yí duckt sich noch ein wenig tiefer und stiehlt sich so leise wie möglich zur Tür.

Monsieur verzieht das Gesicht zu einem höhnischen Grinsen. «Hummer, Champagner, amerikanische Zigaretten und diese ... diese Kleider!» Er tritt vor und packt nach dem Stoff von Mamselles Kleid. «Sind das die Kleider einer Hure?»

Sie schiebt seine Hand weg. Ihre Stimme zittert. «Sag du es mir, Vitali. Oder, falls dir das lieber ist, warum fragen wir nicht deine Frau?»

Eine bläuliche Ader an Monsieurs Schläfe beginnt zu pochen, und er ballt die Hände zu Fäusten. Yì steht im Schatten des Durchgangs, bereit herbeizuspringen. Er weiß nicht, eine wie große Hilfe er wäre – tatsächlich ist er sich sicher, dass er Prügel beziehen würde –, aber er hält sich parat. Eine Kakerlake huscht über den gekachelten Boden, und Monsieur zerquetscht sie mit dem Fuß. In diesem Moment entdeckt er Yì. Ein flüchtiger Ausdruck des Erstaunens wird rasch von aufzuckendem Zorn ersetzt.

«Was machst du hier?», fährt er ihn an. «Komm her, sofort!»

Yì tritt mit höflichem Lächeln vor, und Monsieur packt ihn hart an der Schulter. «Schau, Kitty dein Number-One-Boy hat beschlossen, sich heute Abend von uns unterhalten zu lassen.»

Mamselle Kitty schaut weg. «Lass ihn in Ruhe, Vitali.»

«Aber Chérie! Der Diener will Unterhaltung! Dann soll er sie auch bekommen.» Er nimmt Yì in eine ungeschickte, jedoch feste Umarmung und tanzt mit ihm durch das Wohnzimmer. Yì versucht, sich zu befreien, doch es gelingt ihm nicht. «Ein Walzer, wie wäre es damit, Junge? Kitty, leg eine Schallplatte auf!»

«Du bist betrunken», zischt sie. «Du machst dich lächerlich.»

Yì hat Angst. Das Lächeln rutscht ihm immer wieder aus dem Gesicht. Monsieurs Bewegungen sind ungeschickt und schwerfällig. Plötzlich wirbelt er Yì zur Seite herum und lässt ihn los. Yì stolpert quer durch den Raum. Er spürt Tränen im Gesicht.

«Kleiner Drecksack», sagt Monsieur und beschimpft ihn mit einigen abgehackten, rauen Worten, die Yì nicht versteht.

«Lass ihn in Ruhe», wiederholt Mamselle Kitty und geht dorthin, wo Yì kauert. «Es ist ja nicht ...»

Aber Monsieur ist noch nicht mit ihm fertig. «Weißt du, was ich glaube? Ich glaube, er ist ein schmutziger kleiner Spion. Ich glaube, er spioniert allem nach, was wir tun. Du stehst vor der Schlafzimmertür und lauschst auf alles, was wir dadrinnen machen, oder? Ist das unterhaltsam für dich, du kleiner gelber Perversling? Genießt du es, Mamselle und mich zu belauschen, hmm?»

Yì schüttelt den Kopf, verzweifelt darauf aus, von alldem wegzukommen.

«Wahrscheinlich hat er auch gestohlen. Das machen sie alle. Man kann ihnen nicht weiter trauen, als man sie werfen kann.» Er marschiert in die Küche und reißt Schubladen und Schränke auf, ohne auf Mamselle Kittys Protest zu achten. Yì steht stumm in der Tür, und sein Herz schlägt so schnell, dass er fürchtet, es könnte ihm in der Brust explodieren.

Monsieur bückt sich ungeschickt, um unter die Theke zu schauen. Mit der Schuhspitze stößt er gegen Yìs Schlafmatte. «Was ist das?» Yì stockt der Atem.

«Das ist seine Matte», sagt Kitty mit leiser, verärgerter Stimme. «Darauf schläft er. Nicht auf einer angenehmen, weichen Matratze wie du oder ich. Der Junge schläft auf einer Binsenmatte auf dem Boden.» Sie verschränkt die Arme vor der Brust. «So. Wenn du jetzt genug Chaos in der Küche angerichtet hast, ist es wohl am besten, du gehst.»

Monsieur stößt ein lautes Schnauben aus, sagt aber nichts.

Als er den Fuß über die Matte hinwegheben will, um zur Tür zu gehen, bleibt er hängen, und Yì kann nur entsetzt zusehen, wie die Matte sich entrollt und den Blick auf ein kleines Papierpäckchen freigibt, in dem sich das Amulett befindet, das er für Mamselle Kitty gekauft hat.

Ein hässliches Lächeln tritt in Monsieurs Gesicht, als er sich – langsam, ganz langsam – bückt, um das Päckchen aufzuheben. Mit einer ähnlich furchtbaren Geduld wickelt er es aus. Mamselle wirft Yì einen fragenden Blick zu.

«Schau mal einer an», sagt Monsieur. «Was haben wir denn da?»

Mamselle Kitty stößt ein leises Stöhnen aus. «Ach, Wing.»

Monsieur hält den Anhänger hoch und wirft Yì einen wütenden Blick zu. «Du kleiner dreckiger Dieb, ich sollte ...»

Mamselle Kitty unterbricht ihn. «Aber das gehört mir nicht.»

«Wenn er es nicht dir gestohlen hat, dann jemand anderem. Wie sollte er genug Geld haben, um so etwas zu kaufen? Warum sollte er sich die Mühe machen, es zu verstecken, wenn es nicht gestohlen ist?» Er tritt unvermittelt einen Schritt auf Yì zu und schlägt ihn ohne Vorwarnung kräftig ins Gesicht. Yì schreit auf und taumelt rückwärts zu Boden. Doch bevor Monsieur ihn erneut schlagen kann, packt Mamselle ihn am Arm.

«Lass ihn, Vitali. Bitte. Er ist doch noch ein Kind.»

«Dieb ist Dieb. Es ist mir egal, wie alt er ist!» Er wirft das Amulett in Yìs Richtung, verfehlt ihn aber.

«Bitte, Vitali.» Mamselle tritt vor Yì und schirmt ihn mit ihrem Körper ab. Ihr Tonfall ist sanft und beschwichtigend. «Chéri. Er ist das nicht wert. Nicht die wunden Knöchel deiner Faust. Nicht deine gerötete Handfläche. Oder die abgenutzte Schuhspitze.» Sie streichelt seine Wange. «Er ist nichts», flüstert sie.

Monsieur ergreift ihre Hand und küsst sie innen. Er holt tief Atem. «Du hast recht, Chérie, natürlich. Ein wertloses gelbes Stück Dreck.» Er wendet den Kopf und spuckt auf Yì.

Yì wagt nicht, den Speichel abzuwischen. Er verharrt reglos auf dem Boden zusammengekauert.

«Geh schon mal ins Schlafzimmer und erwarte mich dort», sagt Mamselle. «Ich will dem Jungen gehörig die Meinung geigen, bevor ich ihn rauswerfe. Geh schon», fügt sie mit einem neckischen Lächeln hinzu. «Ich komme gleich.»

Sobald die Tür des Schlafzimmers zufällt, zieht Mamselle Kitty Yì auf die Beine.

«Du musst verschwinden», sagt sie sanft. «Es tut mir leid, aber ich glaube nicht, dass er seine Meinung noch einmal ändert. Du musst gehen.»

«Ich nicht stehlen», sagt Yì verzweifelt. Er verbirgt das Gesicht in den Händen. Er möchte seine Tränen nicht zeigen.

Mamselle bückt sich, um seine Binsenmatte zusammenzurollen. «Es tut mir leid», sagt sie und reicht sie ihm.

Yì schüttelt den Kopf, kann aber nicht die richtigen Worte finden.

«Bleib noch einen Moment», flüstert sie und geht leise durch die Küche in den Flur. Gleich darauf kehrt sie mit etwas in der Hand zurück. «Nimm das.»

Sie drückt ihm ein Bündel Geldscheine in die Hand. Ihm entfährt ein Laut der Überraschung.

«Mehr kann ich dir nicht geben», sagt sie. «Ich ... ich brauche den Rest. Und jetzt geh. Leb wohl und geh. Geh!»

ESTHER

Nein. Auf keinen Fall.» Franz Hohlbein steht in der Tür zum Redaktionsraum. Sein Gesicht ist schweißnass, und sein Blick ist so scharf wie eh und je. Der Raum ist erfüllt vom Klappern der Schreibmaschinen und dem gelegentlichen Schreibgeräusch eines Stifts auf Papier. Anneliese steht schweigend hinter ihrer Mutter, wie Esther es von ihr verlangt hat.

Esther versucht es erneut. «Aber ich kann sie nicht allein zu Hause lassen. Die Frau, die nach ihr geschaut hat ... sie hatte einen Unfall.»

Frau Brauner, die seit Frau Rosenbaums Tod schon mehrere Monate nach Anneliese schaut, liegt mit einer Gehirnerschütterung und drei gebrochenen Rippen im Bett. Es ist ein Wunder, dass sie nicht tot ist.

Hohlbeins Mund zuckt. «Dies ist eine Redaktion, kein Kindergarten», sagt er mit seinen feuchten Lippen.

«Ach, komm schon, Franz», wendet Eli ein. «Die Kleine ist doch kein Problem. Ich glaube, sie wird hier für eine fröhlichere Stimmung sorgen.»

«Ja. Genau das befürchte ich», sag Hohlbein mit einem raschen Blick zu Eli. «Und für dich heißt es Herr Hohlbein.» Er wendet sich wieder an Esther. «Sollte sie nicht in der Schule sein? Wie alt ist sie eigentlich?»

«Ich bin beinahe fünf», verkündet Anneliese stolz und tritt vor. «Mama sagt, ich darf nächstes Jahr in die Schule gehen, aber ich kann jetzt schon meinen Namen schreiben. Soll ich es dir zeigen?»

«Nein, das ist nicht nötig», fährt Hohlbein sie an.

«Aber ich kann ihn schon ganz allein schreiben», beharrt Anneliese. «Und es ist ein langer Name. Er hat neun Buchstaben.»

Esther drückt sanft ihre Schulter. «Nicht jetzt, Herzchen», sagt sie. Es läuft viel schlechter als erwartet. Sie hatte sich wenigstens eine Woche erhofft, genug Zeit, um das Problem mit Annelieses Betreuung zu lösen. Wieder zu Hohlbein gewandt, sagt sie: «Ich bin mir sicher, dass ich eine sinnvolle Beschäftigung für Anni finden kann.» Ihr Blick fällt auf einen Stapel Kartons bei der hinteren Tür. «Vielleicht könnte sie die Schreibmaschinenbänder auspacken.»

«Und als Nächstes werfen Sie mir dann Kinderarbeit vor. Nein, tut mir leid. Sie werden eine andere Lösung finden müssen. Dies ist kein Kindergarten», wiederholt er und geht aus dem Raum.

Als Esther gestern Nachmittag von der Arbeit nach Hause kam, fand sie einen kleinen Menschenauflauf vor der Haustür vor. Von Panik ergriffen eilte sie nach drinnen, wo Mrs Kavalchuck mit einem höhnischen Lächeln am Fuß der Treppe stand.

«Sie hat japanische Mann da. Ich sag ihr, die Sadisten», spie sie heraus. «Ich nicht zahl Arztrechnung, sagen Sie ihr. Ich gerufen Arzt, aber ich nicht zahl Rechnung.»

Esther schob sich an ihr vorbei und stürzte die Treppe hinauf. Es hatte Gerüchte gegeben, Frau Brauner habe begonnen, japanische Soldaten zu ‹unterhalten›, um über die

Runden zu kommen, aber Esther hatte es nicht glauben wollen. Sowohl um Frau Brauners als auch um ihrer selbst willen – denn wer sollte sonst nach ihrer Tochter schauen, während sie arbeitete?

«Wo ist Anni?», fragte sie, als sie ins Zimmer stürmte. Erst danach nahm sie die Szene wahr: Der Raum war ein einziges Chaos. Ein umgestürzter Tisch lag in der Ecke, eine der Jalousien hing schief im Rahmen, und auf dem Bett lag Frau Brauner, deren Gesicht bereits tiefrot anschwoll. Sie wurde vom Arzt untersucht – demselben Arzt, der Frau Rosenbaum behandelt hatte – und stieß ein dumpfes Stöhnen aus, wenn er ihren Brustkorb abtastete. Ein Geruch nach Blut, Schweiß und Sex hing in der Luft. Der Arzt drehte sich um und nickte grüßend.

«Ich habe die Kinder zum Spielen nach unten geschickt», sagte er und wandte sich zurück, um Frau Brauner mit einem feuchten Tuch Blut von den Augenbrauen zu wischen.

Esther hielt noch immer den Türgriff so fest gepackt, dass ihre Knöchel weiß anliefen. Sie zitterte. Jedes Mitgefühl, das sie mit der zerschlagenen, gebrochenen Gestalt auf dem Bett empfunden hatte – Frau Brauner öffnete den Mund, um sich über die blutigen Lippen zu lecken, und Esther sah die roten Lücken, wo Zähne ausgeschlagen worden waren –, wich einer wilden Wut darüber, dass Anneliese Zeugin des Vorfalls geworden war.

«Wie lange ging das schon so?», fragte sie Frau Brauner mit wütendem Zischen.

«Es war das erste Mal, ich schwör's. Ich habe ein bisschen Geld gebraucht, das ist alles.» Ihre Stimme war ein raues Flüstern. «Und Anni war nicht hier drin ... bei uns, sie war mit Manfred unten. Zumindest dachte ich das, aber dann schaute ich auf, und da stand sie in der Tür, und er ... er rastete aus.» Sie schloss die Augen und schluckte, wobei sie vor Schmerz zusammenzuckte.

«Ich habe drei gebrochene Rippen ertastet», sagte der Arzt zu Esther, als er sich aufrichtete. «Sie hat vielleicht eine leichte Gehirnerschütterung, aber die Prellungen im Gesicht sollten ohne Narben verheilen. Die fehlenden Zähne zu ersetzen» – er zuckte mit den Schultern –, «wäre recht teuer.»

Esther hat nicht mit Anneliese über das gesprochen, was sie gesehen haben könnte, da sie weiß, dass ihr die Worte fehlen würden, es zu beschreiben. Aber Anneliese hat gestern Nacht tief und fest geschlafen und ist jetzt so munter und fröhlich wie immer.

«Gerade wurde ein Kindergarten eröffnet», sagt Eli, als Hohlbein außer Hörweite ist. «In der Tongshan Road. Samuel hat einen Artikel darüber geschrieben, nicht wahr, Sam?»

Samuel nickt, einen Stift zwischen die Zähne geklemmt.

«Der Kindergarten des International Committee», sagt Esther. «Ich war heute Morgen da. Sie sind komplett belegt. Sie haben Anni auf eine Warteliste gesetzt, sagten aber, dass es vor Schulbeginn im September, wenn die älteren Kinder den Kindergarten verlassen, kaum Aussicht auf einen Platz für sie gibt.» Sie wirft einen Blick zu Hohlbeins Büro hinüber. Er telefoniert gerade. «Ich muss sie heute hier drinnen verstecken», sagt sie. «Hinten.» Sie wendet sich den Männern zu. «Ihr sagt ihm nichts, oder?»

Sie schütteln die Köpfe, und Eli schenkt ihr ein ermutigendes Lächeln. Es ist bestenfalls ein schwacher Plan, aber da ist nichts zu machen. Esther räumt in ihrem winzigen Büro einen Platz hinter dem Schreibtisch frei und gibt Anneliese einen Bleistift und Papier, damit sie sich beschäftigen kann. Sie ermahnt sie eindringlich, brav zu sein.

Es ist ein langer, heißer Tag. Esthers Haut ist feucht von der Hitze, aber auch vor Nervosität. Anneliese hat die Herausforderung des Versteckspiels angenommen und verhält sich so still, wie sie nur kann, aber Esther weiß, dass ihre Tochter die aufgestaute Energie später austoben muss, wenn sie heute Nacht schlafen soll.

Endlich verkündet die Wanduhr mit einer Folge halb erstickter Schläge, dass es fünf Uhr ist. Die Männer werfen Abdeckungen über ihre Schreibmaschinen und sammeln ihre Sachen ein; einer der Reporter, Samuel, sagt, er bleibe noch für den Fall, dass Neuigkeiten über die Charta einträfen, die Briten und Amerikaner voraussichtlich bald unterschreiben werden.

«Die Amerikaner werden sich bald einmischen müssen, Sam. Sie können nicht einfach stillhalten und zuschauen», sagt Eli. «Nicht wenn sie noch ein wenig Anstand haben.»

«Sie warten den richtigen Augenblick ab», erwidert Samuel. «Sie sind nicht dumm – sie schlagen zu, wenn die richtige Zeit gekommen ist.» Er will nichts Schlechtes über die Amerikaner hören; aber er steht auch auf der Warteliste für ein Visum.

Esther sammelt ein paar Stifte ein und räumt sie weg. «Tja, wenn nicht, sitzen wir für ewig hier fest.»

In diesem Augenblick rennt Anneliese aus dem hinteren Raum herein, die Hände zu einem Hohlraum zusammengelegt. «Schau mal, Mama, schau, was ich gefunden habe.» Sie hebt die rechte Hand und bringt einen Schmetterling zum Vorschein, ein wunderschönes Tier mit schwarz-golden gestreiften Flügeln, das durch das Fenster hereingeflogen sein muss. Der Schmetterling, der spürt, dass die Gelegenheit zur Flucht da ist, zuckt mit den Flügeln, zuckt noch einmal, und dann flattert er davon. Anneliese sieht ihm entsetzt nach, wie er im Korridor verschwindet.

«Komm zurück!», ruft sie, und bevor Esther sie aufhalten kann, rennt sie ihm nach.

Esther lässt ihre Tasche fallen und eilt zur Tür, bleibt aber unvermittelt stehen, als sie sich Hohlbein gegenübersieht. Er hält Anneliese am Handgelenk.

«Anni, komm her», sagt Esther und bemüht sich, das Zittern in ihrer Stimme zu unterdrücken. «Anni, ich habe dir doch gesagt ...»

Anneliese macht sich frei. Sie sieht ihre Mutter voll schlechten Gewissens an. «Mein Schmetterling», murmelt sie.

Esther nimmt sie an die Hand und wendet sich wieder Hohlbein zu. Jetzt, da die Schreibmaschinen schweigen, ist das Summen des Deckenventilators lauter denn je.

«Herr Hohlbein», beginnt sie und spürt dabei, wie sich juckender Schweiß auf ihrer Oberlippe sammelt.

«Ich hatte Ihnen gesagt, dass hier kein Ort für ein Kind ist. Und da ist sie nun also und rennt herum.»

«Ich weiß. Es tut mir leid. Aber sie war den ganzen Tag hier und so brav wie ein Engel. Sie malt oder spielt einfach nur leise. Nur jetzt gerade – na ja, ich denke, da ist ihre Energie mit ihr durchgegangen. Aber wenn Sie ...»

«Halten Sie mich für einen Idioten?» Seine Stimme ist gefährlich leise.

Esther ergreift Annelieses Hand fester. «Nein, es ist ...»

«Denken Sie, Sie können es einfach hinter meinem Rücken machen, nachdem ich Ihnen *ausdrücklich* gesagt habe, dass dies kein Ort für ein Kind ist ...» Er presst die Lippen hart aufeinander. Seine linke Wange zuckt. «Betrachten Sie sich als fristlos gekündigt.»

«Aber ich brauche diese Stelle!», ruft Esther. «Ich habe immer hart gearbeitet, ich bin nie zu spät gekommen, ich ...»

Eli mischt sich ein. «Komm schon, Franz. Sei nicht herzlos. Oder denk wenigstens an die Zeitung. Sie macht ihre Arbeit besser als jeder Mann.»

Hohlbein schüttelt knapp den Kopf. «Mehr habe ich zu dieser Angelegenheit nicht zu sagen», erklärt er und wendet sich zum Gehen.

«Herr Hohlbein, bitte!» Esther kämpft mit den Tränen. «Bestrafen Sie mich, weil ich keinen Apfelstrudel mit Ihnen essen wollte? Wirklich, Herr Hohlbein?»

Er ist zur Tür gegangen, öffnet sie weit und tritt zur Seite. «Hinaus jetzt.»

Esther weiß, dass sie nur noch eine letzte Karte in der Hand hat, aber sie denkt: *Ich werde nicht betteln. Nicht vor meiner Tochter.* Sie zieht Anneliese an sich. «Komm, Anni. Wir gehen.»

Sie treten hinaus. Hinter ihnen wird die Tür zugeschlagen. Auf der Straße bemerkt Esther das Gedränge kaum, die Rufe und Schreie der Straßenhändler und Bettler und das unaufhörliche Hupen der Autos, die sich durch den üblichen Stau von Rikschas, Autos, Fahrrädern und Handwagen zu schlängeln versuchen.

Anneliese zieht an ihrer Hand. «Mama, bitte nicht weinen. Bitte sei nicht traurig. Es tut mir leid, wenn ich unartig war. Das wollte ich nicht.»

Esther führt die Hand zum Gesicht. Es ist nass. Sie hockt sich vor Anneliese und nimmt sie fest in den Arm.

«Ach, Herzchen, du warst kein bisschen unartig. Du bist das beste kleine Mädchen auf der ganzen Welt.» Sie schluckt, obwohl ihre Kehle wie zugeschnürt ist, und plötzlich trifft sie eine Entscheidung. Sie nimmt Anni an die Hand. «Komm, weiter.»

«Wo gehen wir hin?»

Esther versucht zu lächeln. «Das ist eine Überraschung.»

Sie folgen dem Broadway in die Richtung, die von zu Hause wegführt. Esther hat kein Geld für eine Rikscha, und die Straßenbahn ist so voll, dass ein Dieb ihr wahrscheinlich die Taschen leeren würde, bevor sie auch nur losgefahren wären.

An der Straßenecke vor ihnen ist es zu einem Geplänkel zwischen einer Gruppe europäischer Juden und einigen schwarz gekleideten Studenten einer Jeschiwa gekommen. Esther wechselt zur anderen Straßenseite, um dem Streit aus dem Weg zu gehen. Vor kurzem ist eine große Gruppe orthodoxer Juden aus Weißrussland eingetroffen, fromme Mir-Jeschiwa-Schüler, und das hat zu weiteren Konflikten im Stadtbezirk geführt. Diesmal legen sich die Spannungen allerdings, ohne dass es zu einer Rauferei kommt.

Sie gehen weiter den Broadway entlang, vorbei an Abrahams Trockenwarenhandlung, Feiner & Reichs Broadway-Apotheke und Silbermanns Papierwarenhandlung. Überall sind Bettler. Auf dem ganzen Weg lässt Anni sich ziehen und wird vor jedem Essensstand noch langsamer. «Mama, ich habe Hunger. Ich habe Durst. Wo gehen wir hin? Sind wir bald da?»

Esther zieht sie vielleicht ein bisschen energischer als nötig am Arm, doch sie weiß, wenn sie jetzt stehen bleibt, setzt sie den Weg vielleicht nicht fort. Ganz in der Nähe hört man Schüsse in einem Hof – *peng, peng, peng* –, und plötzlich verstummt Anneliese und hält sich dicht bei Esther, ihre Kitty-Puppe an die Brust gedrückt.

Sie schreiten so rasch aus, wie das Gedränge auf dem Bürgersteig es ihnen gestattet, Annelieses Hand fest in Esthers. Bei jedem Schritt sehnt sie sich danach umzukehren. Aber Esther bleibt keine andere Wahl, als weiterzugehen. Sie konzentriert sich darauf, einen Fuß vor den anderen zu setzen, und beobachtet, wie ihre abgenutzten Schuhe in ihr Sichtfeld gelangen – links, rechts, links, rechts – und wieder daraus verschwinden. Schließlich ist ihr schwindelig, und sie muss aufschauen.

Sie bleiben vor einem schmiedeeisernen Tor stehen, dem Eingang zu einer Anlage aus vielen Häusern. Das Tor führt auf einen Hauptweg, der sich mitten durch die Anlage zieht, während die Haustüren der zweigeschossigen Gebäude an kleineren, davon abzweigenden Seitengassen liegen. Esther hat die Adresse schon seit langem in ihrem Gedächtnis gespeichert: 219. Lane on Broadway, Haus Nr. 37. Am Rand der Gasse sitzt ein chinesischer Schuster auf einem Stuhl, den Werkzeugkasten vor sich geöffnet. Esther erkennt ihn an seinem Ruf: «Kaputtie – ganz machen!», einem Brocken Deutsch, den er bei den Flüchtlingen aufgeschnappt hat. Er blickt zu Esther und Anneliese auf, als sie vorbeigehen, und gleich darauf hinunter auf Esthers Schuhe. Dann redet er eifrig auf Esther ein, doch sie schüttelt einfach nur den Kopf und geht weiter.

Sie biegen in eine dunkle, schmale Gasse ein, die als 35–37 gekennzeichnet ist. Zwei Frauen stehen über einen improvisierten Herd gebeugt und rühren in großen Metalltöpfen. Esther grüßt sie auf Deutsch, und sie murmeln einen Gruß zurück. Vier Kinder sitzen dicht beieinander an der Wand und spielen mit Murmeln. Von der ekligen braunen Spur, die

die Sammler der ‹Honigtöpfe› jeden Morgen auf dem Weg zu den Bauernhöfen am Rande Shanghais zurücklassen, wo sie den Inhalt der Eimer als Dünger verkaufen, steigt wie in jeder anderen Gasse Hongkews ein Geruch nach Exkrementen auf. Esther atmet durch den Mund ein und bemüht sich, den Gestank nicht zu beachten. Sie eilt mit Anneliese weiter. Die rötlich schwarzen Backsteine der Häuser zu beiden Seiten der Gasse scheinen das wenige an Licht aufzusaugen, das von oben hereinsickert.

«Mama, wo gehen wir hin?», flüstert Anneliese. «Mir gefällt es hier nicht.»

Esther drückt ihr sanft die Hand. «Ich glaube, wir sind beinahe da.»

Weiter vorn mündet die Gasse in einen kleinen Hof, wenn das Licht auch trübselig bleibt: Dutzende Kleidungsstücke hängen an Wäscheleinen, die von einem Haus zum anderen gespannt sind. Manche sind frisch gewaschen, und klares Wasser tropft von ihnen auf den Boden hinunter.

Als sie zum Ende der Gasse gelangen, entdeckt Esther, halb hinter einem Bambusschirm verborgen, in einer Hofecke ein Fahrrad. Es steht umgedreht auf dem Sattel und dem Lenker. Man hört es klappern, als etwas Metallenes zu Boden fällt. Hinter dem Schirm wird die Gestalt eines Mannes sichtbar. Er kauert neben dem Fahrrad auf dem Boden, und unter den hochgekrempelten Ärmeln seines Hemdes lugen ölverschmierte Unterarme hervor. Sein dunkles, feuchtes Haar ist zurückgestrichen, und sein Hemd ist schweißnass, obgleich die Sonne inzwischen tief am Horizont steht. Als sie sich nähern, greift der Mann nach dem Schraubenschlüssel, den er fallen gelassen hat. Esther spürt, dass ihr Blut schneller durch die Adern rauscht. Mehrere Sekunden steht sie vollkommen reglos da, halb in der Hoffnung, dass er aufblickt und sie sieht, und gleichzeitig in Versuchung, sich unerkannt zurückzuziehen.

«Aaron?», sagt sie. Es ist fast ein Flüstern.

Er blickt auf, zunächst verwirrt. Dann blinzelt er bestürzt, oder vielleicht ist ihm auch Schweiß ins Auge getropft. Er wischt sich die Stirn.

«Esther? Bist du das?» Er steht auf und macht zwei Schritte auf sie zu. «Du bist es, nicht wahr?»

Er ist groß, gut zwanzig Zentimeter größer als sie, und plötzlich kommt es ihr auf dem kleinen, engen Hof noch enger vor. Er blinzelt erneut. «Ich wusste Bescheid ... meine Tante Sara hat geschrieben, dass du in Shanghai bist, aber ich habe nicht ...»

«Aaron», beginnt sie, doch zur gleichen Zeit sagt er: «Du bist so dünn.»

Weil sie gleichzeitig zu sprechen begonnen haben, sind beide einen Moment lang stumm.

Esther spürt das Gezappel von Annelieses Fingern in ihrer Hand. «Das ist Anni», sagt sie. «Meine Tochter.»

Aaron sieht ihr noch kurze Zeit ins Gesicht, und in seinem Gesichtsausdruck liegt etwas, das Esther nicht deuten kann. Dann blickt er auf Anneliese hinunter.

«Hallo Anni», sagt er lächelnd.

Anneliese entzieht Esther ihre Hand und schlingt den Arm um das Bein ihrer Mutter. «Hallo», sagt sie vorsichtig.

Hinter ihnen sind ein paar Kinder in den Hof gekommen. Ein Mädchen, das ein oder zwei Jahre älter ist als Anni, zieht mit dem Fuß einen Kreis in den Schmutz, und das Murmelspiel beginnt.

«Darf ich mitspielen, Mama?», fragt Anneliese.

Esther nickt. «Lauf aber nicht weg», sagt sie. Anneliese hüpft zu den Kindern hinüber, es stört sie überhaupt nicht, dass sie sie nicht kennt.

Esther wendet sich wieder Aaron zu. «Du reparierst ein Fahrrad», sagt sie. Ihre Zunge fühlt sich wie taub an und liegt dick im Mund.

Aaron nimmt ein Tuch aus seiner hinteren Hosentasche und reibt sich die Hände sauber, wobei er besonders auf die Fingerzwischenräume achtet. «Das ist mein Kleinunternehmen. Ich bin ein richtiger Fachmann geworden.»

«Aber du bist doch Architekt!»

«Hier nicht.» Er zuckt mit den Schultern. «Aber ich verdiene meinen Lebensunterhalt. Neulich habe ich meinen Hut von einem Archäologieprofessor nähen lassen.» Er hält inne, reibt sich die Hände und sieht sie an. Sie schafft es, seinem Blick standzuhalten. Sie weiß, dass sie schnell zur Sache kommen muss.

«Anni und ich ... ich habe meine Stelle verloren, weil ich sie mit zur Arbeit genommen habe. Jetzt weiß ich nicht, was ich tun soll. Sie kann erst ab September in den Kindergarten gehen, und ich habe niemanden, der nach ihr schaut, also kann ich nicht arbeiten. Ich habe kein Geld, und meine Vermieterin wird uns rausschmeißen, wenn ich die Miete nicht bezahlen kann. Und seit meiner Ankunft habe ich auch nichts von meinen Eltern gehört. Es heißt, dass der Hafen schon bald für Flüchtlinge geschlossen wird. Ich müsste meinen Eltern also Bescheid geben, dass sie kommen sollen, aber ... aber ich weiß einfach nicht, was ich tun soll.»

Aaron tritt einen Schritt vor. Ein Lichtstrahl durchdringt den Schirm der über ihm trocknenden Wäsche und erhellt sein Gesicht.

«Esther.» Er streckt den Arm aus. Diese Bewegung bringt sie aus der Fassung, und sie tritt zurück, entzieht sich ihm. Er reibt sich das Gesicht und lässt einen Ölfleck auf den Wangen zurück. Dann schaut er zu Boden.

«Sie sind weg», sagt er. «Sara hat mir geschrieben. Sie lebt inzwischen in London. Deine Eltern wurden vor einem halben Jahr abtransportiert.»

«Abtransportiert? Wohin?»

Er reißt den Kopf hoch. «Wohin meinst du wohl?», fragt er, plötzlich laut geworden. «Irgendwohin in den Osten, nehme ich an. Nach Polen oder in die Tschechoslowakei. In eines der Arbeitslager.»

Esther zuckt zusammen. Sie versucht zu atmen, doch in ihrer Lunge ist kein Sauerstoff. Sie keucht. Aaron tritt zu ihr und legt ihr die Hände auf die Schultern.

«O Gott, Esther, es tut mir leid. Es tut mir so leid», sagt er.

Er zieht sie an seine Brust und hält sie fest.

Sein Geruch ist auf Schuldgefühle erregende Weise vertraut, und sofort bekommt sie wieder Luft. Sie atmet den Geruch seines Schweißes ein, Nuss und Leder. Er hält sie an sich gedrückt und murmelt ein paar Worte, die sie nicht versteht. Sie spürt nur den Atem, den er dabei ausstößt, an ihrem Hals.

«O Esther», sagt er. «Warum hast du so lange gebraucht, um zu mir zu kommen.»

周翼

Yì geht benommen am Hafen entlang, halb blind vor Erschöpfung und Hunger. Es ist die kälteste Stunde unmittelbar vor Tagesanbruch, und obgleich er die Füße, die in Sandalen stecken, mit einem Lappen umwickelt hat, sind seine Zehen blau gefroren. Er ist auf dem Weg zu einem der Altstadtplätze, auf denen sich Männer und Frauen jeden Alters in der Hoffnung versammeln, sich für ein paar Cent als Tagelöhner in Werken, Fabriken oder – am begehrtesten – Privathaushalten verdingen zu können. Bei Sonnenaufgang kommen die künftigen Arbeitgeber, um sich aus dieser gemischten Schar ihre Arbeiter herauszusuchen, jeweils die am besten geeigneten für die angebotene Tätigkeit – starke Männer für körperliche Schwerarbeit, Frauen zum Nähen, Kinder, um in Schächte und andere enge Räume zu klettern, hübsche Mädchen, um ... Yì kann sich vorstellen, für welche Art von Arbeit sie bestimmt sind, selbst diejenigen, die nicht älter als acht oder neun sind. Wer zurückbleibt, ist gezwungen, den Tag über Essensreste zu suchen oder zu betteln.

Der Platz ist einen weiten Fußmarsch von zu Hause entfernt, und Yì versucht den Gedanken zu verdrängen, dass er bei seinem Eintreffen schon erschöpft sein wird, aber trotzdem noch einen ganzen Arbeitstag vor sich hat.

Falls er Glück hat. Obgleich er inzwischen fünfzehn ist – ein Mann –, ist er im vergangenen Jahr kaum gewachsen. Der Mangel an Nahrung und Schlaf und die Last der Verantwortung für seine Năinai haben ihn klein und schmal bleiben lassen. So kann er sich nur Kinderarbeit verschaffen, und die wird am schlechtesten bezahlt.

Auf dem Kai kommt er an einem Essensstand vorbei, dessen Besitzer Aalstücke in Ingwer und Erdnussöl brät, und er spürt, wie seine Speicheldrüsen schmerzhaft zum Leben erwachen. Gestern Abend hat er den Rest Reis und gesalzenes Schweinefleisch mit Năinai geteilt, und er weiß, dass sie nichts mehr essen werden, bis er Arbeit gefunden hat. Das Geld, das Mamselle Kitty ihm geschenkt hat, ist schon längst ausgegeben: Kurz nach seiner schändlichen Entlassung wurde Năinai krank, und die Tinkturen, die Akupunktur, die Kräuter und Medizin, mit denen sie am Leben gehalten wurde, haben ihn jeden Cent gekostet. Jetzt befinden sie sich erneut am Rand des Hungertodes.

Er geht am Hafen entlang. Vor ihm fließt der schwarze, stinkende Huangpu – und auf dem Kai liegen Dutzende von Männern auf Matten oder kauern neben Kohlebecken und braten sich etwas zu essen. Hafen-Kulis, die auf den Beginn ihres Arbeitstages warten. Die Arbeit ist mörderisch hart und bringt nur ein paar Fēn am Tag ein, aber das ist besser als nichts.

Er geht langsamer. Für ein paar Fēn könnte er gerade genug Reis kaufen, um nicht zusammen mit seiner Năinai zu verhungern. Nervös, aber durch den Gedanken an Năinai bestärkt, nähert Yì sich einer sitzenden Gruppe magerer, sehniger Männer, deren Haut so schmutzig ist, als hätten sie sich seit Monaten nicht gewaschen. Alle tragen zerlumpte blaue Hosen, die einige von ihnen in der Taille mit Schnur zusammengebunden haben. Einer der Männer blickt auf und grinst Yì an, was eine lückenhafte Reihe schwarzer Zähne zum Vorschein bringt.

«Ich suche Arbeit», sagt Yì. Es kommt piepsend heraus. Er räuspert sich und nimmt die Schultern zurück, um größer zu wirken, als er ist. Der Mann mit den schwarzen Zähnen verlagert sein Gewicht und spuckt neben sich auf den Boden.

«He? Was hat er gesagt?», fragt ein anderer Mann.

«Er sucht Arbeit», sagt der Schwarzzahnige.

Die Männer lachen alle gleichzeitig los. Es ist kein freundliches Lachen; es ist ein zähnefletschendes, bellendes Gelächter, bei dem Yì mulmig zumute wird. Er wirft einen Blick nach hinten, um sich zu vergewissern, dass ein Fluchtweg frei ist, sollte es nötig werden. Das Gelächter des Schwarzzahnigen verwandelt sich in einen bellenden Husten. Er spuckt einen weiteren Batzen glänzenden Schleim auf den Boden und steht auf.

«Siehst du das Fass dort?» Er deutet hin. «Dort drüben?»

Yì nickt.

«Geh und stelle es auf die anderen.» Er deutet mit einer Kopfbewegung nach links, wo einige andere Holzfässer stehen, jeweils drei aufeinander gestapelt.

Yì hält nicht inne, um die Unmöglichkeit dieser Aufgabe zu bedenken. Er geht zu dem Fass und schafft es stöhnend vor Anstrengung, es auf die Seite zu kippen. Er stößt das Fass an, und es rollt los. Und zwar schneller als erwartet, sodass er ihm hinterherrennen, davorspringen und es mit beiden Händen aufhalten muss. Als er es neben die anderen Fässer gerollt und wieder aufgestellt hat, hockt er sich hin und versucht, die Finger darunterzuschieben. Es ist zu schwer. Er richtet sich auf und versucht, das Fass hin und her zu schaukeln. Er will den Fuß darunterschieben, um dann mit den Fingern besser zupacken zu können. Als das Fass hin und her schwankt, schiebt er die Fußspitze darunter. Er trägt nur Sandalen und schreit vor Schmerz auf, als das Gewicht auf seine Zehen kracht. Trotz der Kälte ist sein Gesicht schweißüberströmt. Er zieht seinen Fuß zurück, reibt sich die Zehen und sieht, wie das schwache Licht des Tagesanbruchs den östlichen Horizont hinaufkriecht. Plötzlich klopft ihm jemand auf die Schulter. Als er sich umdreht, steht der Schwarzzahnige grinsend vor ihm.

«Komm in fünf Jahren wieder», sagt er und lacht.

Plötzlich kracht es links von Yì los, Explosionen, die zu laut sind, um von Feuerwerk zu stammen. In Sekundenschnelle erwacht der Kai um ihn herum zum Leben, Schiffssirenen hallen über das Wasser, Fracht wird mit der Kraft von Dämonen von Kulis getragen, zur Seite gerückt, geschoben und gezogen. Yì duckt sich instinktiv; er erinnert sich noch daran, wie vor vier Jahren die japanischen Bomben vom Himmel gefallen sind, wie sie Häuser und Geschäfte in die Luft gejagt und die wackligen Hütten aus Bambus und Lehm zerstört haben, die die Ufer des Suzhou und des Huangpu säumten. Tausende Menschen starben. Aber er erinnert sich ebenfalls, dass die Bombardierungen immer vom Dröhnen von Flugzeugen begleitet waren. Jetzt ist jedoch nichts dergleichen zu hören. Daher kauert er sich hinter die Ölfässer und schaut zum Fluss hinüber. Sein erster Gedanke ist, dass Huàs Vorhersage sich bewahrheitet und dies der Beginn des kommunistischen Aufstands ist, der blutige Kampf gegen Chiang Kai-sheks Nationalisten und gegen die bösen japanischen Unterdrücker.

Er hebt den Kopf, um über die Fässer hinwegzuspähen. Zwischen den Hunderten von Dschunken und Sampans, die am Hafenkai angelegt haben, ragt die achtunggebietende Silhouette eines riesigen Kanonenboots auf. Schwarzer Rauch steigt aus den Kanonenrohren auf, die auf ein kleineres Kanonenboot flussaufwärts gerichtet sind. Yì erkennt das große Kanonenboot – es ist britisch und liegt im Gebiet der Flussmündung, seit er denken kann. Einen Moment lang ist er verwirrt. Warum bricht Huàs blutiger Krieg auf dem Wasser aus? Und auf wen schießen die Briten? Dann zuckt ein blendend heller Blitz auf, gleichzeitig mit einem weiteren ohrenbetäubenden Krachen, und das britische Schiff gerät ins Schwanken und erzeugt dabei so große Wellen, dass mehrere der Sampans kentern. Noch mehr Blitze aus Kanonenrohren, weitere Explosionen, der Himmel steht in Flammen, als würde ein Feuerwerk gezündet, und plötzlich ist es da: das Dröhnen von Flugzeugen. Yì springt auf und rennt vom Hafen weg, schlängelt sich zwischen Menschenscharen hindurch, die im Eingang der größeren Gebäude Schutz suchen, vorbei an verzweifelten Rikscha-Kulis, die ihre leeren Gefährte in einem Tempo ziehen, zu dem ihr ausgemergelter Körper kaum fähig zu sein scheint.

Yì schlägt den Heimweg auf einer Route ein, die so weit wie möglich vom Fluss entfernt liegt, zu verstört durch diese unerwarteten Ereignisse, um seinen Weg zur Altstadt fortzusetzen. Tatsächlich ist die Stadt im Aufruhr. Auch in ruhigen Zeiten geht es hier geschäftig zu, doch jetzt ist es, als hätte jemand mit einem Stock in einem Ameisenhaufen herumgestochert. Mehrmals erwägt er, von den Hauptstraßen in ruhigere Seitengassen auszuweichen, um dem Gedränge zu entkommen. Doch obgleich der Tagesanbruch nun ein wenig graues Licht auf die Straßen wirft, sind die Gassen noch immer dunkel und bedrohlich, voller verzerrter Schatten und unbekannter Geräusche. Er hat seinen Bambusstab nicht dabei, mit dem er Dämonen oder böse Geister vertreiben könnte. Und er weiß, dass es in Shanghai mehr als genug Leute gibt, die ihm nur um seiner zerlumpten Kleidung willen die Kehle durchschneiden würden.

Er versucht, die Szene, die er auf dem Fluss mitbekommen hat, zu etwas Sinnvollem zusammenzusetzen. Zwar gelingt ihm das nicht, doch er begreift instinktiv, dass er den Beginn von etwas Schlimmem erlebt hat. Er hastet weiter und bleibt nur kurz stehen, als er in einer Gasse zu seiner Linken Ratten huschen und etwas Metallisches klappern hört. Er hält gar nicht erst so lange inne, dass er sich seiner Angst und seines Abscheus bewusst werden könnte, sondern schlüpft rasch in die Gasse und verscheucht die Ratten mit lautem Rufen und wildem Schwenken der Arme. Sein Instinkt hat ihn nicht getrogen: Auf dem Boden neben den Mülltonnen liegen eine Handvoll Schalen von Süßkartoffeln, und – unglaublich – ein paar Stücke Schweineschwarte. Obgleich diese Reste schmutzig sind, liest er so viele wie möglich von ihnen auf und steckt sie in seine Taschen. Abgewaschen und gekocht werden sie essbar sein.

Er gelangt zur Garden Bridge, als gerade mehrere japanische Panzer lärmend hinüberrollen, gefolgt von Lastwagen und Autos, die alle dieselbe Fahne zeigen: die Aufgehende Sonne glühend rot auf dem weißen Hintergrund wie ein Blutstropfen. Auf Yis Seite der Brücke stehen Leute an, die hinübergehen wollen. Jeder muss sich im Vorbeigehen vor den japanischen Wachleuten verneigen – ein durchaus gewohnter Anblick. Aber unter denen, die sich verbeugen müssen, sind jetzt auch Weiße, und das ist überhaupt kein gewohnter Anblick. Tatsächlich werden mehrere von ihnen – drei Männer und eine Frau – von den japanischen Soldaten aus der Schlange herausgeholt und zum Niederknien gezwungen. Dann beginnt einer der Soldaten ohne Vorwarnung, sie mit einem Stock zu verprügeln. Einige Menschen in der Menge stoßen Rufe aus, werden aber von Soldaten zurückgehalten. Die kniende Frau erhält einen Schlag auf den Kopf und kippt um wie ein Spielzeug.

Dieser Anblick lässt Yìs ungutes Gefühl in echtes Entsetzen umschlagen – auch die Weißen sind nun den Japanern ausgeliefert. Dies ist der Beginn von etwas wirklich Schrecklichem.

Nachts träumt er von Mamselle Kitty. In diesen Träumen – nein, keine Träume, sondern finstere Nachtschrecken, aus denen er mit heftig pochendem Herzen erwacht – fällt sie und fällt. Ihre rot bemalten Lippen heben sich leuchtend von ihrer weißen Haut ab, und ihr Mund ist zu einem stummen Schrei geöffnet.

Eines Morgens wacht er aus einem solchen Traum auf, und Nǎinai sitzt neben ihm und hat seinen Arm ergriffen.

«Yì», sagt sie und starrt in die dunkle Ecke des Raums, ohne etwas zu sehen. «Was ist los?»

«Nichts», antwortet Yì und reibt sich die Augen. Er will sie nicht mit den Geschichten seiner Träume beunruhigen.

«Du hast laut geschrien.» Sie beugt sich zu ihm vor, und er weicht vor ihrem fauligen Atem zurück. Selbst im Halbdunkeln sieht er, wie straff sich die Haut über ihr Gesicht spannt. Sie ist so hager, dass ihre Ohren übergroß wirken. Nǎinai ist inzwischen vollkommen blind und verbringt den größten Teil des Tages in einem leichten, gequälten Schlaf auf ihrer Matte.

«Es ist nichts, Năinai», sagt er und streichelt ihren Arm. «Leg dich hin und schlaf. Ich bringe heute etwas zu essen mit.»

Die alte Frau legt sich mit einem leisen Stöhnen zurück und schließt die Augen.

«Wo ist Huà?», fragt sie so leise, dass er sich dicht über sie beugen muss. «Geht es ihm gut? Wann kommt er heim?»

Yì legt ihr die Hand auf die Wange. Ihre Haut ist kühl und trocken. «Er kommt bald nach Hause, Năinai», sagt er. Dabei hat er längst die Hoffnung aufgegeben, sein Bruder werde die Bürde, für Năinai zu sorgen, mit ihm teilen. Huà taucht gelegentlich auf, bleibt dann aber meist nur eine Nacht oder ein paar rastlose Stunden, in denen er in einer Ecke kauert und aufspringt, sobald er jemanden in der Gasse hört. Bei seinem letzten Besuch vor einem Monat hat er zwei junge Männer mitgebracht, und die drei saßen nachts zusammen und diskutierten in einem dringlichen, zischenden Flüsterton über etwas. Yì versuchte zu lauschen, aber Huà schubste ihn weg und sagte ihm, dies sei eine Angelegenheit für Männer und nicht für Jungen. Als sie früh am folgenden Morgen aufbrachen, gab einer von ihnen Yì einen kleinen Sack Reis, von dem er und Năinai mehrere Tage aßen.

Am Morgen lässt Yì die schlafende Năinai auf ihrer Matte zurück und macht sich auf den Weg in den französischen Teil der Stadt. Falls er Mamselle Kitty dort findet, hören seine Albträume vielleicht auf. Und insgeheim hofft er auch voll Scham, dass er etwas Essbares von ihr erbetteln kann. Năinai muss essen und er selbst auch, aber inzwischen ist er für körperliche Arbeit zu schwach. Ohne Geld für die Straßenbahn ist es ein weiter Weg, und als er eintrifft, sind seine Beine wie Gummi.

Als er beim Gebäude ankommt, erblickt er den Concierge, und einen Moment lang überkommt ihn eine eigenartige Erleichterung, dass es noch derselbe Mann ist. Allerdings kommt er ihm größer vor, massiger, als er ihn in Erinnerung hatte. Vielleicht ist er einer von denen, die von der japanischen Übernahme Shanghais profitiert haben, mit Taschen voller Münzen und fetten Bäuchen. Yì nähert sich vorsichtig, unsicher, wie er seine Frage vorbringen soll, als der Mann ihn bemerkt.

«Verschwinde von hier! Los, hau ab!» Er versucht, ihn mit einer Handbewegung zu verscheuchen.

Aber Yì rührt sich nicht von der Stelle. Der Concierge holt mit der Hand aus, um ihn zu schlagen, und diese Bewegung muss eine Erinnerung wecken, denn er lässt den Arm sinken und grinst.

«Was willst du, du Kümmerling? Willst du dir eine Ohrfeige abholen? Die kann ich dir verpassen.» Er hebt erneut die Hand, aber Yì duckt sich weg.

«Die Lady», sagt Yì hastig. «Die Mamselle. Geht es ... geht es ihr gut?»

Der Concierge öffnet seinen fleischigen Mund und lacht, aber als er hinter Yì einen japanischen Offizier herankommen sieht, wird seine Miene ernst. Er schiebt Yì zur Seite, hält dem Offizier die Tür auf, verneigt sich tief in der Hüfte und murmelt: «Ihr unterwürfiger Diener, *masuta.*»

Der Offizier stößt ein Grunzen aus, wirft eine Münze auf den Boden und verschwindet in das Gebäude. Der Concierge eilt los, um die Münze aufzuheben, und wendet sich wieder Yì zu. «Deine Mamselle», sagt er mit einem höhnischen Grinsen, «ist längst weg.»

«Weg? Wohin weg?»

«Ksss!» Der Concierge schafft es, Yì eine leichte Ohrfeige zu verpassen. «Hat die Miete nicht gezahlt. Sie ist weg.»

DEZEMBER 1941
BIS
JUNI 1942

ESTHER

Draußen fällt ein leichter Winterregen, und in dem kleinen Zimmer hängt der Buttergeruch von Rührei.

«Was denkst du?», fragt Aaron und stützt sich auf den Ellbogen auf. Mit der anderen Hand streichelt er Esthers Halsbeuge.

«Ich habe mich gefragt, wie du es geschafft hast, an frische Eier zu kommen.»

«Das darf nur ich wissen», antwortet er lächelnd und tippt sich seitlich gegen die Nase. «Aber ich glaube keinen Augenblick, dass es das ist, woran du wirklich gedacht hast.»

Esther lässt lächelnd zu, dass er sie küsst. Sie kann ihm nicht sagen, was sie gedacht hat, weil sie es selbst nicht in Worte fassen kann. Sie streicht ihm mit den Fingern durchs Haar. Dichtes schwarzes Haar. Liegt es an der schrecklichen Nachricht über ihre Eltern oder daran, dass sie Aaron wiedergesehen hat? Sie weiß es nicht, aber plötzlich ist alles verändert. Sie *selbst* hat sich verändert. Nicht wie ein Schmetterling, der aus seinem Kokon schlüpft; nein, eher wie eine Schlange, die ihre alte, nutzlos gewordene Haut abstreift. Die vage Hoffnung, irgendwann nach Hause zurückzukehren, ist dahin, der naive Glaube, sie könnte aus einem furchtbaren Traum erwachen, ganz normal weitermachen und ein paar Erinnerungen an Verletzungen einfach wegpacken.

Dieser Glaube ist verschwunden, aber er ist etwas anderem gewichen: einer neuen, brennenderen Art von Hoffnung, dass es nicht nur möglich ist, die Vergangenheit hinter sich zu lassen, sondern sie auch zu überwinden. Vielleicht hat sie deshalb so lange davor zurückgescheut, Aaron aufzusuchen.

Aaron ergreift ihre Hand, drückt sie an seinen Mund und verflicht die Finger mit den ihren. In einer fernen Vergangenheit, vor allem, was dann geschah, hat er ihr manchmal gesagt, sie habe die Hände eines Engels – blass, zart und schmal. Das war, bevor Carl ihr den Ehering auf den Finger schob. Sie zieht ihre Hand weg.

Aaron interpretiert es falsch. «Du hast recht», sagt er. «Die Pflicht ruft.» Er steht auf und zieht sich an. «Wenn du magst, kannst du im Bett liegen bleiben und mir beim Arbeiten zusehen.»

Er krempelt die Ärmel hoch und setzt sich an den Tisch. Vor ihm steht ein Radio mit offenem Gehäuse. Drähte in verschiedenen Farben ragen daraus hervor, und daneben liegen Dutzende kleiner Schrauben. Er repariert alles: Fahrräder, Lampen, Schreibmaschinen oder Ventilatoren. Vom Architekten zum Mechaniker, und sehr erfolgreich dabei.

Sie kennt ihn schon, solange sie denken kann. Damals kam er nach dem Tod seiner Eltern zu seiner Tante Sara. Sara war die beste Freundin von Esthers Mutter. Esther erinnert sich, wie die beiden zusammensaßen und ihr und Aaron beim Spielen zuschauten. Ihr heiteres Scherzen, was für ein schönes Paar sie abgeben würden, war den Kindern damals peinlich. Esther kann den Finger auf den Moment legen, als sich das änderte. Bei Aarons Bar Mizwa war er mit seinem glänzenden dunklen Haar und dem perfekt symmetrischen Gesicht der bestaussehende Junge im Raum, und die

Erkenntnis traf Esther mit einer fast körperlichen Gewalt, dass dies tatsächlich der Junge war, den sie einmal heiraten würde. Es dauerte zwei Jahre, bis seine Gefühle die ihren einholten, aber danach waren sie unzertrennlich.

Sie steht aus dem Bett auf und zieht ihren Hausmantel an. Aarons Erdgeschosswohnung ist klein, aber ordentlich, sie bietet genug Platz für Esther, Anni und ihre wenige Habe. Die Miete ist nicht hoch, aber es ist Esther noch immer nicht gelungen, Arbeit zu finden, und das Geld ist knapp.

«Wo hast du das gelernt?», fragt sie und sieht zu, wie Aaron ein Kabel aus dem Radiogehäuse herausfummelt und an der richtigen Stelle einklemmt.

«Hier und da», antwortet er. Er zündet sich eine Zigarette an. «Ich hatte viel Übung.»

«Möchtest du Tee?» Sie füllt den Kessel aus einem großen Krug und stellt ihn auf den Herd. Es wird eine Ewigkeit dauern, bis das Wasser kocht; die Briketts, die sie seit dem Beginn der Rationierung verwenden, aus Kohlenstaub mit Wasser eiförmig gepresst, erzeugen wenig Wärme.

«So.» Aaron klappt das Gehäuse zusammen und setzt die winzigen Schräubchen ein. Seine Zigarette klemmt zwischen den Lippen.

«Wem gehört es?», fragt Esther und deutet mit einer Kopfbewegung auf das Radio. Der Besitz eines Kurzwellenempfängers verstößt gegen das Gesetz, und dass sie dieses Gerät im Haus haben, macht sie nervös. Gute Nachrichten gibt es ohnehin so gut wie gar nicht. Wenn man den Gerüchten Glauben schenken kann, haben die Japaner nicht nur Shanghai besetzt, sondern auch Burma, die Philippinen und Hongkong angegriffen. Aber es sind nur Gerüchte, und es gibt immer die Hoffnung, dass sie falsch sind.

Aaron zuckt mit den Schultern. «Es gehört einem Mann», sagt er, und der Rauch, der aus seiner Zigarette aufsteigt, lässt ihn blinzeln. Als er aufblickt, hat er ein übermütiges Lächeln im Gesicht.

«Was ist?», fragt sie.

«Neulich war ich im Franzosenviertel, um einen Generator zu reparieren. Du erinnerst dich bestimmt.»

Esther nickt.

«Nun, der Besitzer des Hauses ist der Direktor einer französischen Versicherungsgesellschaft. Wir sind ins Gespräch gekommen, und er erzählte mir, dass die Gesellschaft in der Rue du Consulat ein Bürohaus bauen will. Ein riesiges Projekt. Jedenfalls», er zieht die Augenbrauen hoch, «hat sich herausgestellt, dass der Assistent des leitenden Architekten vom Glockenturm des Custom House gesprungen ist. Probleme mit einer Frau.»

Esther sieht ihn entsetzt an.

Aaron macht kurz ein betroffenes Gesicht. «Ja, eine schreckliche Sache. Aber hör zu: Ich habe mit dem Verantwortlichen gesprochen, ihm ein paar Zeichnungen gezeigt, und ...» Er steht auf. «Du weißt, was das bedeutet, oder? Ich würde wieder als Architekt arbeiten!»

Esther schlägt entzückt die Hände zusammen. «Warum hast du mir nichts davon erzählt?»

«Ich habe noch nichts Schriftliches, aber Deschamps – das ist der leitende Architekt – wirkte sehr angetan. Es würde noch eine Weile dauern, bis meine Arbeit losgeht, aber ... Liebling!» Er legt ihr die schwieligen Hände um die Taille. «Es würde alles verändern!»

Er legt den Mund auf ihren, und eine Welle der Erregung steigt in ihr auf. Hinter ihr pfeift der Teekessel.

«Ich muss Anni bald abholen», sagt sie. «Lass es uns heute Abend richtig feiern.»

Aaron nickt. «Wir werden stilvoll feiern.»

Er räumt sein Werkzeug weg. Esther gießt den Tee auf und schlüpft in ihre Kleider. Als sie bei ihrem Strumpf angelangt ist, lächelt sie. Die Ferse ist tausendmal gestopft, aber wen schert es? Falls Aaron die Stelle bekommt, wird sie so viele neue Strümpfe kaufen können, wie sie möchte! Und Anni, die schrecklich schnell aus ihren Sachen herauswächst, bekäme etwas Neues statt ihrer mit Flicken länger und weiter gemachten Kleider. Als sie den Strumpf am Strumpfband befestigt, fällt ihr etwas ein.

«Oh, hast du Kitty gesehen?», fragt sie Aaron, der versucht, sich die Nägel mit einem Zahnstocher zu reinigen.

Er blickt stirnrunzelnd auf.

«Annis Puppe», erklärt Esther und nimmt den zweiten Strumpf aus der Schublade. «Wir konnten sie heute Morgen nicht finden, und ich habe Anni versprochen, die Puppe zu suchen, während sie im Kindergarten ist.»

Aaron hört mit dem Nagelreinigen auf und wirft ihr einen verlegenen Blick zu. «Dieses Lumpending mit den schlaffen Armen und Beinen?»

Esther nickt.

Er zögert. Dann: «Ich habe sie heute Morgen aus dem Haus geschafft, als du mit Anni unterwegs warst.»

«Du hast sie weggeworfen? Aber sie ist Kittys liebstes Spielzeug!» Ihr Tonfall ist scharf – zu scharf.

Er verwirft ihre Worte mit einem Achselzucken. «Sie war dreckig. Und außerdem, ist Anni nicht allmählich ein bisschen zu alt für eine Puppe?»

Esther stockt der Atem. Seine rücksichtslose Unbekümmertheit erfüllt sie mit Zorn. «Wie konntest du nur? Sie war ein Geschenk meiner Mutter!» Sie wirft den zweiten Strumpf aufs Bett und setzt sich hin, beide Fäuste um ein Stück Decke geballt. Das Tempo, in dem ihre Stimmung umgeschlagen ist, bestürzt sie. Seit wann ist sie so empfindlich, so aufbrausend? Sie muss vergessen haben, wie es geht, wie man den Rhythmus und Fluss eines Gesprächs deutet. Nachdem sie so lange mit Anni allein war, ist sie aus der Übung. Sie sucht nach Worten. «Die Puppe war alles, was Anni von der Vergangenheit geblieben ist. Was soll ich ihr sagen? Es wird ihr das Herz brechen!»

«Es tut mir leid, Liebling, das wusste ich nicht.» Er tritt quer durchs Zimmer zu ihr. «Sag ihr ... sag ihr, dass Kitty eine Weltreise macht. Um sich mit anderen Puppen zu treffen. Anni liebt Abenteuer – sie wird es verstehen.» Er hockt sich vor Esther nieder. «Es tut mir leid. Manchmal bin ich ein furchtbarer Trampel. Ich mache es bei Anni wieder gut, versprochen.»

Er nimmt den Strumpf und rollt ihn sehr sanft ihr Bein hinauf. Als er mit der Klammer des Strumpfbandes hantiert, sieht sie, dass seine Hand zittert. Sie schluckt. Er war gedankenlos, das ist alles. Nicht absichtlich grausam.

Sie blickt auf und sieht, wie sein Adamsapfel zuckt. «Ich mache es bei Anni wieder gut», wiederholt er leise und fügt hinzu: «Vielleicht ist es gar nicht so schlecht, die Vergangenheit zurückzulassen. Wir können uns gemeinsam eine Zukunft aufbauen, meinst du nicht?» Er legt seinen Kopf in ihren Schoß.

Ihn ihre eigenen Gedanken laut aussprechen zu hören, bringt sie aus der Fassung. Oh, sie würde die Vergangenheit nur zu gern vergessen, wenn sie könnte! Sie will ihm durchs

Haar streichen, kann sich dann aber doch nicht dazu bringen, ihn zu berühren. Dies ist der Mann, mit dem sie ihren Ehemann betrogen hat. Das Gewicht und die Wärme seines Kopfes sind ihr plötzlich unerträglich. Sie rutscht ein Stück zur Seite.

«Ich muss los», sagt sie. «Anni wartet bestimmt schon.»

KITTY

Die Musik ist beschwingt und wird dann unmerklich langsamer, obgleich die Band eine muntere Melodie spielt – «Ene, Mene, Muh». Der Schlagzeuger gähnt und lässt mehrere Schläge aus, was die Musiker noch mehr aus dem Rhythmus bringt. Auch Kitty ist erschöpft. Ihr Tanzpartner gehört zur energischen Sorte und schwenkt sie auf der Tanzfläche herum. Aber sie sollte wohl dankbar dafür sein, dass er einfach nur tanzen will. Er reibt nicht sein Becken an ihr, belästigt sie nicht mit seinem widerlichen Atem und schiebt ihr nicht die Hand zwischen die Beine, sodass sie den Arm heben muss, um den Rausschmeißer auf sich aufmerksam zu machen. Sie weiß nicht mehr, der wievielte er heute Abend ist. Aber es waren viele. Die Tanzkarten stecken sicher verwahrt in einem kleinen Satinbeutel, der an ihrem Handgelenk hängt. Sein Inhalt wartet darauf, zur Schließungszeit des Clubs gezählt und Pavel überreicht zu werden, dem Chef der Taxigirls.

Sie trägt ihr walnussbraunes Haar in einer schulterlangen Welle. Sie hat die Farbe herauswachsen lassen und weiß, dass sie so älter aussieht, aber auf diese Weise macht es weniger Mühe. Sie kann ihr Haar selbst in Wellen legen und sich so teure Gänge zum Friseur ersparen. Außerdem spielt ihr Alter – sechsundzwanzig – für die Männer, die hierher kommen, keine Rolle. Die Kunden, die die wirklich jungen Mädchen wollen, wissen, dass sie zu einer von Neonschildern erhellten Straße auf der anderen Seite der Nanjing Road gehen müssen. Dort bekommen sie fünf- bis sechsjährige Kinder, die entführt, verkauft oder vermietet wurden. Deren Füße wurden meist verkrüppelt – das Fußgewölbe gebrochen und die Zehen nach innen gebunden, um einer perversen Schönheitsvorstellung zu entsprechen. An diese kleinen Mädchen denkt Kitty fast jede Nacht, wenn sie in ihr Zimmer zurückkehrt und ihre eigenen gequetschten, geschwollenen Füße aus den Pumps befreit.

Schön und gut, dass er nur tanzen will, aber er ist ein schlechter Tänzer. Er tritt ihr auf die Zehen und kommt aus dem Takt, wenn er den Arm ausstreckt, um sie zu drehen. Sie ist froh, als der Song vorbei ist und er ihr die Karte gibt. Sie schlüpft rasch von der Tanzfläche, bevor Pavel ihr einen neuen Kunden bringen kann, und flüchtet sich in die Ankleide. Zwei weitere Taxigirls, weißrussische Mädchen, die – wie sie alle – behaupten, entfernte Verwandte des Zaren zu sein, halten sich ebenfalls hier auf und kauern über einem kleinen Tisch, wo sie unregelmäßige Linien eines weißen Pulvers schnupfen. Der Raum ist schlecht belüftet und riecht nach Schweiß und Schminke. Die Frauen blicken bei Kittys Eintreten kurz auf, die Augen unter den entzündeten Lidern wachsam, und wenden ihre Aufmerksamkeit dann wieder dem Tisch zu. Kitty setzt sich und zieht die Schuhe aus. Sie reibt sich die Füße, um das Blut ihrer gequetschten Zehen und tauben Fersen wieder in Fluss zu bringen. Die beiden anderen Girls stehen auf und verlassen die Ankleide, eine der beiden rempelt Kitty im Vorbeigehen grob von hinten an. Ihre Freundin sagt etwas auf Russisch, und die andere reagiert mit einem provozierenden Kichern.

Kitty versteht nicht, was sie sagen. Sie kennt fünf oder sechs russische Wörter. Die meisten sind Flüche, die Vitali ihr beigebracht hat, was er lustig fand. Im Tanzsaal wird ein neuer Song gespielt, aber es ist eine langsame Melodie, die an tastende Hände und eng aneinandergepresste Körper denken lässt. Kitty bleibt sitzen und nimmt eine Puderquaste vom Frisiertisch. Sollten Pavel oder einer seiner Schlägertypen nach ihr schauen kommen, wird sie sagen, dass sie ihr Make-up auffrischen musste. Es ist beinahe ein halbes Jahr her, dass sie Vitali zum letzten Mal gesehen hat. Am Ende war er sogar zu feige, es ihr selbst zu sagen – sie erhielt nur eine Nachricht von seiner Firma, in der stand, dass die Miete bis zum Ende des Monats bezahlt sei. Wenn sie die Wohnung räume, solle sie dem Concierge den Schlüssel übergeben.

Hier Arbeit zu finden, war einfach: Shanghai hat einen unersättlichen Appetit auf junge Frauen, die bereit sind, für Geld zu tanzen – und noch anderes zu tun. Kitty nimmt sich ein Kosmetiktuch und wischt sich ein Körnchen getrocknete Mascara aus dem Augenwinkel. Aus dem Saal hört sie die letzten Klänge des langsamen Songs, dem ein lebhafterer Foxtrott folgt. Sie schlüpft wieder in ihre Schuhe, schiebt sich ein wenig Watte zwischen Ferse und Leder, um den Druck auf eine Blase zu mildern, und kehrt zum Tanzen nach draußen zurück.

Um kurz nach vier Uhr morgens tritt sie aus dem *Del Monte* und macht sich auf den fünfzehnminütigen Heimweg zu ihrem möblierten Zimmer über Madame Lings Kaufhaus in der Szechuan Road. Es ist der Höhepunkt der Mond-Neujahrsfeiern, und auf der Avenue Haig wimmelt es von Menschen. Die beißende Kälte scheint niemanden zu stören, aber sobald sie in eine schmale Seitenstraße einbiegt, wird es dunkel. Nur hier und da liegen ein paar zusammengerollte Gestalten auf dem Boden. Der Wind ist messerscharf, und sie zittert. Sie hat zu viel getrunken und verflucht ihre Schuhe, weil sie auf dem holprigen Pflaster stolpert. Den Mantel hält sie mit der Hand eng zusammen. Einige der anderen Tänzerinnen sind zu einer Bar in der Rue Maresca weitergezogen und haben sie eingeladen, sich ihnen anzuschließen, doch sie hat abgelehnt. Sie hat Kopfschmerzen, ist erschöpft und will einfach nur noch ins Bett.

Vor ihr entsteht ein Gedränge, und sie bleibt stehen und beobachtet einen Zug kleiner Kinder, die mit einem schweren, scheuernden Seil an den Hälsen aneinandergefesselt sind. Sie werden von zwei Männern mit Stöcken durch die blau bemalte Tür eines Lagerhauses geführt. Die Kinder sehen aus, als wären sie ganz steif vor Erschöpfung. Kitty denkt mit Schrecken daran, wohin sie wohl unterwegs sind – hoffentlich in eine Fabrik und nicht in ein Bordell. Sie presst ihre Handtasche an sich. Letzten Monat hat sie zweihundertfünfzig Dollar verdient. Das ist nur ein Bruchteil des Geldes, das sie für eines dieser wunderschönen Kleider ausgegeben hat, Kleider, die sie eines nach dem anderen verkaufen musste, bis es ihr gelang, beim *Del Monte* einen festen Vertrag zu bekommen. Nur ein einziges Kleid hat sie aufgehoben – das rot-goldene Chiffonkleid. Sie hat es über Monate hinweg aufbewahrt und lieber auf eine warme Mahlzeit verzichtet, als sich davon zu trennen. Natürlich ist das abergläubischer Unsinn, aber solange sie im Besitz dieses einen schönen Kleides ist, besteht Hoffnung, dass ihre Lage sich bessert. Sie erträgt es nicht, die Zeitung zu lesen. Sie weiß nur eines: Seit die Japaner in den Krieg eingetreten sind und die gesamte Stadt besetzt haben, ist ihre Chance auf ein Entkommen kleiner denn je zuvor.

Auf der gegenüberliegenden Straßenseite erklingen die Stimmen von Betrunkenen. Sie geht schneller, bleibt aber mit dem Absatz zwischen zwei Pflastersteinen hängen und stürzt beinahe. Während sie sich mit einem Arm an einem Gebäude abstützt, streift sie ihren Schuh vom Fuß und untersucht den Absatz. Er ist nicht abgebrochen. Dafür kann sie immerhin dankbar sein, denkt sie, doch in diesem Augenblick wird sie von hinten gepackt. Zwei kräftige Hände halten ihre Arme fest, sodass sie erneut beinahe das Gleichgewicht verliert. Sie wird in eine finstere, stinkende Seitengasse gezerrt. Dann lockern die Hände, die sie gepackt halten, ihren Druck ein wenig, und Kitty fährt tretend, kratzend und schreiend herum. Sie hat von den Entführungen gehört und versteht, wie Hunger und Verzweiflung in Skrupellosigkeit umschlagen können. Sie weiß, dass ein Menschenleben an diesem Ort alles oder gar nichts wert sein kann. Schrecken erfasst sie. Sie lässt die Handtasche fallen, versetzt ihrem Angreifer einen Schlag ins Gesicht, packt den Stoff seiner Jacke – er ist allein, vielleicht hat sie also eine Chance – und spürt, wie ihr Fingernagel abbricht. Schmerz schießt durch ihre Hand. Der Mann packt sie am Haar und zieht ihren Kopf so heftig zurück, dass ihr der Atem stockt.

«Schlampe», sagt er auf Deutsch und kommt ihr mit dem Gesicht so nahe, dass sie seinen stinkenden Atem riecht. «Du Schlampe», wiederholt er. Mit Mühe erkennt sie das Gesicht. Ein Kunde, der letzten Monat im *Del Monte* Hausverbot bekam, nachdem sie sich über ihn beschwert hat. Er lässt ihr Haar los, legt ihr die Hand um die Kehle und schlägt sie mit dem Hinterkopf gegen die Wand. Dieses Geräusch – ein dumpfes Rumsen – bewirkt viel mehr als der darauf folgende Schmerz, dass sie die Kontrolle über ihre Blase verliert. Einen Moment lang kann sie sich nicht bewegen und spürt, wie die warme Flüssigkeit ihr an der Innenseite der Beine entlangrinnt. Aber er bemerkt es entweder nicht, oder es ist ihm gleichgültig. Er hantiert mit der einen Hand an seinem Hosengürtel und packt sie mit der anderen noch fester um die Kehle. Sie versucht zu schlucken, kann nicht, gerät in Panik, will schreien, aber ihre Kehle ist dicht. Die Finsternis um sie herum färbt sich rot. Sein Atem kommt in rauen, erregten Stößen. Dann verhakt sich seine Gürtelschnalle, und er löst die Hand von ihrer Kehle. Sie wird niemals recht wissen, woher sie die Kraft dazu nahm, aber sie schafft es – sie wirft sich gegen ihn, er stolpert rückwärts, und sie hechtet zum Ausgang der Gasse, stolpert, fällt und krabbelt schließlich auf allen vieren zur Straße. Einen Moment später ist er auf ihr drauf. Sie bricht unter seinem Gewicht zusammen. Die Luft wird aus ihrer Lunge gepresst.

«He!»

Ein Ruf. Eine Männerstimme. Sie öffnet den Mund zum Schreien, doch es kommt nur ein Wimmern heraus.

«He, Sie!» Jetzt lauter und näher. Schritte kommen heran.

Sie kann nicht aufblicken. Ihre linke Wange wird auf den eiskalten Boden gepresst. Sie riecht Schlamm, Öl und Fäkalien. Plötzlich aber lässt der Druck nach, und sie bekommt wieder Luft. Sie sieht die Schuhe ihres Angreifers, sieht, dass er mit dem Fuß ausholt, um sie zu treten, aber er verliert das Gleichgewicht und versetzt ihrem Oberschenkel nur einen sanften Stoß, bevor er davoneilt.

«Ist alles in Ordnung?» Der andere Mann, der Mann, der gerufen hat, hilft ihr auf die Beine. «Ich habe gesehen, wie er über Sie herfallen wollte, und ich ... hier, nehmen Sie das hier.» Er reicht ihr ein unglaublich weiches, sauberes Taschentuch. Sie nimmt es mit zitternder Hand entgegen.

«Danke», sagt sie und wischt sich die linke Seite ihres Gesichts ab. Das Schlucken tut ihr weh.

«Sind Sie sicher, dass mit Ihnen alles in Ordnung ist?», fragt er und streckt den Arm aus, um sie an der Schulter zu berühren, zieht ihn aber vorher zurück.

Kitty zittert. «Ich ... ich weiß es nicht.» Dann: «Meine Handtasche. Ist meine Handtasche irgendwo?»

Der Mann geht an ihr vorbei und schaut sich im Dunkeln um. «Ja, da liegt sie», sagt er, beugt sich vor und hebt sie vom Boden auf. «Ich sollte Ihnen ein Taxi besorgen. Müssen Sie ins Krankenhaus?»

Sie schüttelt rasch den Kopf. «Nein. Nein. Ich möchte einfach nur ...» Plötzlich ist ihr schlecht. Während sie sich nur Sekunden vorher noch vollkommen nüchtern fühlte, wird sie jetzt von ihrer Trunkenheit überwältigt. Sie hat ein Hämmern im Kopf, und alles dreht sich um sie.

«Hier, nehmen Sie meinen Arm. Bitte.» Er hält ihr den Ellbogen hin und führt sie zur Hauptstraße. Sie bleibt stehen und blickt von links nach rechts. Mehrere Autos fahren vorbei; ein wenig weiter entfernt schmettert eine Gruppe junger Männer Lieder.

Der Mann wirkt ratlos; die Autorität, mit der er sie gerettet hat, ist plötzlich verschwunden. Er wendet sich Kitty zu. «Soll ich Sie zu einer Polizeiwache begleiten?», fragt er. Sein Atem bildet ein weißes Wölkchen in der Luft.

Sie schüttelt den Kopf. Ihr Körper fühlt sich vollkommen

kraftlos an. Sie weiß nicht, wie lange sie sich noch auf den Beinen halten kann. «Das führt zu nichts. Er ist längst weg. Und», sie klopft mit einer bebenden Hand auf ihre Handtasche, «er hat es nicht geschafft, mich zu bestehlen.»

«Sie zittern ja», sagt er. «Wir winken besser ein Taxi heran, damit es Sie heimbringt.»

Er streckt den Arm aus, und wundersamerweise hält ein Taxi neben ihnen. Das Letzte, woran Kitty sich erinnert, ist, dass sie einsteigt und dabei spürt, wie feucht und klebrig ihre Oberschenkel sind und wie eisig und nass der Rücken ihres Kleides. Und dass sie hört, wie der Mann neben ihr sagt: «Ich heiße Timothy Hamilton. Und wie lautet Ihre Adresse?»

Sie wacht von einem Rascheln auf, und als sie die Augen aufschlägt, blickt sie in ein dunstiges Mittagslicht. In ihrem Kopf hämmert etwas, und ihre Kehle ist wund. Sie liegt in einem großen Zimmer in einem Queensize-Bett, dessen Bettdecke und Kopfkissen mit weißer, duftender Wäsche bezogen sind. An den Wänden hängen Aquarelle, blasse chinesische Landschaften in Grün-, Blau- und Rosatönen. An der gegenüberliegenden Wand steht eine große, rötlichbraune, auf Hochglanz polierte Kommode und darauf wiederum eine Sammlung von Jadefigürchen, die von innen heraus zu leuchten scheinen. Kitty hebt den Kopf und erhascht einen Blick auf den schwarzen Zopf einer nach draußen eilenden Frau. Von dort, wo Kitty liegt, vernimmt sie aufgeregtes Geplapper, gefolgt von der Stimme eines Mannes. Dieselbe Stimme wie gestern Nacht (Wie hieß er noch? Sie erinnert sich unbestimmt daran, dass er sich vorgestellt hat.), aber mit einer Stimmführung, die sie verwirrt, bis sie begreift, dass er Chinesisch spricht. Es klopft leise an der Tür.

«Ja?», ruft Kitty. Das Sprechen tut ihr weh. Die Tür geht erneut auf, langsam.

«Huìqín sagt, dass Sie wach sind.» Der Mann tritt einen Schritt ins Zimmer. «Wie fühlen Sie sich?»

Kitty setzt sich auf und zieht die Bettdecke um sich. «Wo bin ich?»

«Gestern Nacht haben Sie im Taxi das Bewusstsein verloren. Ich wusste nicht ...» Er kommt näher und legt die Hand um das Bettgestell. Er hat kurzes sandbraunes Haar und ein fein geschnittenes Gesicht, allerdings ist seine Nase vielleicht ein wenig zu schmal. Kitty sieht Hunderte von blassen Sommersprossen auf seiner Haut, er hat einen Teint, der die Sommer in Shanghai ganz besonders schlecht verträgt. «Ich habe Sie gefragt, ob ich Sie ins Krankenhaus bringen soll, aber Sie haben darauf bestanden, dass mit Ihnen alles in Ordnung ist. Dann haben Sie das Bewusstsein verloren, und ich wusste nicht recht, was ich tun sollte. Es war davon auszugehen, dass die Krankenhäuser am chinesischen Neujahrstag überfüllt sind ...» Er räuspert sich und schiebt die Hände in die Hosentaschen. «Ich kann jetzt einen Arzt rufen, wenn Sie möchten.»

«Nein, ich ... ich denke, alles ist okay.» Sie dreht den Kopf von einer Seite zur anderen, hebt die Knie und lässt sie wieder sinken. Eine leichte Übelkeit in der Magengrube, das ist alles. «Es ist nichts gebrochen.»

«Und Ihr Gesicht?»

«Oh», sagt sie und führt eine Hand zur Wange. Sie spürt eine Schürfwunde, die bei der Berührung wehtut. «Nur ein Kratzer. Das ist nichts.»

Er tritt einen Schritt zurück. «Hätten Sie gern einen Kaffee? Oder einen Tee? Haben Sie Hunger? Ich kann den Koch bitten, ein kleines Frühstück für Sie zu bereiten.»

Sein Englisch ist klar und deutlich artikuliert. Er ist gut gekleidet, wie ihr auffällt, teuer: ein blauer Pullover mit V-Ausschnitt und eine in Senfgelb und Blau gemusterte Krawatte. Erst jetzt wird ihr bewusst, dass jemand sie ausgezogen haben muss. Sie trägt ein weißes Nachthemd, das jemand anderem gehört.

Er scheint ihre Gedanken zu lesen. «O nein», sagt er rasch. «Huìqín, das Dienstmädchen, hat Ihnen aus den Kleidern geholfen. Ich habe nicht ...» Er verstummt, zieht den Kopf ein wenig ein und streicht sich mit der Hand durchs Haar. Er errötet.

Sie empfindet einen eigenartigen Drang, ihm die Verlegenheit zu nehmen. «Ein Kaffee wäre schön», sagt sie.

«Gut.» Er nickt rasch. «Ich schicke Ihnen Huìqín mit Ihren Kleidern herein. Sie sind frisch gewaschen.»

Jetzt errötet Kitty. «Danke», murmelt sie.

Er wendet sich zum Gehen, sagt dann aber: «Ich heiße übrigens Timothy. Timothy Hamilton. Ich weiß nicht mehr, ob ich mich vorgestellt hatte.»

«Ich bin Kitty Blume», sagt Kitty. «Freut mich, Sie kennenzulernen.»

Sie sitzen einander an einem runden Tischchen gegenüber, das in einem Erker steht. Durch das Fenster kann Kitty auf einen Hof hinaussehen und dann weiter in eine Gasse, die zu einer großen Straße führt. Alles ist von einem feinen Nebelschleier verhangen: der Boden, die kümmerlichen Büsche, die den Hof säumen, und die beiden Fahrräder, die an der Wand des gegenüberliegenden Hauses lehnen.

«Letzten Winter hat es geschneit», erzählt Timothy. «Es war der erste Schnee, den ich hier je gesehen habe.»

Kitty setzt ihre Kaffeetasse ab, hält aber die Hände darumgelegt, um sie zu wärmen. Sie erinnert sich an den Schnee: Er war dürftig – ohne jede Tiefe. Wie alles hier, denkt sie mit einem Anflug von Heimweh, alles ist eine jämmerliche, flache Imitation des Eigentlichen. Ihr wird von innen her kalt, obgleich das Zimmer von einem elektrischen Kamin angenehm beheizt wird.

Ein chinesisches Dienstmädchen tritt ein. Sie ist jung und sehr hübsch. Ihr langer Zopf erinnert Kitty an das Mädchen, das bei Marcel Chang arbeitet.

«Sie bleiben zum Frühstück?», fragt Timothy Kitty.

Sie nickt; wenn sie jetzt nur Kaffee trinkt, wird ihr für Stunden schlecht sein.

«Gut», sagt Timothy mit einem Lächeln. «Ich kann ebenfalls nicht mit leerem Magen in den Tag starten.»

Er wendet sich dem Dienstmädchen zu und sagt etwas auf Chinesisch. Sie verschwindet wieder durch eine Tür.

«Wo ich herkomme, geht der Schnee im Winter bis hier», erzählt Kitty und hält ihre Hand einen Meter über den Boden. «Das ist sehr schön.»

«Wo ist das?»

«Wien», antwortet sie und deutet auf ein Zigarettenetui, das auf dem Tisch liegt. «Darf ich?»

Timothy bietet ihr eine Zigarette an und beugt sich vor, um sie ihr anzuzünden.

«Sie haben mir noch immer nicht gesagt, wo ich mich befinde», bemerkt sie und stößt einen Schwall Rauch aus.

«Natürlich. Richtig. Wir sind in meiner Wohnung an der Bubbling Well Road. Tut mir leid. Hoffentlich haben Sie sich keine Sorgen gemacht, ich könnte so jemand sein, der ... so eine Art ...» Ihm scheinen die Worte zu fehlen.

«Nein.» Sie lächelt ihn an. «Danke. Für Ihre Hilfe gestern Nacht.»

Er schaut einen Moment lang verwirrt. «Aber das war doch selbstverständlich! Dafür brauchen Sie sich nicht zu bedanken. Wirklich. Es tut mir nur leid, dass ich den Mann, der Sie überfallen hat, nicht besser gesehen habe.»

Kitty lässt den Blick über den Tisch gleiten.

«Aber wenn Sie mir diese Bemerkung gestatten», fährt er fort. «Es ist nicht wirklich ratsam für eine junge Frau wie Sie, nachts allein unterwegs zu sein.»

«Ich war tanzen», erwidert sie mit einem angespannten Lächeln. Das entspricht ja durchaus der Wahrheit. Aus irgendeinem Grund – vielleicht wegen seiner etwas ungelenken Art, einer altmodischen Schüchternheit – kommt es ihr nicht richtig vor, ihn anzulügen. Sie wendet sich ab und schaut erneut aus dem Fenster.

Ihre Gedanken werden von dem Dienstmädchen unterbrochen, das zwei Teller auf den Tisch stellt. Kitty drückt ihre halb gerauchte Zigarette aus und blickt auf ihren Teller hinunter: zwei Spiegeleier, Bacon, Würstchen, Bohnen in einer rötlichen Sauce und eine Scheibe Toastbrot. Sie schnuppert vorsichtig. Das also essen die Engländer zum Frühstück? Sie greift nach Messer und Gabel. Sie hat Heißhunger, und auch wenn ihr die Speisen auf dem Teller als erste Mahlzeit des Tages ziemlich eigenartig vorkommen, greift sie zu und hat ein paar Minuten später ihren Teller geleert.

«Sie hatten Hunger!», sagt Timothy. Er hat seine halbe Mahlzeit noch vor sich stehen.

Sie lächelte statt einer Antwort und wischt sich die Mundwinkel. Jede Übelkeit, die sie beim Aufwachen gespürt haben mag, ist verschwunden. Vielleicht sollte sie öfter so ein warmes, kräftiges Frühstück verspeisen. Wenn sie es sich leisten könnte.

«Sind Sie schon lange in Shanghai?», fragt Timothy und bestreicht sich ein zweites Stück Toast mit Butter.

Eine Ewigkeit, würde sie am liebsten sagen, doch stattdessen antwortet sie: «Ungefähr zweieinhalb Jahre. Ich bin meines Verlobten wegen hergekommen. Aber ich glaube nicht, dass ich noch viel länger bleiben werde.»

«Das habe ich unmittelbar nach meiner Ankunft auch gesagt.» Er wirft ihr ein strahlendes Lächeln zu, das ihn unerwartet jungenhaft aussehen lässt. «Das ist jetzt fünf Jahre her.» Er beißt in seinen Toast.

«Habe ich Sie Chinesisch sprechen hören?»

Er nickt und schluckt. «Genau genommen Shanghainesisch. Ich dachte, ich sollte mir die Mühe machen. Die Grammatik ist eigentlich nicht so schwierig. Wirklich aufpassen muss man allerdings auf die Tonhöhenunterschiede. Aber ich finde die Sprache sehr schön.»

Er wischt sich ein paar Krümel von den Mundwinkeln und schaut aus dem Fenster. «Ich hoffe wirklich, dass das Wetter bald besser wird. Nächsten Monat erwarte ich meine Verlobte Madeleine. Ich glaube nicht, dass sie auf diese Kälte gefasst sein wird. Ich denke, sie hat eine ganz andere Vorstellung von der Stadt – warm und exotisch, wissen Sie?»

«Es wird ihr hier bestimmt gefallen.»

Timothy runzelt die Stirn. «Das hoffe ich.»

Kitty trinkt ihren Kaffee aus. «Ich gehe jetzt besser mal», sagt sie und steht auf.

Timothy erhebt sich mit ihr zusammen. «Kann ich Ihnen anbieten, Sie irgendwo hinzufahren?»

«Das ist sehr nett, aber nein danke. Ein wenig frische Luft wird mir guttun.»

«Natürlich.» Timothy kommt um den Tisch herum und zieht ihren Stuhl heraus.

Kitty blickt sich um. «Oh. Ich habe, glaube ich, meine Handtasche im Schlafzimmer liegenlassen.»

«Moment, ich sage Huìqín, dass sie sie holen soll.»

Kitty tritt einen Schritt vor. «Nein, das ist nicht nötig. Ich weiß, wo die Tasche hängt.»

Im Schlafzimmer ist das Bett inzwischen gemacht, und die Vorhänge sind zurückgezogen. Kittys Handtasche hängt an einer Stuhllehne. Sie holt ihren Klappspiegel heraus und überprüft ihre Frisur. Gut genug, beschließt sie. Auf dem Weg nach draußen kommt sie an der Kommode vorbei, auf der die Jadefigürchen stehen. Sie streckt die Hand aus, um eines zu berühren, und stellt sich vor, es werde so warm sein wie sein schimmernder Glanz, doch es ist kalt und hart. Rasch, fast als wäre es ihr jetzt erst eingefallen, nimmt sie eines von ihnen weg – eine kleine Drachenstatue – und steckt es in ihre Handtasche. Dann eilt sie aus dem Raum, um sich zu verabschieden.

ESTHER

Eines Nachmittags Anfang März, als der Himmel wieder einmal seine Schleusen für einen grauen, nicht enden wollenden Regenschauer geöffnet hat, wartet Esther ungeduldig darauf, dass Aaron von einem Schrottplatz im Stadtbezirk Yangpu zurückkehrt, wo er billige Ersatzteile gesucht hat. Als Reparatur-Handwerker spürt er, dass die Rücklagen der Flüchtlinge dahinschwinden, und sie schaffen es nur mit Müh und Not, die Miete zusammenzukratzen. Der kalte Winter ist nahtlos in ein nasses Frühjahr übergegangen, und die Kohlerationierung sorgt in Verbindung mit dem Mangel an Nahrung dafür, dass die Tage sich endlos hinziehen. Aber heute hat Esther endlich einmal selbst eine gute Nachricht.

Als Aaron zu Hause eintrifft, lächelt er. Offensichtlich war sein Ausflug erfolgreich. Er schüttelt den Regen ab und schlüpft in trockene Kleidung. Dabei erzählt er ihr von den verschiedenen Teilen, die er gefunden hat, und berichtet, wie er den Schrotthändler auf drei Dollar für ein paar Kupferkabel und Aluminiumblechteile heruntergehandelt hat.

Esther kocht eine Kanne Tee und wartet darauf, dass er seinen Bericht beendet. «Das ist großartig», sagt sie, als er sich die Hände gewaschen und hingesetzt hat.

Er blickt sich um. «Wo ist Anni?»

«Nebenan bei Lí Mà.» Lí Mà ist die Tochter der chinesischen Nachbarn und Annis neue beste Freundin. Obwohl ihnen eine gemeinsame Sprache fehlt, sind die beiden Mädchen unzertrennlich und verbringen die meisten Nachmittage mit Spielen, die Esther zwar nicht begreift, die aber viel Gekicher und Gekreische hervorrufen. Sie lächelt geistesabwesend.

Aaron wirft ihr einen fragenden Blick zu. «Was ist los? Du siehst sehr zufrieden aus.»

Sie lächelt und schenkt Tee ein. «Ich hatte ein Vorstellungsgespräch», erzählt sie. «Bei den Sterns, du weißt schon, dort war ich mit Anni zum Impfen. Sie suchen jemanden für den Empfang. Beide sind Ärzte, und sie sagten, es gebe noch eine Kandidatin, doch da ich mich auf Buchhaltung verstehe, hielten sie mich für eine gute Wahl. Heute Morgen haben sie mir die Stelle dann tatsächlich angeboten. Sie können nicht viel bezahlen, aber alles hilft, oder? Und ich habe ohnehin den Tag über wenig zu tun.» Ihre Stimme überschlägt sich. Aus irgendeinem Grund ist sie befangen.

Aaron antwortet nicht sofort. Als er spricht, klingt seine Stimme verhalten. «Du hast also Geheimnisse vor mir.»

Sie runzelt die Stirn. Warum freut er sich nicht? «Ich wollte wohl kein Pech heraufbeschwören.» Sie versucht zu lächeln, doch seine Miene ist ernst. «Ich werde schon lange genug von dir ausgehalten», fügt sie leichthin hinzu.

Aaron schweigt erneut. Er starrt auf seine dampfende Teetasse hinunter und lässt zu, dass das Schweigen sich in die Länge zieht.

«Wir sollten heiraten», sagt er endlich. «Dann wärst du keine ausgehaltene Frau mehr. Sondern *meine* Frau.» Er steht auf, und nun ist er wieder besserer Laune. «Das meine ich ernst, Liebling. Ich mache mir noch immer Hoffnungen auf die Stelle im Franzosenviertel, und wenn daraus etwas wird, könnten wir heiraten, von hier wegziehen ...» Er blickt sich in dem kleinen Zimmer um. «Du würdest nicht arbeiten müssen, ich könnte Anni adoptieren ...»

«Aaron», sagt sie leise. Sie stellt die Teekanne ab. «Aaron, ich ...»

«Was denn?»

Sie holt tief Luft und überlegt, was sie als Nächstes sagen soll. Sie hat es vollkommen falsch angefangen. Wenn sie vielleicht bis nach dem Essen gewartet hätte, um ihm von dem Stellenangebot zu erzählen ... aber er war so strahlender Laune, als er hereinkam, dass es ihr wie der perfekte Moment erschien. Und jetzt ... das. Sie streckt die Hand aus und berührt ihn am Ärmel.

Er zieht seinen Arm weg. «Du hast nie auf meine Briefe geantwortet», sagt er.

Da also liegt das Problem! Das Blut steigt ihr ins Gesicht. All diese Zeit haben sie es vermieden, darüber zu reden. Über Carls Tod, über die Briefe, die Aaron ihr geschrieben und die sie übergangen hat, weil es nichts gab, was sie hätte sagen können. Die Schuldgefühle wegen Carls Tod waren die Strafe für ihren Betrug. Diese Schuldgefühle waren stark genug, sie all die Zeit von einer Begegnung mit Aaron abzuhalten.

Der Regen draußen fällt immer heftiger und erzeugt ein prasselndes Geräusch auf dem Schotter. Aaron stößt die Luft aus.

«In jener Nacht ... hast du mir gesagt, dass du mich liebst.»

Sie wendet sich ab. Sie möchte nicht darüber reden. War nicht er derjenige, der gesagt hat, man solle die Vergangenheit ruhen lassen?

«Du hast gesagt, dass du mich liebst», wiederholt er. «War das eine Lüge?»

Ihre Hände zittern. Sie verflicht die Finger, um ihnen Halt zu geben. «Carl hat es herausgefunden», sagt sie. «Er wusste, dass ich in jener Nacht bei dir war. Ich weiß nicht, wie er dahintergekommen ist, aber er hätte niemals dort sein sollen. Er ...»

«Aber Unfälle kommen nun einmal vor. Sein Tod war nicht deine Schuld.»

«Doch, natürlich war er das! Wenn ich nicht ... wenn wir nicht ...» Sie zieht die Luft scharf ein. «Er hätte niemals dort sein sollen.» Ihre Kehle ist wie zugeschnürt, die Schuldgefühle pressen ihr erneut den Atem ab. «Er lag im Sterben, als sie ihn nach Hause brachten. Wir dachten, er würde sich wieder erholen. Aber er hat die Nacht nicht überlebt.»

Aaron legt ihr die Hand auf die Schulter. Sie schüttelt sie mit einem Schulterzucken ab.

«Deshalb habe ich deine Briefe nicht erwidert. Ich konnte dir nicht in die Augen sehen, nicht nach dem, was passiert war. Nicht nach dem, was ich getan hatte. Ich habe einen Fehler begangen.»

«*Ich* war ein Fehler?»

«Du weißt, was ich meine.»

Beide schweigen eine Weile. Dann sagt Aaron: «Warum hast du ihn geheiratet, Esther?»

Wie aus dem Nichts steigt etwas von ihrem alten Zorn in ihr auf. «Du hast mich sitzenlassen und bist ohne mich nach Paris abgedampft!»

«Für sechs Monate! Das Stipendium war eine einmalige Chance, das weißt du. Und du hast nicht lange gebraucht, um mich zu ersetzen, oder?»

«Ich war wütend und verletzt. Und Carl ...»

«Was ... Carl?»

«Carl war da. Du nicht.» Sie hört, wie bockig sie klingt, aber es stimmt. Damals stimmte es.

Aaron streicht sich mit der Hand durchs Haar. «Hast du ihn geliebt?»

«Ja. Nein. Ich meine ...» Wider Willen beginnt sie zu weinen. «Er hat nicht verstanden, wie schlecht es mir nach Annis Geburt ging. Er hielt mich für selbstsüchtig, wenn ich ihm kein Essen kochte und seine Strümpfe nicht stopfte. Dabei habe ich es kaum aus dem Bett geschafft, um Anni zu stillen. Weißt du, was er gesagt hat? Er sagte, wir sollten ein zweites Kind bekommen!» Sie schnaubt und stößt ein verärgertes Lachen aus. «Er sagte, das würde mich in die Gänge bringen. Und ich habe ihn am Ende dafür gehasst. Aber ... aber ich wollte nicht, dass er stirbt!»

«Natürlich nicht. Das weiß ich. Es war ein Unfall, Esther.»

Am Himmel ertönt ein leises Grollen, dann poltert ein Donnerschlag. Er übertönt alle anderen Geräusche. Aaron rückt näher und legt die Arme um sie.

Sie flüstert an seiner Schulter: «Manchmal erscheint es mir unmöglich, meine Scham zu ertragen.» Sie wünschte, er könnte ihre Worte nehmen und sie wegschleudern.

An einem angenehm warmen Maiabend empfängt Victor Stern Esther, Aaron und Anneliese mit offenen Armen in der Tür.

«Willkommen», sagt er. «Wir freuen uns sehr, dass Sie kommen konnten.»

Die Einladung zum Abendessen war eine schöne Überraschung, da die Sterns ihr Privatleben sorgfältig abschirmen, außerhalb der Sprechzeiten keine Geselligkeit mit den Patienten pflegen und die gelegentlich angebotenen Geschenke ablehnen. Victor und Helene Stern sind beide Fachärzte für Dermatologie – sie führten einmal eine gutgehende Praxis in Deutschland –, doch inzwischen sind sie Spezialisten für alles, von Erkältungen über entzündete Moskitostiche, Diabetes und Durchfall bis zum Einrichten einfacher Brüche und Zähneziehen. Auch nach mehreren Monaten an der Empfangstheke erfüllt das, was im Behandlungszimmer vor sich geht, Esther noch immer mit Unbehagen.

«Danke für die Einladung», sagt sie, als Helene sie durch die Tür hereinführt. Anneliese rennt ihnen voraus.

«Anni!», ruft Esther, doch Helene schüttelt den Kopf.

«Das ist in Ordnung», sagt sie. «Wir waren doch alle einmal klein.» Wie Esther hat auch Helene sich mit ihrer Aufmachung Mühe gegeben. Sie trägt ihr silberfarbenes Haar in einem ordentlichen Knoten, und ihr grünes Kleid aus Baumwoll-Voile ist gebügelt. Esther wirft einen etwas entmutigten Blick auf Aaron in seinem nicht mehr ganz weißen Hemd und der weiten Hose. Seine abgenutzte Ledertasche hat er sich über die Schulter gehängt. Aber wenigstens trägt auch Victor Stern keine Krawatte.

«Schön, dass Sie es einrichten konnten, so kurzfristig zu kommen», sagt Helene und nimmt Esther den Mantel ab.

Esther wendet sich Aaron zu. «Das ist Aaron. Aaron Beutler.»

Aaron schüttelt erst Helenes Hand und dann Victors. «Freut mich, Sie kennenzulernen, Herr Dr. Stern.»

«Oh, sagen Sie doch bitte Victor und du. Und Helene.» Er deutet mit einer Kopfbewegung auf seine Frau und fügt mit einem Lächeln hinzu: «Zu Hause sind wir keine Ärzte, ich hoffe also sehr, dass du mich jetzt nicht bittest, nach einem sonderbaren Ausschlag zu schauen oder so.»

Als Aaron nichts erwidert, stößt Esther ein Lachen aus, das lauter als nötig ist. Sie musste ihn praktisch anflehen, heute Abend mitzukommen. Sie hat eine neue und unangenehme Seite an ihm kennengelernt – finstere Stimmungstiefs, die ihr Zuhause für Tage verschatten. Vielleicht wäre es besser gewesen, ohne ihn zu kommen. Doch dann überrascht er sie.

«Ich habe euch etwas mitgebracht», sagt er und nimmt zwei Flaschen Rotwein aus seiner Tasche. «Er ist koscher. Ich habe ihn von einem Freund in der Synagoge bekommen.»

Esther sieht ihn verwundert an, doch Helene schenkt ihm ein strahlendes Lächeln.

«Danke! Wie aufmerksam von dir. Und jetzt kommt doch bitte herein.»

Sie gehen durch das Behandlungszimmer zu einer Tür in der hinteren Wand. Der Raum dahinter, das Wohnzimmer der Sterns, ist größer, als Esther erwartet hat, und geschmackvoll eingerichtet. Zwei Sessel und ein Sofa, ein Bücherregal und an der Wand mehrere gerahmte Fotografien. Ein für fünf Personen gedeckter Esstisch steht dicht bei der Wand. Die Möbel sind natürlich abgenutzt und alt, und niemandem können die feuchten Flecken in den Ecken des Zimmers entgehen, aber es ist gemütlich und einladend. Am besten aber ist der Duft, der aus einem kleinen Raum dahinter hereinzieht. Es riecht nach Fleisch, ganz eindeutig nach Fleisch.

Sie setzen sich an den Tisch, und Helene zündet die Kerzen an.

«So. Es soll hier nicht zu förmlich zugehen.» Sie zuckt entschuldigend mit den Schultern. «Hoffentlich habe ich alles richtig gemacht.»

«Helene ist Christin», sagt Victor und schenkt jedem ein Glas Wein ein.

«Das wusste ich nicht», erwidert Esther.

Victor nickt. «Die wenigsten wissen davon. Wir hängen es nicht an die große Glocke.» Er hält inne. «Ich habe versucht, unbemerkt an Bord des Schiffs zu gehen, aber sie hat darauf bestanden, mich nach Shanghai zu begleiten.»

«So einfach wirst du mich nicht los», sagt seine Frau. Sie lächeln sich über den Tisch hinweg an, doch es ist ein trauriges Lächeln. Dann steht Helene auf, geht in den hinteren Raum und kommt gleich darauf mit einem großen Topf zurück.

Der Duft wird stärker, und Esther läuft das Wasser im Mund zusammen. «Das riecht köstlich, Helene.»

«Was ist es?», fragt Anneliese misstrauisch. In letzter Zeit ist sie beim Essen ärgerlich heikel geworden.

Esther wirft ihr einen scharfen Blick zu. «Sei nicht unhöflich, Anni.»

«Oh, keine Sorge», sagt Helene. «Schau, Anni, ich gebe nur ganz wenig auf deinen Teller, damit du es probieren kannst. Wenn du es nicht magst, brauchst du es nicht zu essen. Dann haben wir anderen mehr davon.»

Sie schöpft eine winzige Menge auf Annelieses Teller. Das Mädchen greift mit noch immer abweisender Miene nach seiner Gabel und kostet.

«Und? Ist es gut?», fragt Helene.

Anneliese nickt. Ihr Gesicht verzieht sich zu einem breiten Lächeln. «Bitte mehr.»

Die Erwachsenen lachen, und dann stößt Helene einen

leisen Laut aus. «Sollten wir nicht, ich weiß nicht, das Essen zuerst segnen? Victor?» Sie wendet sich an Esther und Aaron. «Bitte verzeiht, wenn ich etwas falsch mache. Ich dachte einfach nur ... in Zeiten wie diesen könnte es tröstlich sein, sich an ein paar alten Ritualen festzuhalten. Selbst wenn es nicht die meinen sind.»

Victor lacht. «Derart gutes Essen muss nicht gesegnet werden. Und jetzt», er bedeutet seiner Frau mit einer Geste, sich zu setzen, «lass uns bitte essen, bevor es kalt wird.»

«Oh, unseretwegen brauchst du dir keine Sorgen zu machen», sagt Esther. «In der *shul* war Aaron zum letzten Mal zu seiner Bar Mizwa.» Sie lächelt ihn über den Tisch hinweg an, doch er blickt erst von seinem Teller auf, als er leer ist.

«Anneliese kommt bald in die Schule, oder?», fragt Helene.

Beim Klang ihres Namens hebt Anni ruckartig den Kopf.

«Im September», antwortet Esther lächelnd. «In die Kadoorie-Schule in der Kinchow Road. Sie kann es gar nicht erwarten.»

«Das ist eine jüdische Schule, oder?», fragt Helene.

Esther nickt.

«Ich finde es großartig, was die jüdische Gemeinschaft hier alles auf die Beine stellt», sagt Helene und steht auf, um den Tisch abzuräumen.

«Was bleibt uns für eine Wahl?», fragt Victor leise, als spräche er mit sich selbst.

Esther steht auf, um Helene zu helfen, doch die winkt ab. «Die Kleine kommt mir furchtbar müde vor», sagt sie und deutet mit einer Kopfbewegung auf Anni, die kaum die Augen offen halten kann.

«Es ist schon lange nach ihrer Schlafenszeit», antwortet

Esther. «Und ich kann mich nicht erinnern, wann sie zum letzten Mal so viel gegessen hat.»

Helene ergreift sanft ihre Hand. «Oh, aber geht doch nicht jetzt schon. Vielleicht kann sie auf dem Sofa schlafen.»

Esther sieht Anneliese an. «Möchtest du das, Herzchen?» Esther genießt den Abend weit mehr, als sie erwartet hat. Es wäre schade, so früh schon aufzubrechen. Anneliese nickt und lässt zu, dass ihre Mutter sie aufs Sofa legt. Minuten später ist sie eingeschlafen.

Das Gespräch am Tisch wendet sich der japanischen Besetzung und den daraus entstehenden Härten für die Flüchtlinge zu. Dem Hilfskomitee wurden aufgrund des *Trading with the Enemy Act* die Hilfsgelder aus den USA entzogen, und mehrere tausend Flüchtlinge, die meisten von ihnen Heimbewohner, leiden elenden Hunger. Esther weiß, dass die Sterns viele von ihnen kostenlos behandeln, fragt sich aber, wie lange sie sich das noch leisten können.

«Positiv ist immerhin, dass jetzt die Amerikaner mit in den Krieg hineingezogen worden sind ...», sagt Helene.

«Trotz heftiger Gegenwehr», wirft ihr Mann ein.

«Ja, aber da sie jetzt mitkämpfen, kann es doch nicht mehr allzu lange dauern», ihr Mund zuckt, «bis sie die Nazis besiegen und wir alle nach Hause zurückkehren können.»

«Nach Hause?», fragt Aaron mit harter Stimme.

Helene wendet sich ihm lächelnd zu. «Wir kommen aus Mannheim», sagt sie. «Und meine Familie ist natürlich noch da.»

Aaron stößt heftig die Luft aus. «Nichts würde mich dazu bringen, jemals in dieses Land zurückzukehren.»

Esther starrt ihn an. Sie weiß nicht, was sie mehr erstaunt, diese Aussage oder die Heftigkeit, mit der er sie vorbringt.

Ihr wird bewusst, dass sie nie, kein einziges Mal, darüber geredet haben, wohin sie gehen könnten – oder ob sie tatsächlich gemeinsam irgendwohin gehen werden. Helene räuspert sich, sagt aber nichts. Mehrere Minuten sitzen sie schweigend da.

«Aaron hat eine eigene Werkstatt», erzählt Esther endlich in dem Versuch, die peinliche Situation aufzulösen. «Er kann alles reparieren.»

«Ja», sagt Victor mit einem Blick auf Aaron. «Sein Ruf geht ihm voraus.»

In seiner Stimme schwingt etwas Sonderbares mit. Aaron muss es ebenfalls bemerkt haben, denn er setzt sich aufrechter hin.

Victor stößt die Luft aus. «Ich wurde letzte Woche zu einem Patienten gerufen. Er war gerade aus dem Bridge House entlassen worden.»

«Victor», sagt Helene. Sie schüttelt ganz leicht den Kopf. Victor legt die Hand auf ihre und drückt sie sanft. Dann fährt er fort:

«Ihr habt vom Bridge House gehört?»

Esther nickt. Wer nicht? Ein achtgeschossiges weißes Wohngebäude auf dieser Seite der Garden Bridge. Esther hat nur Gerüchte gehört, aber es wird gemunkelt, die Kempetai hätte es zu Hunderten von Kerkerzellen und Folterkammern umgewandelt. Wer dort landet – Leute unter Spionageverdacht, Geschäftsleute, Journalisten oder Kriminelle welcher Nation auch immer –, kann von Glück sagen, wenn er noch einmal lebend herauskommt.

Neben ihr murmelt Aaron: «Das Bridge House, ja.» Seine Lippen sind von dem süßen Rotwein befleckt, den er mitgebracht hat. Koscherer Wein?, denkt Esther. Wo hat er den wohl her? Keiner kann sich mehr etwas Koscheres leisten – abgesehen von den Jeschiwa-Studenten, aber die beziehen ihre Unterstützung aus ganz anderen Quellen. Sie wird ihn später danach fragen, auch wenn er sich wahrscheinlich nicht dazu äußern wird. Dann bemerkt sie, dass Victor immer noch redet.

«... Füße waren schwarz angelaufen.» Seine Hände ballen sich auf dem Tisch. «Schwarz. Das Fleisch schälte sich von ihnen. Sie hatten ihn geschlagen, versteht ihr. Hatten seine Fußsohlen mit Drahtenden und Eisenrohren geschlagen. Zwei Wochen lang ohne Unterbrechung, in Schichten. Und alles nur wegen seines Nachnamens: Schmidt. Der Mann, den sie suchten – er brennt illegalen Alkohol, furchtbares Zeug –, heißt Schmitz. Aber ich glaube, das war den Japsen eigentlich egal.» Seine Stimme zittert, als er mit seinem Bericht endet. Er trinkt hastig einen Schluck Wein.

«Wird er sich erholen?», fragt Esther.

«Nein.» Victors Stimme ist angespannt und hart. «Er wird sich nicht erholen. Ich würde mich wundern, wenn er diese Woche überlebt.»

Helene hat auf das Tischtuch gestarrt und hilflos mit ihrer Serviette hantiert. Jetzt hebt sie die Augen und wirft Esther einen entschuldigenden Blick zu. Esther lächelt verunsichert zurück. Inzwischen möchte sie nur noch, dass der Abend schnell endet, bevor er vollkommen verdorben ist. Sie öffnet den Mund, um sich bei den Sterns für das Essen und ihre Gastfreundschaft zu bedanken, doch Aaron spricht zuerst.

«Danke für die Warnung, Victor.» Er spricht mit fester Stimme. «Aber wir entscheiden uns dafür, zu überleben oder nicht.»

KITTY

Ich weiß, du da! Ich weiß!» Das Klopfen an der Tür geht rasch in ein Hämmern über. «Ich schlau, du hör?»

Kitty drückt ihre Zigarette aus und erhebt sich langsam vom Bett. «Ja, Madame Ling. Ich bin da. Sie sind wirklich schlau. Nur einen Moment, ich hole das Geld.»

Sie geht durch den Raum, ignoriert das Hämmern, das trotz ihrer Antwort anhält, und kniet sich vor der Holztruhe nieder, in der sie ihre Habe aufbewahrt. Sie kramt zwischen ihren Kleidern herum, nimmt das kleine Papierpäckchen mit dem gestohlenen Figürchen heraus, kehrt zu ihrem Bett zurück, schiebt es ein wenig zur Seite und hebt den abgetretenen Teppichläufer an, um an ein loses Bodenbrett heranzukommen. Sie hat die Verstecke immer wieder gewechselt, voll Angst, jemand könnte den Jadedrachen finden, bevor sie entschieden hat, was sie mit ihm tun soll. Sie wagt nicht, ihn mit ins *Del Monte* zu nehmen, wo er in kürzester Zeit aus der Umkleide verschwinden würde. Und ihn mit sich herumzutragen, wäre wiederum eine andere Dummheit – Shanghais Taschendiebe bilden eine ganz eigene Liga.

«Du nicht aufmachen jetzt, ich hol Schlüssel!», schreit die Stimme vor der Tür. «War gestern Ende von Mai. Du zahl Miete!»

«Ja, ich komme!», ruft Kitty zurück.

Das Figürchen zu verkaufen, wäre natürlich die klügste Option, aber ihr Gewissen, ihr *verdammtes* Gewissen, hat bisher die Oberhand behalten. Einmal hat sie es sogar zu einem Pfandleiher in der Nanjing Road geschafft, der ihr eine atemberaubend hohe Summe dafür bot, doch letzten Endes konnte sie ihm den Jadedrachen trotz seines Lamentierens und Lockens einfach nicht überlassen.

«Hier!» Sie reißt die Tür auf und streckt Madame Ling das fettige Bündel Geldscheine hin.

Die Sache raubt ihr den Schlaf: Nachts schläft sie mit dem Figürchen unter ihrem Kopfkissen, oder sie versucht zu schlafen. Warum hat sie es bloß mitgehen lassen? Sie ist eigentlich nicht habgierig, sie hat gerade genug für Essen und Miete. Aber dann ist es passiert, ein kurzer Moment, und nun denkt sie schon seit einer Ewigkeit darüber nach, wie sie das Figürchen zurückgeben kann. Sie kann nicht einfach zum Haus des Mannes gehen und sagen: «Oh, schauen Sie, was ich in meiner Handtasche gefunden habe. Ich habe keine Ahnung, wie es dort hineingekommen ist.»

Das hätte zur Not vielleicht am Tag nach dem Diebstahl funktionieren können, aber der liegt inzwischen schon Monate zurück. Es mit der Post zu schicken, es auf die Türschwelle zu legen oder sogar jemanden dafür zu bezahlen, dass er es anonym zurückgibt – all diese Ideen hat sie erwogen und verworfen. Und sie kann sich auch nicht dazu durchringen, es wegzugeben oder einfach wegzuwerfen. Sie ist nicht abergläubisch, aber manchmal hat sie das Gefühl, dieses harmlose Stückchen Jade sei ein Fluch.

Madame Ling zählt das Geld und stößt ein zufriedenes Schnauben aus, bevor sie sich zum Gehen wendet. Kitty schlägt die Tür absichtlich laut hinter ihr zu.

Später am Nachmittag geht sie nach draußen, um ein Paar Tanzschuhe abzuholen, deren Sohlen ersetzt werden mussten. Die Kirschbäume an der Rue Cardinal Mercier haben ihre Blüten beinahe vollständig abgeworfen und den Bürgersteig mit einem hellrosa Teppich überzogen. Am Eingang des Cercle Sportif Français, des französischen Clubs, fegt ein Mann die Blütenblätter zusammen. Das Gelände des Clubs ist von einer hohen Backsteinmauer umschlossen, um die Mitglieder vor den neugierigen Blicken der Neidischen und Übelwollenden zu schützen, aber Kitty bleibt dennoch am Eingang stehen. Sie weiß, dass Vitali hier Mitglied ist, und vielleicht läuft sie ihm ja über den Weg. Von Zeit zu Zeit gibt sie sich einer sehr befriedigenden Rachephantasie hin, in der sie sein Gesicht mit einem Rasiermesser zerschneidet oder ihm mit ihren Fingernägeln die Augen auskratzt.

Durch das schmiedeeiserne Tor kann sie einen Ausschnitt der Parkanlage sehen: künstliche Felsen, kleine Bambus-Pavillons, ein reich verzierter Brunnen mit einem wasserspeienden Messingdrachen und ein Tennisnetz. Von ihrem Standort hört sie das Geräusch, mit dem der Ball von der einen Seite des Platzes zur anderen geschlagen wird. Es bildet einen friedlichen Kontrast zum Tosen des dichten Verkehrs hinter ihr. Die Tore schwingen auf, und eine schwarze Limousine fährt knirschend auf die gekieste Zufahrt hinaus. Als das Auto an ihr vorbeirollt, späht Kitty durch die Seitenscheibe und tut dabei so, als klopfte sie sich Staub vom Rock, um nicht allzu verdächtig zu wirken. Aber es ist nicht Vitali. Sie wendet sich zum Gehen.

Dann plötzlich: «Kitty! Miss Blume!»

Sie erstarrt, denn sie erkennt die Stimme, obgleich es Monate her ist, seit sie sie zuletzt gehört hat. Sie wirft einen

Blick über ihre Schulter und sieht Timothy Hamilton, der in weißer Tenniskleidung aus dem Club auf sie zueilt. Sie wendet sich zurück und überlegt kurz, ob sie so tun soll, als hätte sie ihn nicht gehört. Doch er ist bei ihr, bevor sie verschwinden kann.

«Kitty!», sagt er atemlos. «Hatte ich also recht, dass Sie es waren.»

«Timothy! Ich ... wie schön, Sie wiederzusehen. Ich war gerade ...»

«Wie geht es Ihnen?» Er steht mit einem unbeirrten Lächeln vor ihr. «Oh, und bitte entschuldigen Sie meine Kleidung, ich habe gerade an einem Tennisturnier teilgenommen. Leider der letzte Platz, aber ich bin daran gewöhnt.» Er stößt ein ersticktes Lachen aus und schiebt eine Haarsträhne zurück, die ihm in die Stirn gefallen ist.

«Es geht mir sehr gut, danke.» Sie lächelt höflich, überlegt aber gleichzeitig, ob rennen in diesen Schuhen möglich wäre. Worauf wartet er? Wahrscheinlich steht an der nächsten Straßenecke ein Gendarm.

«Sie haben ...» Er deutet auf ihr Gesicht. «Dann ist also nichts zurückgeblieben? Der Kratzer ist gut verheilt.»

«Ja.» Sie führt die Hand an die Wange.

Das Schrillen einer Trillerpfeife, das ganz in der Nähe ertönt, lässt sie zusammenfahren, und wie aus dem Nichts taucht auf der anderen Straßenseite eine Gruppe von fünf oder sechs Frauen auf, die im Galopp über den Bürgersteig preschen. Ihre Gesichter sind mit Rouge und Lippenstift geschminkt, und ihre Kleider sind so eng, dass es ein Wunder ist, dass sie darin rennen können. Sie werden von zwei Sikh-Polizisten verfolgt, die mit einem Dutzend Meter Abstand hinter ihnen herstürmen. Die Frauen bleiben nicht stehen, um eine Lücke im Verkehr abzuwarten, sondern rennen auf die Straße hinaus und werden nur knapp von einem überfüllten Bus verfehlt. Die Polizisten bleiben stehen und rufen etwas, sind aber im Tosen des Verkehrs nicht zu hören. Die Frauen halten in Kittys und Timothys Nähe auf dem Bürgersteig an, schnappen nach Atem und verspotten die Polizisten über die Straße hinweg mit herausfordernden Rufen.

«Was ist da los?», fragt Timothy.

Kitty zuckt mit den Schultern, obgleich sie weiß, dass die Rue Cardinal Mercier die Grenze zwischen dem International Settlement und der French Concession darstellt und die Frauen gerade erfolgreich in den Geltungsbereich der französischen Gesetzgebung gewechselt sind, wo die Haltung zur Prostitution wesentlich freizügiger ist.

Einen Moment lang sagt keiner von ihnen etwas, da Kitty verzweifelt nach einem Vorwand sucht zu gehen.

«Ich bin schon zu spät, ich muss ...», beginnt sie, doch sein Gesicht hat bereits einen ernsthaften, zielstrebigen Ausdruck angenommen.

«Meine Güte, wo sind meine Manieren?», sagt er. «Hätten Sie Lust, einen Tee mit mir zu trinken? Oder etwas Stärkeres?» Er deutet auf den Eingang des Clubs.

Spielt er mit ihr? Oder möchte er sie aufs Gelände des Clubs locken, damit jemand sie dort festhält, bis die Polizei kommt?

Er streicht sich das Haar mit der Hand zurück. Es ist eine ungekünstelte Geste ohne Eitelkeit. «Dann muss ich nicht allein sitzen», sagt er. Sein Nasenrücken ist rot verbrannt, und auf seinen Wangen tanzen Sommersprossen. «Oder haben Sie gerade etwas vor?»

Sie macht den Mund auf, doch es kommt kein Laut heraus. Dann nickt sie leicht und lässt zu, dass er ihren Arm ergreift und sie durchs Tor führt. Im Clubhaus trägt er sie als seinen Gast ein, und man geleitet sie zu einem Tisch. Timothy bestellt grünen Tee, und Kitty, die noch immer etwas fassungslos ist, nickt zustimmend.

«Sie tragen eine sehr hübsche Halskette», sagt er. «Was ist es, die Weiße Tara?»

«Oh, ich weiß nicht recht.» Sie führt die Hand zur Kehle und berührt den weißen Anhänger. Noch immer zittert ihre Hand dabei. Sie trägt den Anhänger, seit sie ihn am Tag nach Wings Rauswurf vom Küchenboden aufgehoben hat. «Die Kette gehört mir nicht. Ich hüte sie für einen Freund.»

Der Tee kommt, und die Kellnerin, eine zierliche junge Chinesin, schenkt erst Kitty ein und dann Timothy. Von dort, wo sie sitzen, können sie die Tennisplätze sehen. Kitty entspannt sich allmählich. Ihr kommt der Gedanke, dass Timothy vielleicht nicht einmal bemerkt hat, dass das Figürchen fehlt. Oder vielleicht, überlegt sie voll schlechtem Gewissen, hat er die Schuld auf jemanden vom Dienstpersonal geschoben.

«Ich bin bestimmt der schlechteste Spieler des ganzen Clubs», sagt Timothy und verzieht das Gesicht. «Ein Wunder, dass man mich überhaupt mit dem Team aufstellt.»

«Wer ist *man*?»

«Es ist eine Firmenveranstaltung. Die China Printing and Finishing Company. Wir handeln mit Textilien, färben sie und Ähnliches. Jedenfalls sorgt die Firma dafür, dass ich zumindest einen Teil meiner Freizeit mit dieser Art von Beschäftigungen zubringe.» Er deutet mit einem Nicken zu den Tennisplätzen. «Ich fürchte, sie machen sich ein wenig Sorgen, ich könnte zum Chinesentum konvertieren.»

Kitty lacht. «Diesen Ausdruck habe ich noch nie gehört.»

«Aber ich beklage mich nicht», fügt er rasch hinzu. «Es geht in der Firma sehr familiär zu. Man hat das Gefühl, dass sie … auf einen aufpassen, wissen Sie? Und das ist jetzt wohl wichtiger denn je.»

Kitty runzelt die Stirn. Sie weiß nicht, was er damit meint.

Er deutet ihren Blick falsch. «Ich weiß», sagt er. «Hier in China kann man den Krieg so leicht vergessen. Schauen Sie doch nur uns beide an. In Europa wären wir Feinde, oder? Und doch sitzen wir hier zusammen und fraternisieren bei grünem Tee.» Er schenkt ihr ein trauriges Lächeln. «Es lässt alles so willkürlich wirken, finden Sie nicht?»

Er weiß nicht, dass ich Jüdin bin, denkt sie. Und was würde er denken, wenn er es wüsste? Vielleicht würde er lieber mit einer Angehörigen der Feinde zusammensitzen – fraternisieren, wie er es nennt – als mit einer schmutzigen Jüdin. Sie trinkt hastig einen Schluck Tee, um sich von diesen unangenehmen Gedanken abzulenken, und verbrennt sich die Zunge.

«Alles in Ordnung?», fragt er, als sie ihre Tasse so heftig absetzt, dass das feine Porzellan klirrt.

Sie wischt die Lippen mit einer Serviette ab, ohne das Brennen im Mund zu beachten, und nickt. Dann fällt ihr etwas ein. «Ach, wie hat sich Ihre Verlobte eingewöhnt? Wann ist sie noch einmal eingetroffen? Im März, oder?»

Timothy zieht den Kopf ganz leicht ein und wird rot. «Oh, sie … nun, Madeleine hat ihre Meinung geändert. Sie ist nicht … Sie wollte nicht …»

«Es tut mir leid», sagt Kitty und beugt sich vor. «Ich wollte Sie nicht verletzen.»

Er schüttelt den Kopf. «Nein, das macht nichts. Tatsächlich bin ich froh, dass sie mir gegenüber ehrlich war.»

Die Wendung des Gesprächs lässt sie beide verstummen. Von den Tennisplätzen dringen Fetzen von Applaus heran, gefolgt von einer unverständlichen Ankündigung durch das Megaphon.

«Äh, da ist etwas, äh ...» Er stockt und trinkt nervös einen Schluck Tee. «Kitty, ich, äh ...»

Sofort fängt ihr Puls an zu rasen. Das war's. Er hat sie hergelockt, sie dazu gebracht, ihre Vorsicht fallenzulassen, hat mit ihr über seine Privatangelegenheiten gesprochen – und warum sollte er das alles getan haben, wenn nicht um sie zu entwaffnen? Ihre Gedanken überschlagen sich. Er muss ein paar diskrete Worte mit dem Maître d'hôtel gesprochen haben, als er sie anmeldete. Wahrscheinlich wartet die Polizei schon vor der Tür, um sie festzunehmen. Wie dumm von ihr! Warum hat sie ihn in den Club begleitet? Sie hätte die Flucht ergreifen sollen, solange sie noch auf der Straße war.

Timothy holt tief Luft und fährt fort: «Also, was ich sagen will: China Printing gibt morgen Abend ein Dinner im Cathay, und ich hatte mich gefragt, nun ja, es wird ziemlich förmlich zugehen, und ich sagte Ihnen ja, dass die Firma ein Auge auf uns hält und so ... na ja, es war nur ein Gedanke – bitte zögern Sie nicht abzulehnen; ich weiß, dass das sehr kurzfristig kommt – aber ich hatte mich gefragt, ob Sie mich vielleicht als mein Gast begleiten würden.»

Von seinen Worten aus der Fassung gebracht, kann Kitty nicht antworten. Eiskalte Hitzeschauer laufen ihr über den Rücken. Beinahe hätte sie vor Erleichterung geweint.

Natürlich versteht er ihr Schweigen falsch. «Entschuldigen Sie», sagt er. «Es war ein lächerlicher Vorschlag. Ich weiß nicht ...» Er stößt ein nervöses Lachen aus. «Ich weiß nicht, was in mich gefahren ist.»

Kitty braucht einen Moment, um ihre Fassung wiederzugewinnen. «Nein, Timothy», sagt sie ruhig. «Der Vorschlag war kein bisschen lächerlich. Ich würde sehr gern mitkommen.»

Das Cathay Hotel! Es liegt direkt an der Nanjing Road am Bund, zehngeschossig und damit nicht das höchste Gebäude am Fluss, aber das eleganteste, das Kitty je gesehen hat. Timothy erwartet sie vor der Drehtür, eine Zigarette im Mund. Er wirkt ein wenig nervös, als ihr Taxi vor dem Hotel hält. Das Taxi – Timothys Firma hat es bestellt und bezahlt – hat sie vor dem DuPont-Wohngebäudekomplex abgeholt, diese Adresse hat sie Timothy gestern gegeben. Es gibt keinen Grund, aus dem er über ihr heruntergekommenes Zimmer bei Madame Ling Bescheid wissen müsste. Er lächelt sie schief an, als sie aus dem Auto steigt, und wirft seine Zigarette weg.

«Danke, dass du gekommen bist», sagt er und fügt hinzu: «Du siehst reizend aus.»

Kitty lächelt zum Dank. Sie trägt das rote Chiffonkleid, das sie die ganze Zeit aufgehoben hat, und obgleich es an den Hüften inzwischen ein wenig weit sitzt und sich nicht mehr so schmeichelhaft um ihren Busen schmiegt wie früher, fühlt sie sich wundervoll.

«Da entlang», sagt Timothy und lässt sie vor sich her durch die Drehtür treten. Das Innere hätte Kitty sich nicht prachtvoller vorstellen können – rosa gefleckter Granit, majestätische Kronleuchter, weißer Marmorboden, Mahagonimöbel,

Art-déco-Fresken und über ihr eine Kuppel aus Bleiglas. Es riecht berauschend nach Zigarren, Parfum und Luxus.

«Wir speisen im Drachensaal», sagt Timothy und ergreift sie sanft am Ellbogen. Sie schreiten an einer Glasvitrine vorbei, in der Artikel ausgestellt sind, deren Existenz sie fast schon vergessen hatte: Lippenstift von Coty, Gesichtspuder von Max Factor, Parfum von Vol de Nuit oder Badesalze mit exotischen Duftnoten. Sie lässt den Blick über die Produkte schweifen, einen Moment lang wie hypnotisiert, doch dann spürt sie, dass Timothy sie sanft am Arm zieht. Er führt sie in den Drachensaal, wo ein langer Tisch stilvoll mit Silberbesteck und Kristallgläsern gedeckt ist. Es sind vierzehn Gäste geladen, Timothy und sie selbst eingeschlossen, und plötzlich versteht sie, warum er nicht der unbegleitete Dreizehnte sein wollte. Unmittelbar vor dem Eintreten erzählt er ihr ein wenig schüchtern, dass China Printing für jene Gäste, die lieber im Hotel schlafen als auf dem Rückweg das Verkehrsgedränge ertragen wollen, den kompletten neunten Stock gebucht hat. Timothy hat sich gestattet, eines der Zimmer für Kitty zu reservieren.

«Das ist natürlich keine Verpflichtung», sagt er. «Du kannst aufbrechen, wann immer du wünschst.»

Kitty ist entzückt und schenkt ihm ein, wie sie hofft, selbstbeherrschtes Lächeln. «Nein, das klingt wunderbar.»

Am Dinnertisch gibt es eine kurze Vorstellungsrunde, doch es sind zu viele Namen, als dass Kitty sie sich merken könnte. Während des Essens – sie sitzt zwischen Timothy und einem großen Mann mit hängenden Schultern, der als einer der leitenden Manager bei China Printing vorgestellt wurde – kreist das Gespräch zu einem großen Teil um den Krieg: Rommel in Afrika, die Nazis in Griechenland und, sichtlich verstörend für die meisten der Anwesenden, die unablässigen Luftangriffe auf London und Liverpool.

Kitty achtet kaum auf das Gespräch, nicht nur weil es sich um Orte dreht, die sie nie im Leben besuchen wird, sondern auch wegen des Essens, das auf wunderschönem, handbemaltem Porzellan serviert wird. Sie isst zunächst zurückhaltend, da sie nicht gierig erscheinen möchte, aber ... ach, dieses Essen! Gebratene Muscheln, Foie gras, sautierte Languste, Zitronensorbet mit Crémant, Lammkoteletts, Schokoladen-Karamell-Törtchen und Erdbeer-Minze-Mousse: ein nie endender, schwindelerregender Nachschub an Gerichten, eines köstlicher als das andere.

Nach dem Dinner bewegt sich das Gespräch vom Krieg weg zu höflichem Geplauder: wessen Pferd letzthin das Shanghai-Rennen gewann und die bevorstehende Hochzeit eines französischen Unternehmensmagnaten mit einer amerikanischen Society-Lady. Kitty wischt sich gerade die Mundwinkel mit einer gestärkten Leinenserviette ab, als die Frau ihr gegenüber sich über den Tisch zu ihr vorbeugt. Eine unsichere Hand an den Mund gelegt – die Dame hat den ganzen Abend Champagner gesüffelt –, sagt sie: «Wir waren furchtbar enttäuscht, als wir hörten, dass Timothys Verlobte die Verbindung aufgelöst hat.»

«In der Tat», fügt der Mann neben Kitty hinzu. «Und es ist wunderbar, dass er heute Abend eine so reizende Begleiterin mitgebracht hat.»

«Ja», schließt sich ein weiterer weiblicher Gast an und nickt, als erwiese sie Kitty eine große Ehre. «In der Tat. Und wo genau haben Sie beiden sich kennengelernt?» Sie wirft Kitty ein Lächeln zu.

Kitty ist nicht auf diese Frage vorbereitet und tut so, als

wäre sie weiter damit beschäftigt, sich den Mund abzuwischen. Zum Glück antwortet Timothy an ihrer Stelle.

«Im Club», sagt er, und sie meint, etwas Verstohlenes an seinem Tonfall wahrzunehmen. Aber was hätte er sonst sagen sollen – dass er sie in den frühen Morgenstunden von einem schmutzigen Straßenpflaster aufgelesen hat?

Seine Antwort scheint die Fragestellerin zufriedenzustellen, denn niemand hakt weiter nach. Doch Kitty spürt, dass die Frau unverkennbare Neugierde ausstrahlt. Die Leute hier scheinen zu glauben, dass sie Timothys Freundin ist oder etwas in der Art. Sie hat natürlich auch selbst schon die Möglichkeit erwogen, dass er ihr vielleicht den Hof macht. Er hat doch gewiss noch andere weibliche Bekannte, die er hätte bitten können, ihn zu dem Dinner zu begleiten? Warum also hat er sich entschieden, gerade sie zu fragen?

Sie trinkt ihren Champagner und blickt zu Timothy, der jetzt mit einem weißhaarigen Mann ihm gegenüber spricht. Sie beobachtet ihn mehrere Minuten lang und versucht sich dazu zu bringen, ihn attraktiv zu finden. Aber seine Nase ist zu schmal, seine Nasenlöcher sind ungleichmäßig geformt und seine Schultern hängen, fast als erwartete er, jeden Moment einen Knuff abzubekommen. Und seine Hände haben lange Finger mit zu großen Fingerknöcheln. Sie versucht sich vorzustellen, diese Hände würden sie streicheln und liebkosen. Es führt zu nichts. Sie stößt ein leises Schnauben aus, und gerade in diesem Augenblick wendet Timothy sich ihr mit einem schüchternen Lächeln zu. Sie lächelt zurück und spürt dabei, wie sich ihre Wangen röten.

«Genießt du den Abend?», fragt er leise.

«Ja, sehr.»

Sie will seine Hand berühren, weil sie sich ihrer Gedanken

von eben schämt, aber in diesem Moment legt gegenüber in der Bar ein Jazzquartett los, und Timothys Hand gleitet vom Tisch. Er reckt den Kopf nach der Musik.

Als die Teller und Gläser vom Tisch geräumt sind, beschließen einige der Dinnergäste, einen Drink an der Bar zu nehmen, aber Kitty sieht, dass Timothy verstohlen gähnt, und wirft ihm einen fragenden Blick zu. Er nickt. Sie stehen auf und verabschieden sich von den anderen. Im Lift auf dem Weg zu ihren Zimmern sagt keiner von ihnen etwas, aber im Korridor wird Timothy wieder munter und erzählt ihr von dem Gespräch, das er mit dem Mann ihm gegenüber geführt hat. Es ging um die furchtbaren Arbeitsbedingungen in einer von China Printings Fabriken. Als sie vor ihrem Zimmer ankommen, bricht er unvermittelt ab.

«Da wären wir», sagt er, reicht ihr den Schlüssel und stützt sich mit der flachen Hand an der Wand ab. Er schwankt ein wenig auf den Beinen. «Das heißt, du wärest hier», fügt er hinzu. «Das hier ist dein Zimmer. Es ist leider eines der kleineren. Aber die Aussicht ist großartig. Mein Zimmer ist ...», er blickt sich blinzelnd um. «Genau, die 915. Dort drüben.»

Doch er rührt sich nicht von der Stelle. Kitty steckt den Schlüssel ins Schloss und schließt auf. Wenigstens hat er schönes Haar, denkt sie. Seidig und gepflegt. Und seine Schüchternheit, nun, vielleicht verdeckt sie nur eine darunter brodelnde Leidenschaft. Ein deutscher Ausdruck kommt ihr in den Sinn. *Sich jemanden schön trinken.* Sie hat ihn sich schön getrunken. Kichernd legt sie die Hand auf den Türgriff. Er macht noch immer keine Anstalten zu gehen.

«Magst du nicht hereinkommen?», fragt sie. «Auf einen letzten Drink?»

Er steckt die Hände in die Hosentaschen, schwankt aber

und zieht sie wieder heraus, um das Gleichgewicht zu halten. «Ich glaube, ich werde einfach nur ...»

«Sei nicht albern. Nur ein Schlummertrunk. Es ist erst ...» Sie ergreift seinen Arm und zieht sein Handgelenk zu sich, um auf seine Armbanduhr zu schauen. «Es ist erst drei.»

Ein abweisender Ausdruck huscht über sein Gesicht, verschwindet aber rasch. «Nun schön, ich werde ... aber nur ein kleiner.»

Kitty stößt die Tür auf, und sie treten ein.

«Oh», ruft Kitty aus und bleibt bei dem Anblick, der sich ihr bietet, unvermittelt stehen. Und noch einmal ruft sie «Oh!», als Timothy, der angenommen hat, dass sie weitergehen würde, von hinten gegen sie stößt. Sie lachen beide.

Sie nimmt alles mit einem einzigen Blick in sich auf. Das Zimmer ist eindrucksvoll – weit größer, als sie erwartet hat. Mahagonimöbel, Marmorboden, orientalische Teppiche und ein breites Himmelbett mit frischen Leinenlaken und einer grün bestickten Tagesdecke. Aber das Beste an dem Zimmer ist das riesige Fenster, eine Glasfront, die die ganze jenseitige Wand einnimmt. Einen Moment lang vergisst sie Timothy vollkommen und geht hinüber.

«Was für eine Aussicht», flüstert sie und legt die Stirn gegen die kühle Scheibe. Das Glas beschlägt von ihrem Atem. Am Fluss sind die ersten Hafenkulis bereits bei der Arbeit, stapeln rostige Fässer und hieven riesige Säcke über den Boden. Einige von ihnen stehen um kleine Feuer, um sich in der Kälte zu wärmen. Auf der anderen Seite des Stroms im Stadtbezirk Pudong erkennt sie lange Zeilen von Hafenkais, Lagerhäusern und Fabriken, deren Schornsteine geradezu frech in den Himmel aufragen. Zwischen Pudong und dem Bund fließt der Huangpu, der sich aus dem Mündungsgebiet heranschlängelt und Hunderte hölzerne Sampans trägt, die in den Wellen schaukeln.

Hier oben im neunten Stock sind die Gerüche und Geräusche der Stadt wunderbar weit entfernt. In der Dunkelheit ist es möglich, das grausame, dekadente Chaos zu ignorieren, die Hässlichkeit der morschen Fischkutter, die öligen Schlieren auf dem Wasser, den Gestank ungeklärten Abwassers, das ans Ufer getragene Treibgut und die Wasserratten. Stattdessen sieht Kitty nichts als einen tintenblauen Himmel und einen zinngrauen Fluss mit stecknadelkopfgroßen Lichtern und flackernden Feuern am Rand des sanft wogenden Huangpu.

«Wirklich eindrucksvoll, oder?» Timothy tritt neben sie.

«Es muss wohl die einzige schöne Aussicht auf Shanghai sein.»

Er reicht ihr ein Glas Whisky. «Es klingt sehr traurig, wie du das sagst.»

«Ich habe nicht ...», beginnt sie, aber ihre Stimme stockt, und ihr kommen die Tränen.

«Ach Kitty», sagte Timothy leise. «Es tut mir leid. Ich wollte dich nicht aus der Fassung bringen.»

Sie schüttelt den Kopf, dreht sich um und hebt ihr feuchtes Gesicht dem seinen entgegen.

«Kitty ...», sagt er, doch da schließt sie die Augen und küsst ihn. Seine Lippen sind überraschend weich; sie schmecken ganz leicht nach Karamell und Rauch. Der Kuss ist zärtlich und lang. Sie lässt die Finger seinen Rücken hinuntergleiten, dann nach vorn. Sie schiebt einen Finger unter seinen Hosenbund, weitet ihn neckend und fährt wieder hinaus. Dann wandert sie tiefer, umfängt mit der Hand seine Lenden und spürt, wie er steif wird, dann ...

Er tritt zurück, von ihr weg. «Es tut mir leid, ich ... ich kann nicht.»

Kitty lässt die Arme fallen. Sein Gesichtsausdruck treibt ihr etwas Flatterndes in die Kehle. Ist sie wirklich so abstoßend geworden? Er war heute Abend der einzige Mann, der sie nicht mit Blicken verschlungen hat; vorhin, als sie seine Hand berühren wollte, hat er sie weggezogen, und den ganzen Abend hat er sie kein einziges Mal auf diese lüsterne Weise angeschaut, an die sie so gewöhnt ist. Die ganze Zeit hat sie geglaubt, er verhalte sich wie ein Gentleman. Aber das war es nicht. Für ihn ist sie einfach nur ein billiges Flittchen in einem teuren Kleid. Ihr Gesicht brennt vor Scham – wie konnte sie nur auf den Gedanken kommen, dass er ihr den Hof macht? Die Erkenntnis ist vernichtend, zutiefst demütigend. Plötzlich tragen ihre Beine sie nicht mehr, und sie sackt auf dem Teppich zusammen.

Gleich darauf ist Timothy zur Stelle und hilft ihr auf. Er führt sie zum Bett und setzt sie hin. «Es tut mir leid», wiederholt er. «Ich entschuldige mich. Ich muss dir den falschen ... Du musst mich für so undankbar halten. Aber es ist ... es ist nicht ... Du bist eine außergewöhnlich schöne Frau.» Er richtet sich auf und dreht sich zum Fenster. «Leider ...» Er ballt und öffnet die Fäuste. «Verdammt!», ruft er. Dann senkt seine Stimme sich zum Flüstern. «Es tut mir leid, Kitty. Es tut mir leid, dass ich dir den Abend verdorben habe. Es ... es ist wohl am besten, wenn ich jetzt gehe.»

Als er zur Tür geht, auf dem Teppich, der das Geräusch seiner Schritte verschluckt, stößt Kitty ein Lachen aus. Es ist ein leises Lachen. Sie schlägt sich die Hand vor den Mund, aber er hört es trotzdem. Sie lässt die Hand sinken.

«Du bist homosexuell.» Es ist eine Feststellung, keine

Frage. Tief in ihrem Inneren hat sie es die ganze Zeit gewusst.

Er dreht sich um. «Ich ...»

«So ist es, nicht wahr? Du bist homosexuell.»

Seine Wange zuckt. «Ich werde nicht ...» Er stockt, sieht sie an und beschließt etwas. «Ich gehe jetzt besser.»

Sie steht auf. «Ich wollte nicht lachen, Timothy. Ich habe mich nicht über dich lustig gemacht – dafür bist du zu gut, zu gütig. Es ist einfach nur ...» Sie streckt die Hand aus und berührt ihn am Ärmel. «Es erleichtert mich, das ist alles.»

Er sieht sie stirnrunzelnd an.

«Ich dachte, es liegt daran, dass du mich unattraktiv findest ... zu wenig kultiviert für dich! Und jetzt zu wissen, na ja, dass es nicht an *mir* liegt – das ist eine Erleichterung.»

«Ach, Kitty. Ich weiß nicht, was ich sagen soll.» Er lässt den Kopf sinken. «Was wirst du jetzt tun?»

Die Frage hängt in der Luft und bleibt eine Weile unbeantwortet. Dann versteht Kitty. «Ich werde es niemandem erzählen, falls es das ist, was dir Sorgen macht.»

Timothy kramt in seiner Hosentasche nach seinem Zigarettenetui, bietet ihr eine an und beugt sich vor, um sie anzuzünden.

Sie nimmt einen langen Zug und sagt dann: «Ich tanze für Geld mit Männern.» Sie richtet sich auf, von einer sonderbaren Leichtigkeit erfüllt. «Und mein richtiger Name ist Käthe», fügt sie hinzu, um das Maß vollzumachen. «Käthe Blumenthal. Ich bin Jüdin.»

Sie setzt sich wieder aufs Bett. Timothy antwortet nicht. Gleich darauf setzt er sich neben sie. So sitzen sie lange in dichtem Schweigen und rauchen Zigaretten, bis das matte

Licht der Morgendämmerung ins Zimmer sickert. Timothy bricht das Schweigen als Erster.

«Was für ein seltsames Paar wir sind», sagt er und lehnt sich sanft gegen sie.

AUGUST 1942
BIS
JANUAR 1943

周翼

Yì kann Tag und Nacht nicht mehr unterscheiden. Dafür ist er einfach zu müde, obwohl er in der stickigen Halle versucht, seine Schläfrigkeit und körperliche Erschöpfung zu bekämpfen, denn jede Unaufmerksamkeit, der kleinste Ausrutscher oder Fehler, könnte schwere Verbrennungen zur Folge haben. Das kleine Mädchen am Bottich neben seinem ist der beste Beweis dafür: Die Haut ihres linken Arms ist von den Fingerspitzen bis zum Ellbogen von großen rot glänzenden Flecken überzogen. Und danach zu urteilen, wie sie beim Rühren das Gesicht verzieht, wenn der aufsteigende Dampf ihren Arm berührt, tun die Narben noch immer weh.

Das Mädchen ist sechs oder vielleicht sieben. Yì kennt ihren Namen nicht – er hat sie danach gefragt, aber sie ist entweder taub oder schwachsinnig oder beides, denn wenn er versucht, mit ihr zu reden, lächelt sie einfach nur und nickt –, und so hat er ihr in Gedanken selbst einen Namen gegeben: Zhū. Perle. Er findet, dass dieser Name zu ihr passt, denn so sehen ihre Wangen aus, wenn sie lächelt – wie zwei glatte Perlen.

Sie beide – und Dutzende andere Kinder – haben die Aufgabe, den in der kochenden Farbe schwimmenden Stoff zu rühren, bis die richtige Färbung erreicht ist. Die Flüssigkeit riecht scharf, sodass Yìs Lunge sich zusammenzieht, wenn er den Dampf zu tief einatmet. Aber nach der ersten Stunde seiner Schicht hat er sich an den Gestank gewöhnt und spürt in den verbliebenen dreizehn Stunden bloß eine beißende Heiserkeit in der Kehle. Auf der anderen Seite der überfüllten, nur matt erleuchteten Halle sitzen die Frauen, die stundenlang Seide spinnen. Das ist auch der Grund, aus dem es hier keine Belüftung gibt – der leichteste Luftzug könnte die kostbaren Seidenfäden schädigen.

In der stickigen Schwüle der kaum zu atmenden Luft wandern seine Gedanken zum Essen, immer zum Essen, und dann unvermeidlich zu Năinai. Sie ist so dünn geworden, dass es ihm so vorkommt, als schwände sie vor seinen Augen dahin. Sie kann nicht mehr aufstehen, und so trägt er sie zum Topf, sobald er nach Hause kommt, damit sie ihr Geschäft verrichten kann. Sie wiegt nicht mehr als ein Windhauch. Immer häufiger liegt sie bei seiner Heimkehr in ihrem eigenen Urin. Letzte Woche war Huà da und ist drei Tage geblieben. Er hat Yì geholfen, Năinai zu füttern und zu waschen, bevor er wortlos verschwunden ist. Er hat kein Essen dagelassen, nicht ein einziges Körnchen Reis.

Yì sieht, dass eine der Aufseherinnen von der anderen Seite der Halle auf ihn zukommt, eine untersetzte, streng blickende Frau, die zwischen den Bottichreihen auf und ab geht. Ihr angeekelter Gesichtsausdruck gilt vielleicht dem Gestank, der von Hunderten toter Kokons ausgeht, die den Boden bedecken. Sie trägt eine kurze Bambusrute, mit der sie jene Kinder auf die Rückseite der Beine oder auf den Rücken schlägt, die nicht schnell genug rühren oder versehentlich einen Teil des gefärbten Stoffs mit dem dreckigen Boden in Berührung bringen, wenn sie ihn aus der kochenden Flüssigkeit heben. Eine besonders unmenschliche Strafe – Yì hat sie mehrmals miterlebt – besteht darin, die Hand eines Kindes in die kochende Farbe zu tauchen. Die Schmerzensschreie verfolgen ihn bis in den Schlaf. Er stößt einen leisen Pfiff aus, um Zhū zu warnen, die beim Rühren so langsam geworden ist, dass die Farbe beinahe steht. Aber sie reagiert nicht. Er beugt sich zu ihr hinüber, um ihr auf die Schulter zu klopfen, wobei er sich am Bottich verbrennt. Sie schreckt auf und rührt schneller, während die Aufseherin immer näher kommt. Doch die Frau eilt an ihnen vorbei; sie hat einen kleinen Jungen weiter hinten in der Reihe dabei erwischt, wie er eine unerlaubte Pause einlegt – wahrscheinlich weil seine Füße ihn nach acht Stunden ununterbrochenem Stehen nicht mehr tragen.

Der Vorarbeiter, der vor Yìs Reihe steht, schlägt einen Gong, womit er anzeigt, dass es Zeit ist, den Stoff aus der Farbe zu nehmen. Yì hebt die Seide mit seiner hölzernen Rührstange heraus, lässt dabei aber so viel Flüssigkeit wie möglich in den Bottich zurücktropfen, um zu vermeiden, dass die heiße Farbe ihm auf die Haut spritzt. Der klatschnasse Stoff ist schwer, und als er ihn mit seinen Armen, die früher zitterten, die aber inzwischen muskulös und straff sind, so hoch hebt, wie er kann, entdeckt er zwei Gestalten – einen Mann und eine Frau –, die auf der anderen Seite der Halle mit dem Meister reden. Sie fallen ihm auf, weil sie lǎowài sind – Fremde. Der Mann ist groß und schlank. Sein Haar hat die Farbe von feuchtem Sand und fällt ihm ins Gesicht, wenn er sich wie jetzt vor dem japanischen Meister verbeugt. Yì hat ihn schon einmal gesehen. Er war am Tag nach Yìs Einstellung hier und hatte mit einem der Vorarbeiter einen lauten Streit auf Shanghainesisch.

Die hellhäutige Frau an der Seite des Mannes verbeugt

sich ebenfalls vor dem Meister. Dann dreht sie sich um, um sich in der Halle umzuschauen, und Yì schreit unwillkürlich auf. Ihr Haar ist dunkler, nicht mehr golden, aber ihre Augen sind noch immer so rund, ihre Haut genauso weiß und ihre Lippen so wunderbar rot wie früher. Sie hat ihn nicht gesehen; eine Dampfwolke steigt aus seinem Bottich auf, und als sie sich verzieht, ist die Frau schon auf dem Weg zur Tür. Die Muskeln in Yìs Armen scheinen alle Kraft zu verlieren, und er muss hilflos zusehen, wie der Stoff vom Rührstab rutscht und in den Bottich zurückfällt, wobei rote Farbe in alle Richtungen spritzt. Yì schreit erschreckt auf und springt zurück. Zhū am Bottich nebenan kreischt. Er stößt seinen Rührstab wieder in die Farbe und zieht den Stoff heraus, da er weiß, dass er verdirbt, wenn er zu lang darin liegen bleibt. Doch in seiner Panik ist er zu hastig, und ein Zipfel des Stoffs landet mit einem feuchten Klatschen auf dem Boden. Nur Sekunden später ist die Aufseherin bei ihm. Sie hebt ihre Bambusrute und schlägt ihn auf die Arme – beißende, kräftige Rutenhiebe.

«Pass. Auf. Die. Seide. Auf!», blafft sie ihn an, während sie ihn schlägt.

Yì verneigt sich automatisch entschuldigend und hebt dann den Stoff vom Boden auf. Die Aufseherin wirft ihm einen letzten harten Blick zu, und marschiert davon. Yì reibt sich zusammenzuckend die Arme. Er schlägt die Ärmel zurück. Auf seiner Haut zeichnen sich bereits hässliche rote Striemen ab. Aber dennoch lächelt er.

Sie ist immer noch in Shanghai. Mamselle Kitty lebt.

Er tritt von seinem Bottich zurück und rennt zwischen den Reihen hindurch. Es ist, als hätten seine Beine einen eigenen Willen. Ohne das Geflüster der anderen Kinderarbeiter und die empörten Rufe der Aufseherinnen zu beachten, nimmt er den Weg durch die Halle und rennt durch die Haupttür hinaus. Das Licht ist matt und dunstig – es muss kurz vor Einbruch der Dämmerung sein –, und als er aus der Fabrik auf die Straße gelangt, entdeckt er den glänzend schwarzen Lack eines schnell davonrollenden Wagens. Er sieht ihm nach, bis er das Ende der Straße erreicht und um die Ecke verschwindet.

Hinter ihm fällt die Tür der Fabrik donnernd zu.

Tage vergehen. Vielleicht Wochen, er weiß es nicht. Der Schmerz in seinem Bauch ist zu einer rasiermesserscharfen Pein geworden. Ihm ist immer übel und schwindelig. Als er eines Tages über die Nanjing Road geht, geben seine Beine nach. Er sackt auf dem Bürgersteig zusammen und schafft es gerade noch, aus der Bahn der Fußgänger zu kriechen, die sich nichts dabei denken würden, im Vorbeigehen auf ihn zu treten. Er lehnt sich mit dem Rücken gegen die Mauer eines der hohen, eleganten Gebäude an der Straße und wartet darauf, dass der schwarze Schleier vor seinen Augen sich lichtet. Eine Münze landet bei seinen Füßen. Er starrt sie einen Moment lang an, da er annimmt, dass sie jemandem hingefallen ist, und wartet darauf, dass ihr Besitzer sie wieder an sich nimmt. Doch der Strom der Passanten setzt sich unvermindert fort. Yì streckt den Arm aus, zögert noch kurz und schnappt sie sich dann in einer schnellen Bewegung. Fünf Fēn. Er dreht die Münze in seiner schmutzverkrusteten Hand und sieht eine Schale mit dampfendem Reis vor sich, Gebäck aus roten Bohnen und Schweinefleisch in süßer Sesamsauce. Von diesem Bild wird der Schmerz in seinen Eingeweiden noch stärker. Er beugt sich vor, um sich zu erbrechen, würgt aber nur einige Male mit leerem Magen. Er weiß, es wird nicht lange dauern, bis die Polizei ihn wegschleift oder ein anderer Bettler, der sein Territorium verteidigt, ihn wegprügelt. Er kauert im Schneidersitz auf dem harten Boden und wartet.

Ein Fuß kickt gegen seine Schuhsohle, doch er blickt nicht auf. Dann wird er plötzlich am Hemd gepackt und auf die Beine gezerrt. Bevor er aufschreien oder abwehrend die Hand ausstrecken kann, verpasst ihm jemand eine Ohrfeige.

«Nein!», zischt eine Stimme.

Yì verzieht das Gesicht, als er einen Hieb auf die andere Wange erhält. Er öffnet die Augen einen Spalt weit, um nach dem Angreifer zu schauen. Es ist Huà. Er hat einen blutigen Schnitt in der Wange, und sein linkes Auge ist zugeschwollen.

«Du wirst nicht betteln! Hörst du mich? Du bist kein Bettler!» Er packt Yì am Kragen und zerrt ihn hoch, sodass Yì gezwungen ist, sich auf die Zehenspitzen zu stellen.

«Lass mich los!», schreit Yì. Um sie her tost der Straßenlärm. Hupen, Pfeifen, Klingeln, Bellen, Rufen und Lachen.

«Du machst dir selber Schande! Und du machst mir Schande!» Huà schüttelt ihn. «Du machst Năinai Schande.» Bei diesen letzten Worten verzerrt sich sein Gesicht, und zu Yìs Entsetzen beginnt er zu weinen. Huà lässt den Kragen seines Bruders los und umfängt ihn in einer Umarmung. Seine Schluchzer sind so laut, dass sie die Aufmerksamkeit der Passanten auf sich lenken, und Yì hat Mühe, sich seinen Armen zu entwinden.

«Was ist passiert?», fragt Yì, doch Huà weint immer noch. «Bist du in eine Schlägerei geraten?»

Huà braucht mehrere lange Minuten, bis er wieder ruhiger atmet. «Năinai», sagt er endlich. «Năinai ist tot.»

KITTY

Das Wetter schlägt plötzlich um, und die Sommerhitze wird von einer Folge von Gewittern aus der Luft gewaschen. Es folgen Wochen und dann Monate, in denen Kitty nicht länger am Rande der Unterernährung lebt. Stattdessen kommt sie zu sorgfältig vorbereiteten Mahlzeiten nach Hause und findet frischgewaschene Bettwäsche vor. Jeden Tag verbringt sie einige Stunden in Timothys Gesellschaft, die «Überschneidungsstunden» nennen sie sie. Die Zeit nach Timothys Feierabend und vor ihrem Gang zum *Del Monte*.

Seltsam oder nicht – und in Shanghai gibt es viel seltsamere Verbindungen –, Kittys und Timothys Übereinkunft ist unkompliziert: Sie ist aus ihrem Mietzimmer bei Madame Ling ausgezogen und hat ein Zimmer in Timothys geräumiger Wohnung bezogen. Im Gegenzug zahlt sie ihm eine symbolische Miete – China Printing stellt ihm die Wohnung, wie Timothy ihr gesagt hat – und begleitet ihn zu gelegentlichen Anlässen, bei denen er eine Frau an seiner Seite benötigt. Ihr Zusammenleben ist ein offenes Geheimnis und wird nicht einmal mit einer hochgezogenen Augenbraue bedacht. Wie Kitty bald von Timothy erfährt, lebt einer der Geschäftsführer seiner Firma mit seiner Frau, die ihm seit einundvierzig Jahren angetraut ist, in einer riesigen Villa – und seine fünfundzwanzigjährige chinesische Geliebte ist dauerhaft in einem Gästehaus am Ende des parkartigen Gartens untergebracht. Fassade ist alles, das hat Kitty längst gelernt. Und seit ihr die Rückkehr in Timothys Wohnung gleich am ersten Abend die Gelegenheit verschaffte, den Jadedrachen endlich wieder zur Sammlung auf der Kommode zu stellen, schläft sie großartig.

«Ich mag dein Kleid», sagt Timothy eines Abends, legt die Füße auf den Couchtisch und sieht zu, wie Kitty sich vor dem Spiegel frisiert.

Sie blickt auf das blaue Seidenkleid hinunter, das sie trägt. Seit Timothy die Fabriktour mit ihr gemacht hat, hat sich die Berührung der Seide auf ihrer Haut nie wieder so luxuriös angefühlt. «Kannst du mir mal den Lippenstift geben?»

Er nimmt ihn vom Couchtisch und wirft ihn ihr zu. «Fast wie in einer richtigen Ehe», sagt er mit einem Kichern.

Sie schiebt sich eine Spange ins Haar. *Nur ohne den Sex*, denkt sie und wirft ihm einen raschen Blick zu. Ihre Blicke treffen sich, und ihm steigt die Röte ins Gesicht. Sie weiß, dass er dasselbe denkt. Seit Vitali war sie mit keinem Mann mehr zusammen, und gelegentlich schreit ihr Körper danach. Aber bei dem Gedanken, sich für einen ihrer Tanzpartner verfügbar zu machen, schaudert es sie, trotz der häufigen Nachfragen und der alles andere als subtilen Ermutigungen des Nachtclubchefs – er würde seinen Kunden gern einen möglichst vollständigen Service bieten.

Und was ist mit Timothy? Er muss sich doch auch danach sehnen? In Wien hat sie viele Homosexuelle gekannt, aber das war eine ganz andere Sorte von Mann: auffallend, sexuell, extravagant und melodramatisch; Männer, die sich unermüdlich herausputzten und ihre Andersartigkeit spektakulär zur Schau stellten. Wie Andreas und Michael, die am Naschmarkt auf der anderen Seite des Korridors wohnten. Sie drei erkannten einander als das, was sie waren: Außenseiter, gleichzeitig weich und hart, die in derselben Halbwelt lebten. Und aus diesem gegenseitigen Erkennen erwuchs eine Freundschaft, die in Empathie wurzelte. Gegen Ende von Kittys Zeit in Wien wurden diese Männer, diese ganz andere Sorte Mann, natürlich zu einer gefährdeten Art. Eines Nachts im September verschwanden Andreas und Michael. Andere Homosexuelle wurden öffentlicher Demütigung unterzogen und in Frauenkleidung mit grob ins Gesicht geklatschtem Make-up und mit geschorenem Kopf zwischen SS-Offizieren über die Straßen geführt.

Kitty leckt sich den Finger und fährt damit vor dem Spiegel ihre Augenbrauen nach, dann wirft sie einen weiteren verstohlenen Blick auf Timothy, der sich eine Zeitung genommen hat und sie auf seine aufmerksame, konzentrierte Weise liest. So etwas wird Timothy mit Sicherheit erspart bleiben. Aber von dem wenigen, was er ihr einmal abends erzählt hat, als er zu viel Reiswein getrunken hatte, weiß sie, dass sich seine bisherigen sexuellen Erfahrungen auf ein paar peinliche, linkische – und nicht besonders befriedigende – Begegnungen während seiner Studentenzeit beschränken. Als sie ihn so im Spiegel betrachtet, erfüllt von frischer Trauer um ihre Wiener Freunde, empfindet sie eine überwältigende Zärtlichkeit für ihn. Ja, sie sind beide in gewisser Weise Ausgestoßene – vielleicht hat das Schicksal sie deshalb zusammengeführt. Sie wendet sich ihm zu.

«Lass uns zum Essen ausgehen», sagt sie.

Timothy lässt die Zeitung sinken und wirft ihr einen verwunderten Blick zu. «Was, heute Abend?»

Kitty nickt.

«Aber musst du denn nicht zur Arbeit?», fragt er noch immer stirnrunzelnd.

Kitty stößt ein sanftes Lachen aus. Timothy Hamilton, der am wenigsten spontane Mann der Welt.

«Ich nehme mir den Abend frei», sagt sie. «Sie werden mich deswegen wohl kaum rausschmeißen. Ich bekomme keinen Lohn, das ist alles. Und wir waren tatsächlich noch nie zusammen essen – nur wir beide, meine ich.»

Er setzt sich auf und legt die gefaltete Zeitung neben sich. «Oh. Gut, in diesem Fall, warum nicht? Das klingt nett. Wo würdest du gern hingehen? Ich reserviere einen Tisch.»

Sie schüttelt den Kopf. «Ich habe schon ein Restaurant im Sinn. Lass dich überraschen.»

Sie speisen im vierzehnten Stock des Park Hotel. Einer der Gründe, aus denen sie hierher kommen wollte, war eine Besonderheit des Speisesaals, die sie selbst erleben wollte: das aufziehbare Dach. Aber wegen der Kälte draußen hat sich der Mechanismus verklemmt. Es ist schade, weil es eine klare, frische Nacht ist. Sie hätten einen wunderbaren Blick auf die Sterne gehabt. Aber das Essen ist gut, und die Musik gefällt ihr.

«Darf ich dich etwas fragen?», sagt Timothy und legt Messer und Gabel weg.

Kitty tupft sich den Mund mit einer Serviette ab. «Na ja, das kommt darauf an.»

«Bitte sag mir, wenn es mich nichts angeht, aber – ich habe die Narben auf deinem Rücken bemerkt.» Er hantiert mit dem Besteck auf seinem Teller herum. Röte kriecht ihm den Hals hinauf. «Ist das hier in Shanghai passiert?»

Kitty schüttelt den Kopf. Sie nimmt sich eine Zigarette und hält sie ihm mit den Lippen zum Anzünden hin.

«Entschuldigung», sagt er und klappt das Feuerzeug auf. «Ich wollte nicht neugierig sein.»

Sie schüttelt erneut den Kopf. «Es ist kein Geheimnis. Es liegt Jahre zurück. Nur hat mich bisher nie jemand danach gefragt.» Sie zieht an ihrer Zigarette. «Es war mein Vater.»

«Oh.»

Kitty lehnt sich auf ihrem Stuhl zurück. «Ich hatte angefangen zu bluten, zum ersten Mal, weißt du, darum war ich nicht darauf vorbereitet.» Sie achtet nicht auf Timothys Erröten. Er hat sie danach gefragt, und so wird sie es ihm erzählen. «Ich saß im Sessel meines Vaters und las. Er mochte es nicht, wenn jemand anders seinen Sessel benutzte, und so sprang ich auf, als er hereinkam. Und dann sahen wir es beide. Ich hatte auf seinen Tallit geblutet. Ein leuchtendes Rot, umso leuchtender gegen das Weiß seines Gebetsmantels. Ich lachte laut auf – mein dreckiges *niddah*-Blut auf seinem Tallit. Es überkam mich einfach.» Sie hält inne und schließt kurz die Augen. «Er schnappte sich eine Tischlampe, riss das Kabel ab und peitschte mich damit. Er schlug mich so heftig, dass die Haut unter meiner Bluse aufplatzte. Meine Mutter schrie ihn an, weil er die Lampe zerbrochen hatte. Und ich konnte nicht aufhören zu lachen, obwohl ich weinte. Er peitschte mich aus dem Haus.» Sie hält inne. «Ich war vierzehn. Alles war von Blut durchtränkt.»

Timothy reibt sich die Wange. «Es tut mir so leid, Kitty. Ich ... ich weiß nicht, was ich sagen soll.»

«Es gibt nichts zu sagen. Ich bin hier, und sie ... sind dort.»

Nach dem Essen schlägt Timothy vor, in einem Club noch etwas zu trinken, aber Kitty schiebt Müdigkeit vor.

«Ich glaube, ich würde lieber heimgehen», sagt sie und tut so, als unterdrückte sie ein Gähnen. «Aber es war ein wundervoller Abend.»

Timothy nickt lächelnd. «Ja, das fand ich auch. Wir sollten noch einmal herkommen.» Er blickt zur Decke auf. «Vielleicht im Frühling, wenn das Ding hier hoffentlich wieder funktioniert.»

Als sie den Lift betreten, um nach unten zu fahren, zwinkert der Hoteldiener Kitty zu. Sie lächelt zurück. Sie kennt ihn aus dem *Del Monte*, wo er früher die Tische abräumte. Seine mit Goldlitzen besetzte kastanienbraune Uniform macht deutlich, dass dies ein Aufstieg für ihn ist.

«In den dritten, bitte», sagte sie leise zu ihm, als er die Tür zuschiebt.

Er wirft ihr einen kurzen, überraschten Blick zu, seine Augen zucken zu Timothy hinüber und wieder zurück. Dann dreht er sich um und bedient den Griff. Als der Lift surrend anhält, zieht der Hoteldiener die Tür auf.

«Dritter Stock», verkündet er.

Timothy runzelt die Stirn und öffnet den Mund, um etwas zu sagen, doch Kitty ergreift seine Hand und drückt sie sanft.

«Es ist ein … ein Gentleman's Club», sagt sie mit ein wenig unsicherer Stimme. Sie ist gleichzeitig freudig erregt und nervös.

Er sieht sie an, zunächst verwirrt, doch dann entspannen sich seine Züge. «Oh», sagt er leise.

«Vielleicht gefällt er dir.»

«Oh», wiederholt er und wirft einen Blick auf den Hoteldiener, der ihn herzlich anlächelt und sagt: «Es gibt dort einen ausgezeichneten Whiskey Sour, Sir.»

Timothy holt tief Atem. «Nun, in diesem Fall ...»

Als er aus dem Lift in das schwach erleuchtete Foyer tritt, hofft Kitty, dass sie nicht zu weit gegangen ist. Aber er ist schließlich ein erwachsener Mann, und wenn es ihm nicht gefällt, kann er jederzeit gehen.

Als sie am nächsten Morgen aufwacht, findet sie eine kleine, in Geschenkpapier eingepackte Schachtel auf ihrem Nachttisch. Timothy muss sie über Nacht hingestellt haben. Sie packt sie neugierig aus. In der Schachtel liegt der Jadedrache.

Einen Monat später kommt Timothy früher als üblich nach Hause. Kitty trägt einen Morgenmantel und hat Lockenwickler im Haar.

«Ich sehe schrecklich aus», sagt sie und hebt die Hand zu ihrem Haar. «Nicht anschauen.»

Aber er lächelt einfach nur geistesabwesend und legt sein Jackett über die Sofalehne. Dann setzt er sich schwerfällig hin. Seine Haut, die im Sommer krebsrot war, ist zu hellrosa verblasst.

«Hättest du gern einen Drink?», fragt sie. Für sie selbst wäre es viel zu früh; sie ist erst seit einigen wenigen Stunden wach, doch etwas an Timothy bringt sie auf den Gedanken, dass er einen gebrauchen könnte.

Sie bereitet ihm ein Glas zu, und als sie es ihm reicht, fällt ihr etwas an seinem Jackett auf. «Was ist das?» Auf seinen linken Ärmel ist ein rotes Band genäht, das mit einem großen ‹B› bestickt ist.

Timothy wirft einen Blick darauf. «Oh. Die müssen wir von jetzt an tragen. Auf japanischen Befehl.»

Kitty sieht weiter unverwandt auf den Ärmel. «Aber wozu? Was bedeutet ‹B›?»

Er seufzt. «‹B› für Britisch. Die Amerikaner tragen ein ‹A›, die Kanadier ein ‹C› und so weiter. Einfach, aber effektiv, wenn sie einmal beschließen, uns alle zusammenzutreiben.»

Kitty sieht ihn verständnislos an.

«Es war ein Scherz», sagt er. «Ich wollte nicht ... Die Japse spielen einfach nur Machtspielchen, das ist alles.»

Kitty lässt den Ärmel fallen und setzt sich hin. Ihr Kinn beginnt zu zittern.

«Ach herrje, Kitty», sagt Timothy. «Wie dumm von mir! Es tut mir leid, ich wollte nicht ...»

Kitty senkt den Kopf. «Alles fällt auseinander, oder? Dies hier war ein Zufluchtsort für uns, aber jetzt ...» Ihre Stimme ist nicht mehr als ein Flüstern.

«Nein, nein. Es tut mir leid. Es war eine dumme Bemerkung. Hör mal, Kitty ...» Er stockt. «Sie ziehen sich zurück», sagt er leise.

«Wer? Wovon redest du?»

«China Printing. Die Firma.» Er nimmt einen Schluck von seinem Drink.

«Sie schließen?»

«Na ja, sie schließen nicht vollständig, sie ziehen nur alle ‹nicht unverzichtbaren Mitarbeiter› ab. Dazu gehöre auch ich.» Beim Sprechen zieht er die Mundwinkel nach unten und stellt sein Glas krachend auf den Couchtisch.

Einen Moment lang glaubt Kitty, es liege daran, dass sein männlicher Stolz verletzt ist. Welcher Mann möchte sich schon für verzichtbar halten. Aber das sähe ihm so gar nicht ähnlich.

«Warum?», fragt sie.

«Die Japaner haben noch mehr besorgniserregenden Lärm gemacht. Ich weiß nicht, wie viel davon einfach nur Säbelrasseln ist, aber die Firma nimmt es ernst. Viele der Ehefrauen und Kinder wurden bereits zurückgeschickt. Und jetzt ist geplant, den hiesigen Teil des Unternehmens zu verkleinern. Offensichtlich», hier verzieht sich sein Mund zu einem für ihn untypischen, höhnischen Lächeln, «gibt es bei den Kriegsanstrengungen zu Hause viel mehr lukrative Geschäfte zu machen.»

Kitty setzt sich neben ihn aufs Sofa. «Wann gehst du von hier weg?»

«Oh, voraussichtlich in einigen Monaten. Es wird eine Weile dauern, alles zu regeln. Und dann ...» Er seufzt, mutloser, als sie ihn je gesehen hat. «Dann bin ich wieder in Manchester.» Sie lehnt sich an ihn, und er sieht sie plötzlich mit einem scharfen Blick an. «Kitty, ich habe nachgedacht.»

Sie greift nach seinem Glas. Mit zitternder Hand führt sie es an die Lippen. Sie trinkt es in einem einzigen Zug leer, doch der Alkohol hilft nicht gegen das Chaos, das in ihren Gedanken ausbricht. Es war zu schön, um wahr zu sein, natürlich. So zu leben war von Anfang an eine Fassade, wie alles andere an diesem Ort; hell schimmernder Dunst. Hat sie wirklich geglaubt, ihr Leben – das einer Ausgestoßenen, eines Flüchtlings – könne immer so weitergehen? Sie braucht noch einen Drink. Dann bemerkt sie, dass Timothy weiterredet.

«Entschuldigung, was hast du gesagt?», fragt sie.

«Ich sagte, ich hätte gern, dass du mitkommst.»

Bevor sie sich daran hindern kann, steigt Gelächter in ihr auf und sprudelt aus ihrem Mund.

Timothys Körper spannt sich an. «Ich hatte es nicht für eine *derart* lächerliche Idee gehalten.»

«Nein, tut mir leid. Es ist nur ...» Sie schüttelt den Kopf, sodass die Lockenwickler wackeln und ziepen. «Es ist ein so verblüffender Gedanke. Mit dir kommen? Wie soll das denn funktionieren? Denkst du etwa, ich hätte nicht fast vom ersten Moment meiner Ankunft an versucht, von hier wegzukommen?» Sie stellt das leere Glas mit einem Knall auf den Tisch. Jetzt steigert sie sich in einen Zustand des Zorns hinein, aber sie kann nicht anders. «Wie oft bin ich zu den Konsulaten gegangen? Die Amerikaner, die Briten, die Franzosen – keiner will Juden! Die Quoten sind ausgeschöpft, aber selbst wenn es noch einen freien Platz gäbe, meinst du, sie wollten dann jemanden wie mich? Wirklich? Für sie bin ich nicht besser als eine Hure.» Sie steht auf. Nach ihrem Ausbruch ist sie erhitzt und atemlos; sie fühlt, wie der Alkohol in ihrem Blut kreist. Sie ist wütend – auf Timothy, auf seine verdammte Firma, auf die Japaner. Und auf sich selbst.

«Bitte setz dich doch», sagt er. «Da ist noch etwas.»

Kitty wirft ihm einen harten Blick zu, setzt sich aber wieder hin. Sie zündet sich eine Zigarette an, weil sie hofft, ihren Zorn so ein wenig zu dämpfen.

«Ich mag dich sehr, Kitty. Das weißt du. Tatsächlich bist du die beste Freundin, die ich jemals hatte.»

Sie verzieht das Gesicht, doch er fährt fort.

«Ich kann ehrlich sagen, dass du mich – na ja, das meiste von mir – besser kennst als irgendjemand sonst. Und ich glaube wirklich, dass du mir vielleicht das Leben gerettet hast.»

«Ach Timothy», sagt sie spöttisch und drückt ihre Kippe im Aschenbecher aus. «Das ist sehr melodramatisch. Ich hatte nicht erwartet, dass du diese Sorte von Schwuchtel bist.» Sie bedauert ihre Worte, sobald sie aus dem Mund sind. «Entschuldigung», sagt sie mit dem nächsten Atemzug.

Er schaut weg, fährt aber fort: «Zumindest hast du meine geistige Zurechnungsfähigkeit gerettet.»

Lange Zeit sagt keiner von ihnen etwas.

Timothy bricht das Schweigen. «Das Wetter in England ist grässlich, das Essen ungenießbar, und die Deutschen legen alles in Schutt und Asche. Wenn du also hierbleiben willst, verstehe ich das, aber ganz ehrlich, falls die Lage sich weiter zuspitzt ...» Er senkt den Blick, und sie sieht, wie rot seine Ohrenspitzen sind. «Dann möchte ich mir nicht vorstellen, dass du hier allein bist.»

Kitty kämpft gegen plötzlich aufsteigende Tränen. Ihre Zunge fühlt sich wie Leder an, aber trotzdem zündet sie sich eine weitere Zigarette an, um nicht zu weinen. Timothy nimmt ihr die Zigarette wortlos aus der Hand und legt ihr den Arm um die Schulter, um sie an sich zu ziehen. Er hält sie fest umfangen, dabei weiß sie, dass ihre Lockenwickler ihn gegen die Brust drücken müssen. Sie lauscht auf das Hämmern in seinem Brustkorb, erst langsam, dann schneller, und plötzlich weiß sie, was seine nächsten Worte sein werden.

«Käthe Blumenthal», sagt er, und sie hört das Lächeln und die Aufrichtigkeit in seiner Stimme. «Wirst du mir die Freude machen, meine Frau zu werden?»

ESTHER

Esther und Aaron treffen im Konzertsaal an der East Seward Road ein. Er ist schlecht gelaunt, weil sie ihn zu der Wohltätigkeitsveranstaltung geschleppt hat, die vom Hilfskomitee zugunsten Hunderter Flüchtlinge veranstaltet wird, die noch im Heim leben und andernfalls von einem langsamen und schrecklichen Hungertod bedroht wären.

«Für den Preis, den sie verlangen, können sie warten, bis ich fertig bin», hat Aaron gesagt, als sie ihn beim Umziehen drängte, sich zu beeilen.

«Helene und Victor werden auf uns warten. Wir können nicht als Letzte hineingehen», erwiderte sie, reichte ihm seine Jacke und versuchte, den Schmutz unter seinen Fingernägeln zu übersehen. «Und es sind doch nur zehn Dollar, um Himmels willen.»

«Du weißt nicht, wofür wir dieses Geld in Zukunft noch brauchen könnten.»

«Und du weißt nicht, wie es ist, in einem Heim zu leben», entgegnete sie bitter und marschierte zur Tür hinaus.

Jetzt ist es bereits zwanzig nach acht, und seit ihrem Aufbruch von zu Hause haben sie noch kein Wort gewechselt. Der Konzertsaal ist gerammelt voll; es müssen über hundert Leute gekommen sein.

Ein intensiver Geruch nach ausgeatmeter Luft und feuchter Wolle hängt im Raum. Hinten im Saal wurde eine hölzerne Bühne aufgebaut, und die Zuhörer sitzen an kleinen runden Tischen davor. Esther macht sich Sorgen, dass sie Helene und Victor nicht vor Beginn des Konzerts finden wird, doch dann entdeckt sie sie durch die rauchgeschwängerte Luft an einem Tisch zur Rechten. Helene winkt ihr zu.

«Ich hatte schon Sorge, dass ihr es nicht mehr rechtzeitig schaffen würdet», sagt Helene, als sie beim Tisch ankommen. Von der anderen Seite des Saals klingt das misstönende Stimmen der Instrumente herüber.

«Bitte entschuldigt die Verspätung», sagt Esther und fügt die Lüge hinzu, die sie sich auf dem Herweg zurechtgelegt hat. «Anneliese wollte zuerst nicht bei den Nachbarn bleiben und hat ein bisschen Theater gemacht.»

«Egal, jetzt seid ihr da. Bitte, setzt euch doch – ich glaube, es geht gleich los.»

Wie aufs Stichwort tritt ein Vertreter des Komitees auf die Bühne und hält eine Rede. Er bedankt sich bei allen für ihr Kommen und ihre Großzügigkeit und bittet sie, in diesen finsteren Zeiten die Not nicht zu vergessen, in der so viele Glaubensbrüder stecken. Er spricht ein kurzes Gebet, und die versammelten Gäste sagen «Amen».

«Und jetzt», schließt der Mann mit einem breiten Lächeln, «wünsche ich Ihnen einen angenehmen Abend. Einige der besten Musiker der Stadt sind gekommen, um heute für Sie zu spielen. Eine Mischung aus Klezmer und klassischer Musik – etwas für jeden Geschmack, hoffe ich.»

Gleich darauf beginnt die Musik, eine hoppelnde Klezmer-Melodie in einer harmonischen Molltonart, die von einer Gruppe ernster, bärtiger Männer gespielt wird. Die Klarinette ist traurig und bewegend, doch die Fiedel fügt eine Andeutung von Humor hinzu, fast etwas Durchtriebenes. Esther schließt die Augen und lässt ihre Gedanken von der Musik mal in diese, mal in jene Richtung ziehen. Die Melodie ist osteuropäisch, vielleicht russisch, und entspricht nicht der Art Musik, mit der sie aufgewachsen ist. Dennoch lässt sie etwas in ihr anklingen und weckt die Erinnerung an die Hochzeit einer Verwandten vor vielen Jahren, als sie noch zu jung und schüchtern war, um zu tanzen.

Wenn jemand sie nach ihrer Meinung fragte, würde sie, ohne zu zögern, erklären, dass es so etwas wie jüdische Musik nicht gibt – genauso wenig wie katholische oder buddhistische Musik. Doch hier und jetzt, eingetaucht in diese Flut von Klängen, kann sie ihre Anziehungskraft nicht abstreiten. Die Musik ist wie ein unsichtbarer Haken, der an etwas tief in ihrem Inneren zieht. Klagend und ekstatisch zugleich. Sie war so lange nicht mehr in einer Synagoge. Aaron hat keinen Glauben, hat sich nie um den Glauben geschert, und sie selbst hat manchmal gespürt, wie ihr der eigene Glaube zwischen den Fingern zerrann. Aber sie sollte wenigstens Anneliese die Wahl geben. Sie beschließt, Samstag mit ihr in die Synagoge zu gehen.

Sie wird aus ihren Gedanken gerissen, als die Musik zu einer lebhafteren Weise wechselt – einer Polka.

Victor steht auf. «Liebling?» Er streckt Helene die Hand hin. «Sollen wir?»

Helene lässt sich lächelnd von ihm auf die Tanzfläche führen, wo die beiden so elegant zu tanzen beginnen, dass man meinen könnte, sie täten den ganzen Tag nichts anderes.

Zu Esthers Überraschung springt Aaron auf und ergreift ihre Hand. «Es ist eine Weile her», sagt er. «Komm, versuchen wir es.»

Sie kommt taumelnd auf die Beine. Sie weiß nicht, ob sie ihm einfach so verzeihen soll, nur für ein Lächeln und eine Aufforderung zum Tanz. Aber die Musik taucht sie in ihr Gewirbel von steigenden und fallenden Tönen, und ihre Verärgerung schwindet. Sie ergreift seine Hand.

Sie tanzen und tanzen – eine Polka, einen Foxtrott, einen Walzer; die Erinnerung an ihre Tanzkurse als Jugendliche hilft ihr bei den Schritten. Dann macht die Musik eine Pause, und Aaron entschuldigt sich, weil er sich etwas zu trinken holen will. Sie steht kurz still und tappt mit dem Fuß den Rhythmus des vorangegangenen Stücks, da setzt die Musik wieder ein. Ehe sie sich's versieht, wird sie von den anderen Tänzern, die einen Kreis gebildet haben, in einen schwindelerregenden Wirbel hineingezogen. Sie kennt die Schritte nicht, falls es überhaupt eine Choreographie gibt, und lässt sich hin und her ziehen – zwei Schritte nach rechts, zwei Schritte nach links, einmal aufstampfen und in die Hände klatschen. Schließlich teilen sich die Tänzer zu Paaren auf, und Esther ergreift dankbar den Arm eines älteren Herrn, der sie lächelnd gekonnt über die Tanzfläche führt. Ein neuer Rhythmus, eine Drehung, und sie wird wie ein Kreisel in die weit geöffneten Arme eines weiteren Tänzers gewirbelt. Sie kommt kaum zu Atem – sie ist entzückt und vom Tanz berauscht, und allmählich begreift sie das Tempo von stehen bleiben, aufstampfen, in die Hände klatschen und herumwirbeln.

Sie dreht sich herum, ihrem nächsten Partner entgegen. Diesmal erwartet sie jedoch kein Willkommen.

Sie erkennt das höhnische Grinsen sofort, doch es ist so sehr aus dem Zusammenhang gerissen, dass sie ein paar Sekunden braucht, um den Mann einzuordnen. Unterdessen hat Franz Hohlbein den Arm um sie gelegt und zieht sie an sich.

«Ich will nicht ...», beginnt sie, doch gegen den mitreißenden Rhythmus des Tanzes hat sie keine Chance. Sie wird immer wieder im Kreis gewirbelt, während Hohlbein ihre Taille mit seinen starken Fingern umklammert hält.

«Noch immer nicht verheiratet?», nuschelt er ihr ins Ohr, und als sie nicht sofort antwortet, dreht er den Kopf so, dass seine Nase fast die ihre berührt – sie riecht Wein und Knoblauch in seinem Atem –, und drückt seine feuchten Lippen auf ihre, zwingt sie mit der Zunge auf, während er ihr Kinn mit der Hand umfängt, um sie am Zurückweichen zu hindern. Sie wird von hinten von einem tanzenden Paar angerempelt, was dazu führt, dass ihre Zähne gegen die von Hohlbein stoßen. Endlich wehrt sie sich gegen ihn, entreißt sich ihm und drängt sich mit gesenktem Kopf, den ganzen Körper in Aufruhr, zwischen den Tänzern hindurch zu ihrem Tisch zurück.

«Genug getanzt, Liebling?», fragt Aaron lachend. Seine Augen sind glasig.

Sie antwortet nicht, empfindet aber eine beschämte Erleichterung, dass er es nicht gesehen hat und sie keine Fragen beantworten muss. Sie hebt den Arm und wischt sich immer wieder mit dem Ärmel über den Mund.

Helene, deren Wangen reizend gerötet sind, beugt sich über den Tisch. «Ist alles in Ordnung?»

«Ja», murmelt Esther. «Ich bin einfach nur ein bisschen außer Atem.»

Aaron steht auf. «Komm, ich hole dir noch ein Glas Wein, Liebling.»

Sie will keinen Wein. Sie will einfach nur weg; weg von der Hitze, dem Gedränge und dem Lärm – gerade erhebt sich donnernder Applaus, da die Musiker sich verbeugen und die Bühne verlassen, um Platz für ein Streichquartett zu machen. Sie brennt innerlich, spürt noch immer das übelkeiterregende Gefühl von Hohlbeins Lippen auf ihren, als hätte sie dort eine widerliche Quetschung.

«... vielleicht ein wenig frische Luft?»

Helene redet mit ihr. Esther schüttelt den Kopf. Wenn sie jetzt nach draußen geht, wird sie vielleicht auf direktem Wege nach Hause eilen, so fürchtet sie. Dabei hat sie so schrecklich lang darauf gewartet, Aaron so fröhlich zu sehen wie heute Abend. Nein. Sie wird bleiben. Vielleicht wird die Musik sie beruhigen – gerade hat ein schmerzlich schönes Schubert-Stück begonnen. Und tatsächlich wird sie ruhiger, zumindest ein wenig, doch für den Rest des Abends bleibt das gespenstische Gefühl, dass Hohlbein sie von irgendwo im Saal anstarrt, die Augen scharf und glänzend, der Mund feucht und übelriechend.

Mitternacht ist schon vorüber, als Esther eine sehr schläfrige Anneliese bei den Nachbarn abholt. Als sie mit ihrer müden Tochter auf dem Arm in die Wohnung kommt, sitzt Aaron im matten Licht der Kerosinlampe zusammengesunken am Tisch. Esther spürt sofort, dass etwas nicht stimmt.

«Ich habe Neuigkeiten», sagt er und hält einen Brief hoch.

Sie setzt sich neben ihn. «Was für welche?», fragt sie. Anneliese, die jetzt auf ihrem Schoß sitzt, drückt sich zitternd an den Körper ihrer Mutter.

«Als ich mich für das Architekturprojekt beworben habe, sagten sie, sie würden die Stelle dem Besten geben.»

«Ach, Aaron, es tut mir furchtbar leid.»

Er erwidert nichts. Dann greift er in seine Schultertasche

und holt etwas heraus. Er stellt es krachend auf den Tisch. Eine Flasche funkelnden Wein.

«Wie sich herausgestellt hat, bin *ich* der Beste für den Job.»

Esther setzt Anneliese von ihrem Schoß herunter und steht auf. «Du hast die Stelle bekommen? Wirklich?»

Er nickt mit breitem Lächeln. «Ja, wirklich. In ein paar Monaten fange ich an.» Er springt auf, schnappt sich Anneliese und wirbelt mit ihr in den Armen herum. «Ich habe eine neue Arbeit, Anni, eine wundervolle Arbeit, die beste Arbeit der Welt.»

Anneliese lacht und quietscht, während er sie immer schneller herumwirbelt. Esther tut schon das Gesicht weh vom strahlenden Lächeln. So wie jetzt hat sie sich schon ewig nicht mehr gefühlt. Sie ist schwindelig vor Glück und Hoffnung.

Aaron hört endlich auf herumzuwirbeln und setzt die erhitzte Anneliese ab. Sie wendet sich Esther zu. «Mama, warum weinst du?»

«Ich weiß es nicht, Herzchen. Wirklich nicht.»

KITTY

Das Amt liegt in einem kleinen Gebäude an der Myburgh Road, eingequetscht zwischen Essensständen, Schmuckläden und Waschsalons. Das ehemalige Konsulat, ein schöner Neo-Renaissance-Bau am Bund, wurde vor mehreren Monaten von den Japanern requiriert, und jetzt dient dieses schmuddelige Gebäude hier der Eintragung von Geburten, Todesfällen und Eheschließungen britischer Bürger.

Kitty geht langsamer, um sich vor dem japanischen Wachsoldaten am Eingang zu verbeugen, und beschleunigt ihren Schritt, sobald sie drinnen ist. Sie möchte nicht zu spät kommen, auch wenn das bei manchen als schick gilt. Auf den Bänken im Korridor sitzen Leute, doch Timothy ist nicht unter ihnen. Die zerfetzten Überreste einer selbstgebastelten grün-roten Papiergirlande hängen an einer Wand, eine Erinnerung an das gerade erst zurückliegende Weihnachtsfest.

Kitty streicht ihren Mantel hinten glatt und setzt sich auf eine der leeren Bänke. Sie zieht ihre Handschuhe aus und reibt sich die Hände, um ihre eiskalten Fingerspitzen zu wärmen. Dabei überlegt sie, wo Timothy wohl stecken mag. Er kommt selten zu spät. Wenn sie nachher heimkommen, werden sie ein leichtes Abendessen zu sich nehmen und früh schlafen gehen.

Timothy hat in der vergangenen Nacht bei einem Freund geschlafen. Seine Dienerin Huìqín hat darauf bestanden, dass Kitty und er die Nacht vor ihrem Hochzeitstag getrennt verbringen.

«Aber ihr habt diese Sitte doch gar nicht», wandte Kitty ein, als Huìqín Timothys Koffer für eine Nacht packte.

«Ich nicht heiraten», entgegnete Huìquín. «Du heiraten. Du Sitte. Schlecht, schlecht Glück, wenn nicht Sitte ehren.»

Über die Wahl von Kittys Kleid gab es dagegen keine Diskussion. Unter ihrem Mantel trägt sie ein flaschengrünes Baumwollkleid mit spitzenbesetzten Schmetterlingsärmeln, das sie eigens für den Anlass gekauft und das Huìqín passend gemacht hat. Die Dienerin schlug Grün statt Weiß vor, das Kitty aus ihren eigenen Gründen ohnehin nicht getragen hätte. Huìqín versicherte ihr, dass Grün Glück bringe.

«Symbol für Geld», sagte sie. «Farbe Weiß nicht gut. Weiß für Beerdigung. *Unsere* Sitte.»

Ein Evakuierungsschiff, die *HMS Ladybird*, legt morgen nach England ab. Es soll die letzten verbliebenen britischen Familien in Sicherheit bringen. Heute Abend werden sie und Timothy das sein – eine Familie, und sie wird genauso britisch sein wie er. Ihre Koffer stehen gepackt im Flur der Wohnung in der Bubbling Well Road. Timothy wird seine letzten Kleinigkeiten heute Vormittag gepackt haben, während sie sich in Monsieur Marcels Salon das Haar richten ließ. Der Gedanke an England liegt ihr noch immer im Magen wie eine unverdaute Mahlzeit, doch sie versucht, nicht daran zu denken. Wenn sie nur von hier wegkommt, könnte es ihretwegen auch zum Mond gehen.

Sie trägt keine Armbanduhr, und so wendet sie sich an ihren Nachbarn, um ihn nach der Zeit zu fragen. Er ist ein älterer Herr mit einer Knollennase und einem Backenbart, der seit mindestens zwanzig Jahren außer Mode ist. Kitty bemerkt seine rote Armbinde, deren eingesticktes ‹B› bereits ausgefranst ist. Er wirft ihr kaum einen Blick zu, als sie ihn nach der Zeit fragt, gibt ihr aber die erwünschte Auskunft: Es ist halb drei. Sie bedankt sich bei dem Mann und zieht ihre Handschuhe wieder an. Timothy und sie waren um zwei Uhr hier verabredet. Allmählich wird sie unruhig. Wo zum Teufel steckt er?

Sie steht auf und geht zur Tür. Sie braucht dringend eine Zigarette, aber die sind ihr gestern Abend ausgegangen. Wartet Timothy vielleicht draußen? Auf der Straße liegt die schlechte Luft wie ein schwerer Schleier über Shanghai, und der vertraute Schwefelgeruch reizt ihre Kehle und lässt sie husten. Der japanische Wächter steht in seiner Uniform fröstelnd am Eingang, sein Atem bildet ein weißes Wölkchen vor seinem Mund. Für einen Sekundenbruchteil tut er Kitty ein wenig leid, weil er dort draußen in der beißenden Kälte steht. Doch er wendet sich ihr zu und speit einige abgehackte Worte heraus, die sie nicht versteht, die aber gewiss nichts Gutes bedeuten, und ihr Mitgefühl verschwindet.

Sie kehrt in die relative Wärme des Korridors zurück. Gab es irgendein Missverständnis? Sie wollten sich um zwei Uhr treffen, das steht außer Zweifel. Sie reibt sich die Oberarme. Und dann überkommt sie zum ersten Mal, seit sie diesen lächerlichen Plan ausgeheckt haben, ein panikartiger Anflug von Zweifel. Hat er vielleicht seine Meinung geändert? Vielleicht hat er nun doch beschlossen, ohne sie aufzubrechen. Sie holt tief Luft, um sich zu beruhigen, doch die Kälte kitzelt sie in der Kehle. Sie könnte ihm keinen Vorwurf machen; trotz allem schuldet dieser Mann ihr nichts.

Dann wird Mr Backenbart ins Amtszimmer gerufen. Sein Platz wird von einer mageren, blassen Mutter mit einem von Blähungen geplagten Baby übernommen, das sie auf den Knien schaukelt. Das hilft aber nichts; falls überhaupt, schreit das Kind dadurch nur umso lauter. Vielleicht musste die Mutter ihre *Amah* entlassen und weiß nicht, wie sie das Kind selbst beruhigen soll. Sein Geheul scheint die Kälte noch beißender zu machen. Kitty versucht, ihre Gereiztheit zu unterdrücken – schließlich kann das Baby nichts dafür –, aber nach weiteren zehn Minuten steht sie erneut auf und klopft an die Bürotür der Sekretärin.

Die über eine Schreibmaschine gebeugte Sekretärin blickt auf, als Kitty hereinkommt. Sie lächelt nicht.

«Ja?» Ihr Tonfall klingt erschöpft.

«Dürfte ich vielleicht Ihr Telefon benutzen?», fragt Kitty so einschmeichelnd, wie sie kann.

Die Frau zieht die Mundwinkel herunter. «Es spinnt leider.»

«Entschuldigung?»

«Es spinnt.» Die Frau seufzt. «Es funktioniert im Moment nicht», erklärt sie langsam, als redete sie mit einem zurückgebliebenen Kind. «Es ist kaputt.»

«Oh.» Kitty zieht sich aus dem Büro zurück und beachtet den Ruf der Frau nicht, sie solle doch bitte sehr die Tür hinter sich schließen.

In der Wohnung, dem einzigen Ort, an dem Timothy sein könnte, findet sie die Tür weit offen vor. Alles ist verwüstet. Die Vorhänge wurden von den Vorhangstangen gezerrt, seidene Wandschirme sind zerrissen und umgekippt, und überall liegen Glas- und Porzellanscherben herum. Mitten im Flur liegt Huìqín in Embryonalhaltung auf dem Boden.

Kitty tritt einen Schritt auf sie zu. «Huìqín, was ist geschehen?»

Huìqín antwortet nicht. Sie schluchzt.

«Timothy!», ruft Kitty laut und stürzt ins Schlafzimmer. Dort ist das Chaos genauso groß. «Timothy! Wo bist du?»

Sie kehrt in den Flur zurück und versucht, Huìqín in eine sitzende Haltung hochzuziehen. Auf deren Armen sieht sie Dutzende kleine, runde Brandwunden. «Sag mir, was passiert ist. Wo ist Timothy?»

Huìqín heult nur noch lauter. Kitty kniet sich hin und verpasst ihr eine Ohrfeige – kräftig. Ihre Handfläche brennt, aber sie hat die gewünschte Wirkung. Huìqín verstummt und sieht Kitty mit aufgerissenen Augen an.

«Sie kommen ihn holen, sie nehmen ihn. Heute Morgen. Als er packen kommt.»

«Wer hat ihn mitgenommen?», fragt Kitty, eine aufsteigende Panik in der Kehle. «Huìqín», schreit sie, denn die Frau ist erneut erschlafft und schluchzt auch wieder. «Huìqín. Sag mir, wer hat ihn mitgenommen? Waren es Soldaten?»

Huìqín nickt und stößt einen letzten Schluchzer aus. Sie zieht die Augenbrauen finster zusammen. *«Dōngyáng guǎzi»*, flüstert sie, dreht den Kopf zur Seite und spuckt auf den Boden.

Kitty schaudert zusammen, ein Schaudern reinen Entsetzens. *Guǐzi.* Huìqíns Wort für Teufel. Die Japaner haben Huìqíns Master Timothy mitgenommen.

FEBRUAR 1943
BIS
AUGUST 1944

ESTHER

Der Winter war bisher mild; dennoch ist das Wartezimmer in der Praxis der Sterns voll. Esther sitzt hinter der Empfangstheke in einer Ecke des Wartezimmers und geht die einzelnen Kunden durch. Sie hat drei Stapel: Außenstände, bezahlte Rechnungen und Rechnungen, die vermutlich niemals bezahlt werden. Dieser dritte Stapel wird jede Woche größer. Victor Stern wird diese Rechnungen bei seiner Rückkehr wegwerfen. Er ist draußen unterwegs; einmal wöchentlich lässt er sich von Dr. Chén ausbilden, einem einheimischen Arzt mit langen Fingernägeln, der Victor zufolge ein *zhōngyī* ist – ein Meister der Kräuterkunde und Akupunktur.

Helene befindet sich mit einer Patientin im Behandlungszimmer, einer Frau mittleren Alters aus Stuttgart, die regelmäßig in die Praxis kommt. Plötzlich erhebt Helene hinter der geschlossenen Tür die Stimme: «Es ist nur eine verdammte Warze!», schreit sie.

Einige Patienten, die vor Esther im Wartezimmer sitzen, drehen die Köpfe. Einer murmelt lautlos etwas. Im Behandlungszimmer antwortet die Frau auf Helenes Ausbruch, doch Esther kann nicht verstehen, was sie sagt. Gleich darauf fliegt die Tür auf, und Helene weist ihr den Weg nach draußen. «Und kommen Sie erst zurück, wenn Sie Fleckfieber haben!»

Sie wirft Esther einen Blick zu, das Gesicht noch immer von Verärgerung erfüllt, doch dann hustet einer der Patienten, und Helene blinzelt. Ihre Züge werden weicher, und sie schüttelt den Kopf. «Ich weiß nicht, wo manche von ihnen sich ihrer Meinung nach befinden», brummt sie. Sie ruft den nächsten Patienten auf und kehrt ins Behandlungszimmer zurück.

Esther wendet sich wieder der Buchhaltung zu. Die verbliebenen Patienten sitzen still da und warten, nur ein oder zwei husten oder schniefen. Bis vor kurzem war das Wartezimmer ein Treibhaus für den Austausch von Gerüchten und Neuigkeiten – unbedeutenden genauso wie wichtigen. Viele der Patienten waren frisch eingetroffene Flüchtlinge, die mit dem Klima Probleme hatten. Nach Hungerrationen in Deutschland oder monatelanger willkürlicher Inhaftierung waren sie mit ihrer angeschlagenen Gesundheit den exotischen Temperaturen und den unbekannten Krankheitserregern nicht gewachsen. Ohne etwas Böses zu ahnen, kauften sie die smaragdgrünen Wassermelonen, da sie nicht wussten, dass sie mit schmutzigem Wasser aufgespritzt worden waren, um ihr Gewicht zu vergrößern – und den Gewinn des Verkäufers zu mehren. Doch heute ist es im Wartezimmer still, abgesehen von gelegentlichem Husten oder dem Geräusch scharrender Füße. Seit Monaten gibt es kaum noch Nachrichten aus erster Hand aus Europa, da die letzten Flüchtlinge im Sommer eingetroffen sind. Danach verboten die japanischen Behörden jede weitere Immigration. Die Nachricht von der jüngst erlittenen Niederlage der Deutschen bei Stalingrad hat alle eine Zeitlang aufgemuntert, doch nach einigen Tagen legte sich der Jubel, da man erkannte, dass sich hier, auf der anderen Seite der Welt, nichts geändert hatte.

Helenes Patient verlässt das Behandlungszimmer im selben Moment, in dem Victor Stern die Praxis betritt. Esther steht auf und begrüßt ihn. «Ich habe die Abrechnungen für diesen Monat auf deinen Schreibtisch gelegt, aber ich brauche ...»

«Entschuldigung, Esther», unterbricht er sie. «Ich muss mit Helene sprechen.» Er fegt an ihr vorbei ins Behandlungszimmer seiner Frau und bleibt nicht einmal stehen, um Hut und Mantel abzulegen.

Bestürzt setzt Esther sich wieder hin. Dann steht sie auf, ohne die neugierigen Blicke der Leute im Wartezimmer zu beachten. Sie klopft leise an Helenes Tür und öffnet sie. Victor liest laut aus einer Zeitung vor. Helene steht am Fenster und hat mit einer Hand ihre Stuhllehne umklammert.

«Etwas ist geschehen», sagt Esther. Victor schaut auf und wirft ihr einen Blick zu, wendet seine Aufmerksamkeit dann aber wieder der Zeitung in seiner Hand zu. Sie kann sehen, dass seine Hand zittert.

«... werden auf das unten beschriebene Gebiet des International Settlement beschränkt: Es ist im Osten durch die Linie begrenzt, die die Chaoufong Road, die Muirhead Road und die Dent Road verbindet; im Westen durch den Fluss Jangtse; im Norden durch die Linie von der East Seward Road, über die Muirhead Road zur Wayside Road und im Süden von der Grenze des International Settlement. Die staatenlosen Flüchtlinge, die derzeit in Stadtbezirken außerhalb des oben beschriebenen Gebiets wohnen oder Geschäfte betreiben, müssen ihre Wohnung oder ihren Unternehmenssitz bis zum 18. Mai 1943 in das gekennzeichnete Gebiet verlegen.»

Er bricht die Lektüre ab und sieht seine Frau an. «Sie lassen uns drei Monate.»

«Sie stecken uns in ein Ghetto», sagt Helene langsam. Ihr Gesicht ist bleich.

Esther tritt vor. «Was ist los? Was für ein Ghetto?»

Victor wendet sich ihr zu. «Die Japaner haben eine Bekanntmachung veröffentlicht», sagt er mit zitternder Stimme. «Sie steht hier in der Zeitung.» Er hält die Ausgabe des *Shanghai Herald* hoch. Esther nimmt die Zeitung entgegen und überfliegt den Artikel.

Sie blickt zu Victor auf. «Aber Aaron und ich wohnen am Broadway», sagt sie. «Das liegt außerhalb dieses ... dieses Gebiets.»

«Dasselbe gilt für die Praxis», ergänzt Victor. Seine Stimme ist leise.

«Aber sie können uns doch gewiss nicht zum Umziehen *zwingen*!», sagt Helene ungläubig. «Das Gebiet misst doch nur eine Quadratmeile oder so. Wie sollen wir da alle reinpassen?» Sie tritt vor und legt wortlos die Arme um ihren Mann. Dann beginnt sie zu weinen.

«Schsch, mein Herz», sagt Victor. «Wir haben so vieles geschafft. Das werden wir ebenfalls schaffen.»

«Aber was ist mit Aarons Stelle?», fragt Esther. Der Gedanke trifft sie wie ein Stich. «Sein neuer Arbeitsplatz liegt im Franzosenviertel. Was sollen wir nur tun?»

Es klopft leise an der Tür, und eine Patientin schaut herein. «Frau Dr. Stern?», sagt sie knapp. «Ich warte jetzt schon sehr lange.»

Victor, der noch immer seine Frau im Arm hält, wendet sich zu ihr um. «Es tut mir leid, Frau Löwenstein, aber wir haben eine schlechte Nachricht erhalten. Wir müssen Ihnen einen neuen Termin geben.»

«Aber ...»

Esther geht zur Tür. Sie unterdrückt das Beben in ihrer Stimme. «Frau Löwenstein, Sie müssen jetzt gehen. Ich sorge dafür, dass Sie morgen als erste Patientin drankommen. Seien Sie einfach um neun Uhr hier.»

Die Frau zögert, lässt sich dann aber von Esther aus dem Raum führen.

Zehn Minuten später schließt Esther die Praxis ab und macht sich auf den Weg zur Schule, um Anneliese abzuholen. Draußen ist die Sonne herausgekommen, aber ihr Licht ist blass und kalt. Sie zieht den Mantelkragen enger und geht los.

Als sie mit Anneliese zu Hause ankommt, ist Aaron draußen und ersetzt gerade ein paar fehlende Schrauben und Muttern einer Schubkarre.

«Hast du es schon gehört?», fragt Esther, als sie zu ihm tritt.

Die Sonne ist bereits hinter dem gegenüberliegenden Gebäude verschwunden, und die Gasse ist grau und dunkel.

Er blickt nicht auf. «Nichts verbreitet sich schneller als schlechte Nachrichten.»

«Was sollen wir nur tun?»

Aarons Schraubenschlüssel rutscht an einer Schraubenmutter ab und fällt zu Boden. «Verdammt!», murmelt er und bückt sich, um ihn aufzuheben. Ein Windstoß fährt durch die Gasse und trägt eine Wolke von Papierabfällen mit sich. Esther beugt sich zu Anneliese hinunter. «Anni», sagt sie leise, «geh schon mal rein und wasch dir die Hände. Ich komme gleich nach.»

Anneliese trödelt einen Moment, da sie dic Spannungen spürt, aber Esther schiebt sie leicht in Richtung Tür, und sie hüpft nach drinnen.

«Was sollen wir nur tun?», wiederholt Esther, diesmal allerdings leiser, als spräche sie mit sich selbst.

«Ich weiß es nicht», antwortet Aaron. Er kniet auf dem kalten Boden und zieht die Mutter an. «Ich weiß es wirklich nicht. Wir müssen ... wir müssen etwas in dem Gebiet finden. Ich überlege mir etwas.»

«Aber wie? Das Viertel ist ohnehin schon überbevölkert! Und dann noch ein paar tausend Menschen mehr? Wie groß ist da unsere Hoffnung, etwas zu finden? Ohne Geld.» Sie merkt, dass sie zittert, und versucht, ihre Panik herunterzuschlucken. «O Gott, Aaron, dann müssen wir in einem Heim leben, oder?» Ein sonderbares Geräusch entschlüpft ihrem Mund, etwas zwischen einem Stöhnen und einem Klagelaut. «Anni würde es nicht überleben! Du machst dir keine Vorstellung, in welcher Verfassung sie damals dort war!»

Aaron schiebt ruhig den Schraubenschlüssel in seinen Werkzeuggürtel und richtet sich auf. Er zündet sich eine Zigarette an, und sie bemerkt, wie rot und rissig seine Hände sind. «Uns bleiben noch drei Monate», sagt er und wendet sich ihr zu. «Wir finden eine Lösung, keine Sorge. Wenn ...»

«Aber was ist mit deiner neuen Stelle? Sie sollte alles verändern, und jetzt ...»

Dann sieht sie es: ein tiefer Riss in seiner Augenbraue, das Blut schon fast geronnen und dunkel, und eine Schwellung an seinem Unterkiefer, eine hässliche Prellung.

«Aaron, was ist mit deinem Gesicht passiert?» Sie hebt die Hand, aber er zieht den Kopf weg.

«Nichts.»

«Aber dein Auge! Das muss vielleicht genäht werden. Hast du ... hast du dich geprügelt?»

Aaron sieht sie scharf an. «Beruhige dich, Herrgott noch mal!» Er zieht an seiner Zigarette und stößt den Qualm mit einem Schnauben aus. «Ich bin heute Nachmittag überfallen worden, ganz in der Nähe der Wha Ching Road. Zwei Chinesen haben mich gepackt und in eine Gasse gezerrt, bevor ich reagieren konnte. Als sie bei mir nichts Wertvolles gefunden haben, haben sie mir ein paar Hiebe verpasst.»

«Du solltest zum Arzt gehen.»

Er schüttelt den Kopf. «Nicht der Mühe wert. Nachher reibe ich die Stelle mit Salbe ein.»

Esther tritt einen Schritt zurück und blickt auf ihre abgenutzten, schmutzigen Schuhe hinunter. Ihr Mund ist trocken. «Es wird niemals besser werden, oder? Wir werden hier bis an unser Lebensende festsitzen, in dieser fürchterlichen Stadt, oder? Es wird immer –»

Aaron unterbricht sie. «Denkst du, mit deinem Selbstmitleid änderst du irgendetwas daran?», schreit er.

Sie reißt bestürzt den Kopf hoch. Sein Gesichtsausdruck ist finster und hart.

«Mir stehen dein Defätismus und dein Gejammer bis hier!» Er hebt die Hand auf Augenhöhe, berührt dabei versehentlich die Wunde und zuckt zusammen. «Scheiße.»

«Streitet ihr euch?», fragt ein verschüchtertes Stimmchen hinter ihnen.

Esther fährt herum. «Nein, Herzchen», sagt sie. «Wir reden einfach nur miteinander.»

«Genau, Anni», pflichtet Aaron ihr bei, jetzt wieder mit ruhiger Stimme. «Wir reden über Erwachsenensachen. Jetzt ab mit dir, dann schaue ich gleich, ob ich nicht zum Nachtisch etwas für dich habe.»

Anneliese zögert, zieht sich dann aber in die Wohnung zurück.

«Warum musst du mich so anschreien?», fragt Esther, die mit den Tränen kämpft. «Ist es so unerträglich, mit mir zusammenzuleben?»

«Nein! Du bist meine Allerliebste!» Er tritt näher und nimmt ihre Hände in seine. «Es tut mir leid. Wir sollten uns nicht streiten.»

Esther lässt zu, dass er ihre Hände küsst, aber in seinen Augen erkennt sie etwas Kaltes und nicht Deutbares. Er bemerkt, dass sie ihn anstarrt, und wendet den Blick ab.

KITTY

Als Kitty zu sich kommt, sitzt sie auf dem Straßenpflaster, gegen eine Hauswand gelehnt wie eine Bettlerin, gebrochen und verzweifelt. Sie weiß nicht, wie sie hergekommen ist, aber ihr brummt der Schädel, und wenn sie im Sitzen ihr Gewicht verlagert, spürt sie, dass sie zwischen den Beinen wund ist. Ihre Haut ist klebrig und heiß. Sie beginnt zu zittern, kann nicht damit aufhören, hat keine Kontrolle über ihre Muskeln und klappernden Zähne. Sie stöhnt. Schon vom Klang tut ihr die Kehle weh.

Die Straße, in der sie sitzt, ist still. Nur gelegentlich hört man das Quietschen einer Rikscha, die irgendwo in der Nähe über eine Hauptstraße rollt, und aus der Ferne dringen hin und wieder Rufe und Gelächter heran. Ihre Augen sind geschwollen und trocken, sie jucken unerträglich, aber sie kann sich nicht aufraffen, sie zu reiben. Im Dämmerlicht des Tagesanbruchs sieht sie auf eine Reihe niedriger schwarzgrau verfärbter Mietshäuser gegenüber. Wenn sie die Augen anstrengt, kann sie weiter rechts gerade noch den Umriss einer riesigen Lagerhalle oder Fabrik erkennen. Der Ort kommt ihr gleichzeitig vertraut und fremd vor. Ihre schmuddelige Bleibe – das Zimmer, das sie mit drei weiteren Frauen teilt, die die Miete auf jede ihnen mögliche Art zusammenkratzen – könnte zehn Meter entfernt liegen oder zehn Kilometer, sie hat keine Ahnung. Sie hat aufgegeben. Die Stadt hat sie geschlagen.

Sie schließt die Augen. Aus dem Geruch nach verrottendem Fisch und Dieselabgasen schließt sie, dass sie sich irgendwo in der Nähe des Flusses befinden muss. Ihre Knochen schmerzen. Auch ihre Blase tut weh. Dann hört sie etwas zu ihrer Linken. Schlurfende Schritte. Ein Bettler oder ein Straßenhändler. Sie zwingt sich, die Augen zu öffnen, als er sich zu ihr vorbeugt. Sein Gesicht ist verschwitzt; an der Kehle hat er einen Kropf. Sie dreht den Kopf weg, um seinem flehenden Blick zu entgehen, und er zieht weiter.

Ganz dumpf erinnert sie sich an Musik, matt und gedämpft, und Qualm – sehr, sehr süßen Qualm. Männer. Nicht nur einer wie üblich; mehrere, eine Gruppe, ein Mob. Bei der Erinnerung dreht es ihr den Magen um. Als ein Würgekrampf sie erfasst, dreht sie den Kopf zur Seite, doch es kommt nichts heraus. Danach ist ihr schwindelig und sie ist erschöpft. Sie lässt den Kopf zurückfallen, und er schlägt mit einem dumpfen Rums gegen die Wand. Vielleicht hat sie erneut das Bewusstsein verloren oder ist eine Weile eingenickt, denn plötzlich bemerkt sie Bewegung zu ihrer Rechten, einige hundert Meter entfernt. In der Fabrik muss eine Schicht geendet haben, denn Dutzende Menschen strömen aus ihr heraus und auf die Hauptstraße. Ihr Herz bebt – soll sie um Hilfe rufen? Oder handelt sie sich damit nur neues Leid ein? Sie zittert am ganzen Körper und verzieht das Gesicht.

Wieder Schritte, näher, sie kommen in ihre Richtung. Forsch und zielstrebig. Zwei Männer, deren Gesichter im Schatten liegen. Sie bleiben vor ihr stehen und beugen sich über sie.

«Lasst mich ...» Ihre Stimme ist nur noch ein heiseres, schmerzliches Flüstern. Sie schluckt und versucht es erneut. «Lasst mich in Ruhe.»

Eine Hand fasst sie unter dem Arm – sie spürt ihre Wärme in den feuchten Achselhöhlen – und versucht, sie hochzuziehen. Sie widersetzt sich, so gut sie kann, aber sie hat keine Kraft. Sie beginnt zu weinen. Die Männer wechseln ein paar Worte auf Chinesisch und ziehen sie schließlich auf die Beine.

«Bitte ...», beginnt Kitty erneut und sieht den kleineren der beiden an. Er lächelt sie an, und sie japst nach Luft. Sie muss den Verstand verloren haben. «Wing?»

周翼

Was sagt sie?», fragt Huà mit gesenkter Stimme.

Yì kniet sich neben der Matte nieder, auf der Nǎinai früher geschlafen hat, und blickt auf Mamselle Kitty hinunter. «Wing», sagt er. «Das ist ihr Name für mich.»

Huà zieht die Luft durch die Zähne ein. «Sie hat sich nicht die Mühe gemacht, deinen richtigen Namen zu lernen?»

«Wing ist der einzige Name, den sie kennt.» Er deckt sie mit einer zerlumpten Decke zu, trotz der Hitze. Aber ihre Strümpfe sind zerrissen und ihr Kleid ist dreckig. Er hat das Gefühl, dass er ihre Würde beschützen muss. Als er ihr die Decke bis zur Brust hochzieht, bemerkt er hässliche Quetschungen und Prellungen an ihren Armen. Dann sieht er den Anhänger an ihrem Hals. «Die Weiße Tara», flüstert er. «Sie hat sie behalten.»

«Was?»

Yì schüttelt den Kopf, kann aber ein leises Lächeln nicht unterdrücken. «Nichts.»

Huà geht durchs Zimmer, um ein Räucherstäbchen anzuzünden. «Nun, sie lebt, aber sie sieht nicht gut aus. Vielleicht ist sie krank.»

«Sie braucht einen Arzt», sagt Yì. «Wir müssen Chén *yīshēng* holen. Der hat Nǎinai behandelt, als sie krank war. Mit dem Geld, das Mamselle mir gegeben hatte.» Er legt ein feuchtes Tuch auf Mamselle Kittys Stirn. Jetzt murmelt sie nichts mehr, aber ihre Lippen bewegen sich immer noch lautlos.

Huà kniet sich neben ihr nieder. Er zieht schnuppernd die Luft ein. «Vielleicht hat sie einfach nur einen Kater.»

Yì wirft seinem Bruder einen grimmigen Blick zu. «Ich stehe in ihrer Schuld», sagt er. «Du musst losgehen und einen Arzt holen. Chén *yīshēng*. Er kommt bestimmt.»

Huà dreht den Kopf zur Seite und spuckt auf den Boden. Dann steht er auf und geht.

Yì berührt Mamselle Kittys Gesicht. Ihre Haut ist heiß und feucht, und unter den geschlossenen Lidern rollen die Augen von einer Seite zur anderen. «Mamselle Kitty», flüstert er. «Du jetzt sicher.» Er zögert kurz und legt dann die Hand auf ihre. Mit der anderen Hand streichelt er ihr weiches Haar. «Du jetzt sicher, Mamselle.»

Sie beginnt erneut zu murmeln, diesmal eindringlicher, und er zieht sich erschrocken zurück. Doch gleich darauf hört sie auf und gleitet in einen flachen Schlaf. Yì ist so müde, dass er der Versuchung widerstehen muss, sich neben sie zu legen und seinen Körper an ihren zu schmiegen. Also setzt er sich stattdessen mit dem Rücken gegen die Wand und zwickt sich hin und wieder in die Wangen, wenn er spürt, dass ihm die Lider schwer werden.

Obgleich ihre Haut blass und trocken ist und ihr Körper so zart und empfindlich wie Reispapier, ist sie noch immer die schönste Frau, die er je gesehen hat. Als er sie in der Gasse erblickte, wie sie zusammengesackt an der Hausmauer lehnte, hüpfte sein Herz vor Freude. Er machte sich keine Gedanken darüber, was sie dorthin gebracht haben mochte, in die Straße vor der Streichholzfabrik, in der er arbeitet – es war *mìngyùn*, das Schicksal. Nachdem er sie aus den Augen verloren hatte, als sie mit dem großen strohhaarigen Mann davoneilte, hat er viele Monate lang täglich zu seinen Ahnen gebetet, ihr seine Schuld einmal zurückzahlen zu können. Er wusste, dass die Geister der Ahnen ihn hören würden. Er hat eine zweite Chance bekommen, und er wird nicht noch einmal versagen.

Aus dem Nachbarhaus dringen Rufe herüber, und Mamselle Kitty bewegt sich. Durch die papierdünnen Wände hört Yì die kehligen, gutturalen Klänge, aus denen die Sprache der Fremden besteht; diese Klänge werden zunehmend vertraut, selbst hier, im ärmsten Teil Shanghais. In den letzten Monaten sind zahllose weitere *lǎowài* ins Viertel geströmt. Sie haben sich in bereits volle Häuser gequetscht, manchmal zwei oder drei Familien in einem einzigen Zimmer. Einige der Einheimischen haben ein gutes Geschäft gemacht, hat Huà ihm erzählt. Sie haben ihre elenden, heruntergekommenen Häuser gegen viel hübschere, sauberere Wohnungen im Süden und Westen Hongkews getauscht. Huà behauptet, es hätte etwas mit den Japanern zu tun, aber Huà schiebt alles auf die Japaner oder, wenn das nicht geht, auf die Kuomintang. Yì weiß nur, dass hier nun Tausende weitere Ausländer leben, und zwar unter denselben elenden Bedingungen wie die mittellosesten Einheimischen.

Er hört, dass sich zwei dieser Frauen unmittelbar vor der Tür zur Straße unterhalten. Mamselle Kitty hustet schwach. Sollte er vielleicht hinausgehen und die Frauen hereinholen? Falls sie Englisch sprechen, könnte er ihnen erklären, dass er Hilfe braucht. Anderenfalls könnten sie ihn jedoch für eine Art Entführer halten und die Polizei rufen. Er steht auf und reckt sich. Wo ist eigentlich Huà? Wieso braucht er so lange?

Die Stimmen der Frauen verhallen, als sie durch die Gasse davongehen. Yì nimmt das Tuch von Mamselle Kittys Stirn. Es ist feucht und heiß. Er taucht es in eine Schale mit Wasser, drückt es aus und will es ihr gerade wieder auf die Stirn legen, als die Tür aufgeht.

«Er kommt nicht», sagt Huà und schließt die Tür hinter sich. Er ist außer Atem. «Er sagt, es wäre ein Problem für ihn, eine weiße Frau zu behandeln.»

Yì legt das Tuch auf Mamselle Kittys Stirn und wendet sich wieder Huà zu. «Aber er muss kommen!», flüstert er dringlich. «Sie ist sehr krank. Sie wird sterben!»

Huà zuckt mit den Schultern und steckt sich eine Zigarette an. Er inhaliert tief und hustet. Seinen Tabak nimmt er aus Kippen, die er auf der Straße findet, und dreht ihn mit dünnen Papierchen neu. Yì raucht nur sehr selten, nur dann, wenn sein Hunger größer ist als sein Abscheu vor dem beißenden Geschmack alten Tabaks in Mund und Lunge.

Huà spuckt auf den Boden. «Er möchte wissen, warum in unserem Zimmer eine bewusstlose Weiße liegt.»

«Hast du ihm gesagt, dass ich sie kenne? Dass ich früher für sie gearbeitet habe?»

«Ja. Allerdings kann jeder sehen, dass sie eher wie eine Prostituierte aussieht als wie eine Arbeitgeberin.»

Yì springt auf. «Sag das nicht!»

«He, beruhig dich. Das habe ich Chén *yīshēng* nicht gesagt. Ich sagte ihm, dass sie so aussieht, als hätte sie Malaria oder etwas dergleichen und als hätte sie lange nichts gegessen. Er hat mir den Namen eines anderen Arztes genannt. Eines Fremden, genau wie sie.» Er zieht einen Zettel aus seiner Hosentasche und reicht ihn Yì. «Aber dieser Arzt spricht nur Englisch, deshalb musst du selbst hingehen.»

Yì schaut auf den Zettel. «Die Liaoyang Road, das ist nicht allzu weit entfernt. Bleib bei ihr, ja?»

Huà schaut finster. «Ich bin mit einigen Leuten verabredet. Mit dieser *Frau*» – er deutet mit einer Kopfbewegung zu Kitty hinüber – «bin ich nicht befreundet. Ich habe keine Verantwortung für sie.»

«Bitte, Huà. Ich beeile mich und komme gleich zurück.»

«Und dann? Glaubst du etwa, falls sie sich erholt, wird sie dich zum Dank heiraten? Und ihr sucht euch dann gemeinsam ein gemütliches Zuhause? Ha!» Sein Grinsen erlischt, und er zieht die Augenbrauen zusammen. «Sie macht nichts als Ärger. Du schuldest ihr nichts.»

Yì ergreift die Hand seines Bruders. «Huà, ich bitte dich. Setz dich zu ihr. Du kannst dich ausruhen. Du musst doch müde sein. Und hungrig? Da oben auf dem Wandbord steht noch ein Rest Reis.»

Huà befreit seine Hand. «Eine Stunde. Dann gehe ich.»

Yì wirft einen letzten Blick auf Mamselle Kitty und eilt hinaus. Der Himmel ist überzogen, seine weiße Fläche scheint die Luft nach unten zu drücken, bis sie zu schwül zum Atmen ist. Trotz seiner Erschöpfung rennt Yì los. Zehn Minuten später erreicht er die Liaoyang Road.

An der Tür der Nummer 34 hängt ein Schild, auf dem mehrere Namen stehen. Yì ist zunächst verwirrt, da er sie nicht lesen kann. Doch dann fällt ihm der Zettel ein, den sein Bruder ihm gegeben hat, und es gelingt ihm, einen der Namen mit demjenigen auf dem Zettel in Übereinstimmung zu bringen. Er betritt das Gebäude und eilt eine abgenutzte Holzstiege hinauf, die ihn zu einer Tür im zweiten Stock führt. Auch hier hängt ein Schild, und es steht derselbe Name darauf. Er klopft an, wartet ab und schiebt die Tür dann auf.

Das Erste, was ihm auffällt, ist der Geruch: Es ist die leicht säuerliche, an etwas Geronnenes erinnernde Ausdünstung der Fremden und dazu ein Hauch von Seife und Desinfektionsmittel. Darunter aber entdeckt er den Geruch, den alle Armen und Verlassenen miteinander gemein haben. Es ist der Geruch von Krankheit. Fünf Patienten sitzen auf Stühlen an der Wand, und auf der anderen Seite des Raums, halb hinter einem Wandschirm aus Bambus verborgen, arbeitet eine junge dunkelhaarige Frau hinter einem Schreibtisch. Yì unterdrückt das deutliche Gefühl, hier nichts zu suchen zu haben, und geht an den wartenden Patienten vorbei zu der Frau.

Die Frau blickt auf, als er sich ihr nähert. Sie bedenkt ihn mit einem verwunderten, aber nicht unfreundlichen Lächeln.

«Entschuldigung», sagt er. «Ich brauche Arzt.»

«Oh», sagt die Frau. «Hm, im Moment sind alle beschäftigt. Vielleicht kannst du mir sagen, was los ist. Bist du verletzt?»

Yì räuspert sich. «Nein. Ich brauche Arzt. Für eine Freundin. Sie verletzt. Sie krank. Ich bin ... ich brauche Arzt für ...» Erst weigert sich sein Gehirn, die richtigen Worte zu finden, und dann kämpft seine Zunge damit, sie auszusprechen.

Die Frau runzelt die Stirn. «Hm, also, ich denke ...»

Sie wird unterbrochen, als sich auf der anderen Seite des Raums eine Tür öffnet. Yì dreht sich um und sieht eine ältere Frau in einem weißen Kittel mit sehr blasser Haut und silberfarbenem Haar in den Wartebereich treten. Sie muss eine Krankenschwester sein. Die dunkelhaarige Frau ruft sie zu sich und sagt etwas, das er nicht versteht. Beide sehen ihn an.

«Ich brauche Arzt», sagt er erneut. Er spürt, dass er rot wird.

Die ältere Frau legt den Kopf schief. «Wie kann ich helfen?»

«Nein», sagt er und schüttelt den Kopf. «Ich brauche Arzt.»

«Ja», antwortet die Frau. «Ich bin Ärztin. Was ist los? Bist du krank?»

Er gibt ein aufgebrachtes Schnauben von sich. «Nein. Ich brauche Arzt. Für Freundin. Weiße Frau. Mamselle. Bitte.» Er blickt sich im Raum um und sieht die Frau dann wieder an. «Ich brauche Arzt. Schnell. Sie sehr krank.»

Erneut spricht sie rasch mit der jüngeren Frau, und diese steht auf und verschwindet in einem anderen Raum. Yì ballt frustriert die Hände zu Fäusten. Warum sind sie nicht bereit, ihm zu helfen? Bedeutet eine der ihren ihnen so wenig? Er denkt an Mamselle Kitty, die auf Năinais Matte liegt, an ihr ausgezehrtes Gesicht und die Quetschungen an ihren Armen. An die fiebrige Hitze, die ihr Körper ausstrahlt. Er sollte zurückkehren. Jetzt sofort. Er wendet sich zum Gehen.

«Junger Mann?»

Eine Hand berührt seine Schulter. Er fährt herum und hat einen älteren Herrn vor sich, der ebenfalls einen weißen Kittel trägt, allerdings ist dieser ein wenig schmuddeliger als der der Frau.

«Du Arzt?», fragt er.

Der Mann lächelt. «Ja, ich bin Arzt. Genau wie meine Frau hier.» Er weist mit einem Nicken auf die silberhaarige Frau.

Yì streckt ihm den Zettel hin. «Von Chén *yīshēng*. Er sagt du helfen. Weiße Frau. Freundin.» Er räuspert sich, um von seinem Erröten abzulenken, da es sich so anfühlt, als wäre er inzwischen knallrot.

Der Mann wirft einen Blick auf den Zettel. «Ah, Dr. Chèn.» Er sieht Yì über seine Brille hinweg an. «Du hast eine Freundin, die Hilfe braucht?»

Yì nickt heftig. «Ja, ja.»

«Und wo ist sie?»

«Bei ... mir zu Hause. Paoting Road. Ist nicht weit. Bitte.»

«Nördlich oder südlich der Wayside?»

«Entschuldigung?»

«Lebst du nördlich oder südlich der Wayside Road?» Mit der Hand macht der Arzt eine Geste für ‹oben› und ‹unten›.

«Norden», sagt Yì und hebt ebenfalls die Hand. «Bitte du komm mit mir.»

Der Mann dreht sich seufzend zu seiner Frau um. Er sagt etwas zu ihr, was sie zu einem längeren Schweigen und dann einem Nicken veranlasst.

«Natürlich, solange es innerhalb der Grenze liegt», antwortet sie. «Ich kann mich um die anderen Patienten kümmern. Aber vielleicht», hier wendet sie sich an die dunkelhaarige Frau, die noch immer hinter dem Schreibtisch sitzt, «vielleicht solltest du sie begleiten. Diese ... Patientin mag sich wohler fühlen, wenn noch eine andere Frau dabei ist.»

Die dunkelhaarige Frau nickt und steht auf. Yì wünscht sich, sie würden endlich aufhören, sich zu beraten, und ist bereits durch den Raum zur Tür gegangen, als er den Arzt sagen hört: «Dann führst du uns jetzt besser.»

Sie eilen durch die Straßen. Der Arzt trägt eine kleine schwarze Tasche, in der sich hoffentlich Medikamente befinden, die Mamselle Kitty gesund machen werden. Die junge Frau trabt neben ihnen her und kämpft darum, Schritt zu halten. Unterwegs löchert der Arzt Yì mit Fragen, doch Yì versteht das meiste nicht und wiederholt daher immer nur: «Sie Freundin. Sie sehr krank.»

Als sie endlich zu Yìs schmaler Gasse gelangen, die auf beiden Seiten mit ein- oder zweistöckigen Hütten bebaut ist, zieht die junge Frau ein Taschentuch heraus und presst es sich vor Mund und Nase. Yì empfindet einen Moment der Scham wegen des Gestanks, der aus der offenen Abwasserrinne entlang der Gasse dringt, aber dann denkt er daran, dass ihre Leute ebenfalls hier leben. Es ist auch der Gestank ihrer eigenen Körper, es sind auch ihre eigenen Ausscheidungen.

«Hier herein», sagt er über die Schulter und zieht die Tür seines Zuhauses auf. «Huà? Ich habe den Arzt mitgebracht.»

Als Antwort hört er nur Schweigen und das Summen der Fliegen, die sich in und auf den Kübel in der Ecke gesetzt hatten und jetzt aufgescheucht worden sind. «Huà?», wiederholt er lauter. Bevor seine Augen sich an das Dämmerlicht gewöhnt haben, befürchtet er einen Moment lang, Huà könnte Mamselle Kitty zum Gehen gezwungen oder, schlimmer noch, sie irgendwo hingebracht haben. Doch dann sieht er sie in der Ecke liegen. Sein Bruder hat sie im Stich gelassen. Zorn steigt in ihm auf, doch der Arzt und die Frau eilen bereits an ihm vorbei, um sich um Mamselle Kitty zu kümmern.

Der Arzt legt ihr den Handrücken auf die Stirn. «Sie brennt innerlich», sagt er und fügt zu Yì gewandt hinzu: «Hast du eine Lampe? Oder eine Kerze?»

Yì zündet eine dicke gelbliche Kerze an und reicht sie dem Arzt.

Dieser zieht die Augenbrauen hoch. «Eine Jahrzeit-Kerze.»

«Was?»

«Diese Kerze heißt Jahrzeit-Kerze. Sie ist jüdisch.»

Yì zuckt mit den Schultern. «Sie brennt lange.»

Der Arzt gibt ein leises Glucksen von sich, nimmt die Kerze und nähert sich damit Mamselle Kitty. Er hebt ein Augenlid nach dem anderen an und zieht sanft ihr Kinn nach unten, um ihr in den Mund zu schauen. Mamselle Kitty stöhnt leise.

Yì beobachtet ihn genau. «Ist es Malaria?»

«Vielleicht, aber nach dem Ausschlag zu urteilen», der Arzt führt die Kerze nach unten, um ihm die Röte zu zeigen, die sich vom Hals bis zur Brust hinunterzieht, «scheint mir, dass es eher das Knochenbrecherfieber ist.»

Das sagt Yì nichts. «Aber du gibst ihr Medikament?», fragt er.

Der Arzt schüttelt den Kopf und stellt die Kerze weg. «Dafür gibt es kein Medikament. Aber wir werden uns um sie kümmern. Wir werden sie in ein sauberes Bett legen und dafür sorgen, dass sie viel Wasser trinkt. Danach können wir nur noch abwarten und hoffen, dass sie sich erholt.» Er schenkt Yì ein freundliches Lächeln. «Danke, junger Mann, dass du mich geholt hast.»

Yì öffnet den Mund – er möchte sagen, dass es doch gewiss, ganz gewiss, etwas gibt, was man tun kann – Spritzen, Salben oder zumindest einige Kräuter, um ihr inneres Brennen zu lindern –, doch da stößt die dunkelhaarige Frau einen scharfen Atemzug aus. Sie blickt mit einem Ausdruck, den Yì nicht deuten kann, zum Arzt hinüber.

«Sie ist es», sagt sie. «Ich glaube, ich kenne diese Frau.»

KITTY

Sie weiß nicht, wie lange sie geschlafen hat. Der Raum, in dem sie sich befindet, ist kaum größer als eine Speisekammer, und das einzige Tageslicht sickert durch das hoch oben in der Wand eingesetzte Gitter vor dem Lüftungsschlitz herein. Im Raum ist es erstickend warm, doch die Hitze kommt von der Luft um sie herum und nicht aus ihrem eigenen Körper. Sie fühlt sich nicht länger, als würde sie innerlich brennen. In der Luft liegt ein eigenartiger Geruch, eine Mischung aus Zwiebeln und etwas Undefinierbarem, aber eindeutig nicht Essbarem. Sie versucht, sich aufzusetzen, und die Anstrengung raubt ihr den Atem. Aber wenigstens fühlt sie sich klar im Kopf. Sie fragt sich, ob sie laut rufen soll, doch von der anderen Seite des Vorhangs, der ihren Raum von der Küche abtrennt, hört sie Geflüster.

«Aber wie lange wird sie bleiben? Mehr will ich ja gar nicht wissen.»

Es ist die Stimme des Mannes. Wie hieß er noch einmal? Esther hat es ihr gestern gesagt, aber Kitty kann sich nicht erinnern.

Esthers Stimme, kaum vernehmbar: «Sprich bitte leise. Sie kann uns hören.»

Kitty rutscht im Bett ein wenig herum und fängt einen fauligen Geruch auf. Gleich darauf erkennt sie, dass der von ihr selbst stammt. Durchdringend und ein wenig süßlich. Sie schlägt das Bettlaken um ihre Beine ein. Ihre Haut juckt, und noch nie hat sie sich so verzweifelt nach einem Bad gesehnt. Die Quetschungen auf ihren Armen sind zu gelben und violetten Flecken verblasst. Hinter dem Vorhang unterhalten Esther und der Mann sich noch immer.

«Sie ist eine Freundin.» Esthers Stimme ist ein Zischen.

«Du hattest auf dem Schiff zwei Wochen lang mit ihr zu tun. Vor Jahren.»

«Es waren fünf Wochen. Und es steht nicht zur Diskussion.»

Aaron – so hieß der Mann. Er hat gestern einmal kurz hereingeschaut, als Esther und sie sich unterhielten. Ein gutaussehender Mann, trotz seines unrasierten Gesichts und schmallippigen Grußes. Esther hat nicht erklärt, in welcher Beziehung sie zueinander stehen, und Kitty hat sie nicht danach gefragt. Sie ist dankbar dafür, dass Esther nicht wissen wollte, wie sie, Kitty, in einer solchen Verfassung hier gelandet ist.

Sie hört Schritte und eine zufallende Tür. Dann wird der Vorhang zurückgezogen, und Esther steht lächelnd dort, obgleich der Nachklang des Streits sich noch um ihre Mundwinkel abzeichnet. «Bist du wach?»

Kitty nickt und denkt dabei an den Geruch, den ihr Körper verströmt, und die Prellungen an ihren Armen.

«Wie geht es dir heute?», fragt Esther und stellt eine Tasse grünen Tee neben dem Bett ab.

«Viel besser als gestern», antwortet Kitty. Sie atmet tief und bebend ein. «Wenigstens sind die Kopfschmerzen weg.» Sie trinkt einen Schluck Tee und verzieht das Gesicht. «Ooh, bitter.»

«Anweisung des Arztes, tut mir leid», sagt Esther und setzt sich auf das Fußende des Bettes.

Sie ist so mager, denkt Kitty; ihr Schlüsselbein zeichnet sich unter der Haut ab, und ihr Schürzenband ist zweimal um die Taille geschlungen. Als sie Esther jetzt anschaut, fällt es Kitty schwer, sie mit der feingliedrigen, zarten Frau in Deckung zu bringen, die sie vor vier Jahren auf dem Schiff kennengelernt hat.

Esther deutet auf den Tee. «Du solltest ihn austrinken. Das Bittere daran ist das, was dich gesünder macht.»

«Tja, in dem Fall.» Kitty trinkt einen weiteren Schluck. «Je schneller ich mich erhole, desto schneller kann ich von hier verschwinden.»

Esther macht ein entsetztes Gesicht. «Oh. Du hast uns gehört.»

«Tut mir leid. Ich wollte nicht lauschen.»

Esther fährt sich mit der Hand übers Gesicht. «Keine Sorge. Alle sind derzeit ein bisschen angespannt.» Sie versucht zu lächeln. «Ich freue mich jedenfalls, dass es dir bessergeht.»

Kitty trinkt ihren Tee und versucht, keines der grünen Blätter zu schlucken.

«Du kannst hierbleiben, solange es nötig ist», fährt Esther fort. «Ich dachte nur, soll ich vielleicht deine Sachen von jemandem holen lassen?» Sie stockt. «Im Fieber hast du einige Male einen bestimmten Namen erwähnt. Timothy. Ist das jemand, den ich kontaktieren sollte? Soll ich ihm Bescheid geben, wo du bist?»

Kitty spürt, dass ihre Lider zucken. Sie blinzelt mehrmals schnell hintereinander und schüttelt den Kopf. «Nein, das ist ... das ist jemand, den ich kannte. Er ist ...» Sie fühlt sich so schwach und benommen, als hätte sie das letzte Quäntchen Kraft verloren. Sie stellt sich die Tasse auf den Schoß, damit sie nicht den Tee verschüttet.

Esther nimmt ihr die Tasse ab. «Alles in Ordnung? Hat er ...» Sie deutet auf Kittys Arm.

«Nein! Nein, das war ...» Sie verstummt. Es ist zu viel. Die Benommenheit verschwindet plötzlich, und sie merkt, dass sie weint – sie kann es nicht unterdrücken. Sie spürt, mit welcher Gewalt das Erschrecken sie überkommt, das Erschrecken vor ihrer eigenen Fähigkeit zu überleben. Sie weiß, dass es ihr niemals gelingen wird, den Schmutz, die Entwürdigung und den Schmerz zu vergessen. Zu vergessen, wie sie innerlich aus ihrem passiven Körper schlüpfte, wenn sie die Männer für die paar Cent auf sich ließ, die sie brauchte, um eine Tasse Reis zu kaufen; oder für die Dollarscheine, die sie von einer Gruppe japanischer Offiziere bekam, Dollar, die sie für Opium ausgab statt für Essen.

«Es tut mir furchtbar leid», sagt Esther mit Nachdruck. «Ich wollte dich nicht aus der Fassung bringen.» Sie legt Kitty die Hand auf den Arm. «Gibt es irgendwas, das ich für dich tun kann?»

Kitty schüttelt den Kopf. Niemand kann etwas für sie tun. Sie liegt jetzt schon seit Tagen krank und schwach hier im Bett und hofft, dass alles gleich an Ort und Stelle enden möge. Sie hat versucht, nicht an den Mann zu denken, in den sie sich verliebt hat und der nicht einmal ein richtiger Mann war; und an die vom Hunger erzeugte Halluzination eines Number-One-Boys, der ihr das Leben gerettet hat. Mehr will sie nicht – alles endgültig aus ihren Gedanken tilgen.

Esther streichelt ihre Hand. «Ich hatte nicht erwartet, dich jemals wiederzusehen.» Sie lächelt ein wenig wehmütig. Nach einer Weile sagt sie: «Andererseits ... das Ghetto ist so klein, dass wir einander früher oder später über den Weg laufen mussten.»

«Das was?» Das Wort schießt wie ein Pfeil durch Kittys Benommenheit.

«Ich weiß, offiziell heißt es ‹ausgewiesener Bezirk›, aber ein Ghetto ist es trotzdem, oder nicht? Manchmal frage ich mich ...» Sie verstummt und sieht Kitty stirnrunzelnd an.

Kitty schluckt. In ihrem Kopf spürt sie nun wieder ein Hämmern. «Ich verstehe nicht», sagt sie mit trockener Kehle. «Wovon redest du? Was für ein Ghetto?»

«Von der Bekanntmachung! Alle Zeitungen waren voll davon. Ist es möglich, dass du nicht ... Wir waren gezwungen – hierher zu ziehen.» Sie umfasst die Wohnung mit einer Geste. «Wir alle. Wir sind schon mehrere Monate hier.»

«Wir alle?»

«Die Juden.» Sie hält erneut inne und schüttelt den Kopf. «Du wusstest wirklich nicht Bescheid?»

Kitty führt die Hand zum Kopf. «Können wir raus? Ist es ... ist es ein Gefängnis?» Es schnürt ihr die Luft ab, und die Wände des Raums scheinen zusammenzurücken.

Esther schüttelt den Kopf. «Es gibt keinen Stacheldraht, falls du das meinst. Aber man braucht einen Passierschein, um das Gebiet zu verlassen, wenn man nicht verhaftet werden will. Und einen Passierschein zu bekommen, nun ja ...» Sie schaut zur Tür und wieder zurück. «Die Pässe werden von einem bestimmten japanischen Beamten ausgegeben, einem gewissen Ghoya. Er ist ein richtiger Sadist, ein gemeiner Kerl.» Sie verzieht den Mund. «Er nennt sich selbst ‹König der Juden›.»

Kitty lässt sich zurücksinken, besiegt. Sie will nichts mehr hören.

«Kitty.» Esther beugt sich vor; Kitty riecht ihren Schweiß und eine Andeutung von Desinfektionsmittel. «Kitty, ich weiß nicht, wo du in den letzten Jahren warst, aber hier – nun, hier kümmern wir uns um einander.» Sie steht langsam auf. «Du solltest dich ausruhen. Ich bin in den nächsten Stunden bei der Arbeit, aber falls du irgendwas brauchst ...», sie wendet den Kopf und schaut zwischen den Vorhanghälften hindurch, «... dann frag einfach Aaron. Er ist entweder hier oder arbeitet draußen im Hof.»

Als Kitty das nächste Mal aufwacht, ist die Luft sogar noch heißer und schwüler und lastet auf ihrer Lunge. In der Ferne hört sie die Rufe eines Straßenverkäufers und in der Nähe die Schläge eines Hammers. Sie hat einen fauligen Geschmack im trockenen Mund. Sie schluckt, aber dadurch wird ihr Durst nur noch quälender.

Hinter dem Vorhang räuspert sich jemand. «Entschuldigung?»

Der Vorhang teilt sich einen Spalt weit, und der Mann – Aaron – schiebt den Kopf hindurch. «Entschuldigen Sie die Störung, aber Sie haben Besuch», sagt er.

Kitty setzt sich auf. «Besuch?»

«Ich habe ihm gesagt, er soll in der Küche warten», berichtet Aaron. Dann dreht er sich um und geht.

Kitty streift das Bettlaken zurück und schiebt die Beine aus dem Bett. Das Kleid, das sie trägt – ein bedrucktes Baumwollkleid von Esther –, klebt an ihrer Haut. Sie streicht es, so gut es geht, glatt und fährt sich mit den Fingern durchs Haar. Wahrscheinlich ist es gut, dass im Raum kein Spiegel hängt.

Kittys Besucher steht in der Tür und hat den Blick gesenkt. Sie geht rasch auf ihn zu, streckt die Hand aus und berührt ihn am Arm. Um sich zu vergewissern, dass er es wirklich ist.

«Wing!»

Der Junge wird rot. «Wie geht dir, Mamselle?»

«Dann warst es also wirklich du! Ich ... ich dachte, ich hätte es mir eingebildet!»

Er grinst von einem Ohr zum anderen. Sie sieht, dass ihm mehrere Zähne fehlen. Sein Lächeln verschwindet. «Bitte, Mamselle, setzen. Du zitterst.»

Er hat recht. Von der Anstrengung, den Raum zu durchqueren, zittern ihre Beine. Er hält ihr stützend den Arm hin und geleitet sie zu einem Stuhl. Sie setzt sich und sieht ihn lange an. Er ist gewachsen, seit sie ihn zum letzten Mal gesehen hat. Er ist nicht mehr der kleine Junge, der in ihrer Wohnung wischte und aufräumte. Und trotz des furchtbaren Zustands seiner Zähne sind seine Kleider sauber, und seine Haut ist glatt und rein.

«Wasser?», fragt er.

Kitty nickt, und der Junge schaut sich um, erblickt auf der Anrichte einen Krug mit Wasser und schenkt ihr ein Glas ein. Sie nimmt es mit einem schwachen, dankbaren Nicken entgegen und leert es. Das Wasser ist lauwarm, aber trotzdem kühler als ihre Haut. Sie hebt das leere Glas an die Wange und rollt es dort hin und her, bis das Glas sich genauso warm anfühlt wie ihr Blut. Sie schließt die Augen. «Danke.»

Man hört eine Tür auf- und zugehen. Kitty blickt auf und sieht Aaron mit irgendeinem Gerät aus Metall und Gummi in der Hand, das er dem Jungen reicht.

«Du kannst das dem Arzt zurückbringen, Yì», sagt er. «Sag ihm, es ist wieder so gut wie neu.»

Der Junge nimmt den Gegenstand entgegen und verbeugt sich leicht. Aaron geht wieder nach draußen, schiebt aber gleich darauf den Kopf durch die Tür. «Yì, bevor ich es vergesse, würdest du meiner Frau sagen, dass ich unterwegs bin? Ich habe *baojia*-Dienst und komme erst spät zurück.»

Kitty wartet, bis Aaron draußen ist. Sie ist verwirrt. «Warum hat er dir diesen Namen gegeben?», fragt sie.

«Mein richtig Name ist Yì», sagt der Junge und errötet erneut. «Wing ist Name bekommen von Monsieur Petrow.»

Die Erwähnung dieses Namens ist wie ein Stich; sie hat ihn vor langer Zeit aus ihren Gedanken verbannt. «Oh», sagt sie. «Das wusste ich nicht. Es tut mir leid. Ich dachte ... Ich wusste nicht, dass das nicht dein Name war.»

Yì tritt einen Schritt vor. «Nein, Mamselle. Bitte. Du nenn mich Wing. Es ist dein ... dein besonderer Name für mich. Keiner sonst benutzt ihn.» Bevor sie antworten kann, räuspert er sich und sagt: «Ich komm schauen du wieder gesund. Aber jetzt ich muss gehen. Ich neue Arbeit.» Er lächelt. «Bei Doktor.»

«Oh. Das ist schön», antwortet Kitty mit einem Stirnrunzeln.

«Stern *yīshēng* gibt mir Arbeit. Er sagt, ich sehr nützlich.» Er errötet erneut. «Für ...» Stirnrunzelnd sucht er nach dem richtigen Wort. «Für Bote. Rein raus Ghetto. Ich Chinese, darum niemand hält mich an.»

«Das ist großartig. Die Arbeit, meine ich.»

«Ja.» Er klopft sich den Bauch. «Doktor zahlt so viel ich kann essen jede Tag.»

Kitty erhebt sich von ihrem Stuhl, doch die Erschöpfung ist noch immer da. Sie setzt sich wieder hin, unendlich müde. «Wing.» Sie spricht seinen Namen jetzt befangen aus, kann sich aber gleichzeitig nicht vorstellen, den Jungen irgendwie anders zu nennen. «Danke, Wing. Dafür, dass du mich gerettet hast.»

Er schenkt ihr ein verlegenes Lächeln, das sein Gesicht fünf Jahre jünger macht. «Du retten mich erst», sagt er. «Jetzt ich dran retten dich.»

AUGUST BIS
DEZEMBER
1944

周翼

Die Luft ist eine dicke Suppe aus Ruß und Qualm und dem Geruch brennender Räucherstäbchen. In der ganzen Stadt ist das Grau von blutroten und goldenen Flecken durchbrochen. Ballonlaternen, Papierblumen, Fahnen, Papierbildnisse des Geisterkönigs und geknotete Talismane hängen zur Vorbereitung auf das Geisterfest in jeder Ecke. Yì macht auf dem Weg zum Tempel an einem Essensstand halt, bestellt eine Schale Rote-Bohnen-Suppe mit Nudeln und schaut zu, wie ein paar Kinder auf dem stinkenden Bach Papierschiffchen schwimmen lassen. Es ist das *zhōng yuán jié*, das Fest der hungrigen Geister, und Yì ist auf dem Weg zum Xiàhǎi-Tempel, um ein Bündel Räucherstäbchen abzubrennen und damit dem Geist von Nǎinai seine Ehre zu erweisen. Seit ihrem Tod sind zwei Jahre vergangen, aber er denkt immer noch jeden Tag an sie.

Als sein Essen fertig ist, nimmt er die Schale von der Theke, atmet den vertrauten, pfeffrig säuerlichen Duft ein und schaut sich nach einem Sitzplatz um. Die Kinder am Wasser schreien inzwischen aufgeregt, da ihre Papierschiffchen bachabwärts getragen werden. Yì setzt sich an einen kleinen Tisch, der auf dem Bürgersteig steht, und wartet darauf, dass seine Suppe abkühlt. Trotz seiner guten Anstellung, seiner neuen Freunde und der unglaublichen

Schicksalsfügung, Mamselle Kitty wiederbegegnet zu sein, erfüllt seine Einsamkeit ihn mit einer stillen Trauer. Wenn nur seine Nǎinai noch da wäre – wenn sie ihn jetzt nur sehen könnte!

Er beginnt, seine Suppe zu schlürfen, und ruft sich in Erinnerung, dass es Unglück bringt, unzufrieden zu sein, wenn man keine echten Sorgen hat. Wann hat er zum letzten Mal unter Schmerz oder Hunger gelitten? Es kommt ihm tatsächlich wie eine Ewigkeit vor. Die Suppe brennt in seinem Mund, und die Gewürze wärmen auf dem Weg nach unten seinen Schlund. Erst letzten Monat hat Stern *yīshēngs* Frau ihm einen losen Backenzahn gerettet, der sich aus seinem wunden, weichen Zahnfleisch zu lösen drohte. Sie gab ihm eine Salbe zum Einreiben. Die brannte wie Feuer, sodass ihm die Tränen in die Augen traten, aber nach einer Woche hatte das Zahnfleisch einen gesunden, rosigen Farbton, und der Zahn sitzt jetzt wieder fest, wenn er ihn mit der Zunge befühlt. Anscheinend ist diese Weiße, die so geduldig und sanft ist wie eine Krankenschwester, tatsächlich ebenfalls eine Ärztin, genau wie ihr Mann.

Das ohrenzerreißende Krachen eines Dutzends kleiner Explosionen lässt ihn so heftig zusammenfahren, dass er fast vom Stuhl fällt. Eines der Kinder hat einen Kracher gezündet und wird jetzt von seiner Mutter angeschrien, während die anderen johlend in einer beißenden Rauchwolke herumhüpfen. Ein Junge, dessen Hemd und Hose vor Schmutz starren, taumelt in der Aufregung gegen Yìs Tisch, und das Bündel Räucherstäbchen fällt zu Boden. In Erwartung einer kräftigen Ohrfeige blickt er zu Yì auf.

«Duìbùqǐ», flüstert er entschuldigend.

«Bù yào jǐn», antwortet Yì, obgleich es ihm in Wirklichkeit

sehr viel ausmacht. Mangelnder Respekt vor einem Opfer für die Geister bringt Unglück.

Er achtet darauf, daheim zu ein, bevor die Geister nach Dunkelwerden herauskommen, und steigt die wackelige Stiege zu seinem Zimmer hinauf. Er hängt ein Knotenamulett an einen rostigen Nagel im Türrahmen, als Opfer für Năinai, sollte ihr Geist beschließen, ihn heute Nacht zu besuchen. Dann schließt er die Tür auf. Die Freude, einen Schlüssel zu besitzen, ist immer noch so frisch wie beim ersten Aufschließen vor acht Monaten, als er in das Haus zog, das Freunden der Sterns gehört. Die Miete ist doppelt so hoch wie für das Loch, das er mit Năinai bewohnte, aber solange er für den guten Arzt und seine Frau arbeitet, kann er sie sich leisten. Der hölzerne Türrahmen ist alt und verzogen, und es wäre nicht viel Kraft nötig, die Tür einzutreten, doch sie hat ein Schloss mit einem Schlüssel, und der Schlüssel gehört allein Yì. Er schiebt die Tür auf, und der vertraute Modergeruch steigt ihm in die Nase. Es würde jedoch nichts bringen, das Fenster zu öffnen, da die Luft draußen sogar noch feuchter ist und neuen Regen während der Nacht verspricht. Er zieht sich die Schuhe an der Tür aus, tritt ein und wird plötzlich von hinten gestoßen. Er macht taumelnd einen Schritt vorwärts und dreht sich kampfbereit mit erhobenen Armen um, lässt diese aber gleich darauf mit einem überraschten Aufschrei sinken.

«Huà!»

Der Eindringling kommt herein und schließt die Tür hinter sich. Seine Kleider sind Lumpen, und er verströmt einen überwältigenden Geruch. Schweiß, Rauch und ein darunterliegender fleischartiger Gestank.

Yì tritt zurück und macht den Mund auf, um nicht durch die Nase einatmen zu müssen. «Ich dachte, du bist ein Geist! Was machst du hier?», fragt er. «Wo warst du?»

Sein Bruder antwortet nicht. Seine Augen wandern durch den Raum und mustern das Bettgestell mit der Matratze, den kleinen Holzkohle-Kochherd, den Sack Reis auf dem Regal, das schmutzige, aber unzerbrochene Fenster und die Patchwork-Bettdecke – ein Geschenk von Stern *yīshēngs* Frau. Sein Blick bleibt auf Yì liegen, der eine Mischung aus Stolz und Verlegenheit empfindet. Es ist mehr Luxus, als einer von ihnen beiden je gekannt hat.

Huà saugt an seinen Zähnen und hebt das Kinn. «Du arbeitest also jetzt für die *lǎowài*?»

Verärgert, weil sein Bruder sich nicht durch sein neues Zuhause beeindruckt zeigt, und genauso verärgert darüber, dass das ihm selbst etwas ausmacht, geht Yì zum Ofen, um Feuer zu machen. Er hat bereits gegessen, und es ist nicht kalt im Raum, aber Huà soll sehen, dass er es sich leisten kann, den Ofen in seinem Zimmer jederzeit in Gang zu setzen.

«Ich arbeite schon mein ganzes Leben für Fremde», knurrt er, während er sich vor den Ofen hockt und ein paar bröckelige Holzkohleklumpen hineinlegt. «Russen, Franzosen, Japaner. Jetzt arbeite ich für Deutsche.»

Huà antwortet nicht.

«Sie sind die besten Fremden, für die ich je gearbeitet habe», fährt Yì fort, entzündet das Feuer und sieht zu, wie es Nahrung findet und auflodert. Er wischt sich die rußigen Hände an der Hose ab und richtet sich auf, jetzt mit dem Gefühl, dass es albern war, kostbaren Brennstoff zu verschwenden, nur um vor seinem Bruder anzugeben. Doch als er sich umdreht, sitzt Huà zusammengesunken auf dem Bett und zupft an einem Fetzen Haut herum, der sich von seinem Gesicht schält. Er zittert. Yìs Verärgerung schwindet.

«Hast du gegessen?», fragt er.

Huà murmelt etwas, das er nicht versteht.

«Ich koche Reis. Und Linsen», sagt Yì und setzt Kochwasser auf, ohne eine Antwort abzuwarten. Während er die Mahlzeit vorbereitet, sagt keiner von ihnen etwas, und das Schweigen zwischen ihnen verstärkt alle anderen Geräusche: das Klappern der Töpfe und das Quietschen der Bodendielen, auf denen er hin- und hergeht, die leisen Klänge der Violine des Nachbarn im Stockwerk darunter und das Echo des auf den Straßen verhallenden Tageslärms, der langsam den verstohlenen Aufregungen und Geräuschen der Nacht weicht.

Yì weiß, dass es keinen Sinn hat, seinem Bruder Fragen zu stellen, doch als er im Reis rührt und einen dampfenden Löffel voll Linsen an die Lippen führt, um zu prüfen, ob sie weich sind, wirft er unwillkürlich einen Blick zu ihm hinüber, wie er da in seinen dreckigen Kleidern und nicht zueinander passenden Schuhen sitzt. Er fragt sich, ob Huà auch schon bei ihrer letzten Begegnung so mager und erschöpft aussah oder ob es einfach nur seine eigene relative Gesundheit ist, die seinen Bruder so elend wirken lässt.

Als Reis und Linsen gar sind, reicht er seinem Bruder die Schale. Huà zögert und riecht an dem Essen, fast schon misstrauisch, doch dann macht er sich mit seinen Stäbchen darüber her und schiebt es sich rasend schnell in den Mund. Als er alles aufgegessen hat, stellt er die Schale auf den Boden. Dann stößt er auf und wischt sich den Mund mit dem Handrücken.

«Gut?», fragt Yì. Er hört den Eifer in seiner Stimme und räuspert sich, um ihn zu kaschieren.

Doch Huà zündet sich einfach nur eine streichholzdünne Zigarette an und mustert ihn mit zusammengezogenen Augen. «Du bist jetzt ein *taipan*, kleiner Bruder?» Er deutet mit einer Kopfbewegung auf Yìs Fingernagel.

Yì versteckt die linke Hand hinter dem Rücken. Er hat versucht, den Nagel an seinem kleinen Finger wachsen zu lassen, um zu zeigen, dass er kein einfacher Arbeiter mehr ist, aber er ist zweimal schmerzhaft abgebrochen.

Huà bläst Rauch aus dem Mundwinkel. Dann sagt er: «Jiàlóng ist krank.»

«Jiàlóng?»

«Er ist ... mein Genosse. Ich kenne ihn schon seit vielen Jahren. Er ist mir ein Bruder. Und er ist krank, sehr krank.» Seine Stimme ist plötzlich leise und stockend.

«*Ich* bin dein Bruder», sagt Yì, der sich durch Huàs Feststellung wider Willen gekränkt fühlt.

«Du bist mein *dìdi*. Jiàlóng ist mein *gēge*.»

Ein älterer Bruder. Kein kümmerlicher Jüngling, der nur dazu taugt, für Essen und ein Dach über dem Kopf zu sorgen, denkt Yì. Er schnappt sich die Schale, kehrt Huà den Rücken zu und wischt sie umständlich mit einem Lappen sauber.

«Tut mir leid, ich wollte dich nicht kränken», sagt Huà leise. Die unvertraute Freundlichkeit in seiner Stimme bringt Yì dazu, sich umzudrehen. «Mein Genosse ist sehr krank. Ohne Hilfe wird er sterben.»

«War er bei einem Arzt?»

Huà schnaubt. «Du verstehst überhaupt nichts», sagt er, jetzt in scharfem Tonfall. Seufzend drückt er seine Zigarette aus. «Er kann nicht zum *yīshēng* gehen, und die weißen Ärzte behandeln ihn nicht. Aber wir wissen, was ihm helfen würde.» Er zieht einen Zettel aus seiner Hosentasche. Diesmal ist er derjenige, der eifrig klingt. «Wir haben Genossen aus Russland, die wissen, was für Medizin er braucht. Sie haben es hier aufgeschrieben.»

Er streckt Yì den Zettel mit einer heftigen Handbewegung hin.

Yì zögert, nimmt ihn dann aber entgegen, von einem Schauder des Unbehagens überlaufen. Er schaut auf die Liste hinunter, die in krakeligen Großbuchstaben auf dem Papier notiert ist. Er versteht.

«Nein», sagt er und schüttelt den Kopf. «Das kann ich nicht machen. Ich werde sie nicht bestehlen. Sie waren gut zu mir, und ich stehe in ihrer Schuld ...»

«Was? Was schuldest du ihnen denn? Ich sag dir was ...» Huà springt auf und tritt so dicht an ihn heran, dass Yì den Knoblauch riechen kann, den sein Bruder gerade gegessen hat, und darunter einen Hauch von Fäulnis. «Wir schulden ihnen *gar nichts*! Sie kommen in unser Land und lassen uns für einen Hungerlohn schuften, sie stehlen unsere Rohstoffe und unsere Arbeitskraft und brechen die Rücken von Männern und Frauen, als wären sie Arbeitspferde. Sie treten über die Körper unserer Kinder hinweg, die auf der Straße liegen und sterben. Du bist für dich selbst und dein Volk eine Schande, wenn du deine Hilfe verweigerst!»

«Nein, ich kann nicht. Ich ...»

Huà packt ihn am Handgelenk. «Der Wandel kommt. Bald. Und es wird dir noch leidtun, wenn du einfach nur dabeistehst und nicht mithilfst.»

«Ich arbeite den ganzen Tag! Und das, seit ich neun bin.

Ich kann es mir nicht leisten, mich deiner Revolution anzuschließen!», schreit Yì zurück und schüttelt die Hand seines Bruders ab. Tränen brennen ihm in den Augen. «Ich habe keine Zeit.»

Huà schnaubt. «Du hast keine Zeit? *Zeit?* Denkst du etwa, die Männer und Frauen, die für die Revolution kämpfen, tun das, weil sie zu viel Zeit haben?» Seine Stimme ist ein Bellen. «Du hältst mich für faul? Du glaubst, ich könnte es mir leisten, ohne Bezahlung zu arbeiten? Ich will dir einmal etwas zeigen.» Er beginnt, seinen linken Ärmel aufzukrempeln. «Hier! Das ist mein Lohn!»

Der fadenscheinige Stoff reißt dabei, doch Huà hört erst auf, als der Arm bis über den Ellbogen entblößt ist. Yì sieht das aufgeworfene, rötlich violette Narbengewebe von einem Dutzend Schnitten.

«Stahlkabel», sagt Huà. «Und hier ...» Er lässt sich auf die unter seinem Gewicht protestierenden Bettfedern zurückfallen und zieht seine nicht zueinander passenden Schuhe aus. «Zigarettenverbrennungen.» Er berührt die Sohle seines linken Fußes und zuckt zusammen. Auf der schwieligen Haut zeichnen sich mehrere kreisrunde weißliche Stellen ab, mit leuchtend roten, etwas erhöhten Umrandungen. «Die sind von letztem Monat. Jemand hat unseren Treffpunkt verraten.»

Yì möchte, dass er aufhört, weiß aber nicht, wie er ihn dazu bringen soll.

«Sie haben mir auch zwei Zähne gezogen.» Er macht den Mund weit auf, und Yì sieht die dunkelroten Gruben in seinem Zahnfleisch. Huà schließt den Mund und presst die Lippen zusammen. Er schluckt kräftig und speit ein kurzes, bellendes Lachen heraus. «Und es ist ja nicht so, als könnte ich auf Zähne verzichten.»

Dann sackt er in sich zusammen und umfängt sich selbst mit den Armen.

Yì erträgt es nicht. Er setzt sich neben ihn und flüstert: «Es tut mir leid, Huà. Es tut mir leid.» Vorsichtig legt er ihm den Arm um die Schultern. Bei seiner Berührung lässt sein Bruder sich gegen ihn sinken und beginnt zu Yìs Scham und Bestürzung zu weinen. Zunächst ist es ein leises, gedämpftes Schluchzen, aber es wird immer heftiger und jämmerlicher, bis er wie ein Wolf heult, während Rotz, Tränen und Speichel aus seinem Mund und von seiner Nase tropfen. Yì kann nicht mehr tun, als ihn festzuhalten und in seinen Armen zu wiegen.

Doch als er am nächsten Morgen aufwacht, noch steif und schmerzend von der Nacht, ist Huà verschwunden.

ESTHER

«Esther, bist du das? Kannst du einen Moment hereinkommen?»

Esther legt ihre Handtasche in eine der Schreibtischschubladen und geht ins Behandlungszimmer. Es ist fünf Minuten vor neun, aber draußen warten bereits Leute. Sie sitzen im Treppenhaus, zappeln herum und kratzen sich. Als Esther sich auf dem Weg nach oben in die Praxis zwischen ihnen hindurchdrängt, hört sie leises Grummeln und offenes Gemecker über die Öffnungszeiten. Obgleich der Sommer endlich in den Herbst übergeht, scheint das langsame Sinken der Temperaturen die Reizbarkeit wiederbelebt zu haben, die in der Hitze unweigerlich verpufft.

«Guten Morgen», sagt Esther, als sie ins Behandlungszimmer tritt. Die Sterns stehen in leisem Gespräch neben einem Schrank an der hinteren Wand und blicken auf, als sie eintritt. «Ich wasche mir nur schnell die Hände ...», sagt Esther, hält aber inne, als sie Helenes Gesichtsausdruck sieht.

«Es hat einen Diebstahl gegeben», sagt Victor langsam.

«Ist jemand eingebrochen?», fragt Esther und mustert den Raum auf Anzeichen von Beschädigung. Aber er sieht so sauber und ordentlich aus wie immer.

Helene schüttelt den Kopf. «Es war kein Einbruch.»

«Einige Medikamente fehlen», sagt Victor. «Insulin, Aspirin, Mepacrin und etwas Morphium. Außerdem ein paar Flaschen Jod.»

«Es wurde nicht eingebrochen», wiederholt Helene mit düsterer Stimme. «Entweder sie haben das Schrankschloss mit einem Draht geöffnet, oder sie hatten einen Schlüssel.»

Zu ihrer Beschämung gilt Esthers erster Gedanke Yì. Sie spürt, dass sie errötet.

Victor muss ihre Gedanken gelesen haben. «Yì ist niemals allein im Behandlungszimmer. Er hat keinen Schlüssel, schon gar nicht zum Medikamentenschrank, und außerdem ...»

«Vertrauen wir ihm», bringt Helene den Satz ihres Mannes zu Ende. «Er ist ehrlich und loyal, und ich kann mir nicht vorstellen, dass er seine Stelle für ein paar Aspirintabletten gefährden würde.»

«Und ihr seid euch sicher, dass Medikamente fehlen?», fragt Esther mit einem Blick auf die Glasscheiben des Schranks. Er enthält fünf Borde mit großen und kleinen Glasbehältern – mit Korkstopfen verschlossene Fläschchen.

Victor nickt. «Ja, wir führen eine Liste mit allem, was wir verschreiben und ausgeben. Das weißt du doch.»

«Vielleicht ... oh, das ist ja schrecklich. Ihr glaubt doch nicht etwa, dass es einer der Patienten war, oder?»

Helene zuckt mit den Schultern. «Ich kann mir keine andere Erklärung denken. Von Zeit zu Zeit lassen wir die Patienten allein hier drinnen. Höchstens für einige wenige Minuten, aber ... einige von ihnen sind vermutlich verzweifelt.»

«Werdet ihr es der Polizei melden?»

Helene wirft einen Blick auf Victor. «Ich glaube nicht», sagt sie. «Sie würden sich wahrscheinlich ohnehin nicht damit abgeben. Oder aber sie verhaften irgendjemanden, nur damit sie einen Schuldigen haben. Das möchte ich mir nicht aufs Gewissen laden.»

«Nein», stimmt Victor zu. «Aber vielleicht sollten wir es bei der *baojia* erwähnen. Jemand soll ein Auge auf die Praxis halten, nur für den Fall, dass der Dieb sich nachts hereinschleicht.»

Helene schnalzt mit der Zunge und schaut weg. Die *baojia*, ein von den Japanern eingerichtetes Bürgerpolizeisystem, verlangt, dass alle männlichen Flüchtlinge zwischen zwanzig und fünfundvierzig wöchentlich mehrere Stunden unentgeltlich Dienst tun – vorwiegend als Grenzpatrouille, die dafür sorgt, dass niemand das Ghetto ohne einen gültigen Passierschein verlässt. Einige *baoija*-Wächter lassen ihre Mitflüchtlinge unbehelligt hinaus- und hereinschleichen. Bei anderen hat der Dienst schlimmste Formen von deutschem Militarismus geweckt.

An der Tür der Praxis wird ungeduldig geklopft. Esther dreht sich um und seufzt. «Das ist wahrscheinlich Herr Greiss. Er hat mich eben im Treppenhaus angeblafft. Irgendetwas ist mit seinem Fuß.» Sie wendet sich wieder den Sterns zu. «Soll ich die Patienten jetzt reinlassen?»

Victor sieht seine Frau an und dann Esther. «Ja. Ich schätze, wir alle müssen in Zukunft wachsamer sein. Diese Medikamente sind wertvoller als Gold.» Er schüttelt den Kopf. Er sieht resigniert und plötzlich sehr, sehr alt aus. «Ich kann nicht verstehen, dass jemand seinem eigenen Volk so etwas antut.»

KITTY

Wenn im Oktober der Regen kommt, bringt er in jedermann das Schlechteste zum Vorschein. Er potenziert den Geruch der Stadt, den fauligen, gärenden Gestank nach Abwasser und verdorbenem Essen. Riesige Flussratten mit feuchtglänzendem Fell werden aus dem Bach herausgespült und huschen entlang der überfließenden Abflussrinnen.

Kitty macht sich auf den Weg zum Café Atlantic. Sie passiert einen kleinen Park an der Ecke von Dalny und Ward Road und erhascht den verblüffenden Duft eines Osmanthus-Strauchs, der allmählich seine kleinen weißen Blüten verliert. Sie kennt den Namen des Strauchs, weil Timothy ihn ihr genannt hat. Sie denkt plötzlich an die rührend befangene Art, wie er sich das Haar aus dem Gesicht strich, und gestattet sich, ein wenig bei dieser Erinnerung zu verweilen. Sie genießt sie so, wie man das Gefühl genießt, an einem blauen Fleck herumzudrücken. Damit ruft sie sich ihre Fähigkeit zu fühlen ins Gedächtnis zurück. Sie geht langsamer und atmet tief ein, doch der Duft weicht dem Gestank von gebratenem Aal, der von einer Frau am Straßenrand zubereitet wird. Ein Passant stößt grob gegen Kittys Schulter, und sie geht weiter.

Die Straßen und Seitenstraßen sind so belebt wie eh und

je, jedoch mit einer merklichen Veränderung – unter den Verkäufern und Kulis, Bettlern und Stadtstreichern ist kaum ein weißes Gesicht zu sehen. Es ist Jom Kippur, und anscheinend begehen selbst die säkularsten Juden den Feiertag. Auf dem Bürgersteig herrscht ein wildes Gewimmel, und der Lärm ist wie immer ohrenbetäubend – die Leute kämpfen um jeden Zentimeter, der sie vorwärtsbringt. Kitty bleibt erneut stehen und blickt sich um. Sie ist verwirrt: Wie passen die Tausende von Europäern hier noch zusätzlich hinein, wenn sie nicht zu Hause oder in der Synagoge sind? Und würde man sie vermissen, wenn – *falls* – sie jemals von hier weggehen sollten? Würde der Platz, den sie belegten, sich einfach anderweitig füllen?

Sie trifft vor dem Café ein, in dem sie arbeitet – heute, an diesem Tag des Fastens und der Buße ist es natürlich geschlossen –, und öffnet die Tür mit ihrem Schlüssel. Die Jalousien sind heruntergelassen, und die Umrisse der Tische, auf die man die Stühle gestellt hat, zeichnen sich im Dunkeln undeutlich ab. Kitty tastet sich langsam hinein und mit einer Hand an der Wand vorwärts, bis ihre Augen sich an die Dunkelheit gewöhnt haben. Eine fette Ratte rennt von der Küche herein. Kitty packt eilig einen Besen und jagt sie aus der geöffneten Tür. Wenn es überhaupt eine Sisyphosaufgabe gibt, dann diese. Sie schließt die Vordertür ab und geht nach hinten durch. Dabei schlägt sie mit dem Besen gegen den Türrahmen, um weitere Tiere, die sich in der Küche herumtreiben könnten, aufzuscheuchen. Aber dort herrscht jetzt Ruhe, abgesehen vom Scharren und Kratzen der Küchenschaben unter den Arbeitstheken.

Sie geht zur Spüle, um sich die Hände zu waschen, doch dann fällt ihr ein, dass es heute kein Wasser gibt; sauberes

Wasser hat seinen Preis, und für einen Tag, an dem das Café geschlossen hat, wird keiner welches abgekocht haben. Stattdessen schnappt sie sich ein Geschirrhandtuch, wischt sich die Hände so gut wie möglich ab und macht sich daran, die Zutaten zusammenzutragen. Sie sollte eigentlich nicht hier sein und sich verbotenerweise am kostbaren Mehl und Zucker bedienen, aber morgen ist Annelieses achter Geburtstag, und Kitty möchte sie mit einem Kuchen überraschen, auch wenn es nur ein kleiner Kuchen wird. Außerdem zwackt jeder sich hier und da mal eine Kleinigkeit ab; das ist unvermeidlich, wenn alles so knapp ist.

Gustav, ihr Chef, wird es niemals erfahren. Falls er es aber doch herausfindet, wird sie ihn mit dem Angebot beschwichtigen, ein paarmal als Kellnerin Dienst zu tun. Er hat sie oft genug inständig darum gebeten, und so weiß sie, dass er sie nur zu gern vorn bei den Kunden arbeiten lassen würde. Der Überhang an Männern unter den Flüchtlingen im Ghetto macht junge Frauen, wie abgenutzt und fragil ihr weiblicher Zauber auch sein mag, zu einer wertvollen Ware. Aber Kitty ist damit durch. Sie ist inzwischen wirklich zu abgenutzt und fragil für dieses Spiel. Und es stört sie nicht, für weniger Geld härter zu arbeiten – im Gegenteil, wenn sie abends ins Bett sinkt, ist sie so erschöpft, dass sie einschlafen kann, ohne sich betäuben zu müssen.

Sie nimmt das Rezept heraus, das sie von einer älteren Nachbarin bekommen hat, und studiert es. Sie hat noch nie im Leben einen Kuchen gebacken. Als echte Wienerin weiß sie natürlich, dass man aus dem Backen eine wahre Kunst machen kann – allein schon beim Gedanken an Linzertorte und Esterházytorte läuft ihr das Wasser im Mund zusammen. Aber selbst sie sollte einen einfachen Rührkuchen hinbekommen. So schwer kann es ja wohl nicht sein, oder?

Verrühren Sie Butter und Zucker in einer großen Schüssel.

Butter. Ein Ding der Unmöglichkeit. Ob sie wohl Margarine nehmen sollte? Oder vielleicht Schmalz? Sie tritt einen Schritt zurück, um einen der Schränke zu öffnen, und spürt plötzlich einen Krampf im Unterleib. Sie atmet tief durch und wartet darauf, dass der Schmerz nachlässt. Sie lächelt. Es ist ein scharfer, süßer Schmerz, der gestern Nacht im Bett mit einer feuchten Klebrigkeit zwischen den Beinen begann. Es ist nicht das erste Mal, dass sie sich über das Einsetzen der Blutung freut – damals in Wien war es bei ihren Kolleginnen üblich, die Tage in nervöser Erwartung zweier möglicher Entwicklungen abzuzählen: Entweder stand schließlich ein Besuch beim Mann mit den Fleischerhänden an, der in einer dreckigen, fensterlosen Kammer in der Liniengasse praktizierte, oder sie konnten beim Fließen des frischen, leuchtend roten Bluts erleichtert aufatmen. Der Krampf schwillt an und lässt wieder nach, und Kitty zuckt in der Erinnerung an die unglückseligen Frauen zusammen, die die Dienste dieses Mannes benötigten. In vielen von ihnen stocherte er so roh herum, dass sie nie wieder dieselben waren.

Aber inzwischen ist die Erleichterung für sie jedes Mal noch mehr als süß; es ist die wunderbare Durchtrennung der Bande, die sie an diese Nacht fesselten, die Nacht, in der sie von Wing gerettet wurde, als sie glaubte, es gäbe nichts mehr zu retten. Sie presst die Augen zusammen. Es ist vorbei, und sie hat überlebt.

Als die Krämpfe nur noch ein leichtes Ziehen im Unterleib sind, öffnet sie eine kleine Ofentür, legt eine Handvoll Holzkohle hinein und zündet sie an. Dann trägt sie die Backzutaten zusammen. Sie arbeitet konzentriert und flucht lautlos, als sie vergisst, die im Rezept angegebenen Mengen zu halbieren, und einen Teil des Mehls mit einem Löffel zurückschaufeln muss. Mit den Fingerspitzen pickt sie einige Mehlkäfer heraus, die sie darin findet. Der Koch Hans steckt zwar Lorbeerblätter in die Mehlkrüge, um den Befall zu verhindern, aber das ist den Insekten gleichgültig. Sie sind genauso widerstandsfähig wie all die anderen Geschöpfe, die in dieser Stadt herumkriechen und -krabbeln.

Bald bricht ihr von der Wärme des Ofens der Schweiß aus. Sie wischt sich die Stirn mit dem Handrücken ab, rührt und rührt den Teig, bis er glatt ist, und spürt dabei, wie ihre Schulter, ihr Arm und ihr Handgelenk allmählich schmerzen. Sie gießt den Teig in eine Backform und stellt sich Annis Gesicht vor, wenn sie sie morgen mit dem Kuchen überrascht. So ein munteres und unkompliziertes Mädchen; ganz anders als das unsichere, befangene Kleinkind damals auf dem Schiff. Anni wird wahrscheinlich jubeln, herumhüpfen und Kitty mit Küssen überhäufen. Wie das Mädchen unter diesen Umständen gedeihen kann, ist kaum zu begreifen, denkt Kitty, aber andererseits, was weiß sie schon über Kinder?

Sie kratzt die Schüssel mit einem Teigschaber aus, und eine unerwartete Erinnerung steigt in ihr auf: wie sie im Kinderzimmer mit ihrer Schwester Elli auf dem glänzenden Parkettboden Puppen spielte, pst, leise, nicht den Vater stören. *Hier, Püppchen, sei ein braves Kind und iss deinen Brei*, sagt Elli, *dann singt Tante Käthe dir ein Schlaflied.* Sie spielten die Rollen, die ihnen von Natur aus lagen, denkt Kitty jetzt: Elli die warmherzige, fürsorgliche Mutter und sie selbst die gutmütige, unverheiratete Tante. Die Erinnerung ist zwar schmerzlich, lockt aber ein Lächeln auf ihre Lippen. Selbst nach all diesen Jahren ist sie noch immer ganz zufrieden damit, die alleinstehende Tante zu sein. Sie hat nie den Drang verspürt, selbst Kinder zu haben, und es ist ein süßer Gedanke, dass dies ihr letzter Akt der Rebellion sein wird: Wenn sie stirbt, wird ihre abscheuliche Blutlinie mit ihr zusammen erlöschen.

Im Rezept sind als Backzeit fünfundzwanzig Minuten angegeben. Sie fragt sich, ob sie die Zeit halbieren soll, aber zwölf Minuten kommen ihr irgendwie nicht lang genug vor. Sie schaut auf die mit Fett besudelte Wanduhr über der Tür und beschließt, nach zehn Minuten nachzuschauen und danach in regelmäßigen Abständen. Nach all dieser Mühe will sie nicht zum Schluss einen verbrannten Kuchen haben. Die Ofentür scheint zu klemmen, aber es gelingt ihr schließlich, sie mit einer Kombination von Drehen und Ziehen aufzureißen, und sie schiebt den Kuchen hinein und schlägt die Tür mit einem kindlichen Gefühl der Befriedigung zu.

Sie räumt beim Warten auf und sieht dabei fast zwanghaft immer wieder nach der Uhr. Nach neun Minuten macht sie den Ofen auf und schaut vorsichtig hinein. Der Kuchen ist aufgegangen, was sie als ein gutes Zeichen wertet, aber woher soll sie wissen, ob er innen gut ist? Während sie dort steht und hineinspäht, scheint die Mitte des Kuchens in sich zusammenzufallen, und sie versucht hastig, die Ofentür erneut zu schließen. Die Tür verklemmt sich, und sie drückt mit der Handkante dagegen und fühlt erst nach einem Sekundenbruchteil die sengende Hitze des Gusseisens auf ihrer Haut. Sie springt zurück und stößt dabei den Mehlkrug um.

«Scheiße!» Sie eilt zur Spüle, um die Hand in das Becken mit dem Trinkwasser zu tauchen, doch dann fällt ihr ein, dass sich kein Wasser darin befindet. Sie führt die verletzte Hand zum Mund, leckt über die versengte Haut und bläst darauf. Sie untersucht die Brandwunde. Die Haut ist knallrot, und sie spürt ein schmerzhaftes Pulsieren, doch sie schüttelt die Hand einfach nur ein paarmal aus und macht sich daran, den Boden zu kehren. Das Mehl ist zu kostbar zum Wegwerfen, und so schaufelt sie so viel wie möglich in den Krug zurück und wirft die verbliebenen Mehlkäfer weg.

Dann hält sie inne und richtet sich auf. Von der Gasse hinter dem Café dringen Männerstimmen heran. In einem Moment der Panik befürchtet sie, dass es Gustav sein könnte, und sie zermartert sich das Gehirn nach einer Ausrede für ihre Anwesenheit. Sie hätte sich im Vorhinein etwas ausdenken sollen, aber sie war noch nie jemand, der sich gründlich vorbereitet.

Sie wischt sich die Hände an ihrem Kleid ab, schleicht sich zur Hintertür und schiebt die schmuddelige Jalousie ein paar Zentimeter nach oben. Die Gasse liegt im Schatten, doch sie erblickt eine Gruppe chinesischer Kinder, die weiter vorn lärmend spielen. Dann hört sie die Stimmen erneut. Die Leute sind zum Ende der Gasse weitergegangen, doch sie kann immer noch einzelne deutsche Worte aufschnappen. Sie steht einen Moment lang reglos da und lauscht. Sie scheinen um den Preis für etwas zu feilschen – ein häufiges Thema in dieser blühenden Schwarzmarktwirtschaft, mit der jeder als Käufer oder Verkäufer zu tun hat, wenn Zigaretten, Seife, Papier oder sogar Knöpfe den Besitzer wechseln. Da sie sich überzeugt hat, dass Gustav, dessen sehr helle Stimme unverkennbar ist, nicht bei ihnen ist, tritt sie zurück und lässt die Jalousie wieder nach unten gleiten. Dann:

«Sei kein Schwachkopf, Aaron!»

In dem Glauben, sich verhört zu haben, kehrt Kitty zurück und schiebt die Jalousie erneut ein Stück hoch. Sie reckt den Hals, um zu der Ecke zu schauen, wo die Gasse in die Hauptstraße mündet. Drei Männer stehen etwa zehn Meter entfernt am Heck eines staubbedeckten Kleintransporters. In der Gasse herrscht Dämmerlicht, sie hat jedoch gute Sicht auf einen der drei, einen rundlichen Chinesen mit ein wenig schnurrhaarähnlichem Bartflaum, der aus seinen Wangen sprießt. Die anderen beiden haben ihr dagegen den Rücken zugekehrt. Die drei schweigen jetzt, der Chinese mit schiefgelegtem Kopf. Offensichtlich denkt er über etwas nach. Dann nickt er und stößt ein raues «Hai» aus.

Er ist also gar kein Chinese, sondern Japaner. Das ist ziemlich eigenartig, denn auch wenn es in Shanghai von ihnen wimmelt, hat Kitty noch nie von jemandem gehört, der so tollkühn wäre, Schwarzmarktgeschäfte mit den Japanern zu machen. Eine öffentliche Auspeitschung wäre die sanfteste Strafe, auf die man beim Erwischtwerden hoffen könnte. Die daran anschließende halbjährige Haft im Ward-Road-Gefängnis käme einem Todesurteil gleich – ein langsames, quälendes Sterben.

Die beiden anderen Männer beginnen ein flüsterndes Gespräch oder eher einen Streit, denn der kleinere von ihnen packt den anderen plötzlich am Kragen und zieht ihn auf Augenhöhe herunter. Dabei dreht er den größeren Mann ein Stück herum, was Kitty klare Sicht auf sein Profil verschafft. Sie hat sich nicht geirrt. Es ist Aaron.

Kittys Haut kribbelt in der warmen Küche. Sie blinzelt ein paarmal. Hat Esther ihr gestern nicht erzählt, sie habe Aaron überredet, mit ihr und Anni in die Synagoge zu gehen? Draußen schüttelt Aaron die Hand des anderen Mannes grob ab, tritt zu dem Japaner und sagt etwas, das Kitty nicht versteht. Dieser grinst, nickt und nimmt einige kleine Päckchen hinten aus dem Wagen. Dann verbeugt er sich leicht und eilt über die Straße davon. Der andere Mann schließt die Hecktür des Transporters, setzt sich hinters Steuer und schlägt die Fahrertür zu. Aaron bewegt sich nicht, auch nicht als der Motor anspringt und das Fahrzeug davonrollt. Er nimmt ein Päckchen Zigaretten aus der Hosentasche, klopft eine heraus, zündet sie an und steht dann mit gesenktem Kopf in der tiefer werdenden Dämmerung. Einen Moment lang hat Kitty ein schlechtes Gewissen, weil sie ihm nachspioniert. Aber etwas hindert sie daran, hinauszugehen und ihm zu sagen, dass sie ihn gesehen hat.

Dann taucht wie aus dem Nichts ein kleines, schmutzverklebtes Gesicht auf der anderen Seite der Fensterscheibe auf. Kitty stößt einen leisen Schrei aus und tritt einen Schritt zurück. Das Kind grinst sie an und verschwindet so schnell, wie es aufgetaucht ist. Kitty spürt das rasend schnelle Hämmern ihres Herzens und schilt sich für ihre Schreckhaftigkeit. Sie nimmt sich einen Moment Zeit, um sich zu beruhigen, und greift nach der Jalousie. Aaron wird ihren Schrei bestimmt gehört haben. Doch als sie wieder nach draußen schaut, ist er verschwunden.

Der Geruch von etwas Angesengtem steigt ihr in die Nase. Der Kuchen! Sie eilt zum Ofen, hantiert mit der Tür und reißt sie auf. Der Kuchen ist oben braun statt goldgelb, wie es im Rezept steht, aber verbrannt ist er wohl nicht. Sie nimmt ihn aus dem Ofen und stellt ihn zum Abkühlen auf die Arbeitsplatte. Dann macht sie die Hintertür auf, um den Kuchengeruch und die Wärme nach draußen zu lassen. Dort ist inzwischen die Sonne untergegangen. Die Klänge von Gelächter und Rufen in dieser Singsang-Sprache, an die ihre

Ohren sich niemals ganz gewöhnen werden, dringen durch die Gasse heran. Dann ertönt aus der Richtung der Synagoge das Schofar-Horn. Ein langgezogenes Heulen; eine nahe, ferne Klage. Kitty schaudert zusammen. Bald werden die Juden erneut die Straßen Hongkews füllen.

ESTHER

Als sie in dieser Nacht mit den letzten Stopf- und Flickarbeiten fertig ist, liegt Aaron bereits im Schlafzimmer und schläft. Esther hört seine steten Atemzüge und denkt darüber nach, dass es bereits mehrere Monate her ist, seit sie zum letzten Mal miteinander geschlafen haben. Und die letzten paar Male hatte der Liebesakt eine gewisse Schärfe, etwas Schnelles und Hartes, aber durchaus Erregendes. Da Anneliese im selben Zimmer schläft, ist es natürlich schwierig, sich dem Begehren hinzugeben. Anni ist gerade acht geworden, alt genug, um Fragen zu stellen, die bestenfalls unangenehm und schlimmstenfalls grauenhaft peinlich wären.

Esther nimmt eine Petroleumlampe, geht damit ins Schlafzimmer, schlüpft aus ihren Kleidern und zieht ein Baumwollnachthemd an. Tatsächlich vermisst sie nicht nur den eigentlichen Liebesakt. Zwischen Aaron und ihr hat es in letzter Zeit nur noch ein Minimum an körperlichen Kontakten gegeben; eine versehentliche Berührung der Hände, wenn sie ihm einen Teller reicht; ein unbeabsichtigter Zusammenstoß mit Hüften oder Schultern, wenn sie sich in der engen Küchennische aneinander vorbeidrängen. Esther begreift es nicht. Aaron ist ein junger Mann, kaum dreißig. Ist sein Verlangen vielleicht als Folge der Unterernährung erlahmt?

Sie bläst die Lampe aus, und der bleiche Qualm steigt in einem steten, reglosen Strom zur Decke hinauf. Es ist warm, die Hitzewelle hat die Stadt mitten im Oktober überrascht und wurde mit müder Resignation aufgenommen. In der Gasse wird der Strom nachts ausgeschaltet, was bedeutet, dass es nicht einmal einen funktionierenden Ventilator gibt, der zumindest den Anschein eines Lufthauchs erwecken würde. Sie schlüpft ins Bett, weiß aber, dass sie in der Schwüle nicht wird einschlafen können. Das Beste, was sie sich erhoffen kann, ist ein flaches, dumpfes Dösen, das als Ruhepause gerade ausreichen wird, um den folgenden Tag zu überstehen. Sie liegt reglos da und lauscht auf Aarons Atemzüge und das monotone Sirren der Stechmücken.

Annelies schläft vollkommen geräuschlos auf der anderen Seite des Zimmers. Wie schon zahllose Male zuvor spricht Esther ein stummes Dankgebet für die robuste Gesundheit ihrer Tochter. Der Temperatursprung hat zu einem Ausbruch von Ruhr geführt, überwiegend bei den Älteren, die unter dem Ausfließen von blutigem Durchfall erschreckend rasch dahingerafft werden. Doch in den letzten Wochen ist es auch zum Tod einer erschütternden Zahl von Kindern gekommen. Sie schließt die Augen, versucht den in der Luft hängenden versengten Geruch des Paraffins auszublenden, und zwingt ihre Gedanken weg von Krankheit und Tod und dem hohlen Gefühl in ihrem Magen. Nicht zum ersten Mal denkt sie an die Schiffsreise mit Kitty vor all diesen Jahren – und an diesen zärtlichen und einladenden Kuss. Sie berührt ihre Lippen mit den Fingern. Dann döst sie ein, indem sie versucht, sich die taufeuchte Frische eines Frühlingsmorgens im Berliner Grunewald vorzustellen.

Als das hämmernde Klopfen ertönt, ist sie sofort wach.

Sie windet sich aus dem klebrigen Bettlaken, beinahe erleichtert über die Ausrede, die Nacht zu beenden.

Anneliese rührt sich im Bett. «Mama?»

Noch immer wird so heftig an die Tür gehämmert, dass diese in ihrem wackligen Rahmen erzittert. Esther zieht ein Kleid über ihr zerlumptes Nachthemd und geht eilig durchs Zimmer. «Ich komme», sagt sie. «Sie schlagen noch die Tür ein.» Ihre Zunge ist dick und trocken, und die Worte kommen als Gemurmel heraus; sie muss tiefer geschlafen haben, als sie dachte.

«Lass sie nicht rein», sagt Aaron und setzt sich auf. Das Haar klebt ihm an der Schläfe. «Wir wissen nicht, wer es ist.»

«Vielleicht ist es Victor. Ein Notfall.»

Aaron liefert sich einen kurzen Kampf mit dem Moskitonetz und zieht dann seine Hose an. Esther öffnet die Tür, und das Licht einer Taschenlampe fällt ihr direkt ins Gesicht. Hinter der Taschenlampe stehen zwei japanische Soldaten. Der eine ist hochgewachsen, der andere klein – der Größenunterschied macht mindestens dreißig Zentimeter aus, was die beiden so komisch wirken lässt, dass Esther ein wildes kleines Lachen ausstößt. Sie kaschiert es mit einem Husten, ihr Herz pocht wie verrückt.

Der größere der Soldaten spricht, die Taschenlampe schwankt in seiner Hand. «Du.» Er zeigt auf Aaron, der hinter Esther steht. «Du Mechaniker.»

«Ja.» Aarons Stimme ist leise, und daran, wie er seine nackten Zehen krümmt, erkennt Esther, dass er angespannt ist. Ein Schweißrinnsal läuft an seiner Schläfe herunter. Anneliese stößt in ihrer Ecke einen verschreckten Schrei aus, und Esther eilt zu ihr.

«Du komm. Jetzt.» Der Soldat tritt vor und tippt Aaron mit der Gewehrspitze auf die nackte Schulter. Das Bajonett blitzt im Mondlicht auf.

Esther legt den Arm um Anneliese. «Aaron?»

Er dreht sich zu ihr um, zögert, aber der Soldat stößt ihn erneut gegen die Schulter, diesmal kräftiger.

«Wo ist dein Werkzeug?», fragt er.

«Mein Werkzeug? Es ist ...» Er verstummt.

«Gib uns dein Werkzeug.»

Plötzlich befreit Anneliese sich aus Esthers Armen und rennt zur Tür. Sie schiebt ihre Hand in Aarons.

«Anni!», schreit Esther und eilt ihr nach. «Komm her.»

Der kleinere Soldat tritt vor und streckt die Hand nach Anneliese aus. Er zerzaust ihr das Haar. Sie zuckt zusammen.

«Gold», sagt er und lächelt.

Der andere Soldat blafft ihn an, und der Kleinere verbeugt sich und macht einen Schritt rückwärts. Dabei tritt er gegen den Toiletteneimer, den Esther für den Fall, dass Anneliese ihn während der Nacht benutzen muss, immer in die Nähe der Vordertür stellt. Der Eimer kippt um und verschüttet seinen Inhalt. Sofort tanzt ein Schwarm Fliegen darüber und lässt sich darauf nieder. Esther kauert sich bei Anneliese nieder und hält sie sogar noch fester. Die Haut des Kindes fühlt sich feucht und kalt an.

«Werkzeug. Jetzt!» Der große Soldat tritt ebenfalls zurück, weicht dabei der stinkenden Sauerei auf dem Boden aus und hebt sein Gewehr, sodass das Bajonett auf Aarons Kehle zeigt.

«Gib ihnen das Werkzeug», flüstert Esther, während Anneliese zu weinen beginnt.

Aaron fixiert den Soldaten mit einem kalten, harten Blick. Er deutet auf den Schuppen. «Da entlang.» Er führt sie nach draußen.

Esther steht in der Tür und hält Anneliese fest gepackt. «Der Schlüssel ...», ruft sie schwach, doch der kleinere Soldat schlägt bereits mit dem Gewehrkolben auf das Vorhängeschloss ein. Ein unangenehmes, splitterndes Geräusch ertönt, und das Schloss fällt mit einem Klirren auf den staubigen Boden. Der große Soldat öffnet die Tür und leuchtet mit seiner Taschenlampe in den Schuppen. Er grinst. Dann wendet er sich dem anderen Soldaten zu und sagt etwas. Der kleinere Mann nimmt eine Tasche, die er sich umgehängt hat, von der Schulter und füllt sie mit Aarons Werkzeug.

«Sie können doch nicht einfach ...», beginnt Aaron, die Stimme erfüllt von Angst oder Zorn, Esther kann es nicht sagen. Der große Soldat lässt ihn nicht ausreden: Er hebt sein Gewehr und rammt es Aaron kräftig in die Rippen. Aaron taumelt zurück.

«Komm bitte einfach rein!», sagt Esther. «Sonst bringen sie dich um.»

Anneliese schluchzt jetzt laut. Aaron steht auf und reibt sich die Brust. Sein Gesicht ist finster, und einen entsetzlichen Moment lang glaubt Esther, dass er die Soldaten angreifen wird, die das Werkzeug in ihre Tasche stopfen. Doch er dreht sich um und fegt an Esther und Anneliese vorbei ins Haus.

Als die Soldaten weg sind, bringt Esther Anneliese wieder zu Bett. Das Mädchen ist erschöpft und gleitet unter gelegentlichen bebenden Schluchzern in den Schlaf.

Aaron geht zur Tür und sieht hinaus. «Ich schaue mir den Schaden besser an», sagt er. «Ich muss sehen, ob die Schweine irgendwas zurückgelassen haben. Du solltest versuchen, noch ein paar Stunden zu schlafen.»

Er schließt die Vordertür hinter sich, und Esther wischt die Sauerei aus dem umgekippten Toiletteneimer so leise wie möglich auf, um Anni nicht zu wecken. Dann zieht sie ihr Kleid aus und legt sich ins Bett. Arme und Beine tun ihr vor Müdigkeit weh, aber ein Gewicht auf der Brust gibt ihr das Gefühl zu ersticken. Was, wenn sie Aaron getötet hätten? Was, wenn sie ihn mitgenommen hätten? Oder, noch viel schlimmer, wenn sie Anni verletzt hätten? Lähmende Panik ergreift sie. Dann wird ihr ein Geräusch im Hof bewusst, ein kratzendes Scharren dringt aus dem Schuppen, als nähme Aaron ihn von innen auseinander.

Mit einem Gefühl von Atemnot und Schwindel klettert sie langsam aus dem Bett und geht in den Hof. Aaron steht im Schuppen auf einer Kiste und reckt sich nach einem Holzbalken unmittelbar unter der Decke. Dort, wo der Soldat ihn geschlagen hat, ist sein Brustbein von einem dunkelroten Fleck gezeichnet.

«Aaron? Was machst du?», fragt sie.

Er wendet sich ihr überrumpelt zu. Doch er sagt nichts und steigt mit einem leichten Kopfschütteln von der Kiste. In den Händen hält er mehrere kleine Glasfläschchen.

«Was ist das?», fragt sie.

Keine Antwort.

Esther tritt einen Schritt vor. «Aaron, was hast du da?»

«Sie haben sie nicht gefunden.» Mehr sagt er nicht.

«Was haben sie nicht gefunden ...?», beginnt sie, doch dann erhascht sie einen genaueren Blick auf das, was er in den Händen hält. Einen Moment lang fehlen ihr die Worte, doch dann stößt sie sie hervor: «Du warst es», flüstert sie.

Aaron antwortet nicht. Stattdessen fegt er an ihr vorbei ins Haus. Sie folgt ihm.

«Du hast Medikamente aus der Praxis gestohlen?» Sie formuliert es als Frage, obgleich es keine ist.

Er kramt unter der Spüle herum und holt einen Jutebeutel heraus. «Was meinst du denn, wie wir uns sonst unser Essen leisten könnten?»

«Aber die Leute brauchen diese Medikamente. Sie sind krank! Sie könnten sterben!» Ihr ist klar, dass sie leise reden muss, um Anni nicht zu wecken, aber sie ist so ungläubig und fassungslos, dass sie nicht weiß, ob sie schreit oder flüstert.

Aaron steckt die Fläschchen in den Beutel. Dann winkt er ab und geht zur Tür. «Nicht nur Juden werden krank.»

«Was?» Sie eilt ihm in den Hof nach und packt ihn am Ärmel, damit er sich umdreht und sie ansieht. «Was hast du gerade gesagt?»

«Was meinst du eigentlich, in was für einer Welt wir leben, Esther? Hmm? Hier heißt es jeder gegen jeden. Es geht ums Überleben. Diese ‹Gemeinschaft›, in der wir leben», er verzieht höhnisch das Gesicht, «ist nicht nur ... Schalom. Hier gibt es schmutzigen Handel mit Leuten, auf die man noch nicht einmal spucken möchte.»

«Dann würdest du also auch Medikamente an Deutsche verkaufen, ja?», fragt Esther. Es kommt als ein Knurren heraus.

Er fährt zu ihr herum, und sie glaubt, dass er sie vielleicht schlagen wird. Doch er macht einfach nur ein finsteres Gesicht und sagt: «Ich verkaufe an jeden, der bereit ist, den Preis zu bezahlen.»

Einen langen Moment ist sie vollkommen sprachlos.

Dann: «Du bringst uns in Gefahr, Aaron. Du bringst Anni in Gefahr.»

Er stößt ein Lachen aus und gibt dann ein eigenartiges, hässliches Geräusch von sich. «Du versteht nicht, oder? Du bist weich und schwach. Ohne mich würdest du keinen einzigen Tag überleben.» Seine Augen blitzen heftig.

«Du redest, als würde dich das alles hier nichts angehen.»

«Das alles? Wovon redest du?»

«Das hier! Wir!» Sie breitet die Arme aus, und als er nichts erwidert, mustert sie sein Gesicht, ob sie darin eine Spur von Verstehen entdeckt. «Du steckst da nicht allein drin», sagt sie leise.

Ein Ausdruck der Verachtung huscht über sein Gesicht, doch beinahe sofort werden seine Züge weicher. «Hör mir zu, Esther. Liebling. Am besten vergisst du das alles. Lass mich einfach ... lass mich tun, was ich zu tun habe. Für uns. Für Anni.» Seine Stimme ist rau; sie merkt, dass er angestrengt versucht, sich zu beherrschen. «Ich bringe die Medikamente zurück. Tatsächlich sogar, hier ...» Er hält ihr den Beutel hin. «Ich gebe sie dir. Du kannst sie zurückstellen, und keiner wird etwas merken.»

Esther macht einen Schritt rückwärts und spürt, dass sie plötzlich heftig zittert. Sie dreht sich um und schaut durch die geöffnete Vordertür ins Haus, stellt sich Anni in ihr Bett gekuschelt vor und beginnt zur Tür zu gehen, nein, zu gleiten. Ihr einziges Ziel ist Annis Bett, wo sie neben ihrer Tochter unters Laken schlüpfen, die Arme um sie legen und ihren süßen, unschuldigen Duft einatmen wird.

周翼

Es war nicht leicht, es zu lernen, doch mit genug Übung hat Yì das Nach-unten-Drücken und Nach-oben-Ziehen der Pedale gemeistert, das Gewackel des Lenkers und die scheinbar unmögliche Aufgabe, gleichzeitig aufrecht zu sitzen, das Gleichgewicht zu halten und vorwärtszurollen. Nur zwei Wochen nachdem Stern *yīshēng* ihn Schritt für Schritt ins Fahrradfahren eingeführt hat, schlängelt Yì sich in einem Tempo durch den Verkehr, das sein Herz höherschlagen und seine Fingerspitzen kribbeln lässt. Der eiskalte Novemberwind weht ihm entgegen, beißt ihn in die Fingerknöchel und fährt unter seinen Kragen, aber das ist ihm egal. Er hat eine Plüschjacke! Aus steifem Baumwollstoff gefertigt, gefüttert und gesteppt ist sie zwar unförmig, aber sie hält ihn so warm wie eine gefüllte Teigtasche auf ihrem Bett aus Dampf.

Die Finger steif von der Kälte, radelt er eilig nach Hongkew zurück, um seine Last von Ampullen, die er in einer Apotheke an der Ferry Road auf der anderen Seite der Stadt abgeholt hat, in der Praxis des Arztes abzuliefern. Stern *yīshēng* erwartet ihn in ein paar Stunden zurück, aber Yì liegt gut in der Zeit und kann einen Halt in dem Café einlegen, in dem Mamselle Kitty arbeitet.

Trotzdem wird er mehr als rechtzeitig zur Praxis des Arztes zurückkehren. Er möchte Stern *yīshēng* und seine Frau mit dem Tempo beeindrucken, in dem er seine Botengänge erledigt. Er hat hart daran gearbeitet, sich unabkömmlich zu machen, trifft regelmäßig weit vor der Öffnungszeit in der Praxis ein und bleibt nachmittags so lange, dass die Frau des Arztes ihn energisch nach Hause schicken muss. Er bringt Patientenakten ins jüdische Krankenhaus oder holt wie heute Medikamente in Apotheken ab, die in Stadtbezirken liegen, zu denen den Sterns der Zutritt verwehrt ist. Als er Stern *yīshēng* von einem chinesischen Kräuterspezialisten in der Nähe der Yuan Road erzählte, der eine Wundheilsalbe für einen Bruchteil des Preises des Zinkoxidpräparats anbot, das der Arzt bisher aus einer französischen Apotheke bezog, schüttelte ihm Stern *yīshēng* energisch von Mann zu Mann die Hand und sagte, er sei der beste Assistent, den er je gehabt habe.

Yì biegt auf die Chusan Road ein und radelt gegen Wind und Kälte an, vorbei an zweistöckigen Mietshäusern, aus deren bröckelnden Schornsteinen dünne Rauchfäden in den bleigrauen Himmel aufsteigen. Die Luft riecht nach dem Geruch von Tausenden von Kohlefeuern. Die Fremden lassen ihre Öfen den ganzen Tag brennen; Yì hat gesehen, wie sie in Abfalltonnen nach Resten suchten, die sich als Brennstoff verwenden lassen. Dort, wo sie herkommen, muss es viel wärmer sein, denkt er, dass sie so empfindlich auf die Kälte reagieren. Aber gleichzeitig scheint die Hitze des Sommers ihnen enorm zuzusetzen. Es ist ein Rätsel. Einmal hat er Mamselle Kitty gebeten, ihm mehr von dem Ort zu erzählen, von dem sie kommt, diesem Ort so weit jenseits des Meers, aber da zuckten ihre Mundwinkel, und ihre Augen umwölkten sich mit Trauer. Daher hat er sie nicht mehr danach gefragt. Es kann kein gutes Heimatland sein, wenn es eine Frau wie Mamselle Kitty so traurig macht.

Auch wenn Huà anderer Meinung ist, arbeiten die Fremden hart. Er hat Ausländer gesehen, die auf Baustellen wie Ochsen schufteten, und Ausländerinnen, die in den chinesischen Wäschereien über Zubern voller Dampf schwitzten, die blasse Haut blütenrosa angelaufen. Und in den vergangenen Jahren haben diese Leute viele der Ruinen wieder aufgebaut. Aus Backsteinskeletten, die nur noch Bettlern und Obdachlosen Schutz vor Wind und Regen boten, haben sie ein Zuhause gemacht, mit Vorhängen in den Fenstern und kleinen, geheimnisvollen Kapseln an den Türpfosten. Nichts im Vergleich zu den großartigen Häusern der reichen Ausländer im Westen Shanghais, aber durchaus so, dass man dort gut leben kann.

Ja, tagsüber arbeiten sie hart, aber an den Abenden erwachen die Straßen mit einer eigenartigen Leidenschaftlichkeit zum Leben, als wären die Fremden nach Sonnenuntergang frei, ihren Herkunftsorten die Ehre zu erweisen. Bars und Nachtclubs haben hier immer ein gutes Geschäft gemacht, jetzt aber gibt es Cafés, Theater und Musiksäle. Die Musik klingt fremd in Yìs Ohren, sowohl melancholisch als auch erlesen. Wenn er nachts auf seiner Reisstrohmatratze liegt, wiegt ihn die Erinnerung an diese Klänge in den Schlaf und ruft eigenartige, exotische Träume von blassen, wunderschönen Landschaften hervor.

Vor ihm haben zwei Rikscha-Kulis und ein Mann, der ein störrisches Maultier führt, ein Verkehrschaos erzeugt, und Yì macht einen Bogen, um ihnen auszuweichen, und rammt dabei beinahe einen auf dem Bürgersteig sitzenden Bettler.

«Āiyō! Dāng xīn!», schreit der Mann und schüttelt die knochige, schmutzverkrustete Faust gegen Yì.

Yì hebt entschuldigend die Hand und steigt wieder auf

sein Fahrrad, doch nur um gleich darauf erneut zu bremsen. Der honigsüße Duft gerösteter Süßkartoffeln steigt ihm in die Nase, und sein Magen reagiert sofort darauf. Er sieht nach rechts über die Straße und entdeckt eine Frau, die ein Baby auf den Rücken gebunden hat, neben einer Stahltonne. Vielleicht bildet er es sich nur ein, aber selbst aus dieser Entfernung kann er die Hitze spüren, die die Tonne ausstrahlt. Er schaudert zusammen und merkt, dass er unter der dicken Jacke schwitzt. Er schiebt das Fahrrad über die Straße. Die von Dellen übersäte Stahltonne ist von Belüftungslöchern durchsiebt wie die Haut eines Pockenkranken, und auf einem Rost über dem Kohlefeuer liegen ein Dutzend schwarz angekohlte Süßkartoffeln. Yì läuft das Wasser im Mund zusammen, als er zusieht, wie die Frau die Kartoffeln mit einem Bambusstock auf dem Rost wendet.

Die Frau stößt das Kinn in seine Richtung und blinzelt, weil ihr Qualm in die Augen steigt. «Magst du?»

Bevor er sich daran hindern kann, hat Yì schon eifrig genickt.

Die Frau lächelt und entblößt dabei gelbliche Zahnstümpfe. «Wie viele?»

«Wieviel kosten sie?»

Die Frau saugt an ihren Zahnstümpfen und schiebt sich das Baby mit der Hand auf dem Rücken zurecht. «Für dich zwanzig.»

«Ich gebe dir dreißig für zwei Kartoffeln.»

Sie spitzt den Mund, mustert ihn von Kopf bis Fuß und nickt. Mit Fingern, die gegen die Hitze unempfindlich zu sein scheinen, nimmt sie zwei Kartoffeln vom Rost, schlägt sie in Papier ein und wartet, bis er das Geld abgezählt hat, bevor sie sie ihm reicht.

Das Fahrrad an die Hüfte gelehnt, hält Yì inne, um zu genießen, wie die warmen Päckchen in seiner Hand liegen. Er packt eines davon mit den Zähnen aus und beißt in die Süßkartoffel, aber sie ist dampfend heiß, zu heiß zum Essen. Daher pellt er ein wenig schwarze Schale mit den Zähnen ab und bläst wie wild auf das Fleisch. Als es gerade genug abgekühlt ist, dass man es essen kann, nimmt er einen Bissen. Durch das Rösten hat sich das Fleisch der Süßkartoffel in einen köstlich dicken gelblichen Sirup verwandelt, den er aufsaugt. Mit der Zunge verteilt er das Fruchtfleisch im Mund und genießt jeden Aspekt seines Geschmacks – cremig, rauchig und vor allem süß, süß und nochmals süß. Als er die erste Kartoffel verschlungen und das verbliebene Fruchtfleisch mit den Zähnen von der verbrannten Schale abgekratzt hat, betrachtet er das andere Päckchen in seiner Hand. Soll er es jetzt gleich essen oder für später aufbewahren? Er hört die Stimme seiner Nǎinai: *Du musst bei Kräften bleiben, Junge – du kannst nicht wissen, wann du das nächste Mal etwas zu essen hast.* Er fühlt einen Stich im Herzen. Wie schön es wäre, wenn Nǎinai ihn jetzt sehen könnte!

Er wickelt das zweite Päckchen aus, doch als er die Süßkartoffel zum Mund führt, sieht er einen Mann, der über den Bürgersteig auf ihn zuhumpelt. Es ist ein Ausländer, ein alter Mann mit grauem Bart, bekleidet mit einem Reissack, so sieht es aus. Seine mageren, von Leberflecken übersäten Arme ragen aus Löchern, die in die Seiten geschnitten sind. Er geht mit gesenktem Kopf und hat das beschämte Aussehen von jemandem, der so unsichtbar wie möglich bleiben möchte. Seinen humpelnden Gang verdankt er den Schuhen, deren Sohlen mit einem Stück Schnur am Oberleder festgebunden sind. Und obgleich die Straßen von Bettlern wimmeln, bewegt der zu Herzen gehende Anblick dieses alten Mannes Yì dazu, einen Schritt vorzutreten und ihm die noch warme Süßkartoffel hinzustrecken. Der Mann blickt nicht auf, er starrt das Päckchen einfach nur einen langen Moment an, streckt dann langsam, wie in einem Wachtraum, die Hand aus und nimmt es entgegen. Als er hineinbeißt, rinnt ihm eine Träne übers Gesicht, und Yì wendet sich ab, um nicht Zeuge seiner Beschämung zu werden.

Er radelt weiter und versucht, nicht über seinen Magen nachzudenken, der knurrt, als wollte er ihn dafür schelten, dass er kostbares Essen verschenkt hat. Schließlich trifft er vor dem Café ein. Er schiebt das Fahrrad in die rückwärtige Gasse und späht durch das schmierige Küchenfenster. Dort steht sie, das Haar mit einem Tuch zusammengebunden und die langen, schlanken Arme bis zu den Ellbogen im Spülwasser. Er beobachtet sie kurz und verfolgt, wie ihre Schulterblätter zart gegen den Stoff ihrer Bluse stoßen, wenn sie sich bei der Arbeit bewegt und reckt, Teller aus dem Wasser nimmt und sie mit ein paar tänzerischen Schritten nach links in ein Gestell stellt. Er stellt sich vor, er würde ihr die Hände um die Taille legen, unmittelbar über ihren Hüften, ganz sanft und behutsam, nur um ihre Wärme und Anmut unter den Fingern pulsieren zu spüren.

Vor zwei Monaten hat er zum ersten Mal bei einer Frau gelegen. Sie kam aus dem Norden, genau wie er. Als sie vor einer Bar nicht weit von seinem Zuhause an ihn herantrat, war seine erste Reaktion, sie wegzuwinken. Doch als sie ein wenig näher kam, ihm die Hand auf den Schritt legte und etwas in sein Ohr flüsterte, sah er im Dämmerlicht ihr puderweißes Gesicht und die weichen, runden Wangen. Sofort hatte er den beißenden Geruch von dampfender Farbe in der Nase, das Echo müden, gedämpften Geplappers in den Ohren und spürte den Schmerz erschöpfter Muskeln in den Armen. Das Mädchen war natürlich nicht Zhū, doch ehe er sich's versah, hatte er zugelassen, dass sie ihn in die Bar führte, durch einen stinkenden Gang und in eine mit einem Vorhang abgetrennte Kabine mit Pferdehaarmatratze, wo sie sich hinlegte und ihn auf sich zog. Er hatte die Hose heruntergezogen, sein Blut kochend heiß, tief dunkel in seinen Lenden. Am Rand seiner Wahrnehmung: Musik und betrunkenes Gelächter; und das Gesicht des Mädchens, das ins Licht der roten Laterne über dem Bett getaucht war. Er hielt nicht lange durch, und als er zum Höhepunkt kam, war seine Einsamkeit so schmerzhaft, dass er sie kaum ertrug. Als das Mädchen seine Tränen bemerkte, stieß sie ihn von sich und wandte sich mit einem bitteren Lächeln auf ihren geschminkten Lippen ab.

Er fährt zusammen, als eine streunende Katze eine der metallenen Mülltonnen umkippt, die nahe der Tür stehen. Sie rollt ein Stück und verstreut ihren stinkenden Inhalt. Sofort tauchen mehrere Ratten auf und machen sich über den Abfall her. Yì klopft an die Fensterscheibe, und Kitty dreht sich um. Sie wirft ihm ein Lächeln zu, trocknet sich die tropfnassen Hände an einem Handtuch ab und verschwindet für einen Moment, bevor sie mit einem Mantel wieder auftaucht.

«Hallo, Wing!», sagt sie, als sie auf die Gasse hinaustritt.

«*Nī hăo*, Mamselle.»

Mamselle Kitty erblickt die Ratten, dic im Abfall herumhuschen, klatscht mehrmals in die Hände und stößt ein Zischen aus. Die Ratten schlüpfen in den Rinnstein davon.

Sie wendet sich Yì wieder zu und verzieht entschuldigend das Gesicht. «Heute gibt es leider keinen Kuchen.»

Normalerweise hat sie ein Stück Kuchen für ihn, wenn er sie besucht; köstlichen, saftigen, duftenden Kuchen, der ihm im Mund zergeht und seine Geschmacksknospen tanzen lässt. «Uns sind die Briketts für den Ofen ausgegangen, darum müssen die Kunden sich mit belegten Broten begnügen.»

«Macht nichts», sagt er, sorgfältig darauf bedacht, sich seine Enttäuschung nicht anmerken zu lassen. «Ich will einfach nur Hallo sagen.»

Sie lächelt erneut und nimmt ein Päckchen Zigaretten aus ihrer Manteltasche. «Es ist eisig heute, oder?»

Sie streicht ein Zündholz an, aber der Wind bläst es sofort wieder aus. Daher legt Yì die Hände um ihre, als sie es mit einem zweiten Zündholz erneut versucht. Ihre Haut ist rissig und rot, aber noch warm vom Abwaschwasser. Er lässt seine Hände verweilen, solange er es wagt, bis sie den Kopf zurückzieht und eine Wolke bläulichen Qualm ausstößt.

«Hast du von deinem Bruder gehört?»

Yì schüttelt den gesenkten Kopf. Er tritt gegen ein loses Steinchen und sieht zu, wie es über den Boden rollt.

«Er muss dir fehlen», sagt sie, und als er den Kopf hebt, um sie anzusehen, hat sie einen geistesabwesenden Blick, und der Glanz in ihren Augen ist für einen Moment erloschen.

Auf der anderen Seite der Straße feilschen zwei Frauen um einen Beutel Reis. Beide wissen, dass der Reis morgen wertvoller sein wird als heute und am Tag danach sogar noch wertvoller. Siegerin dieses Handels wird diejenige sein, die weniger verzweifelt ist.

Mamselle Kitty beobachtet die beiden eine Weile und

fragt dann: «Wing, kennst du Leute, die mit den Japanern Handel treiben?»

Die Frage überrascht ihn. «Mit Japanern?»

«Auf dem Schwarzmarkt zum Beispiel.»

Er reißt die Augen auf. Was denkt sie sich? «O nein, Mamselle. Nie mit Japanern. Sie *guĭzi.* Teufel!» Er spricht abgehackt, in der Hoffnung, dass er ihr klarmachen kann, wie gefährlich sie sind. «Kein Handel mit Teufeln, Mamselle, bitte.»

«Hm.» Sie lässt die Zigarettenkippe fallen und hüllt sich enger in ihren Mantel. «Wenn du einen Freund oder eine Freundin hättest», fährt sie nach einem Moment fort, «und du wüsstest etwas oder glaubtest etwas zu wissen, das diese Freundin traurig oder sogar wütend machen würde, meinst du, du solltest es ihr erzählen?»

Er runzelt die Stirn. «Ist das ein Rätsel, Mamselle?»

«Nein.» Sie schüttelt den Kopf und murmelt so leise, dass er es gerade noch hören kann: «Oder vielleicht doch. Ich weiß es nicht.»

Er wartet ab, ein wenig unzufrieden, weil er nicht versteht, was sie meint, aber sie erläutert ihre Worte nicht näher. Stattdessen schiebt sie eine Haarsträhne unter ihr Kopftuch zurück und seufzt.

«Zurück an die Arbeit. Aber es war schön, dich zu sehen, Wing. Und nächstes Mal habe ich wieder Kuchen für dich.» Sie lächelt und zwinkert ihm zu, was seinen ganzen Körper in Aufruhr versetzt.

Als sie wieder hineingegangen ist, bleibt er noch mehrere Minuten stehen und beobachtet die Tür, die ihm vom Nachleuchten ihrer Anwesenheit erhellt scheint. Dann erst fällt ihm wieder ein, wo er eigentlich hinwill.

ESTHER

Ende 1944 holt der Krieg sie schließlich ein. Im Ghetto begegnet man der Nachricht von der Landung der Amerikaner auf Saipan eher mit Beklommenheit als mit Erleichterung – die Sorge vor Vergeltungsmaßnahmen der Japaner überwiegt. Aber für die meisten Flüchtlinge sind die häufigen Durchsuchungen von Zeitungsredaktionen und Lagerhallen, die wie Pilze aus dem Boden schießenden Straßensperren und sogar die Berichte von willkürlichen Verhaftungen einfach nur eine weitere Hürde, die beim täglichen Kampf ums Überleben überwunden werden muss.

Dann fangen die Bombardements an. Der Krieg spielt sich nicht länger nur auf der anderen Seite der Welt ab.

An einem nebligen Dezembermorgen bringt Esther Anneliese gerade zur Schule, als sie das verräterische Brummen amerikanischer Flugzeuge über ihren Köpfen hören. Sie fliegen hoch; zu hoch, hofft Esther, um eine unmittelbare Gefahr darzustellen. Der bisher nächste Einschlag hat neulich nachts den Hafenkai erwischt – ein ohrenbetäubender Knall und eine so kräftige Erschütterung, dass loser Verputz von der Decke fiel. Seitdem fährt Esther bei jedem lauten Geräusch – der Fehlzündung eines Autos, dem Geknatter von Feuerwerk oder auch nur einer im Luftzug zuschlagenden Tür – erschreckt zusammen. Das Ghetto, so beengt und überbevölkert es auch vorher schon gewirkt haben mag, scheint sogar noch stärker geschrumpft zu sein. Die Sirene heult. Die Flugzeuge sind näher, als sie glaubte.

«Schnell, da entlang», sagt sie und zieht Anneliese an der Hand zum nächsten Gebäude.

Sie beide und ein Dutzend weiterer Passanten eilen zu einem Laden; man drängt sich um einen Platz in der Tür – unter dem Türsturz, dem sichersten Ort, wenn es keinen Luftschutzkeller gibt –, aber Esther hält die Stellung, drückt Anni mit der einen Hand an sich und hält sich mit der anderen am Türrahmen fest. Sie wird von hinten bedrängt, schubst aber zurück und kauert sich hin. Unmittelbar vor ihr prasselt der Regen in großen, wütenden Tropfen nieder, und der widerliche Gestank, der aus der Abwasserrinne zu ihren Füßen aufsteigt, bringt sie fast zum Würgen. Sie atmet durch den Mund ein und konzentriert sich darauf, das Gleichgewicht zu halten.

Das ohrenbetäubende Heulen der Sirenen, das immer weiter anschwillt, den monotonen, schrillen Ton bebend hält und dann wieder absinkt. In einiger Entfernung hört man ein donnerndes Krachen. Anneliese drückt Esthers Hand, und ihre Fingernägel graben sich in ihre Haut. Ein paar Minuten später ertönt die Entwarnung, und sie stehen auf und treten in den Regen hinaus.

Mit zwanzig Minuten Verspätung treffen sie in der Schule ein. Esther gibt Anneliese einen Kuss. Regentropfen fallen von ihrem Filzhut.

«Vergiss nicht, heute holt Onkel Aaron dich ab.»

«Warum?»

«Das habe ich dir doch gesagt. Ich muss heute ein bisschen länger arbeiten.»

«Wieso?» Anneliese schiebt die Unterlippe vor. Dieser Tage stellt sie alles und jedes in Frage.

«Abrechnungen», antwortet Esther und richtet sich auf. «Langweiliger Erwachsenenkram. Und jetzt los mit dir. Du bist ohnehin schon zu spät dran.»

Am Ende des Tages ist Esther erschöpft. Ihre Kleider sind noch immer feucht und scheinen doppelt so schwer zu sein. Durch die Essensknappheit und die Rationierung auf eine Mahlzeit pro Tag ist ihr Gang zunehmend unsicherer geworden, sogar unbeholfen. Ihre Knochen fühlen sich wachsweich an. Und das betrifft nicht nur sie selbst. Die Patienten werden von Tag zu Tag magerer und schwächer, und heute wurde im Wartezimmer immer wieder von Ärzten im Krankenhaus berichtet, die kleinere Operationen ohne Betäubung durchführen müssen – das Ziehen fauler Zähne oder das Herausnehmen der Mandeln. Dadurch wurden alle nur noch ängstlicher.

Sie legt das Abrechnungsbuch auf den Schreibtisch in Victors Behandlungszimmer und vergewissert sich, dass alle Türen abgeschlossen sind. Sie hat Monate gebraucht, um die Medikamente, die Aaron gestohlen hatte, zurückzustellen, heimlich und immer nur ein Fläschchen auf einmal, indem sie so tat, als gehörten sie zu unterschiedlichen Bestellungen. Zum Glück interessieren sich weder Helene noch Victor besonders für die Abrechnung und zeichnen die Bestellblätter ohne nähere Überprüfung ab. Aber die Leichtigkeit, mit der es ihr gelungen ist, die beiden zu betrügen, lässt diesen Betrug nur umso schwerer wiegen.

Sie nimmt ihren Mantel und Hut aus dem kleinen Hinterzimmer der Praxis und meidet den Blick auf ihr Spiegelbild, das bestimmt zeigt, wie struppig und leblos ihr Haar auf die Schultern herabhängt.

Auf dem Nachhauseweg macht sie im Café Atlantic an der Muirhead Road halt. Wie üblich drängen sich hier europäische Gäste, denn die Einrichtung erlaubt ihnen, sich einen flüchtigen Moment lang vorzustellen, sie befänden sich nicht in dieser abgelegenen Hölle, sondern in einem Straßencafé in Prag, München oder Paris. Esther schlängelt sich zwischen den Korbtischen und -stühlen hindurch, nickt dem Besitzer Gustav zu und geht durch das Café in die Küche. Kitty steht an der Spüle und wäscht Gläser aus. Das Haar hat sie mit einem Tuch zusammengebunden, und ihre Wangen sind gerötet. Sie blickt auf, als Esther durch den Bambusvorhang schlüpft.

«Esther!»

«Ich habe dir das Nähzeug gebracht.» Sie zieht einen kleinen Beutel aus ihrer Handtasche. Er gehört zu den wenigen Sachen aus dem Besitz von Frau Rosenbaum, die sie behalten hat.

Kitty wischt sich die nasse Hand an der Kittelschürze ab, nimmt den kleinen Beutel entgegen und steckt ihn in ihre Tasche. «Danke.»

Esther blickt sich um. Die Küche ist für Shanghaier Verhältnisse überraschend sauber, der Boden ist gescheuert, und die Wandkacheln haben fast keine Flecken. «Hier ist es schön warm», sagt sie.

«Ich weiß.» Kitty streicht sich eine feuchte Haarsträhne aus dem Gesicht. «Das liegt am Ofen.» Sie deutet mit einem Nicken auf den großen schwarzen Eisenherd an der Wand.

Über ihm scheint die Luft zu schimmern, und der Duft, der ihm entströmt, ist himmlisch. «Aber im Sommer ist es hier bestimmt die Hölle.»

Sie bricht unvermittelt ab, und ihre Blicke begegnen sich. Die Zukunft ist etwas, wovon keiner redet. Sie denken nur ein paar Tage voraus, allenfalls Wochen, als würde man durch ein Gespräch über künftige Zeiten das Schicksal herausfordern. Es ist anstrengend, in einem Zustand verletzlicher Hoffnung zu leben, und so konzentrieren sich alle stattdessen darauf, von Tag zu Tag zu überleben.

«Gerade stehen drei Marmorkuchen im Ofen», fährt Kitty fort. «Ich schau mal, ob ich für Anni und dich ein oder zwei Stücke abknapsen kann.»

«Lass dich nicht von Gustav erwischen.»

Kitty wischt sich die Hände an ihrer Schürze ab und schüttelt den Kopf. «Das stört ihn nicht. Komm, ich habe eine Pause verdient.»

Sie führt Esther durch die Hintertür in die Gasse und nimmt eine Packung Zigaretten aus ihrer Schürzentasche. «Magst du auch eine?» Sie hält Esther das Päckchen hin.

«Nein danke.»

Kitty klopft eine heraus, zündet sie an und inhaliert. Sie legt den Kopf zurück und stößt den Rauch aus. «Ah, das habe ich gebraucht.» Gleich darauf wird sie jedoch von einem Hustenanfall erfasst.

«Alles in Ordnung?» Esther reibt ihr den Rücken, bis Kitty aufhört zu husten. Sie ist immer noch viel zu mager, und obgleich ihre Haut von der Wärme in der Küche gerötet ist, hat sie einen fahlen Ton. «Soll ich dir ein Glas Wasser holen?»

Kitty schüttelt den Kopf und zupft sich einen Tabakkrümel von der Zunge. «Alles in Ordnung. Das sind nur diese verdammten Zigaretten», sagt sie, als sie wieder zu Luft gekommen ist. «Ich habe keine Ahnung, wo Gustav sie herbekommt, aber wenigstens sind sie billig.»

«Entweder vom Schwarzmarkt, oder», Esther zuckt mit den Schultern, «sie lesen die Kippen von der Straße auf, lösen den verbliebenen Tabak heraus und rollen daraus neue Zigaretten.» Sie verzieht das Gesicht.

Kitty lacht. «Man muss seine kleinen Vergnügen nehmen, wie man sie kriegen kann, nicht wahr?»

Das Ende des Satzes wird vom Lärm eines Flugzeugs begleitet, das brummt wie eine groteske, riesenhafte Mücke. Sie warten, bis das Geräusch verklungen ist.

«Wie geht es Anni?», fragt Kitty.

«Gut. Abgesehen von einer neuen Läuseattacke. In der Schule scheint es davon zu wimmeln.»

Kitty wirft ihre Zigarette weg und zerquetscht sie mit dem Fuß. «Und Aaron? Schafft er es immer noch, vom Flicken und Reparieren zu leben?» Ihr Tonfall klingt sonderbar scharf. Esther sieht sie an, aber Kitty zupft an einem losen Faden ihrer Jacke herum. Sie zieht daran, und er reißt ab. Kitty und Aaron sind nie recht warm miteinander geworden.

«Wir kommen zurecht», sagt sie. Sie zittert und reibt sich die Arme. «Ich geh jetzt besser. Er hat Anni heute von der Schule abgeholt, und bestimmt hat er nicht daran gedacht, sie zu den Hausaufgaben anzuhalten.»

«Okay», sagt Kitty und klopft sich auf die Tasche mit dem Nähzeug. «Und danke.»

«Keine Ursache.»

Sie umarmen sich kurz. Daran, wie sich unter den Stoffschichten die Hüftknochen berühren, spürt Esther, wie mager sie auch selbst ist, und für einen flüchtigen Moment erinnert sie sich daran, wie warm und weich sich Kittys Körper damals, vor all diesen Jahren, auf dem Schiff an sie geschmiegt hat.

Als sie zehn Minuten später in die Gasse einbiegt, erkennt sie sofort, dass irgendetwas absolut nicht stimmt. Aaron marschiert auf und ab und ballt und öffnet die Hände. Als er aufblickt und sie sieht, macht er den Mund auf und schließt ihn wieder. Instinktiv rennt sie auf ihn zu, denn sie weiß schon, bevor sie bei ihm ist, dass seine Unruhe mit Anneliese zu tun hat.

«Anni?», fragt sie nach Luft schnappend. «Wo ist Anni?»

«Wieso hast du so lange gebraucht? Du hättest schon vor einer Stunde zurück sein sollen!»

«Wo ist Anni?», wiederholt sie. Sein Atem ist scharf und würzig. Er hat getrunken. «Aaron, wo ist sie?»

Er ergreift ihre Hände und umfängt sie mit den seinen. Seine Hände sind feuchtkalt, und sein Atem geht bebend. «Sie war nicht da, als ich sie abholen wollte.»

«Was meinst du damit, nicht da?»

Er schüttelt den Kopf. «Ich habe ... ich habe mich verspätet. Höchstens fünf Minuten!»

«Du hast dich verspätet?» Sie entzieht ihm ihre Hände.

Er fährt sich mit der Hand über das Gesicht und stößt einen scharfen Atemzug aus. «Ja, verdammt! Ich habe gewartet und bin dann reingegangen, um mit ihrer Lehrerin zu sprechen. Sie sagte, Anni sei losgegangen, als die Glocke läutete. Ich habe dort eine Ewigkeit gewartet, nur für den Fall, dass sie mir einen Streich spielt, und als sie nicht gekommen ist, dachte ich, sie sei vielleicht nach Hause gegangen. Aber sie ist nicht da. Ich habe überall nachgeschaut, und ich wollte nicht nach ihr suchen gehen, damit jemand im Haus ist, falls sie heimkommt. Ich hielt es für das Beste, zu warten, bis du da bist.»

«O Gott.» Ein Stöhnen entfährt ihr. Sie starrt ihn mit aufgerissenen Augen an. «Hast du die Polizei informiert?»

Er tut die Frage ab. «Das bringt doch nichts.» Er klingt verzweifelt und wütend. Erneut ergreift er ihre Hand und hält sie fest. «Es waren fünf Minuten, nur fünf Minuten!»

Drei Stunden und vierzig Minuten seit Schulschluss. Esthers Herz beginnt erneut zu rasen. *Aaron hat nicht vor der Schule auf sie gewartet, und so hat Anni versucht, allein nach Hause zu gehen. Jetzt wandert sie einsam durch die Straßen. Sie ist ein tapferes Mädchen und versucht, nicht zu weinen, aber sie hat Angst. Jemand wird sie dort sehen und sie sich schnappen – ein Mädchen wie Anni ist hier Tausende wert. Man wird sie entführen und einsperren und* ... Eine schreckliche Übelkeit steigt in ihr auf. Sie beugt sich vor und erbricht sich in den Staub. Das Blut rauscht in ihren Ohren.

«Ich werde sie finden», sagt Aaron. «Ich mache mich sofort auf den Weg. Erst gehe ich den Broadway entlang – da hängen doch immer diese roten Papierlaternen, die sie so mag. Vielleicht dachte sie ... ich weiß nicht. Wenn ich dann weitermache mit ...»

«Vielleicht sollte ich gehen», unterbricht ihn Esther. Der Gedanke, nutzlos zu Hause herumzusitzen und zu warten, erschreckt sie zutiefst.

Aaron schüttelt den Kopf. «Du bist doch fix und fertig. Am besten ist es, du ...»

Er bricht plötzlich ab und sieht an ihr vorbei in die Gasse. Er blinzelt, und seine Miene verfinstert sich. Esther schlägt die Hand vor den Mund und dreht sich um. Am Eingang der

Gasse tauchen die Silhouetten zweier *baoija*-Wächter auf und kommen auf sie zu. Zwischen ihnen geht eine kleinere Gestalt, die einer der Männer am Arm gepackt hat und die darum kämpft, Schritt zu halten.

Es ist Anneliese. Als sie Esther sieht, reißt sie sich mit einem Ruck los.

«Mama!»

Esther rennt auf sie zu, stolpert über einen losen Pflasterstein, schrammt sich das Knie auf, rennt aber weiter, bis sie Anneliese in ihre Arme reißt und sie so fest an sich drückt, dass sie den Herzschlag des Kindes an ihrer Brust spürt. «Anni, Anni. Mein Herzchen. Ach Anni. Du bist in Sicherheit.»

Die Wächter, der eine ein junger Kerl mit Pickeln im Gesicht, der andere eine Generation älter, kommen heran und pflanzen sich vor Esther auf.

«Die Kleine gehört also zu Ihnen?», fragt der ältere Wächter barsch.

Esther richtet sich auf und wischt sich das Gesicht mit der Hand ab. Sie nickt. Sie bekommt kein Wort heraus.

«Wir haben sie in der Nähe des Broadway gefunden, in einer der Seitenstraßen. Sie befand sich außerhalb des ausgewiesenen Bezirks.»

Aaron, der hinter Esther steht, sagt: «Es ist ein Ghetto. Nennen Sie es einfach so, wie es ist.»

Der Wächter wirft ihm einen scharfen Blick zu. «So oder so hat sie die Vorschriften verletzt. Sie haben Glück, dass wir das nicht bei den Japanern melden.»

«Na ja, sie ist ja noch ein Kind», sagt der jüngere Wächter.

Der ältere übergeht die Bemerkung und blickt sich um. «Sie leben hier?»

«Ja», antwortet Esther und drückt kräftig Annis Hand. Trotz des feindseligen Auftretens dieses Mannes ist sie so dankbar und erleichtert, ihre Tochter zurückzuhaben, dass sie erwägt, ihn auf ein Glas ins Haus zu bitten.

Der Wächter geht mit im Rücken verschränkten Händen im Hof herum, seine Füße knirschen auf dem nassen Kies. «Gehört der Ihnen?» Mit einer Kopfbewegung deutet er auf Aarons Schuppen.

Aaron nickt.

Der Wächter geht zum Schuppen, marschiert einmal darum herum, stellt sich dann davor und klopft mit seinem Schlagstock auf das Vorhängeschloss. «Was ist dadrin?»

«Das geht Sie nichts an», antwortet Aaron leise. Esther blickt vom Wächter zu Aaron. Eine Spannung liegt in der Luft, die sie fühlt, aber nicht ganz versteht. «Werkzeug», steuert sie bei, auch wenn das eine sehr freie Interpretation der Wahrheit ist. Die japanischen Soldaten haben nur ein paar rostige Schraubenschlüssel und eine Handvoll Schrauben zurückgelassen. «Er ist Mechaniker.»

«Mechaniker? Und was ...»

Er wird vom Knallen von Feuerwerkskörpern unterbrochen, die auf der Hauptstraße losgehen, gefolgt von einem schrillen Pfiff.

«Komm schon, Erich», sagt der jüngere Wächter. «Das Mädchen ist jetzt wieder zu Hause. Wir sollten wirklich gehen.»

Der ältere Mann deutet mit ausgestrecktem Zeigefinger auf Anneliese. «Sorgen Sie dafür, dass sie den ausgewiesenen Bezirk nicht noch einmal verlässt», sagt er. «Wenn ich sie noch einmal draußen erwische, erstatte ich Bericht, Kind hin oder her.»

Die beiden Männer drehen sich um, gehen durch die Gasse davon und beginnen zu traben, als erneut Böller krachen.

«Die sind nicht besser als die Nazis», zischt Aaron, als sie außer Hörweite sind.

«Aber sie haben Anni heimgebracht», sagt Esther. Ihr ist schwindelig, und sie ist erschöpft. Sie streichelt das Gesicht ihrer Tochter. «Warum bist du weggelaufen? Warum hast du nicht gewartet, bis Onkel Aaron dich abholt?»

Anneliese schnieft. «Er war nicht da, und da habe ich beschlossen, zu unserem alten Haus zu gehen und Lí Mà zu besuchen.»

Aaron wirft Esther einen flackernden Blick zu. «Sie hat die *baoija* hergebracht, zu unserem Zuhause. Als Nächstes sind es dann die Japaner.» Er sieht Anneliese an. «Was zum Teufel hast du dir eigentlich dabei gedacht?»

Annelieses Kinn beginnt zu zittern. «In der Schule haben alle eine beste Freundin, nur ich nicht. Lí Mà ist meine beste Freundin, darum wollte ich zu ihr gehen und mit ihr spielen.»

«Und da hast du gedacht, du wanderst einfach allein herum?» Er hat die Stimme erhoben. «Ist dir nicht klar, was das für Probleme hätte geben können?»

Anneliese zuckt zusammen und drückt sich enger an Esther.

«Schrei sie nicht an, Aaron. Bitte. Wir sind alle ein bisschen erschüttert. Lass uns reingehen, dann mache ich Abendessen.» Esther umfängt Annis Gesicht mit den Händen. «Wenn du deine Freundin besuchen willst, müssen wir einen Passierschein beantragen, Herzchen. Du musst mir versprechen, dass du nie wieder auf eigene Faust losmarschierst.»

«Aber warum müssen wir hier leben? Warum konnten wir nicht neben Lí Mà wohnen bleiben?»

«Du weißt warum, Herzchen. Weil alle Juden hierher ziehen mussten.»

Tränen treten in Annelieses Augen. Sie stampft auf. «Ich *hasse* es, Jüdin zu sein!»

Bevor Esther sie zurückhalten kann, dreht sie sich um und rennt laut schluchzend ins Haus.

«Schau, was du gemacht hast», sagt Esther zu Aaron. «Du bist zu hart zu ihr.»

«Ich?» Er klingt ungläubig. «Jetzt gibst du mir die Schuld?» Er fährt sich mit den Händen durchs Haar. «Es liegt an dir. Du lässt ihr zu viel durchgehen.»

«Aber ich bin alles, was sie hat.» Die Wahrhaftigkeit dieser Worte erschüttert sie. Sie weiß, dass sie gleich weinen wird, aber sie sagt es trotzdem. «Ich habe ihr ihren Vater genommen.»

Aaron stößt einen wütenden Seufzer aus. «Ich dachte, das hätten wir inzwischen hinter uns. Es ist Geschichte.»

«Wie kannst du das sagen? Du hast keine Ahnung, wie es sich für mich anfühlt – oder für sie! Du bist nicht ihr Vater!»

«Du kapierst es nicht, oder?» Er blickt getroffen weg. «Er hat dich nicht geliebt. Zum Teufel, er hat ja noch nicht einmal um dich gekämpft.»

«Wovon redest du? Du kanntest Carl doch gar nicht.»

Auf der anderen Seite des Hofes geht eine Tür auf. Eine Frau tritt heraus und kippt einen Eimer Wasser in den Rinnstein. Esther wartet, bis sie sich nach drinnen zurückgezogen hat. Dann wendet sie sich erneut Aaron zu. «Es gibt nichts …» Sie bricht unvermittelt ab. Aaron hat den Blick gesenkt, seine Augen streichen über den Boden. Als er wieder aufschaut, überläuft es sie beim Anblick seines Gesichtsausdrucks eiskalt. «Was ist?»

«Ich war da», sagt er. «Ich habe ihm eine Nachricht hinterlassen, dass du mich besuchen würdest. Ich dachte, ich gebe dem Mann eine faire Chance. Aber weißt du, was passiert ist, als du gegangen warst?» Er tritt mit einem raschen Schritt vor und packt sie grob an den Schultern. Sie riecht den Alkohol in seinem Atem. «Ich habe ihn vor meiner Wohnung herumschleichen sehen, er stand da und beobachtete alles. Er war viel zu jämmerlich und feige, um dich zur Rede zu stellen. Er war nicht bereit, um dich zu kämpfen ... ich habe ihm jede Chance gegeben, aber er ist einfach nur ausgewichen, hat sich geduckt und ...» Er starrt sie mit dunklen Augen an. «Hätte er gekämpft wie ein Mann, hätte er nicht das Gleichgewicht verloren. Er wäre nicht auf das Gleis gefallen. Darum», sein Gesicht wird weich, «ist nichts von alldem deine Schuld, mein Liebling. Ich bin derjenige, der dich liebt – der dich wirklich liebt.»

Sie spürt, wie sich etwas in ihr windet. Die Vergangenheit stürzt über ihr zusammen und erstickt sie. Sie versucht, ihre Lunge mit Luft zu füllen, aber sie will sich nicht richtig weiten.

Aaron fällt vor ihr auf die Knie. «Heirate mich, Esther», sagt er. «Werde meine Frau. Du weißt, dass wir zusammengehören ...»

Er sagt noch etwas, aber sie kann die Worte nicht hören; nichts dringt mehr durch das Rauschen in ihren Ohren. Sie blickt nach unten und sieht, dass er ihre Hand ergriffen hat. Er drückt sie kräftig, seine Haut ist rau.

«Du hast jemand Besseren verdient als ihn. Du, und Anni ebenfalls. Carl hätte dich in dieser stinkenden Stadt nicht so verteidigt, wie ich es getan habe, das weißt du.» Sein Atem ist keuchend, verzweifelt.

Sie blinzelt und schafft einen plötzlichen, tiefen Atemzug, von dem ihr schwindelig wird. Ganz langsam wendet sie den Kopf zum Haus.

Anneliese steht in der Tür, und das Schluchzen ist ihr in der Kehle steckengeblieben. Nie zuvor hat Esther einen solchen Ausdruck im Gesicht ihrer Tochter gesehen. Sie schaut gleichzeitig schockiert, beraubt und tragisch. Dieser Blick ist vollkommen verkehrt. Esther hat Anneliese immer glauben lassen, ihr Vater sei an Lungenentzündung gestorben – die Wahrheit war zu schrecklich, zu schändlich, um sie auszusprechen. Was soll sie jetzt denken, da sie von jemand anderem gehört hat, dass ihre Mutter eine Lügnerin ist? Esthers Herz strauchelt, rast los und fängt sich wieder in einem langsamen, stetigen Rhythmus.

«Komm, Anni, mein Schatz», sagt sie ruhig. Sie nimmt ihre Tochter bei der Hand und führt sie durch die Gasse zur Wayside Road davon.

APRIL BIS AUGUST 1945

KITTY

Die schrecklichen Nächte machen sie allmählich fertig. Alle sehnen sich verzweifelt nach ein paar Stunden ununterbrochenem Schlaf, aber kurz nach zwei Uhr morgens geht es schon wieder los, zum dritten Mal in dieser Nacht – das Heulen der Luftschutzsirene, hässlich und kreischend wie eine Bestie, die aus der Hölle herausgezerrt wird.

Esther, die in der Zimmerecke liegt, stößt schnaubend die Luft aus. «Ich habe es so satt», sagt sie leise. «Anni ist gerade erst wieder eingeschlafen.»

Seit einer Woche ist die Sirene gnadenlos – zwei Warnungen gestern Nacht, kurz darauf gefolgt von der Entwarnung. Entweder die Japaner werden nervös und werfen die Sirene jedes Mal an, wenn sie einen einzelnen Bomber entdecken, oder sie haben einfach nur eine weitere Methode gefunden, allen den letzten Rest Energie zu rauben. Kitty würde es ihnen zutrauen.

Der Heulton der Sirene schwillt an und ab. Vor der Tür stapfen die Nachbarn die Treppe hinunter, ungeschickt und im Halbschlaf suchen sie im Dunkeln nach einem Halt für die Hände. Kitty stemmt sich auf den Ellbogen hoch, lässt sich dann aber wieder auf die klumpige Matratze sacken. Wozu der Aufwand? Es gibt ohnehin keine Luftschutzkeller, und die Schutzräume, die die Männer draußen auf der Straße ausheben mussten, sind kaum mehr als mit Sperrholz zugedeckte Fuchshöhlen. Und schlimmer noch, tagsüber dienen sie als öffentliche Latrinen. Aber sie klettert aus dem Bett und hilft Esther bei der vertrauten Übung, zwei kleine Tische zusammenzuschieben und die größte der Matratzen obendrauf zu hieven. Dann wecken sie Anneliese, die schläfrig ein verärgertes Grunzen ausstößt, und krabbeln mit ihr unter den Tisch, wo sie mit eingezogenen Köpfen Knie an Knie sitzen. Sie warten.

Seit Esthers und Annelieses Einzug herrscht hier drangvolle Enge, der Boden von Kittys kleinem Zimmer ist nun vollständig mit den Matratzen der beiden belegt. Kittys kümmerliche Habseligkeiten teilen sich die Schubladen mit Esthers Strümpfen, Unterwäsche und Büchern. Doch gleichzeitig hat das Zimmer nun mehr von einem Zuhause. Annelieses krakelige Kohlezeichnungen schmücken die abgeblätterten Wände, und Esther hat das Talent, selbst den kleinsten und beengtesten Raum sauber und ordentlich aussehen zu lassen. Esther flickt Kittys Socken, eine Aufgabe, die Kitty nie richtig gemeistert hat. Im Gegenzug schneidet und frisiert Kitty Esthers Haar. Sie genießt es, ihr Talent einmal wieder zu nutzen, obgleich sie nur über die rudimentärste Ausrüstung verfügt: Zuckerwasser und rostige Haarklammern.

Sie weiß nicht, welche Umstände zu Esthers Entscheidung geführt haben, Aaron zu verlassen – Esther hat von sich aus nicht viel dazu preisgegeben, und bisher hat Kittys Feingefühl sie davon abgehalten, neugierig nachzufragen. Das hat sie jedoch nicht daran gehindert, heimlich nach Prellungen an Esthers Körper Ausschau zu halten, wenn diese sich in den Tagen nach ihrer Ankunft zum Waschen auszog. Selbst eine nur vorgestellte Gewalttätigkeit gegen ihre Freundin erfüllt Kitty mit tiefem Zorn, doch es war nichts zu entdecken. Da war nur eine tiefe, verletzte Traurigkeit.

Sie hören jetzt den langgezogenen Pfeifton einer vom Himmel fallenden Bombe, dann das Krachen, mit dem sie irgendwo in der Stadt einschlägt. Kitty zuckt beim Rattern der Flak zusammen und ermahnt sich, um Annis willen ruhig zu bleiben. Das alles war für das Mädchen nicht leicht, und sie ist manchmal schwierig, das stimmt – Verdrossenheit, jähe Wutausbrüche oder Albträume, aus denen sie zitternd und sprachlos erwacht. Aber gleichzeitig hat Kittys Zuneigung zu Anni und Annis Zuneigung zu ihr eine völlig neue Qualität angenommen, eine Intensität, die Kitty den Atem raubt, wenn sie darüber nachdenkt. Würde es sich so anfühlen, Mutter zu sein? Sie begreift mit einer so plötzlichen Rührung, dass sie gegen die Tränen ankämpfen muss, wie glücklich sie in den vergangenen Monaten war, und erkennt mit stockendem Herzen, dass alles nur noch falscher und leerer würde als ohnehin schon, sollte Aaron wieder auftauchen und er und Esther wieder zusammenkommen. Ohne Esther und Anni herrscht das Nichts.

Das verstörende Krachen einer weiteren Bombe, diesmal näher, lässt die Fenster im Rahmen erzittern. Anneliese wimmert und steckt den Daumen in den Mund. Sie wirkt plötzlich viel jünger, ähnlich dem Kleinkind, das Kitty damals auf dem Schiff kennengelernt hat. Es ist der nächste Einschlag, den sie bisher erlebt haben, aber immerhin haben sie insoweit Glück, als die Scheiben noch ganz sind. Kitty verlagert ihr Gewicht, weil ihre Beine taub werden, und hört ein ohrenbetäubendes Krachen – die Amerikaner müssen auf den Radiosender zwei Straßen weiter zielen. Es trommelt sanft gegen die Scheibe. Einen verrückten Moment lang denkt Kitty an Regen, aber dann wird ihr klar, dass es ein Schauer von Ruß und Trümmerteilchen sein muss. Sie bräuchte dringend eine Zigarette.

Da, wo ihr Oberschenkel den Boden berührt, spürt sie etwas Warmes. Sie legt die Hand dorthin – sie wird nass.

«Ach, Anni», sagt Esther.

«Ich musste mal – ich konnte es nicht mehr zurückhalten», sagt Anneliese und beginnt zu weinen.

«Mach dir nichts draus, Schätzchen», sagt Kitty und drückt Annis Hand. «Wir machen dich gleich sauber.»

Nach einer endlosen Zeit ertönt der monotone Heulton der Entwarnung, hält mehrere Minuten an und wird, als er aufhört, von anderen Geräuschen abgelöst: Rufen, Husten, Babygeplärr, Hundegebell und den Sirenen von Krankenwagen. Kitty schaut auf die Uhr. Es ist halb drei; der Luftangriff hat nur eine Viertelstunde gedauert, aber sie kam ihr wie eine Ewigkeit vor.

Esther zieht Anneliese aus und wäscht sie. Das Mädchen zappelt unter dem kalten Waschlappen.

«Ich möchte, dass wir zusammen schlafen, alle drei», sagt Anneliese. «Ich möchte nicht, dass Kitty allein ist.» Sie sieht Kitty an. «Bitte! Wir könnten die Matratzen zusammenschieben. Als wäre es ein einziges großes Bett.»

Esther schaut zu Kitty hinüber. «Würde dir das etwas ausmachen?» Ihre Stimme klingt erschöpft.

«Nein, natürlich nicht.»

Anneliese liegt in der Mitte des Matratzenlagers, ihre Gestalt ist nur ein Höcker unter der Wolldecke. Nach wenigen Minuten ist sie eingeschlafen, und Kitty beneidet sie darum, wie mühelos sie sich den Schlaf nimmt, den sie braucht.

«Diese Luftangriffe saugen einem die Kraft aus, nicht wahr?», sagt Esther leise und schlüpft neben Anneliese unter die Decke. Sie will ihrer Tochter den Daumen aus dem Mund ziehen, hält sich aber zurück und gibt ihr stattdessen einen sanften Kuss auf die Wange. «Es ist, als kostete jede Detonation einen ein Lebensjahr.»

Kitty zieht die Decke bis zum Kinn hoch und legt den Kopf aufs Kissen. Ihr Haar ist von der Wäsche am Abend noch feucht und zerzaust. Morgen wird es hoffnungslos verstrubbelt sein, aber sie ist zu müde, um es auch nur zu kämmen. Neben ihr liegt Anneliese geräuschlos atmend auf dem Rücken.

«Wollen wir hoffen, dass es das für heute Nacht war», sagt Kitty, und Esther brummt zustimmend. Sie liegen eine Weile schweigend da und lauschen auf die Geräusche, die die anderen Bewohner bei der Rückkehr ins Gebäude machen. Die Wohnung unter ihnen steht leer; im größten Teil des Bezirks haben die Japaner die Erdgeschosswohnungen räumen lassen, und jetzt nutzen sie die leeren Zimmer, um Munition und Vorräte zu lagern. Wenn die Amerikaner die Munition zerstören wollen, müssen sie zuerst die Zivilisten mit Bomben niedermähen – es ist der zynische Appell der Japaner an die Menschlichkeit der Amerikaner. Aber Kitty ist sich nicht allzu sicher, ob noch irgendwelche Menschlichkeit übrig ist.

Im Dunkeln wendet sie sich Esther zu. «Du kannst es mir sagen, wenn du magst.» Sie stößt es heraus, bevor sie sich zurückhalten kann.

«Was kann ich dir sagen?»

«Aaron. Warum du ihn verlassen hast.»

Ein langes Schweigen und das Geräusch, mit dem Esther

sich auf den Rücken dreht. Kitty hat Angst, dass sie eine Grenze überschritten hat. Doch dann hört sie das feuchte Geräusch, mit dem Esther die Lippen öffnet.

«Ich dachte, es wäre diese Stadt hier, die ihn verändert hat, die ihn so hart gemacht hat. Aber ...» Sie stößt einen langen Atemzug aus, und ihre Stimme senkt sich. «Aber er hat sich überhaupt nicht verändert. Ich habe es nur früher nicht gesehen. Oder vielleicht habe *ich* mich verändert. Ich kann es nicht mehr sagen. Er ... er hat uns so vollständig hintergangen, Anni und mich, dass es alles, was wir gemeinsam hatten, zu einer Lüge macht. Und ich weiß nicht, was ich Anni sagen soll – ich bin mir nicht sicher, wie viel sie versteht. Aaron war wie ein Vater für sie, und ich ... ich weiß nicht, ob ihre Albträume von den Luftangriffen kommen oder von ...»

Von oben hört man das laute Rumsen, mit dem eine Tür zugeschlagen wird.

«Aber das alles», fährt Esther fort. «Es macht es unmöglich, einen klaren Gedanken zu fassen. Ich weiß einfach nicht mehr, was ich glauben soll.»

Sie sagt diesen letzten Satz so leise, dass Kitty sich anstrengen muss, um ihn zu verstehen. «Es tut mir leid», sagt Kitty, und dann liegen beide wieder schweigend in der Dunkelheit.

«Kitty?», sagt Esther nach einer Weile.

«Ja?»

«Als vorhin die Bomben gefallen sind ...» Sie stockt. Dann: «Glaubst du an Gott?»

Kitty streckt sich, um Esthers Hand zu ergreifen, schätzt jedoch deren Lage in der Dunkelheit falsch ein und ertastet stattdessen Esthers Wange.

«Oh, Entschuldigung», sagt sie und zieht sich zurück.

Aber Esther ergreift ihre Hand und führt sie zu ihrem Gesicht zurück. «Deine Finger sind so kühl», sagt sie. «Das tut gut.»

Sie bleiben so liegen, und Kittys Finger saugen die Hitze von Esthers Haut. Plötzlich stört sie zu ihrer Überraschung Annelieses kleiner Körper, der zwischen ihnen liegt und sie daran hindert, sich an Esther zu kuscheln, sich mit Hüften und Schenkeln an Esthers Wärme zu schmiegen, Esthers Atem auf ihrem Gesicht zu fühlen und den Mund auf Esthers warme Lippen zu legen. Sie schluckt, überrumpelt von der Stärke und Unmittelbarkeit ihrer Gefühle. Sie spürt, wie sie rot wird, und ist dankbar für die Dunkelheit.

«Was denkst du?», fragt Esther.

«Ich denke an unsere erste Begegnung auf dem Schiff», antwortet sie nur halb der Wahrheit entsprechend. Sie nimmt die Hand von Esthers Gesicht, weil sie befürchtet, die Berührung könnte etwas von ihren Empfindungen verraten.

«Wie naiv wir waren», sagt Esther. «Wenn ich Bescheid gewusst hätte, hätte ich alles von diesem Schiff gestohlen, jede Leinenserviette, jeden Messingaschenbecher, alles, was in meinen Koffer gepasst hätte. Und bestimmt hätte ich dieses Zigarettenetui nicht aus dem Fenster geworfen.»

«Wie hätten wir es wissen sollen?», fragt Kitty, die weiß, dass Esther bei der Erinnerung im Dunkeln lächelt.

«Das konnten wir wohl nicht.»

Eine Pause, und dann stößt Esther einen kleinen Luftschwall aus, ein unterdrücktes Lachen. «Erinnerst du dich, dass du mich geküsst hast?»

«Ja.» Kitty bringt nur diese einzige, bebende Silbe heraus,

denn sie weiß, wenn sie mehr sagt, strömt alles aus ihr heraus, dieses plötzliche, erschreckende Verstehen.

Esther atmet aus. «Du musst deine Schwester wirklich sehr vermissen.»

Ein Stich der Scham und intensiver Enttäuschung schnürt Kitty die Kehle zusammen. «Ja», wiederholt sie.

Esther sagt nichts mehr, sondern atmet nur lang und müde aus. Bald werden die regelmäßigen Atemzüge des Schlafs daraus.

Kitty starrt in die Dunkelheit und denkt, dass sie nie wieder die Wohltat des Schlafes finden wird. Die Gedanken kreisen in ihrem Kopf, und ihr Körper ist erhitzt. Etwas in ihrem Inneren ist geplatzt, leise, aber unumkehrbar, und sie kann sich nicht entscheiden, ob das Gefühl, das das mit sich bringt, ihr schreckliche Angst macht oder sie jubeln lässt. Beides stimmt, denkt sie.

Sie spürt ein Kitzeln in der Lunge, als steckten dort tief drinnen ein paar Mottenflügel, empfindet einen Hustenreiz und ist dankbar für die Ablenkung. Sie atmet nur flach, um den Husten so lang wie möglich zu unterdrücken, und gleitet schließlich in den Schlaf.

An der Tür ertönt ein entschlossenes Klopfen. Kitty setzt sich auf, die Gedanken von einem Schleier aus Träumen vernebelt. Da der Verdunkelungsvorhang vorgezogen ist, ist es unmöglich, die Zeit zu schätzen. Sie steigt aus dem Bett, sorgfältig bemüht, Anneliese und Esther nicht zu wecken, und tastet sich zum Fenster. Als sie den Vorhang einen Fingerbreit zurückzieht, sieht sie, dass die Sonne vor vielleicht einer Stunde aufgegangen ist. Sie lässt einen kleinen Spalt offen, um einen Lichtstrahl einzulassen. Wieder klopft es an der Tür. Und erneut. Laut und dumpf, als hämmerte jemand mit der Faust dagegen. Anneliese bewegt sich und schlägt die Augen auf.

«Wer ist das?» Ihre Stimme ist vom Schlaf heiser.

«Ich weiß es nicht, Anni», flüstert Kitty. «Bleib am besten liegen. Ich schaue nach.»

Sie geht zur Tür und macht auf, doch wer immer es war, ist weitergegangen und klopft nun an eine Tür im Stockwerk darunter. Kitty schleicht sich auf Zehenspitzen durch den Korridor und beugt sich übers Treppenhausgeländer. Eine dunkelhaarige Frau, barfuß und in einem einfachen weißen Nachthemd, die so aussieht, als wäre sie gerade aus Kittys seidigen Träumen herausgetreten, blickt strahlend zu ihr auf. Ihr Lächeln ist glücklich, und in ihren Augen steckt mehr Leidenschaft, als Kitty seit langer Zeit gesehen hat. Es ist ansteckend – Kitty lächelt unwillkürlich zurück.

«Halleluja!», ruft die Frau und breitet die Arme aus, als wollte sie Kitty aus der Ferne umarmen. «Hitler ist tot!»

ESTHER

Es ist seit Monaten Esthers erster Besuch in der Ohel-Moshe-Synagoge. Sie weiß selbst nicht recht, warum sie hier ist, vielleicht hat die Aussicht auf den dunklen Innenraum sie im Vorbeigehen gelockt. Der Gottesdienst hat gerade geendet; unter einer niedrig hängenden Wolkendecke wartet sie auf der Straße, bis die Handvoll Gläubige gegangen ist. Dann tritt sie ein. Sie geht die Treppe zur Frauengalerie hinauf und setzt sich auf eine lange Holzbank. Die Stille ist nahezu schmerzhaft. Mit einem leeren, auf nichts speziell gerichteten Blick schaut sie in den Hauptraum der Synagoge hinunter. Der Toraschrein steht zurückgesetzt auf einem Holzpodium an der Wand, mit schweren Samtvorhängen verhängt wie die Bühnenausrüstung eines Magiers. Das Bild ruft ein sonderbares, aus weiter Ferne kommendes Gefühl der Ruhe in ihr hervor, doch es entgleitet ihr, bevor sie es richtig zu fassen bekommt.

Sie senkt den Blick und bemerkt auf Oberschenkelhöhe einen Riss in der Tasche ihres Kleides. Nur ist es kein Riss, es ist ein Schnitt – ein sauberer Schnitt am unteren Rand der Tasche. Sie schiebt die Hand hinein, und die taucht aus dem Loch dort unten wieder auf. Vielleicht war es eine Rasierklinge. Die drei Dollar, die sie dabeihatte – sie wollte Anneliese eine Kleinigkeit kaufen –, sind verschwunden.

Sie kann sich an keinen Taschendieb erinnern, aber sie sind so geschickt. Sie zieht die Hand wieder aus dem Loch heraus. Drei Dollar, dreihundert Dollar, was spielt das für eine Rolle?

Mehr als zwei Monate liegt das Ende des Krieges in Europa schon zurück. Ein Nachbar führt eine Strichliste und schneidet für jeden Tag, den sie seit der Kapitulation der Nazis in dieser Hölle verbringen, eine Kerbe in einen hölzernen Türbalken. Als Esther heute Morgen aus dem Haus gegangen ist, waren es siebzig Kerben.

Sieben Monate ist es her, seit sie durch die dunkle Gasse davongegangen ist, weg von dem Mann, den sie zu kennen meinte, dem Mann, den sie zu lieben glaubte. Es scheint so lange her, doch sie bezweifelt, dass jemals genug Zeit vergehen wird, um die Liebe, die sie einmal für ihn empfunden hat, mit dem zu versöhnen, was sie jetzt empfindet. Aber was fühlt sie eigentlich? Es sollte vielleicht Hass sein oder zumindest Abscheu, doch da, wo ein Gefühl sitzen sollte, hat sie nur einen dumpfen, hohlen Schmerz. Sie schließt die Augen. Normalerweise gestattet sie ihren Gedanken nicht, auf diese Weise müßig zu Aaron zu wandern ... Mit eingeübter Mühelosigkeit schiebt sie sie beiseite, bevor sie wirklich Gestalt angenommen haben.

Vielleicht ist es hier drinnen gar nicht kühl und still. Sie spürt nichts dergleichen. Falls die Kühle und Stille nur in ihrer Einbildung besteht, spielt allerdings auch das keine Rolle. Ihr Glaube ist weg. Sollte sie einmal irgendeinen Glauben besessen haben, ist er jetzt jedenfalls verschwunden, weggeschwemmt in den dreckigen Rinnsteinen ihrer Zeit hier. Das ist es, was Aaron ihr genommen hat, und sie weiß nicht, ob sie es jemals zurückbekommt. Sie zupft an einem Faden des Stoffs, der bereits begonnen hat, um den Schnitt in der Tasche herum auszufransen.

Hinter ihr ertönt eine Frauenstimme: «Ziehen Sie nicht daran, meine Liebe. Sonst geht noch der ganze Stoff auf.»

Esther dreht den Kopf.

Eine ältere Frau sitzt hinter ihr, den Kopf mit einem dunkelgrünen Tuch bedeckt, und beugt sich zu Esthers Reihe vor. «Am besten flicken Sie die Stelle, sobald Sie daheim sind.»

Esther antwortet nicht.

«Du meine Güte, Sie bluten ja!», sagt die Frau und kommt um die Bank herum, um sich neben Esther zu setzen. «Lassen Sie mal sehen.»

Esther kann der Frau nur einen verwirrten Blick zuwerfen, als diese das Kleid an ihrem Bein hochschiebt. Tatsächlich, sie hat einen langen, dünnen Schnitt am Oberschenkel. Blut fließt nur wenig; es ist schon fast geronnen und hinterlässt nur eine rötlich braune Schmiere auf der weißen Haut. Esther starrt auf ihr Bein hinunter und erkennt es nicht. Das ist bestimmt die Haut von jemand anderem.

«Was ist passiert?», fragt die Frau, und ohne auf die Antwort zu warten, angelt sie ein Taschentuch aus ihrer Handtasche und drückt es auf Esthers Bein. «Sagen Sie Bescheid, wenn es wehtut.»

«Nein», hört Esther sich flüstern. «Es tut nicht weh. Nichts tut weh.»

Sie tritt auf die Straße hinaus und blinzelt so verwirrt, als hätte man sie aus dem Tiefschlaf geweckt. Sofort muss sie von Qualm und Gestank würgen. Um sie herum herrscht ein wildes Getöse, man hört Krachen, Schreien und Stöhnen.

Sie muss so tief im Dämmerlicht der Synagoge versunken gewesen sein, dass sie die Sirene nicht gehört hat. Auf der Suche nach einem Zufluchtsort rennt sie los. Die Bomber scheinen nah zu sein, näher als je zuvor.

Sie schießt von Tür zu Tür und schiebt sich gegen die Leute, die sich an die Gebäude drängen. Einen Moment lang verliert sie die Orientierung und kann in all dem Lärm, Qualm und aufgewirbelten Trümmerstaub weder Straßenschilder noch sonst irgendwie Bekanntes entdecken. Dann erblickt sie auf der anderen Straßenseite das Schild des Perückenmachers Tobias, was bedeutet, dass sie sich in der Kwenming Road befindet, nur hundert Meter vom Markt an der Chusan Road entfernt. Am Gebäude neben dem Perückenmacher zieht sich ein Stahlgerüst hoch. Der Besitzer muss entweder hoffnungslos naiv oder unglaublich hoffnungsvoll sein.

Das Heulen der Sirene zerschneidet die Luft, lässt Esthers Puls schneller hämmern und macht, dass der Schweiß auf ihrer Haut sich eiskalt anfühlt. Anneliese ist in der sicheren Schule, sagt sie sich, aber noch nie hatte sie ein so dringendes Verlangen, sie im Arm zu halten. Die Schule liegt zu Fuß nur eine Viertelstunde entfernt, zehn Minuten, wenn sie rennt – wenn sie nur von Lärm und Qualm wegkommt.

Eine weitere ohrenbetäubende Detonation, diesmal irgendwo zu ihrer Linken. Der Boden bebt; die Leute, die sich hinter ihr im Türeingang drängen, japsen, stöhnen und schreien. Esther hat das Gefühl, dass sie auch selbst Laute ausstößt, ist sich aber nicht sicher. Statt der Sirene hat sie jetzt ein lautes Klingeln in den Ohren.

Dann herrscht einen Moment lang Stille. Sie schaut nach links, nach rechts und rast quer über die Straße los. Ihre

Lunge schmerzt bei jedem Atemzug. Sie kommt an einer umgekippten Rikscha vorbei, deren Kuli geflohen ist. Ein Rad zeigt nach oben und dreht sich noch immer. Die Rikscha ist auf ein paar Säcke gefallen, vielleicht Reissäcke, und sie denkt gerade, was für eine Verschwendung das ist, als der Sack sich bewegt und sie sieht, dass es kein Sack ist, sondern ein Mann. Sein Bein steckt unter der Rikscha fest, und er blutet. Sein Gesicht ist weiß von Staub, und im ersten Augenblick erkennt sie ihn nicht, doch er zieht vor Schmerz die Lippen zurück und entblößt die Zähne ...

«Runter von der Straße!», ruft jemand. «Die sind noch nicht fertig!»

Von oben ertönt ein sonderbares, heulendes Pfeifen, doch sie stürzt sich auf Franz Hohlbein, zerrt an ihm, drückt mit ihrem ganzen Gewicht die Rikscha weg und landet schwerfällig, nahezu komisch, auf dem Hintern, als sie ihn herauszieht. Dann krabbeln sie auf allen vieren zur nächstgelegenen Ladenfront, über Steine, Schmutz und Glasscherben. Jemand tritt vor und zieht Hohlbein in die Sicherheit, und jemand anderes streckt ihr eine Hand hin.

Ein donnerndes Krachen ganz in der Nähe, und sie wird vorwärtsgeschleudert, landet mit einem dumpfen Laut auf ein paar Strohmatten und spürt den kreischenden Schmerz in ihrer linken Hand erst, als sie nach unten schaut und sieht, dass sie unter einem Stahlträger eingequetscht ist.

周翼

Das wär's für heute.» Helene Stern wischt sich das Gesicht mit einem Taschentuch ab. «Es ist einfach zu heiß für diese Art von Arbeit.»

Sie schaut auf das Dutzend großer Behälter mit abgekochtem Wasser, die sie gerade die Treppe zur Praxis hinaufgetragen haben. Diese Aufgabe erledigen sie einmal pro Woche, um sauberes Wasser zum Trinken, Waschen und Säubern verschiedener Schnitte und kleinerer Wunden zu haben, mit denen die Patienten kommen. Es ist eine Arbeit für zwei, und normalerweise würde Yì zusammen mit Stern *yīshēng* das Wasser schleppen, doch der Arzt leidet seit einiger Zeit an entzündeten Gelenken, die jedes schwere Heben ausschließen.

Für eine Frau ihres Alters ist Frau Stern überraschend stark, denkt Yì, doch ihr angestrengter Gesichtsausdruck lässt ihn mit der Frage zurück, wie viel von dieser Kraft sie noch in sich hat.

Sie legt den Kopf schief. «Und außerdem hat ein Vögelchen mir erzählt, dass du heute Geburtstag hast.»

Yì lächelt, obwohl er den Sinn der Worte nicht begreift. Sein Englisch hat sich in den vergangenen anderthalb Jahren beträchtlich verbessert, aber er glaubt nicht, dass er all diese seltsamen Ausdrücke je vollständig verstehen wird. Vögel, die sprechen?

Frau Stern sieht ihm an, was er denkt. «Das ist eine Redensart. Aber stör dich nicht daran. Heute ist dein Geburtstag – du bist neunzehn geworden, nicht wahr?»

Er nickt, noch immer lächelnd.

«Also, dann bekommst du den Rest des Tages frei.»

«Vielen Dank, Frau Stern.» Er macht eine kleine Verbeugung.

«Keine Ursache, Yì. Und wenn du jetzt mit mir mitkommst», sie führt ihn zu Stern *yīshēngs* Büro, «hat mein Mann noch etwas für dich.»

Yì folgt ihr und gestattet seinen Gesichtszügen, sich zu entspannen. Seit dem Tod seiner Nǎinai hat er kaum mehr wirklich an seinen Geburtstag gedacht, und selbst davor war das äußerste an Feierlichkeit eine Schale mit Weizennudeln, die sie in ihrem schmuddeligen Zimmer für ihn kochte, sorgfältig darauf bedacht, die Länge jeder Nudel zu erhalten, um ihm ein langes Leben zu sichern.

«Victor?», sagt Frau Stern, als sie den Behandlungsraum betreten. «Hier ist das Geburtstagskind.» Sie zwinkert Yì zu und verlässt den Raum.

Stern *yīshēng* erhebt sich langsam hinter seinem Schreibtisch und nickt. Sein Lächeln vertieft die Falten um seine Augen zu Furchen, die sich außen an seinen Wangen entlangziehen. Er ergreift Yìs Hand und schüttelt sie kräftig. Yì erhascht den schwachen Hauch von Desinfektionsmittel und Leder, zwei Gerüche, die er immer mit dem Arzt verbindet.

«Alles Gute zum Geburtstag», sagt Stern *yīshēng* und kehrt zu seinem Schreibtisch zurück. «Also, ich habe hier eine Kleinigkeit für dich.»

Yì folgt ihm mit den Augen, als Stern *yīshēng* in eine Schublade greift und eine kleine blaue Schachtel herauszieht. Er reicht sie Yì und sieht gespannt zu, wie der sie öffnet. Im Inneren liegt eine metallene Uhr mit Lederarmband.

Yìs Augen weiten sich vor Entsetzen. «Das kann ich nicht annehmen», sagt er, und sein Lächeln hält sich nur noch mit Mühe.

Stern *yīshēng* schüttelt den Kopf. «Ich bestehe darauf, mein Freund. Sie hat, ehrlich gesagt, keinen großen Wert. Tatsächlich habe ich sie aus Einzelteilen zusammengesetzt. Siehst du, hier?» Er deutet auf die Zeiger der Uhr. «Sie passen nicht zusammen. Aber mein Vater war Uhrmacher, und auch wenn mir sein handwerkliches Können abgeht, erinnere ich mich doch an die grundsätzliche Funktionsweise.»

«Sòng zhōng», flüstert Yì.

«Entschuldigung?»

Yì schüttelt den Kopf und zwingt sich erneut zum Lächeln. «Ich ... keine Worte ...» Er verstummt. Er ist außer sich vor Entsetzen. Einen Zeitmesser zu verschenken, ist dasselbe, als spräche man einen Fluch aus. Aber woher sollten sie das wissen? Sie sind schließlich *lǎowài*, Fremde.

Stern *yīshēng*, der Yìs Gesichtsausdruck falsch deutet, fährt lächelnd fort: «Du darfst nicht vergessen, sie jeden Tag aufzuziehen, danach läuft sie dann viele Stunden. Hier, ich zeige es dir.» Er nimmt die Uhr aus ihrer Schachtel und dreht das kleine Metallrad an der Seite zwischen Daumen und Zeigefinger. Der schlanke zweite Zeiger setzt sich in Bewegung und tickt und tickt. Yì muss sich beherrschen, um sich nicht die Ohren zuzuhalten.

Stern *yīshēng* reicht ihm die fluchbeladene Uhr. «Und jetzt ab mit dir – genieße den Rest deines Geburtstags.»

Unter einem niedrigen, drückenden Himmel geht Yì langsam durch die Straßen. Die Uhr, die noch in ihrer Schachtel steckt, lastet schwer in seiner Hosentasche. Es ist zwar unmöglich, aber er könnte schwören, dass er sie ticken hört. Er hört, wie sie seine Lebensjahre wegtickt. Huà würde ihn für seinen Aberglauben schelten; schlimmer noch, er würde ihn auslachen. Aber Yì kann seine Überzeugungen nicht einfach ablegen, wie man an einem so heißen, schwülen Tag wie heute die Jacke ablegt – hat er nicht mit eigenen Augen gesehen, wie ein Baby mit einer Entstellung geboren wurde, nachdem die Mutter in der Schwangerschaft einen Hund auf der Straße getreten hatte? Und hat er Mamselle Kitty nicht in der Nacht gefunden, in der er die Fledermäuse – *biānfú* – in der Fabrik kopfüber an einem Balken hat hängen sehen?

Und doch – Stern *yīshēng* hatte nicht die Absicht, ihn zu verfluchen. Er war unwissend, gewiss, doch er handelte aus Güte. Das sollte doch mehr zählen als das schlechte Omen. Yì ist so tief in Gedanken versunken, dass er den japanischen Kontrollpunkt erst entdeckt, als es schon zu spät ist. Er wird gegen die Wand geschubst und muss die Hände flach auf die Backsteine legen. Zusätzlich zu den Bomben, die vom Himmel fallen, sind in den letzten Tagen in der ganzen Stadt eine Reihe von kommunistischen Sprengsätzen – Huàs Sprengsätze, denkt Yì unwillkürlich – explodiert, und die Japaner werden immer nervöser, halten auf der Straße aufs Geratewohl Leute an und führen Razzien in Teehäusern und sogar Tempeln durch, weil sie heimliche Versammlungen befürchten. Yì wird grob von hinten abgeklopft, spürt die raue Backsteinmauer unter seinen Händen und weiß, dass er wahrscheinlich Prügel bekommt, sollten die Soldaten die Uhr in seiner Tasche finden. Oder schlimmer noch, er wird ins Bridge-House-Gefängnis geworfen und kann dort verfaulen. Ihm läuft ein Schauer über die schweißnasse Haut, aber dann hört er plötzlich einen scharfen Ruf und einen Pfiff, und der Soldat dreht sich um und rennt über den Bürgersteig zu einer Stelle, wo seine Kameraden gerade einen sich wehrenden großen Mann mit Schubkarre festnehmen.

Die Anspannung fällt von Yì ab. Er lehnt sich mit dem Rücken gegen das Gebäude, um die Erleichterung zu genießen und seinen bebenden Atem zu beruhigen. Dann blickt er auf und sieht, dass er vor Haus Nummer achtundachtzig steht. Ein Zeichen! Von allen Glückszahlen ist das die glücklichste. Die Uhr ist schließlich doch kein Fluch, sagt er sich. Aber sicherheitshalber beschließt er, morgen etwas Geld auf Stern *yīshēngs* Tisch zu legen, um allem eventuell verbliebenen Unheil entgegenzuwirken. Wenn er die Uhr bezahlt, ist sie kein Geschenk – *sòng* –, denn dann ist es nichts anderes als ein Handel gewesen. Und wenn Huà nachher zum Essen kommt, wird Yì Nudeln für ein langes Leben kochen. Sein Bruder kommt immer zu seinem Geburtstag. Yì hat noch Zeit, zum Markt zu gehen und die Nudeln zu kaufen. Vielleicht wird er sogar etwas glücksbringenden Bambus finden. Er fühlt sich beruhigt und ist sogar in Hochstimmung, als er in die Chusan Road einbiegt.

Trotz der Rationierung und des knappen Lebensmittelangebots ist die Chusan Road erfüllt von Farben und Klängen. Ausländer und Chinesen stehen Seite an Seite hinter ihren Ständen. Die Einheimischen preisen ihre Waren in einer Mischung aus lautem, zungenbrecherischem Deutsch und singendem Shanghainesisch an. Die ausländischen Verkäufer sind zurückhaltender und ziehen potenzielle Kunden in ein höfliches Gespräch, sobald sie Interesse an dem Angebot zeigen. Gemeinsam haben die Verkäufer, Chinesen wie Fremde, dass sie so kreativ sind wie nur eh und je. Sie verkaufen Amulette aus Granaten- oder Metallsplittern, gefütterte Jacken mit Krägen aus Rattenfell oder aus alten Zeitungen hergestellte Fächer.

Yì schlängelt sich durch das Gedränge und hält dabei nach Amuletten Ausschau, die ihm besonders glücksverheißend erscheinen. Vor ihm auf der Straße eilt ein kleines Mädchen, nicht älter als fünf Jahre, hinter einem Holzkarren her, der mit sechs großen Reissäcken beladen ist. Die Straße ist wie immer verstopft, und das Mädchen hat kein Problem damit, Schritt zu halten, der kleine Körper hinter dem Karren wohlverborgen. Weiter vorn ist der Verkehr zum Stillstand gekommen, weil ein toter Wasserbüffel, auf dem dicke schwarze Fliegen herumwimmeln, die Straße blockiert. Zwei Männer zerren den aufgeschwollenen Kadaver schwitzend und stöhnend an den Rand. Mitten in dem Geschrei, den Flüchen und dem Hupen nutzt das Mädchen die Gelegenheit, sich von hinten ganz an den Karren heranzuschleichen. Mit einem aufblitzenden Messer schneidet sie je einen Schlitz in zwei der Säcke. Als die Straße wieder frei ist, rollt der Karren weiter und zieht eine Spur von Hunderten Reiskörnern hinter sich her. Schnell und geschickt kehrt das Mädchen sie mit einem kleinen Besen auf und stopft sich die Taschen damit voll. Auch Yì hat diesen Trick als Kind verwendet. Zu Hause wird die Mutter des Mädchens den Reis von Schmutz, Nägeln und Glasscherben säubern, bevor sie eine dünne Suppe daraus kocht oder ihn vielleicht an diejenigen verkauft, die sich nichts Besseres leisten können als schmutzigen gestohlenen Reis.

«Wing!»

Die Stimme ertönt über den Lärm hinweg. Er dreht sich um, da er den Klang erkennt, und sieht Mamselle Kitty auf der gegenüberliegenden Straßenseite stehen. Sie trägt ein zerschlissenes jadegrünes Kleid und hat einen Korb in der Armbeuge hängen. Er hebt die Hand und winkt ihr strahlend zu. Sie hier zu treffen, an diesem Tag, ist zweifellos das bestmögliche aller Omen! Sie lächelt und ruft ihm etwas zu, doch ihre Worte werden von einem plötzlichen Brummen und Dröhnen übertönt, das von oben kommt.

Er blickt zum Himmel auf, die dicke Wolkendecke versperrt jedoch die Sicht auf die Flugzeuge. Sie sind in westlicher Richtung unterwegs, mindestens ein Dutzend von ihnen, so wie es klingt. Aber das Dröhnen kommt ihm näher vor als üblich, und Yì meint zu sehen, wie die Wolken eine Bewegung verschlucken. Sekunden später ertönt das schrille Jaulen der Alarmsirenen. Streunende Hunde stimmen in das Geheul ein, und das vertraute Knattern der Flak zerreißt die Luft. Einige Leute auf dem Marktplatz blicken nervös auf, doch die meisten machen mit ihrem jeweiligen Geschäft weiter, entladen, wiegen oder feilschen und versuchen, den Lärm zu überschreien, bis der ganze Platz ein einziges Getöse ist.

Yì schaut wieder dorthin, wo Mamselle steht. Sie hebt den Blick zum Himmel, zuckt mit den Schultern und tritt einen Schritt auf ihn zu.

Da passiert es. Ein Aufblitzen von Licht, unmittelbar gefolgt von einem ungeheuren Krachen und einer unsichtbaren, saugenden Kraft, die ihn in alle Richtungen gleichzeitig zu ziehen und zu drücken scheint. Eine so starke Kraft, dass er befürchtet, sie könne ihm die Gliedmaßen vom Körper reißen. Dann ein Druck von hinten, der ihn vorwärts auf die Straße schleudert. Er landet auf dem Rücken, rundum Qualm und Lärm. Es folgt eine zweite Explosion, ein kleines Stück entfernt, und der Boden erbebt.

Über sich sieht er rote und grüne Leuchtspuren zum Himmel aufsteigen, so spektakulär wie ein Feuerwerk. Mit klingelnden Ohren versucht er sich aufzusetzen, stellt aber fest, dass er sich nicht bewegen kann. Und dann entfaltet sich ein Druck auf seinen Rücken zu einem so peinigenden Schmerz, dass er nicht mehr atmen kann. Er greift nach seiner Brust; seine Hand berührt dabei etwas Hartes und Heißes, ein Stück heißes Metall, das ihn durchbohrt. Er dreht den Kopf – der Schmerz braust in seinem Körper – und sieht Berge von Schutt, Glasscherben, Marktstände aus Holz, die in die Luft geschleudert wurden und zersplittert auf den Boden zurückgefallen sind. Er sieht das Mädchen, das dem Karren gefolgt ist, ein kleines Stück entfernt liegen, sieht die um sie verstreuten Reiskörner, nicht länger weiß, sondern rot wie kleine purpurfarbene Perlen.

Müdigkeit schwemmt über ihn hinweg und zieht ihn an sich. Er schließt die Augen und fühlt das Metallstück in seinem Rücken nicht mehr. Das Ticken der Uhr in seiner Hosentasche erfüllt seine Ohren. Die Zeit ergießt sich in alle Richtungen. Erst ist ihm heiß, dann kalt, quälend kalt. Er muss eine Weile in seiner Benommenheit versunken sein, denn als er plötzlich aufwacht, kauert Mamselle Kitty über ihm. Sie schreit, ihre Stimme erreicht ihn in Wellen:

«Du darfst nicht sterben! Du darfst es nicht!»

Ihr Gesicht ist verquollen und tränennass, ihr Haar ist rußverklebt, und aus ihrer Nase läuft Rotz, aber sie sieht trotzdem noch hübsch aus – so unglaublich hübsch. Wenn er doch nur etwas sagen könnte! Dann würde er ihr sagen, dass sie es nicht wussten, dass sie nichts von dem Fluch wussten; er würde ihr von der Zahl achtundachtzig erzählen, den Nudeln für ein langes Leben und dem glückbringenden Bambus; er würde ihr sagen, wie sehr er sie liebt und dass er nie zuvor jemanden so geliebt hat wie sie.

Aber die Worte kommen nicht. Also versucht er stattdessen zu lächeln, und die Geräusche verwehen, erst Mamselles Stimme und dann die Rufe, die Sirenen, die Schreie, das Jammern und Bellen und das Ticken der Uhr. Er ist jetzt von der lautesten Stille umgeben, die er je gehört hat.

Seine Sicht verschwimmt ...

und weicht einem reinen, alles umfassenden Weiß ...

und einen Moment lang fragt er sich, warum die Ausländer Schwarz tragen, wenn sie trauern.

Denn gewiss weiß doch jeder – er selbst sieht es ja jetzt, genau hier am Ort seiner Ahnen –, dass der Tod weiß ist.

KITTY

Sie treten in die weiße Hitze der Sonne hinaus, und Kitty beugt sich über Anneliese, um ihr Kopftuch zurechtzuziehen. Abgesehen vom Haar, das die Farbe gesponnenen Goldes hat, ähnelt das Mädchen seiner Mutter jeden Tag stärker: dieselbe sanft gerundete Kieferpartie, die intelligenten dunklen Augen und der energische Mund. In zwei Monaten wird sie neun.

Sie gehen durch die Kung Ping Road. Kitty ist sich der unter ihren Brüsten und im Rücken prickelnden Hitze bewusst, doch sie macht sich schon lange keine Gedanken mehr über Schweißflecken. Die von der Sonne aufgeheizten Straßen sind schmutzverkrustet und staubig. Ein paar barfüßige Kinder sitzen vor dem gegenüberliegenden Gebäude im Schatten eines Bambusvordachs und werfen Steine in einen Abfallstrom, der sich über den Boden zum Bach schlängelt. Kitty ergreift Annelieses Hand, damit sie gar nicht erst auf den Gedanken kommt, sich ihnen anzuschließen. Zwar können sie jetzt ungehindert durch die Stadt gehen, doch die Bedingungen sind so primitiv und unhygienisch wie eh und je.

Nach dem Abzug der Japaner senkte sich zwei Tage lang eine gespenstische Stille über den Bezirk Hongkew; die Straßen waren menschenleer, als traute keiner den Nachrichten und als hätten alle Angst, die neue Freiheit zu verfluchen, indem man sie überprüfte. Doch als die Vorräte dahinschwanden, die Kinder rastlos wurden und die Kranken und Sterbenden dringend ärztlicher Hilfe bedurften, kamen eine Handvoll wagemutiger Flüchtlinge heraus und montierten die Schilder ab, die die Grenzen des Ghettos kennzeichneten. Nichts geschah. Weder Soldaten noch Polizei, noch *baoija* kamen, um sie festzunehmen. Das war es, worauf alle mit angehaltenem Atem gewartet hatten, und plötzlich brach in dem verfallenen, von Ratten verseuchten, stinkenden Ghetto eine Feier aus, eine Flutwelle von Erleichterung und Freude brach sich Bahn. Ungläubigkeit war auch dabei – dass sie die Hölle durchgestanden und überlebt hatten.

Aber natürlich hatten nicht alle überlebt. Wings Gesicht und das Lächeln des Sterbenden machen Kitty immer noch zu schaffen. Ein Teil ihrer selbst wird sich immer für seinen Tod verantwortlich fühlen. Wenn sie ihn auf dem Marktplatz nicht auf sich aufmerksam gemacht hätte, wenn sie ihn nicht beim Namen gerufen hätte, wenn sie nicht diesen Schritt auf ihn zugetreten wäre ... Aber es ist mehr als das. Sie war sich seiner stillen, glühenden Liebe für sie bewusst, und in ihrer Selbstsucht und Eitelkeit hatte sie sie angenommen, ohne ihm etwas zurückzugeben. Ihr Bedauern darüber, dass sie ihm nie gesagt hat, was er ihr bedeutet, ist so schneidend und schmerzhaft wie ihre Trauer. Sie weiß, dass es albern ist, aber nach seinem Tod war sie außerstande, die Weiße Tara noch länger zu tragen. All diese Jahre, und nie hat sie gefragt, wo sie herkam oder für wen Wing sie bestimmt hatte. Sie hat sie einfach nur nie zurückgegeben.

Am Tag von Wings Beerdigung gab sie den Anhänger Anneliese, in der Hoffnung, dass das Mädchen ihn an ihrer statt wertschätzen würde.

«Los», sagt sie und zieht sanft an Annelieses Hand. «Sonst kommst du zu spät zur Schule.»

«Können wir nachher Teigtaschen kaufen?», fragt Anneliese beim Gehen.

«Natürlich.»

«Und ein Eis?»

«Da muss ich erst deine Mama fragen.»

«Das heißt nein.»

«Es heißt, dass ich sie erst fragen muss.»

Anni lässt Kittys Hand los und bleibt unvermittelt stehen. «Mama ist eine Lügnerin», sagt sie ganz ruhig.

«Sag so etwas nicht über deine Mutter!», antwortet Kitty bestürzt. «Und jetzt komm – wir müssen uns beeilen.»

Annelieses dunkle Augen heften sich kurz in ihre, und sie fingert an der Weißen Tara herum, die sie am Hals trägt. Dann zuckt sie mit den Schultern und geht weiter.

In jeder Straße kommen sie an Bergen von Schutt und ausgebombten Gebäuden vorbei, die den perfekten Lebensraum für Ratten bieten und ein gefährlicher Spielplatz für Kinder sind. Wenn sie könnte, das weiß Kitty, wäre Anneliese auch dabei, und würde in den Rissen und Spalten Verstecken spielen. Sie geht schneller und zieht die widerstrebende Anneliese mit sich.

Sie biegen in die East Yuhang Road ein und geraten in das lärmende Gedränge von Autos, Rikschas, Fahrrädern und Fußgängern, die alle im Kampf miteinander liegen. Kitty hält Annelieses Hand fest, obgleich ihre Handflächen feucht sind. Die Stadt ist zu einem jahrmarktähnlichen Leben zurückgekehrt, in dessen Zentrum die Amerikaner stehen. Überall sieht man hochgewachsene, junge, gesunde GIs. Sie pfeifen chinesischen Mädchen in engen Satinkleidern hinterher und halten rufend und jubelnd Rikscha-Rennen ab, bei denen die bestürzten Rikscha-Kulis hinten sitzen und sich verzweifelt festklammern. Anneliese zieht die Hand aus Kittys, hüpft herum und klatscht dabei in die Hände.

Für manche, so wie Anneliese, ist die exotisch gute Laune der Männer ansteckend; andere dagegen erinnert sie daran, dass die ganze Welt im Krieg war und dass keiner weiß, was kommen wird. In den letzten Wochen waren Informationen im Umlauf, bruchstückhaft und ungewiss, obwohl man inzwischen wieder ungehindert Kurzwellensender hören kann und die Zeitungen nicht mehr zensiert werden. Es gibt Berichte über eine neue, verheerende Art von Bombe. Und es heißt, dass halb Deutschland ein Trümmerhaufen sei. Dazu kommen Gerüchte über Todeslager und Geschichten von Gaskammern und Bergen von Skeletten, die zu grauenhaft sind, um wahr zu sein.

Esther ist losgegangen, um die Listen registrierter Überlebender dieser Lager durchzugehen, die in der Seward Road ausgehängt wurden. Kitty hat angeboten, Anni zur Schule zu bringen. Sie will nichts über die Geister der Vergangenheit wissen.

Sie tritt auf die Straße, das feuchte Kleid klebrig am Körper. Sie müssen sich jetzt beeilen, oder Anneliese kommt wirklich zu spät zur Schule.

«Kitty!»

Anneliese packt sie am Arm und reißt sie heftig zurück, während ein vorbeifahrendes Auto sie nur um Zentimeter verfehlt.

«Tante Kitty! Du musst schauen, bevor du die Straße überquerst!», ruft sie, und jetzt klingt sie viel älter als ihre acht Jahre.

Kitty nickt. «Ja. Es tut mir leid», sagt sie mit rotem Kopf und zittriger Stimme. Sie eilen zur Schule; am Tor umarmt Kitty Anneliese zum Abschied.

«Deine Mama und ich holen dich um vier Uhr ab», sagt sie. «Und dann gehen wir Eis essen. Das ist ein Versprechen.»

ESTHER

Die Listen hängen an einer Tafel außen an einem Gebäude; mindestens dreißig Seiten, die Namen mit dicht stehenden schwarzen Buchstaben getippt. Dutzende von Menschen drängen sich davor. Manche haben die Hälse gereckt und studieren die Listen mit leidenschaftlicher Konzentration; andere haben die Augen niedergeschlagen, als hätten sie Angst vor dem, was sie sehen könnten. Oder vielmehr nicht sehen könnten. Es ist gespenstisch still.

Esthers Hand pulsiert, unter dem Gips juckt die Haut, als würden Tausende Ameisen hineinbeißen. Über den Listen ist ein verblasstes Reklameschild an die schwarz angelaufene Backsteinwand genagelt. Auf Deutsch bietet es einen Reparaturdienst für Fahrräder und Nähmaschinen an. Esther senkt den Blick. Ob Aaron wohl die Listen kontrolliert hat? Doch dann fällt ihr ein, dass seiner einzigen Verwandten Sara vor Jahren die Flucht nach London gelungen ist. Seit dem Abend, an dem Esther gegangen ist, hat sie Aaron nicht mehr gesehen. Monatelang befürchtete sie, ihm zufällig über den Weg zu laufen und erneut mit ihrem Kummer konfrontiert zu werden. Aber das ist nie geschehen. Vielleicht hat er einmal zu oft mit den falschen Leuten Handel getrieben; oder vielleicht konnte er Shanghai auch verlassen.

Ganz vorn in der Menge stößt eine ältere Frau in einem

mehrfach geflickten Baumwollkleid, unter deren Achseln sich feuchte Halbkreise abzeichnen, ein Stöhnen aus. Ohnmächtig sinkt sie gegen den Mann, der neben ihr steht, und reißt ihn beinahe ebenfalls um. Esther schützt ihre Brust mit dem linken Arm und drängt sich durch die Menge. Die Leute machen nur widerwillig Platz, da sie sich nicht von der Aushangtafel verdrängen lassen wollen.

«Ich arbeite in einer Arztpraxis», sagt sie mit so viel Autorität, wie sie aufbringen kann, und kniet sich neben der Frau nieder. Sie fühlt ihren Puls – er ist spürbar, wenn auch schwach – und fragt sich, was sie als Nächstes tun soll. Unter den eindringlich auf sie gehefteten Blicken der Zuschauer kommt sie sich jetzt etwas albern vor.

«Alles in Ordnung», sagt eine Stimme neben ihr. «Ich arbeite ebenfalls in einer Arztpraxis.»

Esther wendet den Kopf. «Victor!»

«Ich wollte hier schauen, ob …» Er legt zwei Finger an den Hals der Frau und blickt zu Esther auf. «Mein Bruder, er hat überlebt.» Seine Stimme ist von Emotionen erstickt.

Die Frau stößt ein weiteres leises Stöhnen aus. Victor schlägt ihr sanft auf die Wange.

«Es liegt an der Hitze. Und vielleicht hat sie einen Schock. Sie braucht Wasser und frische Luft.»

Er steht auf und breitet die Arme aus, um etwas Platz zu schaffen. Jemand reicht ihm eine Flasche Wasser, und er gießt sich ein wenig davon in die Hand und befeuchtet die Lippen der Frau mit den Fingern. Die Frau schlägt die Augen auf, blinzelt mehrmals hintereinander und lässt sich von Victor und Esther aufhelfen. Sie schwankt ein wenig, steht aber aufrecht. Sie wendet sich Esther zu, und ihr Blick gleitet kurz über deren Gips.

«Meine Verwandten», sagt sie mit erregter Stimme, ein weißer Speichelfleck bildet sich in ihrem Mundwinkel. «Sie leben! Hier, schauen Sie ...» Sie ergreift Esthers gesunde Hand und zieht sie zum Aushang. «Luzie, Fanny und Helmuth.» Sie deutet auf die Namen. «Sie leben.» Heiße Tränen strömen ihr übers Gesicht.

Ein Mann tritt aus der Menge heraus und führt die noch immer Schluchzende weg, doch Esther hat ihre Aufmerksamkeit nun der Liste zugewandt.

Baeck, Leo

Baer, Kurt

Bamberger, Israel

Bamberger, Johanna

Bamberger, Klara

Bardach, Lisbeth

Die fleckigen Buchstaben verschwimmen vor ihren Augen und tanzen, verzweifelt versucht sie, sich an die Reihenfolge des Alphabets zu erinnern. Aber jetzt, da ist es –

Barsch, Albert

Barsch, Alice Gertrude

Bernstein, Johanna

Bernstein, Peter

Nein. Sie liest die Liste erneut. *Barsch, Albert; Barsch, Alice Gertrude.* Hier sollten *Barsch, Leah* und *Barsch, Sigmund* folgen. Ihr Mund ist trocken, und ihre Augen brennen. Sie bemerkt das Schieben und Schubsen von hinten kaum und auch nicht das Schweißrinnsal, das ihr die Schläfe hinunterläuft.

«Esther.»

Sie blinzelt und fängt ganz von vorn an.

Adler, Siegfried

Arndt, Julius

Arnheim, Erna
Apt, Ida
Apt, Martin
Asch, ...
«Esther!»

Victor steht neben ihr. Er berührt sie am Ellbogen. «Du solltest dich setzen», sagt er. «Wir wollen nicht, dass du auch in Ohnmacht fällst.»

Nein, möchte sie sagen, *nein, ich muss sie finden – ihre Namen müssen doch irgendwo stehen*, aber sie kann ihre Gedanken und ihre Worte nicht zusammenführen. Ihre Zunge liegt schwer im Mund; alle Geräusche um sie herum sind gedämpft. Victor stellt sich vor sie und legt ihr die Hände auf die Schultern.

«Ich kann nicht ... ich ertrage es nicht, Victor, ich ertrage es nicht!» Sie stößt es heftig heraus.

«Schsch, Esther», sagt er. «Sie haben noch nicht alle Überlebenden identifiziert. Es ist noch früh. Es wird weitere Listen geben.» Er beugt sich vor und legt die Stirn an ihre. Sein Atem ist warm und säuerlich. «Gib die Hoffnung nicht auf, noch nicht.»

Anneliese rennt strahlend durch das Schultor auf Esther und Kitty zu. «Heute haben wir in der Schule *gar nichts* gelernt!», sagt sie atemlos. Ihr Gesicht ist rosig und glänzt. «Wir hatten wieder eine Feier!»

Esther drückt ihr einen Kuss aufs Haar. «Wieder eine Feier?»

«Ja, und sie haben uns das hier geschenkt!» Sie nimmt den Schulranzen vom Rücken und macht ihn auf. «Ausmalbücher, Farbstifte und ...» Sie kramt im Ranzen herum und bringt ein kleines rot-weiß-blaues Päckchen zum Vorschein. «Bubblegum!»

«Haben sie euch Coca-Cola zu trinken gegeben?», fragt Kitty. «Ich schwöre, es ist so süß, dass mir die Zähne davon wehtun.»

Anneliese zieht enttäuscht die Nase kraus. «Nein. Es ist ausgegangen, bevor sie bei meiner Klasse angekommen sind.»

Sie gehen langsam nach Hause, da es für schnelle Bewegungen zu schwül und drückend ist. Das hindert Anneliese aber nicht daran, pausenlos zu plappern. Esther, die nur abgelenkt zuhört, lässt sich berichten, wer auf dem Pausenhof was zu wem gesagt hat, dass die Lehrerin Mrs Arndt Jakob mit dem Gesicht zur Wand stehen ließ, weil er frech war, und welche Bücher die Klasse in diesem Schuljahr lesen wird.

Doch dann hört Anneliese mitten im Satz zu reden auf, als ein khakigrünes Militärfahrzeug vorbeirollt und dabei Schutt und Trümmern, die noch auf der Straße liegen, sorgfältig ausweicht. Sie zieht Esther am Rockbund.

«Schau, Mama! Das sind die Männer, von denen ich dir erzählt habe. Die Männer in Pieps.»

Esther runzelt die Stirn, doch Kitty beginnt zu lachen. «Du meinst *Jeeps.*»

«Ja, genau, Jeeps. Die Männer sind nett. Sie schenken den Kindern Süßigkeiten, wenn sie ihnen zuwinken.»

Wie auf Kommando biegt ein weiterer Jeep um die Ecke und holpert, eine Staubfahne hinter sich herziehend, über die von Schlaglöchern übersäte Straße.

Anneliese hüpft erregt auf und ab. «Darf ich, Mama? Bitte?»

Esther seufzt, aber Kitty stößt sie sanft in die Rippen. «Nur zu.»

«Na schön.»

Anneliese lächelt strahlend und winkt mit hoch erhobenen Armen den beiden GIs im sich nähernden Jeep zu. Das Fahrzeug bremst bis zum Schritttempo ab, und einer der Männer greift nach hinten. Er wirft Anneliese mehrere in Papier verpackte Riegel zu, lächelt sie an – ein breites Lächeln mit weißen, unglaublich regelmäßigen Zähnen – und ruft ihr etwas zu. Es ist Englisch, soweit Esther das beurteilen kann, aber mit einem so eigenartigen Akzent, dass sie nichts versteht. Anneliese jubelt begeistert und hebt die Schokoriegel auf, die auf dem Bürgersteig liegen. Der Soldat wendet sich an Kitty; er streckt ihr Nylonstrümpfe hin, doch sie schüttelt den Kopf und kehrt ihm den Rücken zu.

«Los, komm», sagt sie zu Anneliese. «Lass uns schnell heimgehen, bevor die Schokolade schmilzt.»

Sie überqueren die Straße und setzen ihren Weg fort. Anneliese hüpft voraus und biegt um die Ecke in ihre Gasse ein, die kostbaren Süßigkeiten hält sie in ihrer zusammengerafften Schürze. Gleich darauf rennt sie jedoch zu Esther und Kitty zurück, das Gesicht stirnrunzelnd verzogen.

«Was ist los, Herzchen?», fragt Esther.

«Mama, auf unserer Treppe sitzt ein Mann, der ganz komisch aussieht.»

Sie eilen um die Ecke, und tatsächlich, auf der Treppe zu ihrem Gebäude sitzt ein hochgewachsener, sehr magerer Mann, den Kopf in die Hände gestützt. Als er hört, wie sie sich nähern, steht er auf und sieht sie an. Selbst aus der Ferne erkennt Esther, dass seine Haut schlimm von der Sonne verbrannt ist, rissige rot glänzende Flecken überziehen Wangen und Nase. Instinktiv ergreift sie Anneliese bei der Hand und zieht sie zu sich. Kitty neben ihr stößt einen eigenartigen, maunzenden Laut aus. Ihr Gesicht zeigt einen Ausdruck äußersten Entsetzens.

«Kitty?», fragt Esther leise, von aufsteigender Angst erfüllt. «Alles in Ordnung? Kennst du diesen Mann?»

Doch Kitty entfährt einfach nur ein Jaulen, und dann bricht sie in Tränen aus. Der Mann bewegt sich auf sie zu; er hinkt und geht mit langsamen, ruckhaften Bewegungen.

«Anni», sagt Esther zu ihrer Tochter, bemüht, sich ihre Angst nicht anmerken zu lassen. «Lauf schnell zur Hauptstraße und schau, ob irgendwelche Polizisten in der Nähe sind. Los. Beeil dich!»

Doch gerade als Anneliese losschießt, tritt Kitty einen Schritt auf den Mann zu.

«Du bist es», flüstert sie. «Timothy, wo bist du gewesen?»

JULI 2014

ANNELIESE

Die beiden Koffer lagen halb gepackt am Fußende der Betten. Hartschalenkoffer mit vier Rädern unten – viel praktischer als die Koffer, die Anneliese benutzte, als sie noch reiste. Die Kinder waren gerade ins Bett geschlüpft, zogen ihre Bettlaken, Bettdecken und Kopfkissen zurecht und ordneten ihre Stofftiere um sich. Der zweiwöchige Besuch war beinahe vorbei. Morgen um diese Zeit würde es im Haus wieder nahezu vollständig still sein.

Anneliese saß in dem bequemen Sessel mit den hölzernen Armlehnen, trank eine Tasse grünen Tee und wartete darauf, dass die Kinder zur Ruhe kamen. Erst dann begann sie zu sprechen.

«Es muss Oktober gewesen sein. Oktober 1945.» Sie lächelte. «Das ist sehr lange her, damals war eure Mummy noch nicht geboren. In jenem Jahr kam die Regenzeit spät, und das Ödland außerhalb der Stadt war trocken und rissig. Meine Mutter hatte sich vorher wohl Sorgen gemacht, dass es schwierig sein würde, mich stundenlang in einem Zugabteil einzupferchen – als Kind war ich wie ein Gummiball, könnt ihr euch das vorstellen? –, aber das war überflüssig. Ich war fasziniert von dem, was vor dem Fenster des fahrenden Zugs vorbeizog – weite Flächen, die eine größere Ausdehnung hatten, als ich mir je hätte vorstellen können.

Ich hielt das Gesicht an die Scheibe gepresst, wie hypnotisiert vom Horizont, und bewegte mich nur, um das Fenster sauber zu wischen, wenn es von meinem Atem beschlagen war.»

Die Tür ging auf, und Miriam kam herein, einen ordentlich gefalteten Stapel Kinderkleidung auf dem Arm. Sie warf ihrer Mutter einen forschenden Blick zu.

Anneliese rutschte in ihrem Sessel ein Stück vor. «Sie haben mich darum gebeten», sagte sie und deutete mit einer Kopfbewegung auf Joel und Bekka, die inzwischen von Kissen gestützt im Bett lagen.

«Die alten Geschichten?», fragte Miriam. «Schon wieder?»

Die neunjährige Bekka runzelte die Stirn. «Pst, Mummy. Nana hat gerade erst angefangen.»

«Aber das habt ihr doch alles schon gehört!»

Anneliese zog ein Papiertaschentuch aus ihrem Ärmel und wischte sich die Nase. «Ah, aber ihr wisst immer noch nicht, wie es geendet hat.»

Joel setzte sich auf. «Siehst du, Mummy? Wir wissen nicht, wie die Geschichte endet.»

Miriam kniete sich seufzend vor den geöffneten Koffer. «Na, wenn euch das lieber ist als ein Geschichtenbuch ... aber danach heißt es gleich Licht aus. Wir brechen morgen zeitig auf.»

«Okay», antwortete Bekka. «Erzähl weiter, Nana.»

Anneliese wartete einen Moment und fuhr dann fort: «Wir waren auf dem Weg in den Bergort Moganshan hundertfünfzig Kilometer südwestlich von Shanghai. Es würde mein allererster Urlaub sein, und ich war so aufgeregt, dass mir beinahe schlecht war. Tante Kitty und Onkel Timothy waren auch dabei – sie hatten ebenfalls seit vielen Jahren keinen Urlaub mehr gemacht. Ihr erinnert euch doch noch, wie ich euch von Kitty und Timothy erzählt habe?»

Die in ihre Kokons aus Decken eingehüllten Kinder nickten.

«Sind die beiden auch unsere Tante und unser Onkel?», fragte Joel.

«Nein, aber eigentlich waren sie auch mit mir nicht wirklich verwandt. Und beide sind schon vor langer Zeit gestorben.»

Bekka gähnte. «Sag das nicht, Nana. Ich finde, es klingt so, als ob sie sehr nett gewesen wären.»

«Ja, das waren sie. Ich habe sie sehr geliebt. Und für meine Mutter galt das wohl auch.» Anneliese stockte kurz. Dann: «Wo war ich stehengeblieben?»

«Ihr habt Urlaub gemacht», sagte Bekka. «Genau wie wir hier.»

«Ach ja. Tante Kitty, daran erinnere ich mich noch gut, trug ein schönes grünes Kleid, und ihr Haar war mit kleinen weißen Blüten geschmückt. An jenem Morgen hatte sie mein Haar zu zwei zu Schlaufen gebundenen Zöpfen frisiert – ‹Affenschaukeln› nannte sie die – und Blumen hineingeflochten, die zu den ihren passten. Sie hat immer gern frisiert. Von den Haarklammern, die meine Zöpfe festhielten, juckte mir der Kopf, und meine Mutter hatte mich weiße Handschuhe anziehen lassen, damit ich mich nicht mehr kratzen konnte.»

«Das klingt nach einer komischen Frisur», sagte Bekka. «Aber hast du damit hübsch ausgesehen?»

«Ich denke schon. Wenn auch nicht so hübsch wie du.» Sie lächelte ihre lockenköpfige Enkelin an, bemerkte dann aber den finsteren Blick des sechsjährigen Joel. «Oder so gut aussehend wie du», fügte sie hinzu und wurde mit einem zahnlückigen Lächeln belohnt.

«Jedenfalls saß meine Mutter mir im Zug gegenüber. Es störte uns nicht, dass die Holzbänke so abgenutzt waren – der Hintern tat einem vom Sitzen weh. Sie sah aber glücklich aus und schaute, genau wie ich, während des größten Teils der Fahrt aus dem Fenster. Ihre linke Hand war gerade frisch aus dem Gips gekommen und lag in ihrem Schoß. Sie war ganz bleich und runzlig. Meine Mutter hatte eine Weile zuvor den Arm gebrochen, versteht ihr. Ich weiß nicht, ob er ihr noch wehtat, aber falls ja, ließ sie es sich nicht anmerken. Sie war zäh, eure Urgroßmutter. Sie hatte den Gips ewig getragen, aber trotzdem ist der Bruch nicht wirklich gut verheilt. Ihre Finger waren immer ein bisschen gekrümmt, und als ihre Fingernägel nachwuchsen, waren sie voller Rillen und Höcker. Genau wie die Muschelschalen, die wir heute Vormittag am Strand gefunden haben.»

Joel zog die Nase kraus. «Stimmt das, Mum?»

Miriam rollte gerade ein Paar Strümpfe zusammen. «Ja, die Fingernägel meiner Nana waren voller Höcker», sagte sie. Sie legte die Strümpfe in den Koffer und setzte sich dann ebenfalls zum Zuhören hin.

«Tante Kitty und meine Mutter haben während der Fahrt kaum gesprochen», erzählte Anneliese weiter. «Und Onkel Timothy, der neben Tante Kitty saß, das schlimme Bein zur geöffneten Abteiltür hinausgestreckt, hielt den Blick auf sein Buch geheftet und nickte hin und wieder ein. Wenn der Zug im Gleis ratterte, wachte er jedes Mal mit einem Ruck auf. Er trug einen zerknitterten Leinenanzug – beigefarben oder vielleicht auch hellgrau, ich erinnere mich nicht genau – und Handschuhe, um seine Haut vor der Sonne zu schützen.

Er war in einem ... in einem Lager gewesen, wisst ihr. Noch Monate nach seiner Entlassung war seine Gesichtshaut rissig und glänzend. Wir hielten die Abteiltür für ihn geöffnet, weil er keine geschlossenen Türen ertrug. Das hatte Tante Kitty mir erklärt, auch wenn ich es damals nicht wirklich verstand. Ich gebe zu, dass ich manchmal in Versuchung war, die Tür eines Zimmers, in dem er sich befand, mit einem Knall zuzuschlagen, nur um zu sehen, was passiert. Das habe ich aber nie getan. Gott sei Dank. Sonst würde ich mich noch heute dafür schämen ...»

«Mum», warf Miriam ein und bedachte sie mit einem strengen Blick. «Sie sind noch klein.»

Die Kinder reagierten darauf mit empörten Lauten. Miriam warf ihnen ebenfalls einen Blick zu, und sie verstummten.

«Nun schön», sagte Anneliese und fuhr fort. «Wie schon gesagt, es war eine lange Reise durchs Ödland, aber schließlich wich diese Landschaft Reisfeldern, bald ragten hier und da Kiefern auf, und schließlich fuhren wir durch einen dichten grünen Wald. Die Reise kann nur ein paar Stunden gedauert haben, aber mir kam sie damals wie die Spanne eines Lebens vor. Am Bahnhof nahmen wir ein Taxi zum Fuß des Berges, und dort erwartete uns eine Schar von Sänftenträgern. Der Aufstieg dauerte vielleicht zwei Stunden, und ich sprang mehrmals aus der Sänfte heraus, bis meine Mutter mit mir schimpfte und mir sagte, dass ich sitzen bleiben müsse.»

«Was ist eine Sänfte?», fragte Joel.

«Es ist ein Stuhl, auf den man sich setzt, und dann tragen einen Diener damit herum», erklärte Bekka stolz. «Als wärst du eine Königin aus alter Zeit.»

Joels Augen leuchteten auf. «Können wir eine Sänfte kaufen, Mummy?»

«Nein.»

«Ooh, gemein!»

«Es ist gemein, von Leuten zu erwarten, dass sie dich herumtragen, wenn ...»

Anneliese unterbrach sie. «Ich dachte, ihr wolltet die Geschichte hören!», sagte sie. «Ich komme niemals zum Ende, wenn ihr mich ständig unterbrecht.»

Sie wartete einige Sekunden. Dies waren natürlich ihre Geschichten, gewoben aus ihren eigenen Erinnerungen und den Bestandteilen, die sie im Laufe der Jahre von ihrer Mutter, Kitty, Timothy – und anderen – erzählt bekommen hatte. War es richtig, sie als nahezu märchenhafte Gutenachtgeschichten an ihre Enkel weiterzugeben? Sie blickte zu Bekka hinüber, die eine Haarlocke um ihren Finger wickelte. Neun Jahre alt und so eigensinnig wie nur irgendwer. Eines Tages in gar nicht mehr so ferner Zeit würden die Kinder alt genug sein, die düstereren Teile der Geschichte zu hören – die Teile, die Annelieses Mutter immer nur gestreift hatte – von Ratten und Typhus, von in Strohmatten eingewickelten Babyleichen, von tief in den Höhlen der ausgemergelten Gesichter liegenden Augen, von unaussprechlichen Opfern, die im Namen des Überlebens erbracht worden waren, genauso wie von unerträglichen Akten des Verrats. Grauenhafte Geschichten, die die Kinder hören mussten – wenn nicht von ihr, dann von ihrer Mutter. Aber die jetzige Geschichte würde vorläufig genügen. In einer unbewussten Geste führte sie die Finger zum Hals und umfasste den kleinen Anhänger, den sie dort trug.

«Unser Ferienhäuschen stand im Schatten eines Bambuswäldchens, und wenn meine Mutter und ich spazieren gingen, kamen wir manchmal an einer Pagode vorbei, einer kleinen Hütte, in der wir gern Rast machten und ein Picknick verzehrten. Das Ferienhäuschen war nicht so, wie ihr es von einem Urlaub gewohnt seid – die Betten hatten Bambusgestelle, es gab kein elektrisches Licht, und in den Fenstern waren Papierjalousien –, aber für mich war es das Paradies. Die Erwachsenen verbrachten den größten Teil der Zeit damit, sich zu unterhalten – Tante Kitty und meine Mutter auf Deutsch und, wenn Onkel Timothy dabei war, auf Englisch. Meistens verstand ich diese Gespräche nicht, oder sie interessierten mich nicht, und so konzentrierte ich mich darauf, meine Technik im Radschlagen zu perfektionieren. Mein Rekord waren sechs Räder hintereinander, daran erinnere ich mich gut. Kannst du das besser?»

Sie sah Bekka an, die ihr Lächeln erwiderte.

«Die Erwachsenen redeten über die Leute, für die meine Mutter in Shanghai gearbeitet hatte, die Sterns. Ich erinnere mich nicht mehr gut an sie, nur daran, dass sie mir sehr alt vorkamen. Tatsächlich waren sie wohl ein gutes Stück jünger, als ich es jetzt bin. Aber an eines erinnere ich mich, als wäre es gestern gewesen, nämlich daran, dass ich mit meiner Mutter auf dem Kai stand, um mich von ihnen zu verabschieden. Ein riesiger Dampfer, die *Captain Marcos,* hatte in der Nähe des Bund angelegt, um Flüchtlinge nach Deutschland zu bringen. Es gab nicht viele, die dorthin zurückkehren wollten; die meisten warteten wie wir auf Einreisevisa in Länder, in denen ein Neuanfang möglich schien – Amerika, Australien oder England. Ich hatte gehört, dass bereits mehrere hundert Menschen nach Palästina aufgebrochen waren.

Wir fuhren in einem Taxi mit Herrn und Frau Stern zum

Hafen. Meine Mutter und Frau Stern hatten auf dem ganzen Weg Tränen in den Augen und versprachen sich gegenseitig, zu schreiben und Fotos zu schicken. Als wir eintrafen, hatte sich bereits eine große Gruppe von Menschen auf dem Kai versammelt. Ich dachte, sie wollten wie wir ihren Freunden zum Abschied nachwinken, doch wie sich herausstellte, hatten sie etwas ganz anderes vor. Nach einem langen, tränenreichen Abschied, bei dem Frau Stern mich so lange drückte, streichelte und tätschelte, dass ich ganz ungeduldig wurde, wurden die Passagiere aufgerufen, an Bord zu gehen. Als die Sterns begannen, die Gangway hinaufzusteigen, brach in der Menge ein Aufruhr los, und die Passagiere wurden mit Steinen beworfen. Die Leute riefen schreckliche Dinge, Flüche und Wörter wie ‹Verräter›, ‹Faschistenschweine› oder ‹Quislinge›.»

«Was ist das?», fragte Joel.

«Vergiss es», sagte Anneliese und schüttelte den Kopf. «Schreckliche Schimpfnamen und nichts, was die Sterns nach allem, was sie für die Leute getan hatten, verdient hätten. Ich sah, wie Herr Stern schützend vor seine Frau trat und von einem Stein getroffen wurde. Er taumelte zurück, das Gesicht so weiß wie ein Bettlaken, und ein Blutrinnsal rieselte an seiner Wange hinunter. Seine Frau ergriff ihn am Ellbogen, und sie eilten ins Schiff. Es hat mich maßlos aufgeregt, dass ich nicht die Gelegenheit bekam, ihnen zum Abschied nachzuwinken.»

Sie hielt inne, als sie eine Hand auf ihrem Knie spürte. Miriam kniete neben ihrem Sessel.

«Alles in Ordnung, Mum?»

«Ja, natürlich. Das alles ist jetzt schon so lange her.»

«Ich kann ihnen eine Geschichte vorlesen, wenn du möchtest, wenn du ...»

«Nein. Ich möchte diese Geschichte gern zu Ende erzählen.»

Miriam drückte ihr Knie sanft und wandte sich wieder den Koffern zu.

«Ich weiß nicht, wie lange wir in Moganshan blieben, zwei, drei Tage oder vielleicht eine Woche; meine Erinnerungen sind mit der Zeit verschwommen. Aber der letzte Nachmittag steht mir so deutlich vor Augen wie ein frisch geschossenes Foto. Wir machten einen kurzen Spaziergang – Onkel Timothy konnte keine langen Strecken bewältigen – von unserem Gästehaus zu einer Hügelkuppe, die Aussicht auf ein üppig grün mit Kiefern bewaldetes Tal bot. Die Sonne war blass und groß und tauchte die niedrig treibenden Wolken in warme Orangetöne. Die Luft war unglaublich sauber und klar – ich erinnere mich, dass mir das nach Shanghai auffiel. Meine Mutter und Tante Kitty saßen im Gras und plauderten über alles Mögliche; wahrscheinlich über die Visa, um die meine Mutter sich beworben hatte. Ich wollte unbedingt in die USA, das Land von Popcorn, Bubblegum und Coca-Cola. Meiner Mutter war es gleichgültig, wo wir hingehen würden, wenn es nur weit weg wäre.»

Anneliese schaute zu Bekka und Joel hinüber; beide lagen inzwischen lang ausgestreckt unter der Bettdecke, die sie bis zum Kinn hochgezogen hatten. Miriam klappte die Koffer zu. Sie gab jedem der Kinder einen Kuss auf die Stirn und schaltete die Deckenlampe aus. Die Nachtlichter auf den Nachttischen der Kinder gaben einen warmen orangefarbenen Schein ab.

«Bitte nicht mehr so lang», sagte sie zu Anneliese. «Morgen früh um halb sieben kommt das Taxi.»

Anneliese schüttelte leicht den Kopf. «Ich mache sie nicht fix und fertig, versprochen.»

Falls überhaupt, dachte sie, hatte der Besuch *sie selbst* fix und fertig gemacht – zwei Wochen lang Kinder, die kreischend und lachend durchs Haus tobten. Nach diesen Besuchen waren David und sie immer erschöpft, und das ganze Haus war ein einziges Chaos, aber sie würde sie auf keinen Fall missen wollen.

Ein schüchternes Stimmchen riss sie aus ihren Gedanken. «Nana?»

Sie schluckte. «Entschuldigung. Ja, ja, der letzte Nachmittag in Moganshan. Was hatten wir für einen schönen Tag! Aber die Erwachsenen waren in ihre Gespräche vertieft, und so machte ich mich auf die Jagd nach Schmetterlingen, riesigen Geschöpfen mit samtigen Flügeln, mit denen sie ganz langsam und elegant schlugen, und trotzdem bekam ich sie mit meinen klebrigen Händen nie zu fassen. Ich bettelte Timothy an, aber er wollte bei meinem Spiel nicht mitmachen. Ich wusste, dass sein Knie krank war, aber ich konnte trotzdem nicht verstehen, warum er es nicht einfach beugte. Er hatte doch noch ein Knie, oder?

«‹So einfach ist das nicht›, sagte mir Tante Kitty. ‹Aber in England sollten sie es in Ordnung bringen können.› Und dann schenkte sie mir ein Lächeln, das nicht ganz in ihren Augen ankam. *England.* Sie sagte es auf Deutsch. ‹Eng› wie *narrow. Beengtes* Land. Der Klang gefiel mir nicht besonders. Selbst mit meiner lebhaften Vorstellungskraft konnte ich mir kaum einen Ort vorstellen, der so beengt und dicht gepackt war wie Shanghai.»

«Ich finde, dein Urlaub klingt aufregend», sagte Bekka. «Aber ganz anders als unsere Urlaube hier.»

Anneliese atmete zittrig aus. «Ja, er war wohl aufregend. Zumindest für mich ... Also schlug ich noch ein paar Räder, bis ich nicht mehr konnte. Im Gras zu meinen Füßen wuchsen kleine Blumen mit sternförmigen Blüten, und ich beugte mich hinunter, um an ihnen zu schnuppern. Aber sie rochen nach nichts. Stattdessen brach ich einen breiten, steifen Grashalm ab und versuchte, darauf zu blasen.»

Sie schloss die Augen, stellte aber fest, dass es ihr nicht gelang, das Gefühl der kühlen, süß duftenden Luft auf ihrem Gesicht heraufzubeschwören. Plötzlich tat es ihr leid, dass sie in all den Jahren niemals daran gedacht hatte, nach Moganshan zurückzukehren. Das Bedauern kam so unerwartet und war so schneidend, dass sie fast in Tränen ausgebrochen wäre. Sie musste mehrmals tief und bebend Luft holen, bevor sie weitererzählen konnte.

«Nicht weinen, Nana», sagte Joel auf seine reizende, empfindsame Art. «Alles ist gut.»

«Das weiß ich, mein Schatz», antwortete Anneliese. «Nun denn ...» Sie schluckte. «Um uns herum wurde es ganz still, als die Sonne unterging. Das Tal unter uns war mit einem Kiefernwald bewachsen, dessen Bäume so dicht standen, dass sie nahezu schwarz wirkten. Näher bei uns wuchs ein Wäldchen mit Laubbäumen, aber die Blätter waren abgefallen, und die Äste reckten sich skelettartig nach oben. Im frischen Wind wehten die Stimmen von Vögeln heran ...»

«Mum, sie schlafen.»

«Was?» Anneliese blinzelte. Aus dem Flur fiel gelber Lichtschein ins Zimmer.

«Die Kinder. Tief und fest.» Miriams Stimme war so leise, dass sie sie kaum verstehen konnte.

«Oh.» Anneliese verlagerte ihr Gewicht nach links und spürte ein unangenehmes Ziepen in der Hüfte. Sie zuckte zusammen.

Miriam runzelte die Stirn. «Ist alles in Ordnung?»

«Alles bestens. Wohin ist dein Dad verschwunden?»

«Er ist mit dem Hund rausgegangen, aber er sollte bald zurück sein. Ich setze schon mal den Teekessel auf, oder?»

Anneliese nickte und merkte, dass sie ein wenig gesabbert hatte. Sie wischte sich den Mundwinkel mit einem Papiertaschentuch ab. Mein Gott, was für eine alte Frau aus ihr geworden war.

«Lass mir ein bisschen Zeit», sagte sie. «Ich bin nicht mehr so schnell auf den Beinen.»

Miriam gab ihr einen weichen, trockenen Kuss auf die Wange, ließ sie im Zimmer zurück und zog die Tür hinter sich zu.

Nach einigen langen Sekunden fuhr Anneliese fort, ein Flüstern in der Dunkelheit:

«Und so hat es in meiner Erinnerung aufgehört: nackte Bäume, die sich in den blutroten Himmel krallten; gelbe, sternförmige Blüten zu meinen Füßen; und meine Mutter und Tante Kitty, wie sie die rosafarbene, zitternde Sonnenscheibe beobachteten, die einen endlos langen Moment am Horizont zu schweben schien, bis sie unvermittelt hinter den Bergen unterging.»

ANMERKUNGEN DER AUTORIN

Am Vorabend des Zweiten Weltkriegs war Shanghai einer der wenigen Freihäfen der Welt, der eine Einreise ohne Visum gestattete. Zwischen 1939 und 1941 flohen geschätzt zwanzigtausend Juden aus Nazi-Europa dorthin. Zu den Flüchtlingen gehörten Ärzte, Zimmerleute, Hebammen, Architekten, Arbeiter oder Rechtsanwälte. Sie waren reich oder arm, alt oder jung, fromm oder religionsfern. Damals wurden große Teile Shanghais von verschiedenen ausländischen Mächten verwaltet: von den Briten, den Amerikanern, den Franzosen und den Japanern. Sie hatten die Stadt in Zonen aufgeteilt, die im Gefolge von Verträgen und Krieg zwangsweise vom Rest Chinas abgetrennt worden waren.

Shanghais Ruf als eine der faszinierendsten und dekadentesten Städte der Welt war legendär. Dort, Tausende von Meilen von ihrer Heimat entfernt, waren die jüdischen Flüchtlinge mit einem nahezu unerträglichen Klima und erbärmlichen Lebensbedingungen konfrontiert, mit schockierender Kriminalität und einem harten Kampf um begrenzte Ressourcen in einer ohnehin schon überbevölkerten Stadt. Das Überleben gelang nur durch Einfallsreichtum, Fleiß, Solidarität und – wichtiger vielleicht als alles andere – Hoffnung. Weitere Härten begegneten der jüdischen Gemeinschaft 1943, als alle sogenannten «staatenlosen Flüchtlinge» gezwungen wurden, sich in Hongkew zusammenzudrängen, einem abgeschlossenen Bezirk der Stadt, wo sie wohnten und lebten, bis sie im August 1945 von den Amerikanern befreit wurden.

Die Protagonisten dieses Romans sind fiktiv, aber ihre Geschichte ist durch persönliche Zeugnisse, Interviews, Tagebücher und zeitgenössische Berichte inspiriert. Während der Arbeit an diesem Roman habe ich zu viele Werke herangezogen, um sie alle erwähnen zu können, ich möchte die interessierte Leserschaft jedoch speziell auf folgende Bücher hinweisen:

Prägnant und atmosphärisch dicht schildert Stella Dong die Geschichte der Stadt in: Stella Dong, *Shanghai: The Rise and Fall of a Decadent City* (2000).

Faszinierende Berichte aus erster Hand über das Leben im Shanghai der 1940er Jahre sind in folgenden zwei Büchern versammelt: Ernest G. Heppner, *Shanghai Refuge: A Memoir of the World War II Jewish Ghetto* (1993) (Deutsche Ausgabe: *Fluchtort Shanghai, Erinnerungen 1938 – 1948* (1998)). Samuel Iwry, *To Wear the Dust of War* (2004).

Außerdem empfehle ich den Dokumentarbericht: Ulrike Ottinger, *Exil Shanghai* (1997).

Zuletzt sei Marcia Reynder Ristianos äußerst informatives und perfekt recherchiertes Buch über die jüdischen Gemeinschaften in Shanghai erwähnt: Marcia Reynder Ristiano, *Port of Last Resort: The Diaspora Communities of Shanghai* (2003).

Im Roman habe ich für Straßen- und Ortsnamen die alte Pinyin-Schreibweise verwendet. Alle Fehler und Unstimmigkeiten gehen natürlich auf meine Kappe.

Schrecklicherweise leben auch heute noch viele Millionen Menschen in der Diaspora in erzwungenem Exil. Ihnen – den Flüchtlingen von damals und den Flüchtlingen von heute –, die ums Überleben und gegen die Hoffnungslosigkeit gekämpft haben und kämpfen, ist dieser Roman gewidmet.

DANK

Mein besonderer Dank gilt:

Sonja Mühlberger für ihre reizende Gesellschaft und für die aufschlussreichen Gespräche über das Leben und Überleben im Ghetto Hongkew.

Professor Zhou Guojian vom *Zentrum für Jüdische Studien Shanghai* für seine Führung durch das ehemalige jüdische Ghetto im strömenden Regen.

Mao *laoshī* für einen Grundkurs in Mandarin (多谢).

Professor Steve Hochstadt am Illinois College in Jacksonville, der sich die Zeit genommen hat, mit mir über sein Fachgebiet und seine Forschungsarbeit zu sprechen, sowie Tsui-Hua Hsu für ihre unverzichtbare Hilfe bei Sätzen auf Mandarin (alle eventuellen Fehler habe ich gemacht).

Meiner Super-Agentin Jenny Brown für ihre unermüdliche Unterstützung, Freundlichkeit und Gastfreundschaft; dem ganzen Team von Black and White Publishing und insbesondere Emma Hargrave für das umsichtige und einfühlsame Lektorat; meinen Cheerleaderinnen Eithne Griffiths und Catherine Warburton und meiner Familie: Jake, Fay, Amy, June und natürlich Chrissi – voller Liebe.